KB246314

무심한듯
시크하게

무심한 듯 시크하게

2009년 8월   7일 초판 1쇄 발행
2011년 11월 15일 초판 3쇄 발행

지은이 한상운
발행인 이종주

발행처 (주)로크미디어
출판등록 2003년 3월 24일
주소 서울시 용산구 원효로97길 46 5층
Tel (02)3273-5135 Fax (02)3273-5134
홈페이지 rokmedia.com · E-mail rokmedia@empal.com

ⓒ 한상운, 2009

값 10,000원

ISBN 978-89-257-1115-7 03810

무심한 듯 시크하게

한상운 장편소설

Nobless
Club

CONTENTS

제1부 _Good Cop, Bad Cop

제2부 _Good Man, Bad Man

제1부

Good Cop, Bad Cop

두 형사

    늦은 밤임에도 나이트클럽 주위는 사람들로 붐볐다. 크고 작은 승용차들이 경쟁하듯이 경적을 울려 댔고 클럽 앞에서는 케이블방송에서 나온 리포터가 예쁘장한 아가씨들을 붙들고 뭔가를 캐묻고 있었다. 스타일 베스트니 워스트니 하는 걸 뽑는 모양이었다.

    스타일은 니미…….

    정태석은 못마땅한 얼굴로 욕설을 내뱉었다. 경제노 어려운네 무슨 놈의 스타일이냐. 옷이란 건 따뜻하고 튼튼하면 그만이다.

    그는 길가에 쪼그려 앉아 담배를 피우는 중이었다. 공복의 흡연이라 속이 메슥거렸다. 아랫배를 문지르며 트림을 할 때 검정색 그랜저가 아스팔트 위에 대리운전 전단지를 뿌리고 지나갔다. 합리적인 가격에 서울, 경기도 전역까지 운행 가능. 운전사 전원을 보험 가입시킨 점을 강조하고 있었다.

    저런 놈들은 모조리 감옥에 처넣어야 되는데.

    태석은 인상을 쓰며 생각했다. 요즘 들어 몇 푼 안 되는 인건비를 아끼겠다고 시내를 돌며 창밖으로 전단지를 던져 대는 놈들이 많아졌다. 그 바람에 아침이면 골목마다 전단지가 수북하게 쌓인다. 대리운전, 안마 시술소, 스크린 경마…… 종류는 다양하지만 유흥과 관련되어 있다는 점만은 같다.

태석은 전단지를 접어 쓰레기통에 던져 넣으며, 모조리 체포해서 콩밥을 먹여야 한다고 생각했다. 입이 딱 벌어지도록 벌금을 때리고 삼진아웃제를 적용해서 세 번 걸리면 노역장에 보내 돌을 고르게 해야 한다. 그래야 사람들이 범죄를 저지를 엄두를 못 낸다.

그때 오토바이 몇 대가 요란한 소리를 내며 태석 옆에 멈췄다. 소음 장치를 떼어 낸 엔진 소리가 요란했다. 오토바이를 몰고 있는 것은 머리에 피도 안 마른 어린애들로 하나같이 야한 컬러 프린트 티셔츠에 몸에 쫙 달라붙는 청바지를 입고 있었는데, 죽고 싶어 환장했는지 헬멧을 쓴 녀석은 아무도 없었다. 태석은, 죽는 게 소원이면 욕조에 들어가 뜨거운 물을 틀고 손목을 긋는 게 빠르다고 알려 주고 싶었다.

뒷자리에는 속옷이 비치는 원피스를 걸치고 싸구려 핸드백을 든 계집애들이 한 명씩 타고 있었다. 진한 화장에도 불구하고 그들 역시 솜털이 뽀송뽀송한 어린애임은 감출 수 없었다. 태석은 더욱 인상을 구겼다. 학생이 공부를 해야지, 이 시간에 나이트에 와? 부모님 등골을 빨아먹는 쓰레기들 같으니. 저런 녀석들은 전방에 보내 지뢰 찾는 일을 맡겨야 한다.

부모님 등골을 빼 먹은 걸로 치면 태석도 저들 못지않았다. 틈만 나면 보충수업에 자율 학습 빼먹고 동네방네 놀러 다녔고 문제아로 낙인찍혀서 학생주임에게 하루에 삼십 대씩 '빠따'를 맞았으니까. 가방에는 교과서 대신 벽돌과 멍키스패너가 들어 있었고 한 달에 한두 번 꼭 경찰에 끌려갔다. 그때마다 태석의 어머니는 어렵게 모은 적금을 깨야만 했다.

하지만 태석은 저들과 자신은 질적으로 다르다고 생각했다. 젊은 시절 그는 인생에 대한 고민을 품고 있었지만 저들에겐 아무것도 없기 때문이다.

그걸 어떻게 아느냐고? 고민이 많으면 술을 마셔야지, 여자랑 놀리가 있나?

학창 시절, 그는 친구들과 술을 마시며 사람은 왜 사는지, 존재란 무엇인지에 대해 고민했다. 알은 곧 세계이다. 새롭게 태어나려는 자는 하나의 세계를 깨뜨리지 않으면 안 된다. 그가 밥 먹듯 가출했던 것은 학교의 억압적인 규율을 벗어나 새로운 세상을 경험하기 위해서였고 인근 상고商高 애들의 대가리를 깨뜨렸던 건 가치관의 충돌이 빚어낸 작은 사고에 불과했다. 시내에 있는 국빈관이 왜 걔들 구역이냔 말이다.

그는 나이트로 향하는 애송이들의 뒷모습을 보며 생각했다.

빨리 어른이 되고 싶지? 학교 졸업하면 세상이 너희 것이 될 것 같지? 살짝 머리만 쓰면 도심 한복판 고층 아파트에 살면서 문이 위로 열리는 스포츠카 몰고 행복하게 살 수 있을 것 같지? 졸업하는 순간 이 행복 끝, 고생 시작인 걸 모르지. 남의 돈 받아먹기가 얼마나 힘든데. 이건희, 정몽구 아들로 태어나지 않은 이상 인생은 괴로울 수밖에 없다.

그의 생각이 삐딱하게 흐르는 데에는 이유가 있었다. 황금 같은 주말에 맨체스터 유나이티드 대 리버풀의 시합을 보지 못하고 이런 곳을 서성이고 있어야 했기 때문이다. 시합 보며 먹으려고 통닭까지 시켰는데, 빌어먹을 호출 때문에 맛도 못 보고 집을 나와야 했다. 지금쯤 통닭은 냉장고에서 차디차게 식어 가고 있을 것이다. 사람은 돈 버는 일이 얼마나 힘든지 깨달을 때 비로소 어른이 된다. 그런 면에서 보자면 태석은 너무 어른이라 스스로도 겁이 날 정도였다.

그때 주머니 안에서 진동이 느껴졌다. 핸드폰을 꺼내 들자 유 선배 특유의 쉰내 나는 목소리가 들렸다. 유 선배는 핸드폰을 통해서도 냄새를 풍기는 대단한 재주를 가지고 있었다.

─너 어디야?

"나이트 앞요."

─안 들어오고 뭐해. 빨리 들어와. 임꺽정 찾아라.

툭. 전화가 끊겼다.

하여간에 전화 매너하고는. 세상엔 혼 좀 나 봐야 할 인간 천지다. 태석은 투덜대며 나이트클럽으로 향했다. 남자 리포터가 먹이를 발견한 늑대처럼 달려들었다.

"안녕하세요. 온스타일의 VJ 권입니다. 우와! 정말 스타일 좋으신데요. 회색 리넨 재킷에 톤 다운된 체크무늬 셔츠, 노턱 치노 팬츠까지. 자신만의 완벽한 패션 노하우가 있는 분 같으시네요."

리포터는 태석 주위를 빙글빙글 돌며 쉴 새 없이 입을 놀렸다. 태석이 얼굴을 찡그릴 때 여자 리포터가 끼어들었다.

"거기다 미남이기까지 하세요. 키도 크시고. 너무 멋있으시다. 혹시 직업이 모델?"

"아닌데요."

남자 리포터가 말했다.

"몸매 관리도 열심히 하시는 것 같은데, 일주일에 체육관을 몇 번이나 가세요?"

"안 가는데요."

태석이 노골적으로 싫은 기색을 보였음에도 남자 리포터는 더욱 가까이 마이크를 내밀었다. 어릴 때 별로 안 맞아 본 게 틀림없다.

"패션 감각이 정말 탁월하신 것 같아요. 겨자색이 들어간 체크무늬 셔츠가 재킷이랑 너무 잘 어울리세요. 한국 남자들, 이런 색깔은 대담하다고 꺼리는 편인데. 옷은 주로 어디에서 구입하시나요?"

"엄마가 사다 줍니다."

그는 남자 리포터를 어깨로 밀치고 나이트로 들어섰다. 카메라가 뒤따라왔지만 그가 돌아서며 으르렁 소리를 내자 뒤로 물러섰다.

헤드셋을 낀 양복 차림의 문지기가 손가락을 흔들며 말했다.

"일행 있으세요?"

"안에."

"웨이터는요?"

"임꺽정."

녀석은 헤드셋의 마이크를 입으로 당기며 말했다.

"임꺽정, 손님 들어가신다!"

어두컴컴한 클럽 안으로 들어가자 산적처럼 생긴 웨이터가 기다리고 있다가 손가락으로 자신을 가리키며 말했다.

"임꺽정? 유 콜 임꺽정?"

태석이 고개를 끄떡이자 임꺽정은 그를 안으로 안내했다. 시끄러운 음악 소리가 귀청을 때렸다. 무지갯빛의 조명이 머리 위에서 빙글빙글 돌았고 플로어는 춤추는 남녀로 가득했다. 임꺽정이 태석의 앞 주머니에 명함을 꽂아 넣으며 눈웃음을 쳤다.

"형님, 앞으로도 나이트 '빅토리아베컴'의 에이스 임꺽정을 기억해 주십쇼. 백 프로 부킹 보장에 평생 AS까지, 성심성의껏 모시겠습니다. 어떻게 할까요? 조용하게 룸으로 모실까요?"

"친구 와 있거든."

"아이구, 죽을죄를 지었습니다. 오늘따라 저 임꺽정을 찾는 분들이 워낙 많으셔서요. 아, 장길산도 가고. 아, 홍길동도 가고. 저 혼자 바쁘네요. 친구 분 성함이 어떻게 되시는데요?"

"유병철."

임꺽정은 잠시 침묵하다 김샜다는 듯 중얼거렸다.

"아, 병철이 형님요."

그러고는 홀 가운데로 태석을 안내했다. 사람들 사이로 유 선배가 보였다. 요새 머리가 벗겨지기 시작해 확실히 눈에 띈다. 그는 날라 리처럼 생긴 계집애를 옆에 앉힌 채 수다를 떨고 있었다.

저 인간 또 시작이구만. 중학생 딸까지 둔 인간이 왜 저러는지 모르겠다. 그것도 형수 같은 여자랑 살면서 딴 데로 눈이 돌아가나?

형수는 지성과 미모를 겸비한 재원으로 처녀 시절, 재벌 이세에 변호사, 의사까지 결혼해 달라고 쫓아다녔는데 결국 택한 것이 말단 순경 유병철이었단다. 둘이 결혼하던 날, 동료들조차 결혼 과정에 뭔가 협박이 있었을 거라는 데 의견이 일치했다니 말 다했지. 그런 여자와 산다는 사실을 하늘에 감사하지 못하고 바람피울 궁리를 하다니 이해가 안 간다.

테이블 위에 맥주 두 병 그리고 과일 안주가 놓여 있었다. 태석은 임꺽정의 표정이 안 좋았던 이유를 깨달았다. 저런 걸 시켜 놓고 부킹은 십 분마다 한 번씩 해 달라고 생떼를 부렸을 게 뻔하다.

"형, 나 왔어."

태석은 병철의 어깨를 툭 치고 의자에 앉았다. 병철이 환하게 웃으며 태석을 꽉 끌어안았다.

"잘 왔다, 아우야. 일은 어때? 많이 힘들었니?"

이 인간이 갑자기 왜 이래? 언제나 소가 닭 보듯 그를 힐끔 쳐다보고 말던 병철이다. 오늘따라 왜 이리 친한 척하는 걸까?

병철은 태석의 어깨에 손을 얹더니 여자에게 말했다.

"내가 소개해 줄게. 이쪽은 내 베스트 프렌드이자 동생인 다니엘 정. 이쪽은 면목동에서 온 미스 리."

태석이 어리둥절해져 다니엘이 누군지 물으려는 순간, 병철이 테

무심한 듯
시크하게

이블 밑으로 다리를 걷어찼다. 입 다물고 있으라는 뜻이다.

여자가 호들갑을 떨었다.

"오빠, 교포구나! 어쩐지, 얼굴 윤곽이 한국인이랑 다르다 했어."

그녀는 사자 갈기처럼 부풀린 머리에, 눈가에는 진하게 스모키 화장을 하고 있었는데 나이트 죽순이의 냄새가 났다.

병철이 사업가처럼 능숙하게 떠들었다.

"오빠랑 UCLA에서 동문수학한 사이야. 지금은 우리 아버지 사업을 돕고 있어. 그래서 지점장이 뭐래? 얼마 융자해 준대? 삼십억? 사십억?"

태석은 어이가 없어 멍하니 병철을 쳐다보기만 했다. 이런 말도 안 되는 수작으로 여자가 넘어오리라고 생각하는 걸까?

여자가 눈을 반짝이며 말했다.

"오빠, 빌딩 세 채에 주유소 네 개 있다는 거 진짜구나! 난 거짓말인 줄 알았는데."

"너 무슨 소리니. 처음 만난 너한테 왜 그런 거짓말을 치겠어."

"미안, 내가 속아만 살았거든."

"오빠 믿어도 돼."

"오빠 좋겠다, 돈 많아서."

"그깟 돈, 있다가도 없고 없다가도 있는 건데. 돈이야 마음만 먹으면 언제든 벌 수 있어. 평생을 함께할 여자를 찾기 어려워서 그렇지. 힘들고 외로울 때 의지가 되어 주는 여자 말이야."

병철은 말을 마치고 그윽한 눈으로 여자를 바라보았다. 태석은 병철이 저 표정을 연습하고 나왔다는 데 돈을 걸 용의마저 있었다.

여자가 병철의 손을 꼭 잡으며 말했다.

"머리부터 심어. 그럼 여자 생길 거야."

잠시 침묵이 흘렀다. 태석은 웃음을 참기 위해 테이블 아래로 고개를 처박아야 했다. 병철은 똥 씹은 표정으로 억지 미소를 지으며 화제를 돌렸다.

"참, 오빠가 어릴 때 아역 탤런트를 했거든. 〈한 지붕 세 가족〉이라고 알지? 예전에 진짜 유명한 드라마였는데."

"몰라."

여자는 심드렁하게 대답하곤 맥주를 한 모금 마셨다. 병철은 태석에게 도움을 청했다.

"야, 넌 알지? 〈한 지붕 세 가족〉. 우리 어릴 때 홈드라마로 인기 짱이었잖아."

"본 적 없는데."

"무슨 소리야. 잘 생각해 봐. 봤잖아, 응?"

"못 봤다니까."

병철은 눈에 칼을 담아 태석을 노려보다가 너털웃음을 지으며 말을 돌렸다.

"하긴 너 공부하느라 못 봤겠다. 얘가 어릴 때부터 공부만 해서, 세상 물정을 몰라. TV도 안 보고 공부했대. 아이, 재미없는 놈."

"세상에, 대단하다!"

여자가 감탄했다. 병철은 ——분위기가 영 이상하게 흘러간다 생각했는지—— 턱으로 살짝 뒤편의 룸을 가리키며 태석에게 작은 목소리로 말했다.

"저기 입구에 퍼플룸 보이지? 거기 있으니까 잘 지켜봐. 그리고 인마, 형이 말하면 맞장구 좀 쳐 주고 그래!"

병철은 다시 여자를 돌아보며 말했다.

"그래서 오빠가 〈한 지붕 세 가족〉에 나올 때……."

하지만 여자는 더 이상 병철에게 관심이 없었다. 그녀는 태석 옆에 바짝 붙으며 귓가에 속삭였다.

무심한 듯
시크하게

"잘생긴 오빠 이름이 뭐야?"

뜨거운 입김이 귀에 닿았다. 태석은 인상을 구기며 여자를 노려보았다. 이년이 돌았나? 더럽게 왜 남의 귀에 침을 발라? 시선이 마주치자 여자는 태석을 향해 눈웃음을 치며 살짝 입술을 핥았다. 태석은 정말 미친년인지도 모른다는 생각에 뒤로 물러앉았다.

"오빠, 내 이름 뭔지 맞혀 봐."

태석은 여자가 누군지 전혀 궁금하지 않을뿐더러 룸을 감시하는 일만으로도 충분히 바빴다. 그는 시야를 가리는 여자의 머리를 한 손으로 밀어내며 건성으로 대답했다.

"춘자? 점례?"

"오빠 참, 농담도……."

그녀는 호호호 웃더니 진지하게 말했다.

"나 알바야."

"어디서 알바 뛰는데? 편의점?"

"아아이! 그거 말고, 제시카 알바. 닮지 않았어?"

그러면서 여자는 또 호호호 웃었다. 태석은 목덜미에 소름이 돋는 것을 느꼈다. 이년이 진짜 미쳤구나…….

"오빠는 다니엘, 나는 제시카. 너무 좋다. 천생연분 같아. 하이, 다니엘. 롱 타임 노 씨이!"

태석은 차갑게 말했다.

"셔럽."

병철이 갑자기 목소리를 높였다.

"오빠가 아역 탤런트 때 진짜 잘나갔거든. 〈한 지붕 세 가족〉에 이어 〈서울의 달〉에도 출연했으니까. 한석규 씨랑 최민식 씨가 날 얼마나 귀여워했는데. 그대로 기세를 몰고 나가 세계적인 배우가 되고 싶었는데 피치 못할 사정으로 연예계를 떠날 수밖에 없었던 거지."

"그랬구나."

알바는 심드렁하게 대답하며 맥주를 한 모금 마셨다. 병철은 기대에 찬 눈빛으로 알바를 바라봤지만 그녀는 왜 그만뒀는지 끝까지 묻지 않았다. 결국 스스로 말을 꺼낼 수밖에 없었다.

"왜 그만뒀는지 알겠니?"

"몰라. 왜 그만뒀는데?"

"여드름을 잘못 짜서."

병철은 폭소를 터뜨렸고 알바의 얼굴은 딱딱하게 굳었다. 태석은 어이가 없어 한숨을 쉬었다.

저것도 개그라고. 도대체 무슨 재주로 형수와 결혼했는지 모르겠다. 가난한 집의 맏아들로 태어나 대학도 못 나왔지, 전망 없이 힘들기만 한 직업에, 머리는 이십 대부터 벗겨졌다지, 심지어 개그 감각도 없다. 형수는 정말 관음보살처럼 자애로운 사람이다.

병철도 분위기가 싸늘함을 깨닫고 웃음을 멈췄다.

"왜? 이해가 안 가니? 그러니까 여드름을 잘못 짜서 피부가 망가져 가지고 연예계를 떠났다는 건데. 재미있지?"

알바가 건성으로 대꾸했다.

"재미있네."

병철은 용기가 나는지 알바 곁에 바짝 붙어 앉았다.

"그럼 오빠가 웃긴 얘기 하나 더 해 줄까?"

"나중에, 아주 나중에."

그러더니 알바는 태석의 팔에 몸을 기댔다.

"오빠는 재미있는 얘기 아는 거 없어?"

"없어."

"아무거나. 오빠, 응? 오빠."

태석은 '너 몇 살인데 나한테 오빠라고 하니? 내가 보기엔 누나 같

무심한듯
시크하게

은데.' 라고 묻고 싶은 걸 참고 진짜 아무 이야기나 꺼냈다.

"황소랑 젖소랑 싸웠는데 젖소가 갑자기 엉엉 울었어. 그러더니 뭐라고 했게?"

"뭐라고 했는데?"

"내가 졌소."

"너무 재미있다."

알바는 배꼽을 잡으며 웃었다. 병철은 전신 마비 환자처럼 실룩거리며 따라 웃었다. 아닌 척하고 있지만 부러운 기색이 역력했다. 알바는 자연스럽게 태석의 팔에 손을 얹더니 살살 쓰다듬었다.

"오빠 털 부드럽다."

태석은 여자의 눈을 자세히 쳐다보았다. 이 여자, 확실히 문제가 있어. 어쩌면 마약을 복용했는지도 모르지. 태석은 당장 알바를 끌고 나가 소변검사를 하고 싶은 충동마저 느꼈다.

"오빠, 여자 친구는 있어?"

"없는데."

"외롭진 않고?"

"뭐, 가끔. 그래도 일할 때는 괜찮아."

"무슨 일 하는데?"

"공무원이야."

그때 퍼플룸의 문이 열리고 키가 큰 남자가 걸어 나왔다. 나이는 이십 대 중반, 호남형의 젊은이로 하얀 와이셔츠에 회색 면바지를 입고 있었다. 녀석의 이름은 김주완. 태석과 병철의 목표물이다. 건실한 회사원처럼 보이지만 실제는 고교 졸업 이후로 직업이란 걸 가져 본 일이 없는 백수로 주말마다 마약 섹스 파티를 벌이는 중독자다. NY 모자를 쓴 애송이가 주완을 따라 나와 주위를 살폈다.

태석은 병철에게 손짓했다.

"형, 나왔다."

하지만 병철은 태석의 말을 듣고 있지 않았다. 그는 알바에게 삿대질까지 해 가며 성질을 부리고 있었다.

"야! 이게 보자 보자 하니까, 정말! 누군 엉덩이고 누군 궁둥이냐? 왜 사람 차별해? 내가 졌소? 너 그게 정말 재미있어서 웃었어? 여드름이 훨씬 좋은 개그 아냐! 솔직히 말해 봐. 뭐가 더 재미있었어?"

"내가 재미있어서 웃었는데 뭐가 문제예요?"

"네가 무식해서 그래! 응! 고급 개그도 못 알아보고! 너 학교 다닐 때 꼴등 했지?"

"이 아저씨가 어디서 삿대질이야? 빌딩이 세 채라면서 룸도 못 잡고 기본 안주만 시킨 주제에! 거짓말도 좀 말이 되게 쳐야지! 불쌍해서 조용히 있어 줬더니 사람을 호구로 아나."

"오라, 이제 본색을 드러내는구나. 네가 안주랑 술 축내는 거 말고 할 줄 아는 일이 뭐야? 숨 쉬는 거?"

진짜 한심하군. 태석은 테이블 밑으로 병철의 다리를 걷어찼다. 병철은 태석을 노려보며 쌍심지를 켰다.

"왜? 너도 내가 우스워? 이 자식, 따라와!"

"나왔어."

"뭐가 나왔는데? 똥이 나와?"

이런 인간과 삼 년이나 파트너를 하고 있으니 승진이 안 되는 것도 당연하다. 태석은 한숨을 쉬며 말했다.

"김주완. 나왔다고."

병철의 눈이 휘둥그레졌다.

"어디? 어디야?"

"형 바로 옆에."

병철이 고개를 돌릴 때, 태석은 의자를 밀치고 일어나 주완을 가로

막았다. 백지영의 〈총 맞은 것처럼〉이 시끄럽게 귀청을 때렸다. 주완이 위아래로 태석을 꼬나볼 때, 태석은 환하게 웃으며 말했다.

"형님, 주완이 형님 맞으시죠?"

"맞는데. 누구시더라?"

"저 모르시겠어요? 옛날에 예비군 훈련장에서 만난 태석인데요. 정태석. 기억 안 나세요?"

"모르겠는데."

"아이참, 주말마다 파티 한다고 하셨잖아요. 파티 끝나면 그룹 섹스도 있다고 꼭 오라고 하셨으면서."

주완의 얼굴 위로 빨갛고 파란 조명이 스쳐 지나갔다. 주완은 얼굴을 찡그리며 물었다.

"진짜 날 예비군 훈련장에서 봤어? 내가 그룹 섹스 이야기를 했고?"

"그렇다니까요."

"나 군대 면젠데?"

얼음처럼 싸늘한 침묵이 흘렀다. 태석이 할 말을 찾지 못하고 머뭇거릴 때 주완은 태석의 멱살을 잡았다.

"너 뭐 하는 놈이냐?"

태석은 그 팔을 잡아 비튼 다음 맥주병으로 머리를 후려쳤다. 주완이 비명을 지르며 바닥에 머리를 박았다.

"개자식이!"

NY 모자가 고함을 지르며 태석을 향해 달려들었다. 병철이 기다렸다는 듯 두 손으로 테이블을 짚은 채 발끝을 차올렸다. 똥배가 나온 중년 남자의 발길질이다. 영화에 나오는 것처럼 멋지진 않지만 효과는 충분했다. 운동화 끝에 NY 모자의 턱이 걸렸다. 녀석은 머리가 뒤로 돌아가 옆 테이블 위로 자빠졌다. 장내는 순식간에 혼란에 빠졌다.

태석은 쓰러진 주완의 손목에 수갑을 채우며 말했다.

"넌 묵비권을 행사할 권리가 있고 변호사를 선임할 권리도 있어. 네가 말하는 건 법정에서 불리한 증거로 사용될 수 있다는 것도 명심해두고. 알겠냐?"

"너 경찰이야? 영장은 가져왔어?"

태석은 주완의 주머니를 뒤져 둘둘 만 비닐봉지를 꺼냈다. 안에는 아스피린처럼 생긴 알약이 들어 있었다. 물론 아스피린이 아니기 때문에 해열에는 효과가 없다. 태석은 킁킁 냄새를 맡고서 야비하게 웃었다.

"여기 있네, 영장."

"꺄악!"

누군가 새된 비명을 질렀다. 태석은 소리가 난 쪽으로 돌아섰다. NY 모자가 잭나이프를 휘두르며 일어서고 있었다. NY 모자의 그늘진 얼굴 위로 파란색 땡땡이 조명이 빙글빙글 돌았고 얇은 칼날은 조명 아래서 무지갯빛으로 빛났다. 칼을 좌우로 그어 대며 고래고래 소리를 지르는 녀석의 움직임은 비보이의 댄스처럼 현란했다. 댄스 뮤직의 여성 코러스가 '에요오!' 하고 박자를 맞췄다.

병철이 NY 모자를 가로막으며 말했다.

"야, 야. 진정해라. 그거 놓고 우리 말로 하자."

"까지 마!"

녀석이 잭나이프를 위협적으로 휘두르며 달려들었다.

저 자식, 큰일 났네. 태석은 손가락에 묻은 맥주 거품을 빨아 먹으며 생각했다. 병철은 몇 년 전 칼을 맞고 고생한 일이 있어 칼을 들고 덤비는 놈을 극단적으로 싫어했다.

병철이 펭귄이 뒤뚱거리듯 움직여 칼을 피하고, 한 걸음 내디디며 원투 스트레이트를 날렸다. 칼을 놓치고 바닥에 쓰러지는 NY 모자와 그 위에 올라타며 주먹을 날리는 병철의 모습이 현란한 조명 사이로 비보이의 그것처럼 빠르게 이어졌다.

누군가 '음악 꺼! 음악 꺼!' 하고 소리를 질렀다. 댄스 음악이 느릿한 블루스로 바뀌고 조명도 한결 밝아졌다. 사람들을 헤치고 나이트의 기도들이 뛰어왔다. 앞장선 기도가 태석을 노려보며 으르렁댔다.

"개새끼가 조용히 술이나 처먹지, 왜 지랄이야?"

태석은 경찰 신분증을 꺼내 들며 말했다.

"공무 집행 중이다, 이 새끼야."

"허허. 공무에 수고가 많으십니다."

기도는 순식간에 태도가 바뀌어 꾸벅 인사했다. 태석은 테이블에 놓인 티슈를 집어 피범벅이 된 주완의 이마에 대고 꽉 눌렀다.

"대고 있어라, 피 멈추게."

주완이 한풀 꺾인 어조로 물었다.

"아저씨 진짜 경찰이에요?"

"그렇다니까, 새끼야."

"말로 하지 왜 사람을 때려요."

"이런 걸 가지고 다니는 놈이랑 무슨 말을 해?"

태석은 주완의 허리띠에서 나이프를 뽑아 들며 말했다. 잉카제국에서 제물의 목을 자를 때나 썼을 것 같은 기괴한 양날 나이프다. 이놈들은 대체 이런 걸 어디서 구해 오는지 모르겠다. 약을 살 때 덤으로 받는 걸까?

기도가 똥 마려운 표정으로 말했다.

"일 다 보셨으면 이제 슬슬……. 저희도 영업을 해야 해서……."

"알았어, 알았어."

병철은 아직도 NY 모자를 때리고 있었다. 찰칵. 찰칵. 찰칵. 셔터 소리가 사방에서 들리고 플래시가 쉴 새 없이 터졌다. 나이트에 온 인간 중 절반이 핸드폰을 꺼내 들고 현직 형사의 폭행 장면을 찍어 대고 있었다. 태석은 모 장관이 국정감사장에서 했다는 말을 떠올렸다.

찍지 마, 씨발. 열 뻗쳐서 정말. 찍지 마.

그는 병철의 팔을 잡고 뒤로 끌어냈다.

"형, 그만해. 사람들이 사진 찍는다."

병철은 성난 황소처럼 날뛰다가 사진 찍는다는 말을 듣자마자 양처럼 온순해져 NY 모자를 부축했다.

"야, 괜찮니? 어디 부러진 데 없지?"

태석은 고소를 머금고 돌아서다 알바와 시선이 마주쳤다. 그녀는 눈을 동그랗게 뜨고 있었는데 갑작스러운 활극에 놀란 기색이 역력했다. 태석은 그녀를 가만히 쳐다보다 말했다.

"야, 너 옷에 뭐 묻었다."

"예? 어머! 이 옷 어제 산 건데!"

알바는 가슴에 생긴 얼룩을 내려다보고 슬픈 소리를 냈다. 놀란 병아리 같은 표정이며 목소리가 마음에 든다. 밝은 데서 보니 얼굴도 괜찮군. 태석은 명함을 꺼내 알바에게 건넸다.

"이거 내 전화번호거든. 연락해라. 드라이비 내 줄 테니까."

태석은 알바가 명함을 받아 들 때 살짝 윙크했다. 왠지 느낌이 좋다.

승용차 앞 유리에 주차 위반 딱지가 붙어 있었다. 태석은 그걸 보고 깜짝 놀라 소리쳤다.

"이게 뭐야?"

"주차 위반 딱지네요."

주완이 대답했다. 태석은 더 참지 못하고 주완의 머리를 갈겼다.

무심한듯
시크하게

"아, 씨발! 왜 때려요!"

"이게 다 너 때문이야! 내가 너 때문에 이런 치욕을 당한다는 게 말이 돼?"

"아니, 이게 왜 제 탓……. 아, 됐고요. 내가 낼게요. 벌금 몇 푼 가지고 치사하게. 뒷주머니에 지갑 있으니까 꺼내 가요."

"너 돈 많구나? 근데 이거 내 차 아니거든, 수사차량이거든."

"그럼 벌금 안 내도 되는 거잖아요."

"그래, 벌금 안 내지. 수사 중이었다는 사실만 증명하면. 그런데 욕을 먹거든. 대차 담당 새끼가 얼마나 비열한 놈인지 네가 알기나 해? 차에 손톱만 한 기스만 나도 개지랄을 하는 놈이라고. 내가 왜 그 새끼한테 변명을 해야 하는데?"

"주차 위반했잖아요."

"네가 약을 안 팔았으면 아무 일 없었잖아! 차 빌리려고 보니까 담당자 새끼 퇴근했고, 간신히 불러내서 차 몰고 나오니까 주차할 데가 없고! 내가 차 세울 곳 찾아서 뺑뺑이를 얼마나 돌았는지 알아?"

병철이 NY 모자를 끌고 오다 태석이 하는 이야기를 듣고 혀를 찼다.

"왜 한 시간이나 늦었나 했더니, 또 대차해 왔냐."

"내 차는 출퇴근, 나들이용이야. 왜 내 돈 들여서 나쁜 놈을 잡아!"

"나들이는 무슨 나들이. 너 차 뽑은 지 석 달 넘었는데 나들이 간 적 있냐. 차 더 낡기 전에 쓰자, 제발."

"싫어."

주완이 불쑥 물었다.

"형사님, 무슨 차 샀는데요?"

"별건 아니고. 모닝."

태석은 으스대며 말했다. 사실은 별게 아니지 않다. 지금껏 친구에게 중고로 구입한 구형 산타모를 몰다가 처음으로 구입한 새 차이기 때문이다. 태석은 단군 이래 최대의 불경기라는 요즘 같은 때에 차를 살 정도로 부유한 자신이 자랑스러웠다. 색깔도 정열적인 빨간색. 요새 태석의 취미는 자동차 관련 사이트를 돌면서 모닝에 대한 찬사를 찾는 것이었다.

주완은 코웃음을 쳤다.

"에게, 제가 차 좋은 걸로 하나 뽑아 드려요?"

"뭐?"

"좋은 게 좋은 거잖아요. 제가 집에 돈이 좀 있거든요. 향약, 두레 정신으로 우리 서로 도우면서 삽시다. 거기 형사님도 섭섭하지 않게 해 드릴게요."

태석은 주완의 엉덩이를 가차 없이 걷어찼다.

"약쟁이 새끼가 어디서 약을 팔아? 향약도 약이니?"

"아, 진짜…… 때리지 말라니까. 싫으면 그만두세요."

주완이 투덜대며 차 문을 열자 태석이 발길질로 문을 닫았다.

"이 자식이 어딜 허락 없이 기어들어 가."

"경찰서 가는 거 아니에요?"

"맞지."

"그럼 어쩌자고요? 걸어가요?"

"피가 멈출 때까지 기다릴 거다."

주완은 깜짝 놀라 상처를 누르던 손을 들췄다. 티슈는 완전히 젖어 있었고 피가 조금씩 흘러내려 어깨까지 온통 피범벅이었다.

"빨리 병원! 병원 가야 돼요!"

주완은 금방이라도 숨이 넘어갈 것처럼 호들갑을 떨었지만 태석은 꿈쩍도 하지 않았다.

"시트에 피 묻으면? 네가 닦을래?"

"아니, 진짜……. 그래서 차 못 타게 한 거예요? 형사님은 인권이 뭔지도 몰라요? 사람 목숨보다 이깟 차에 피 묻는 게 더 중요해요?"

태석은 귀를 후벼 파며 딴청을 부렸다.

"사유서 작성해야 한다니까."

주완이 품속에서 핸드폰을 꺼내며 엄포를 놓았다.

"변호사 부를 거예요."

"한번 그래 봐라. 어떻게 되나 보게."

태석은 비웃었다. 주완은 병철에게 시선을 주었다. 그나마 병철이 착해 보인다고 생각한 모양이다.

"형사님……. 그냥 보고만 계실 거예요? 이런 식으로 인권을 유린하면 안 되는 거 아니에요?"

병철은 슬픈 목소리로 대답했다.

"안 되지. 근데 쟤가 맛이 좀 갔거든. 말을 해도 듣질 않아. 여차하면 나도 때릴 정도야. 그러니 어떡하겠냐, 네가 말을 들어야지."

주완은 어이가 없는지 몇 번이고 혀를 차다 간신히 말했다.

"저한테 원하는 거 있죠? 뭘 원하는데 그래요? 얘길 해 보세요."

병철은 담배를 꺼내 주완의 입에 물려 주었다.

"진정하고 이거 한 대 피워라."

"저 담배 안 피우는데요."

"괜찮아, 이제부터 배우면 되지. 담배는 어른한테 배우는 거야. 쭉 빨아들여, 폐까지 쭉. 그래그래."

주완은 콜록콜록 기침해 가며 담배를 피웠다. 병철은 주완의 엉덩이를 토닥이며 은근하게 말했다.

"우리도 너 잡아가기 싫다. 진술받아야지, 조서 써야지. 재수 없으면 법정에도 나가서 증언해야 돼. 얼마나 귀찮겠냐. 그렇다고 네가 우리 진급시켜 줄 만큼 큰 대가리냐? 아니잖아. 너 같은 놈은 키워서 잡아먹어야지, 지금 먹으면 간에 기별도 안 가요."

"법정에 가면 형사님한테 가혹 행위 당한 거 다 털어놓을 거예요. 무고한 시민을 잡아다가 폭행을 가하고……."

"무고한 시민? 이걸 보고도 그런 말이 나와?"

태석이 소리를 지르며 주완에게서 빼앗은 검은 비닐을 흔들었다. 알약이 몇 개 바닥에 떨어졌다. 김주완의 얼굴이 일그러졌다.

"스무 알도 넘겠네. 이게 뭐냐? 도리도리? 물뽕?"

"친구가 소화제라고 준 거예요."

태석은 코웃음을 쳤다.

"너 졸라 창의적이구나. 갑자기 소화제 생각하느라 고생했다. 얼마나 소화가 안 되면 스무 알이나 필요한데?"

"스무 알 아니에요! 열다섯 알밖에 안 돼요."

녀석은 불쌍한 목소리로 대답했다. 그렇게 말하면 판사가 훈방 조치할 거라 생각하는 모양이다.

병철이 부드럽게 말했다.

"자, 자, 진정하고 내 말 좀 들어라. 세상에는 마약류 관리에 관한 법률이란 게 있거든. 거기에 향정신성의약품 소지 및 복용은 불법이라고 되어 있어. 지금 네 소변 검사하면 어떤 결과가 나오겠냐? 멀리 갈 필요도 없어. 차에 아큐사인accusign있거든. 아큐사인이 뭔지 모르나? 소변검사 시약인데 살짝 오줌만 묻혀도 색깔이 변해서 중독자라고 신호를 보내. 그럼 바로 긴급체포야. 지금 검사해 볼까?"

주완의 얼굴이 창백해졌다. 병철은 역시나 부드럽게 웃으며 말을 이었다.

"근데 우리 고과 점수는? 이십 점이 고작이야. 네가 약 파는 걸 못 잡았으니까. 요새는 딜러 아니면 구속영장도 안 나온다. 초범이면 도주 염려 없다고 돌려보내고 재범이면 깊이 반성하고 있다고 돌려보내. 너처럼 평범한 중독자는 발에 차이듯 많아서 재판도 열라 오래 걸리지. 그럼 어떻게 해야 너랑 나랑 둘 다 윈윈이 될 거 같으냐?"

주완이 눈치를 보다 되물었다.

"모르겠는데요. 어떻게 해야 하죠?"

"이름 하나만 말해 주면 돼."

"예?"

태석이 더 참지 못하고 소리쳤다.

"네가 무슨 미친 과학자도 아니고 이걸 직접 만들진 않았을 거 아냐! 지금 관내에 약 뿌리는 놈이 어떤 놈인지 말하라고!"

"그러니까 약을 누구한테 샀는지 말하면 그냥 집에 보내 주겠다, 이 말씀이신가요?"

병철이 고개를 끄떡였다.

"대충 비슷해."

"그냥 돈으로 드리면 안 돼요?"

병철은 일순 대답하지 못하고 머뭇거렸다. 태석이 딱 잘라 말했다.

"안 되지, 새끼야."

"누군지 얘기하면 약은 돌려줘요?"

"말이 되냐, 쓰레기야. 그건 당연히 압수지. 이번에 봐주는 것만으로도 하늘에 감사해라."

주완이 망설이다 NY 모자를 곁눈질하자 태석은 코웃음을 쳤다.

"왜? 부하가 보는 앞에서 배신자 노릇 하기 싫어서 그래? 어디 조용한 데 가서 얘기할까?"

주완은 손을 내저었다.

"배신자는 무슨 배신자예요. 그 새끼가 약을 싸게 파니까 샀지. 그 새끼 없어지면 저도 좋아요. 이제 열심히 살 수 있고."

"지랄하네. 그렇게 열심히 살고 싶으면 경찰에 신고를 했어야지. 주말마다 애들 모아서 파티를 하냐?"

"파티는 무슨 파티예요. 애새끼들이 할 일 없다고 저희 집에 온 거예요. 비싸게 주고 산 약, 저도 애들 나눠 주기 싫다고요. 참, 제 이름 말한 새끼, 누구예요?"

"미안하지만 그건 못 가르쳐 준다. 수사상 비밀이라."

"찬수 맞죠? 그 새끼 말 절대 믿지 마세요. 제가 여자 친구 뺏어 갔다고 앙심 품고 그러는 거예요. 사실은 안 뺏었거든요, 여자애가 저한테 온 거거든요."

병철은 주완의 어깨를 토닥여 주었다.

"알았어, 알았어. 그놈 말 안 믿을게. 그래서 이름이 뭐야?"

"변성수요."

"뭐?"

"변, 성, 수. 영어 이름은 존이래요."

태석과 병철은 서로를 보며 웃었다. 수사 석 달 만에, 관내에 환각제를 공급해 온 물주의 이름을 알아낸 것이다. 뒷골목 유흥가가 아니라 멀쩡한 회사원이나 학생들에게만 물건을 공급해 출처를 알아내기가 쉽지 않았다.

태석이 물었다.

"변성수가 본명이야?"

"그거야 모르죠. 저한테 주민등록증 보여 준 것도 아닌데. 주민등록증이 있기나 하려나."

"뭐 하는 놈인데?"

"유학파래요. 툭하면 영어로 떠들면서 잘난 척하는데 한국말 존나 잘해요. 유학파 아닌 거 같아요. 아, 싸가지 없는 건 딱 유학파네. 그런 새끼들, 얼마나 대단한 데서 살다 왔는지 한국 사람들 이게 문제네 뭐네 하면서 지들이 촌놈들 계몽하러 온 것처럼 뻐기잖아요. 잡아서 꼭 감옥에 넣어 주세요. 한국 감옥도 계몽하게. 아셨죠?"

"그 새끼 어디 있는데?"

"그건 모르죠. 가끔 만나서 약이랑 돈만 바꾸는데 어디 사는지 알아요? 정해진 날짜에 지 꼴리는 데로 나오라고 해서 물건 주고 간다고요. 아니면 클럽에 갑자기 나타나서 뿌리고 가든가. 그러면서 의심은 또 얼마나 많은지 몰라요. 근데 피 닦을 거 없어요?"

병철이 달래듯 말했다.

"빨리 말하고 병원 가자. 그게 편하잖니? 안 그래? 언제 또 만나니?"

주완은 못마땅한 얼굴로 형사들을 노려보다 대꾸했다.

"보름 후에요."

태석은 얼굴을 찡그렸다. 보름이라. 그때는 너무 늦다. 주완이 입을 다물고 있을 거란 보장도 없을뿐더러 빨리 딜러를 찾아내라는 상부의 닦달도 장난이 아니었다.

병철은 계속해서 물었다.

"약이 모자라다고 빨리 만나자고 할 수 없을까?"

"제가 말했잖아요. 연락처가 없다고."

"그럼 어떡한다? 변성수가 어떻게 생겼는지 말해 볼래?"

"키 크고 잘생겼어요. 키가 백팔십 정도 되려나? 눈 부리부리하고 코 높고 덩지 좋고. 미국에서 살다 온 애들 보면 얼굴에 버터를 바른 것처럼 번들번들하잖아요."

태석이 끼어들었다.

"알아듣게 말해. 그게 설명이냐."

"그게 참…… 뻔하게 잘생겨서 묘사하기가 쉽지 않네요. 거 있잖아요, 남자가 보기엔 한 대 때려 주고 싶게 생겼는데 여자들은 좋아 죽으려고 하는 얼굴. 무슨 말인지 알겠죠?"

"몰라, 이 새끼야."

"거참. 그럼 뭐라고 설명을 드려야 하나……."

태석은 더 참지 못하고 주완의 머리를 차 안으로 밀어 넣었다.

"안 되겠다. 일단 서로 가자."

"왜 이래요! 약 판 놈 누군지 알려 주면 보내 준다면서요!"

"부족해. 유치장에서 며칠 쉬면서 천천히 몽타주 작성하자. 그런 다음 풀어 줄게."

"무슨 소리예요! 거기서 그러고 있으면 배신자라고 소문날 텐데!"

"그러라고 그러는 거지, 배신자 새끼야."

"알았어요, 알았어. 어떻게 생겼는지 보여 드릴게."

주완은 핸드폰에 저장한 사진을 보여 주었다. 우스꽝스러운 표정을 짓고 있는 주완 옆에 말쑥하게 생긴 청년이 서 있었다. 짧게 자른 머리. 얼굴이 조각상처럼 매끈하다.

태석은 인상을 썼다.

"이런 게 있으면 진작 말했어야지, 새끼야."

"깜빡 잊고 있었어요. 보시면 아시겠지만 셀카 찍는데 그 새끼가 옆에 있었던 거예요."

태석은 코웃음을 쳤다. 거짓말이다. 문제가 생기면 써먹으려고 몰래 찍어 둔 것이겠지. 이런 놈들은 교활하기가 하늘을 찔러서 언제나 남의 뒤통수를 칠 준비가 되어 있다. 태석은 주완의 핸드폰을 품속에 넣으며 말했다.

"자, 그럼 서로 가자."

"뭐예요! 얼굴 알려 줬잖아요!"

"얼굴 안다고 어떻게 찾냐. 지구인이 몇 명인데. 오십억이 넘어! 지금까지 만난 장소랑 시간을 알려 줘야 탐문 조사를 하지. 유치장에 가서 차근차근 의논하자고."

"잠깐만요. 그 새끼 지금 어디 있는지 알아요!"

"이 새끼, 너 나랑 장난치냐?"

"말하려고 그랬어요. 근데 형사님이 너무 급하게 굴잖아요. 천 리 길도 한 걸음부터. 차근차근 제대로. 예?"

병철이 나섰다.

"그래, 차근차근 얘기하자. 이번에는 빼먹지 말고. 태석아, 함부로 힘쓰지 말고, 얘기하는 것 좀 들어."

태석은 못 이기는 척 고개를 끄떡였다. 피의자를 심문할 때 흔히 쓰는 좋은 형사―나쁜 형사 방법이다. 파트너가 된 초창기에는 역할을 돌아가며 맡았는데 그러다 적성을 깨닫고 병철은 좋은 형사를, 태석은 나쁜 형사를 전담하기로 했다.

병철이 은근히 물었다.

"그래서 변성수 어디 있는데?"

"병원에요."

"왜? 누가 다쳤어?"

"변성수 그 새끼가 골목대장 같은 놈이라 병풍처럼 애들을 두르고 다니거든요. 할 일 없고 불량한 애들인데, 그중에 코딱지라는 새끼가 있어요. 얼굴이 꼭 코딱지처럼 생겨서…… 아, 얼굴 보여 드리고 싶네. 딱 보면 코딱지라는 생각이 들어요."

"근데?"

"코딱지가 죽었어요."

"왜 죽었는데? 약을 너무 많이 먹었나?"

"아뇨, 교통사고래요. 술 처먹고 중앙분리대를 박았다나. 저도 오다가다 몇 번 봤는데 문상 오라고 하더라고요. 존나 웃기죠? 정체 감추려고 그렇게 애써 놓고 문상 오라니. 완전 아마추어 아니에요?"

태석이 코웃음을 쳤다.

"그래, 너는 프로라서 거기 안 가고 나이트에서 놀았냐?"

"아, 잘 모르는 새끼 장례식에 뭐하러 가요. 가 봤자 돈이나 나가지. 형사님들이나 가 보세요."

주완은 침을 한 번 삼키더니 호기심으로 눈을 빛내며 말했다.

"……갑자기 그 새끼 잡으려고 하는 걸 보니까 이번에 약 들여오는 거 알아냈나 봐요?"

태석은 멍해졌다. 약을 들여온다니? 갑자기 그게 무슨 소리야?

역시 경험 많은 병철의 임기응변이 그보다 한 수 위였다. 병철은 담배를 꺼내 입에 물며 아무렇지 않게 대꾸했다.

"그래, 소문 들었지. 양이 꽤 된다면서?"

"그렇다네요. 개새끼. 보따리장수 주제에 욕심은 많아 가지고. 아메리카 스타일로 팔아 보겠다고 큰소리치더니 시작하기도 전에 작살나게 생겼네."

병철이 태석에게 눈짓을 보냈다. 태석은 김주완의 멱살을 잡고 벽으로 밀어붙였다.

"너 똑바로 말해. 변성수가 뭘 들여오는데?"

"갑자기 왜 이래요?"

"뭐냐고, 말해!"

"저도 잘 몰라요! 신종 마약이래요. 완전히 새로운."

태석이 손을 놓자 주완은 고개를 숙인 채 콜록콜록 기침하다 짜증 섞인 눈으로 두 사람을 쳐다보았다.

"뭐예요, 하나도 몰랐어요?"

태석이 인상을 쓰며 고개를 끄덕였다.

"응, 몰랐어. 그러니까 빨리 말해. 어떤 약이야?"

"아, 진짜. 아직 시장에 풀리지도 않은 물건을 제가 어떻게 알아요. 아주 끝내준다는 소문만 있어요. 한 방이면 그냥 뽕 간대요. 들여오기만 하면 시장 판세가 완전히 달라질 거라고……."

"어디서 들여오는데?"

"일본에서요. 변성수가 야쿠자랑 선이 닿는대요."

병철은 침을 꿀꺽 삼켰다. 신종 마약이라고?

그는 처음 케타민이 등장했을 때의 일을 기억하고 있었다. 모텔에 모여 하얀 가루를 흡입하던 십여 명의 남녀를 긴급체포했는데 소변검사 결과가 음성으로 나와 전원 석방했다. 소변검사로 판별할 수 있는 마약이 히로뽕과 코카인, 헤로인과 대마초, 엑스터시밖에 없어서 벌어진 해프닝이었다. 나중에야 마약류 분류에 케타민이 들어가고 검사 시약도 개발돼 녀석들을 체포할 근거가 생겼지만 한동안 수사에 혼선이 생겼던 것도 사실이다.

이번에도 그때와 비슷한 일이 생기지 말라는 보장이 없다. 그런 때에 바람처럼 등장해 딜러를 체포하고 마약을 회수한다면? 당장 슈퍼스타 등극, 경찰청장 표창, 일 계급 승진도 꿈이 아니다. 아니지. 아직은 흥분할 때가 아니야. 좀 더, 좀 더 알아봐야 해. 샘플로 이십 그램 정도 들여오는 걸 수도 있으니까. 그는 목소리를 낮춰 물었다.

"양은 얼마나 된대?"

"몰라요. 암튼 꽤 많은가 봐요. 그동안 모은 돈 몽땅 꼴아박고 빚까지 졌다는 걸 보면. 한 십 킬로 떼기는 되지 않을까."

십 킬로라고? 태식은 입을 딱 벌렸다. 대한민국 경찰이 한 분기에 적발, 압수하는 마약의 양이 이십에서 삼십 킬로 내외다. 그런데 이름도 처음 듣는 애송이가 단번에 십 킬로를 들여오려고 했다고? 녀석의 말이 사실이라면 이건 진짜 대박이다. 잡기만 하면 일 계급 특진은 따 놓은 당상이나 마찬가지다.

병철은 태식에게 시선을 주었다. 태석 역시 비슷한 생각을 하는지 얼굴 가득 웃음꽃이 피어 있었다. 두 사람은 고개를 끄떡였다. 하늘이 주신 기회다. 절대 놓쳐선 안 된다.

태석은 주완의 다짐을 받았다.

"너 거짓말이면 죽는다."

"거짓말 아니거든요. 그럼 저 가도 되죠?"

"아니, 병원에 가서 확인해 봐야지."

"잠깐만요. 풀어 준다면서요! 약속했잖아요!"

"거짓말이지, 인마. 너 왜 이리 순진해? 세상이 호락호락해?"

"시트에 피 묻어요!"

"괜찮아, 사유서 쓰면 돼. 내가 쓰지, 뭐."

병철이 너그럽게 말했다. 주완은 발광했지만 엉덩이뼈를 몇 대 얻어맞자 잠잠해졌다. 태석은 두 사람을 차에 태우고 문짝 손잡이에 수갑을 연결해 움직이지 못하게 했다.

주완이 이를 갈았다.

"약속을 했으면 지켜야 남자 아니에요?"

태석이 물었다.

"내가 무슨 약속을 했는데?"

"풀어 준다고 약속했잖아요!"

"거짓말이라고 했어, 안 했어?"

"지금 그걸 말이라고 해요? 민주 경찰이 이래도 돼요? 범죄자도 인권이 있어요! 이대로 상처 뒀다가 흉터 남으면 책임질 거예요?"

"지금 병원 가잖아, 새끼야."

형사로 살다 보면

장례식장은 동대문의 패션 상가를 연상시킬 만큼 크고 화려했다. 대형 병원들은 장례식장 운영과 주차장 수익으로 적자를 메운다는 말이 사실인 모양이었다.

오늘따라 죽은 사람이 많은지, 아니면 친구가 많은 사람 위주로 죽었는지 주차장은 승용차들로 가득했다. 태석은 간신히 빈자리를 찾아 차를 세우고 근엄하게 생긴 경비원에게 받은 수자권을 글러브 박스에 쑤셔 넣었다. 그는 병철에게 다짐받는 것을 잊지 않았다.

"형, 주차비 영수증 처리 안 되면 반반씩 내야 돼."

"알았어, 알았어."

태석은 건성으로 대꾸하는 병철을 못 미덥다는 눈으로 쳐다보다가 중요한 점을 확인하지 않았다는 사실을 깨닫고 주완을 돌아보았다.

"코딱지 본명이 뭐냐?"

"모르겠는데요."

"친구라고 하지 않았니? 근데 왜 몰라?"

"제가 언제 친구라고 했어요. 그냥 코딱지라고 불렀다고 했지. 왜 이상한 눈으로 쳐다봐요. 그 새끼도 내 이름 몰라요."

태석은 고개를 설레설레 흔들었다. 교우 관계가 이따위니 마약을 하지. 이런 놈과 더 말을 섞어 봐야 시간 낭비일 뿐이다.

"변성수 잡아 올 때까지 여기서 꼼짝 말고 기다려라. 허튼수작 부리면 대가리가 부서질 줄 알아."

"어? 병원에 데려다 준다고 했잖아요."

"거짓말이지, 인마. 넌 학습 능력이 없니?"

"아니, 어떻게 사람이…… 그래도 형사가…… 두 분은 양심도 없어요?"

"양심이 뭐냐. 먹는 거야."

이제는 주완 역시 악이 받쳐 버럭버럭 소리를 질렀다.

"남의 머리에 빵꾸를 내 놓고 그런 말이 나와? 너희들 인권위에 고발할 거야. 이제 콩밥 먹을 줄 알아."

"이 새끼가 어디서 협박이야. 죽을라고."

그때 NY 모자가 나직하게 입을 열었다.

"저기요, 아저씨."

태석은 바짝 긴장해 NY 모자에게 시선을 돌렸다. 그는 처음부터 NY 모자를 위험인물로 간주하고 있었다. 김주완이야 목소리만 크지 배짱 없는 바보지만, NY 모자는 그렇지 않았다. 형사를 상대로 칼을 휘두른 독종 아닌가. 지금껏 한마디도 안 한 걸 보면 뭔가 꿍꿍이가 있는 게 틀림없다.

모자 아래로 NY 모자의 눈빛이 칼날처럼 빛났다. 눈빛으로 사람을 죽일 수 있다면 아마 저런 눈빛이리라. 이런 놈은 처음부터 조져서 기를 꺾어 놔야 한다. 태석은 기다렸다는 듯 NY 모자의 따귀를 갈기며 버럭 소리쳤다.

"너 인마, 누구한테 아저씨야! 형사님이라고 못 해?"

모자가 벗겨지고 녀석의 당황한 얼굴이 드러났다. 눈가에 눈물이 그렁그렁하다. 이 자식 왜 이래? 태석이 당황할 때 NY 모자는 거의 울 듯한 목소리로 말했다.

"형사님…… 저 똥 마려워요. 못 참겠어요."

태석은 자신의 귀를 의심했다. 똥이 마렵다니 그게 무슨 소리래? 내 똥이나 먹으라는 미국식 욕일까? 그는 다시 물었다.

"뭐라고?"

"똥 마렵다고요."

잠시 침묵이 흘렀다. 태석은 NY 모자의 얼굴을 자세히 살폈다. 금방이라도 쌀 것 같은 표정인 것이 거짓말이 아닌 듯했다. 이제 보니 그냥 바보였구나. 태석은 안심했다.

병철이 〈아침마당〉에 나오는 의학박사처럼 말했다.

"참아. 사람은 똥을 스물네 시간 참을 수 있으니까."

"나올 거 같은데요."

태석은 으르렁거렸다.

"너 차에 똥 묻히면 파묻어 버릴 줄 알아. 진짜야. 트렁크에 비닐이랑 십이랑 다 있어. 너들 같은 씨라미, 없애 버리는 거 일도 아냐. 부모님이 너네 찾을 거 같으냐? 절대 안 찾아. 불효자가 없어져 속 시원하다고 좋아한다."

"진짜 쌀 것 같단 말이에요."

"그래, 싸라니까. 어떻게 되나 보게."

NY 모자는 똥은 못 싸고 대신 울음을 터뜨렸다.

병철이 결론을 내렸다.

"자, 진정하고. 삼십 분 내로 돌아올 테니까 조용히 기다려라. 그런 다음에 넌 변소에, 넌 응급실에 데려다 줄 테니까."

태석이 만의 하나, 알아듣지 못할 놈을 위해 설명을 덧붙였다.

"우리가 돌아왔을 때 조금이라도 마음에 안 드는 게 있으면 둘 다 땅속 구경할 줄 알아. 넌 똥 싸지 말고, 넌 피 흘리지 마."

두 사람은 주차장을 나섰다. 으리으리한 장례식장 건물 앞에 커다란 장례 버스가 여러 대 주차되어 있고 정문 앞에는 양복 차림의 남자들이 모여 담배를 태우고 있었다. 입구의 '24시간 편의점' 간판이 반짝반짝 빛났다.

병철이 부러운 듯 말했다.

"이런 데서 편의점 하면 돈 많이 벌 거야. 그치?"

태석은 그런 병철을 의심쩍은 눈으로 바라보다 물었다.

"형, 아까 김주완이 돈 준다고 했을 때 좀 땡겼지? 갑자기 말이 없어지더라? 얼마 줄 건지 묻고 싶었지?"

"무슨 소리를 하는 거야. 사람을 뭘로 보고."

병철은 딱 잡아뗐지만 태석은 여전히 의심을 풀지 않았다. 전에도 비슷한 일이 있었기 때문이다.

"생각도 하지 마. 형 돈 받는 거 보면 나 신고할 거야."

"네 맘대로 해라, 이 고자질쟁이야."

병철은 장례식장 문을 밀고 들어가다 말했다.

"너 아까 걔 전화번호 땄지?"

"누구?"

"나이트, 제시카에서 알바 뛴다는 애."

태석은 병철의 무식함에 절박함마저 느꼈다. 이 인간은 아역 탤런트 출신이라고 떠들더니 영화도 안 보나?

병철이 파삭 인상을 구겼다.

"너 진짜 그러기냐? 솔직히 지난 삼 년 동안 너 여자 몇 명이나 만났냐. 그런데 내가 여자 한 명 사귀려고 하니까 그걸 빼앗아 가?"

"무슨 소릴 하는 거야. 형은 결혼했잖아. 형수가 눈을 시퍼렇게 뜨고 있는데 내가 왜 여자를 소개시켜 줘."

"외로우니까."

"지금 형이 한 말 형수한테 전해 줘도 될까?"

병철은 움찔 몸을 떨었다. 아내 생각을 하자 겁이 나는 모양이다. 그는 얼른 손을 내저었다.

"아, 됐어, 됐어. 더럽고 치사해서 내가 그만둔다. 넌 형 무시하고 계속 여자들 만나고 다녀라. 좋겠다, 여자 많아서."

"형, 중년의 위기 같은 거야? 정신적으로 불안정해?"

"너처럼 더러운 고자질쟁이는 진짜 처음 봤다."

장례식장 로비 한가운데 걸린 빈소 안내판에 호실별로 사망자 그리고 유가족의 이름이 적혀 있고 안내판 아래 조의금을 낼 때 쓰는 하얀 봉투가 차곡차곡 쌓여 있었다.

태석이 팔짱을 끼며 이마를 찌푸렸다.

"코딱지 이름이 뭘까? 김치용? 장종호?"

"글쎄…… 코딱지 닮았다고 했으니까 사진 보면 알겠지."

병철은 지하 일 층을, 태석은 지하 이 층을 확인하기로 했다. 병철은 봉투를 몇 개 집어 절반은 자기가 깃고 절반은 태식에게 건넸다.

"누가 쳐다보면 조의금 내는 척해라. 괜히 형사 티 팍팍 내 가며 들어가지 말고."

태석은 병철의 얼굴을 가만히 쳐다보다 입을 열었다.

"그냥 같이 다닐까?"

"왜?"

"변성수가 골목대장 같은 놈이란 얘기 들었잖아. 혼자 있다가 당하기라도 하면……."

태석은 말끝을 흐렸다. 병철의 실력을 믿지 못하겠다는 말은 차마

할 수 없어서인데, 병철은 무슨 뜻인지 알아차리고 쌍심지를 켰다.

"아까 내가 비호처럼 날아서 칼 든 놈 때려잡는 거 못 봤어? 내가 스티븐 시걸이랑 싸워도 승부를 장담할 수 없는 사람이야."

"그거야 그렇겠지. 그 아저씨 많이 늙었던데. 최근작 보니까 주먹도 제대로 못 휘두르더라. 영화도 전부 비디오 직행이고⋯⋯."

"시걸 형이나 나나 급할 때 한 방은 있어. 넌 끝까지 날 무시해야 직성이 풀릴 모양인데 어디 두고 보자. 내가 전부 체포해서 끌고 올 테니까."

"그런 게 아니라⋯⋯."

병철은 태석의 대답을 듣지 않고 아래층으로 내려갔다. 태석은 혀를 찼다. 하여간에 저 인간⋯⋯.

❈❈│❈❈

태석은 봉투를 만지작거리며 1호실로 들어갔다. 향불 연기 뒤로 머리가 희끗희끗한 중년 남자의 영정이 보였다.

여긴 아니로군.

코딱지가 아무리 늘그막에 마약업계에 뛰어들었다고 해도 마흔이 넘었을 리 없다. 그 나이까지 애들한테 약 팔고 있었다면 진짜 한심한 놈이지.

태석은 돌아서려다 여섯 살 정도로 보이는 상주와 시선이 마주쳤다. 상주는 멍한 표정으로 벽에 기대서 있었다. 왜 여기 있어야 하는지 모르겠다는 표정이다. 태석은 걸음을 멈췄다.

그는 어린 나이에 상주가 되는 일이 어떤 것인지 알고 있었다. 나이가 서른에 가까워진 지금도 장례식장에서 있었던 일이 잊히지 않는

다. 울음을 터뜨리던 고모들. 숙연한 표정의 어른들. 머리를 쓰다듬던 커다란 손들. 영안실 특유의 서늘함. 피곤한 날에는 반드시 그날의 꿈을 꾸다가 깬다.

태석은 몸가짐을 바로 한 다음 영정 앞으로 가 절을 하고 향을 꽂았다. 어머니로 보이는 여자가 상주에게 마주 절하라고 등을 떠밀었다. 태석은 상주와 맞절을 하고 꼬마의 얼굴을 바라보았다. 조금 전까지 울었는지 눈 주위가 빨갰다.

태석은 물었다.

"이름이 뭐냐?"

"민순데요, 조민수."

"어깨 펴, 인마."

태석은 손을 들어 상주의 어깨를 꽉 잡았다.

"눈에 힘주고! 허리 세우고! 말할 땐 상대방 눈을 봐. 괜히 걱정하거나 두려워할 거 없어. 아버지가 늘 네 뒤를 봐주실 테니까. 넌 그냥 사나이답게 용감하게 열심히 살기만 하면 돼. 알겠냐?"

상주는 눈을 부릅뜨고 허리를 꼿꼿하게 폈다. 태석은 인생에 도움이 될 말이 더 없나 궁리하다가 덧붙였다.

"엄마 밀씀도 잘 듣고 가끔 공부도 해라."

돌아서는데 조의금 함이 보였다. 태석은 가진 돈을 탈탈 털어 함에 넣고 빈소를 나왔다. 미망인이 뒤따라 나오며 그를 불렀다. 약간 초췌하긴 했지만 미인이었다. 그녀는 공손히 고개를 숙였다.

"멀리까지 와 주셔서 감사합니다."

"저 그게…… 별로 안 멀어서요."

"그런데 저희 남편과는 어떤 사이셨는지……?"

"그냥 후밴데요."

"같이 학교를 다니셨나요?"

"그냥 인생 후배······."

더 말을 섞어서 좋을 게 없다. 태석은 슬금슬금 뒷걸음치다 '제가 급한 일이 있어서······.' 라고 말하며 돌아서서 뛰었다.

미망인이 소리쳤다.

"아이한테 좋은 말씀 해 주셔서 감사드려요."

태석은 모퉁이를 돌아 휴우, 한숨을 쉬었다. 좀 쑥스럽긴 하지만 좋은 일을 한 것 같아 기분이 나쁘진 않았다.

그는 눈에 힘을 주고 허리를 꼿꼿이 세우고 어깨를 펴는 일에는 성공했지만 가끔 공부를 한다거나 어머니께 효도하는 일에는 실패했다. 꼬맹이는 둘 다 성공하길 바랄 뿐이다.

그때 사람들이 웅성대는 소리가 들렸다. 태석은 가까이 선 남자에게 물었다.

"무슨 일입니까?"

"아래층에서 싸움이 났대요. 경찰이라는데······."

무슨 일이 벌어졌는지 안 봐도 비디오다. 유병철, 이 인간 진짜. 혼자 행동하지 말라고 내가 그렇게 말했는데.

태석은 계단을 향해 뛰었다. 병철에게 돌이킬 수 없는 사고가 벌어지지 않았기를 기도하면서.

-◈◈-

병철은 태석처럼 영정 사진을 보려고 빈소 안을 힐끔거리는 추태를 부리지 않았다. 태석보다 백배쯤 똑똑하기 때문이다. 화환을 보낸 자들의 면면만 봐도 죽은 이에 대해 많은 것을 알 수 있다. 그런 다음 문상객의 얼굴을 살피면 대충 답이 나온다. 옛말에 초록은 동색이라고 했다. 코딱지 친구라면 가래침이나 피고름이 고작일 것이다.

첫 번째 빈소에는 이름 모를 중소기업에서 보낸 화환이 여럿 놓여 있고 양복 차림의 젊은이들이 잔뜩 보였다. 그렇다면 대기업의 과장 쯤 되는 사람이 과로사한 거겠지. 두 번째 빈소는 본사며 인근 영업점에서 보낸 화환으로 보아 해장국 체인점의 점주가 죽은 모양이었다.

세 번째 빈소에서 병철은 수상쩍은 냄새를 맡았다. 입구에 '믿음기획'이란 연예 기획사와 '즉시크레딧'이라는 사채업체에서 보낸 화환이 사이좋게 서 있었던 것이다.

문상객을 살피니 아니나 다를까 절반은 건달이요, 절반은 중독자였다. 당장 소변검사만 실시해도 서른 명은 체포할 수 있을 것 같다. 형사로 살다 보면 신기 들린 무당과 비슷해진다. 얼굴만 봐도 눈앞에 과거가 스쳐 지나가는 것이다.

문상객 중에는 방금 클럽에서 몸을 흔들다가 온 것으로 보이는, 헐벗은 계집애들도 여럿 있었다. 그들은 무인도에 불시착한 관광객처럼 불편한 표정으로 시계를 힐끔거렸다.

병철은 그들에게 다가가 근엄한 목소리로 물었다.

"젊은이들, 코딱지 친군가?"

"친구 아닌데요. 그냥 아는 사인데요. 아저씨는 누구예요?"

"나도 그냥 아는 사이야."

코딱지의 본명은 조필승. 코딱지를 닮았다던 김주완의 장담과는 달리 헌칠하게 생긴 젊은이였다. 빈소 한쪽에서 어머니로 보이는 여자가 섧게 울고 있었다.

병철은 조의금으로 얼마를 낼지 고민하다가 이만 원만 내고 식당으로 들어섰다. 식당은 마룻바닥으로 되어 있어 신발을 벗고 올라가야 했다. 병철은 신발을 신은 채 툇마루에 걸터앉았다. 문상객 대부분이 스물 안팎의 젊은이들이었다. 그들은 지금 자신이 있는 곳이 어디인지도 잊은 채 웃고 까불었다.

변성수는 보이지 않았다. 벌써 왔다가 갔는지 아니면 근처에 있는 데 찾지 못한 것인지 알 수 없었다. 병철은 조바심 내지 않았다. 형사로 살다 보면 기다림에 익숙해진다.

그는 태석에게 전화하려다 그만두었다. 배은망덕한 놈. 콧물을 질질 흘리는 애송이를 가르쳐서 사람 만들어 놨더니 은혜도 모르고 선배 속을 뒤집어? 돈 먹으면 신고한다니. 죽일 놈. 딱 한 번 실수로 그런 걸 가지고 삼 년째 우려먹고 있다. 고자질쟁이의 도움은 필요 없다. 변성수란 놈, 꼭 혼자 잡고 혼자 진급할 거다.

병철은 핸드폰을 식탁 위에 놓고 맥주를 집어 들었다. 방금 냉장고에서 꺼냈는지 시원했다.

문득 호기심이 생겼다. 코딱지는 왜 죽었을까? 정말 술 먹고 전봇대를 박은 걸까? 혹시 누군가에게 당한 게 아닐까? 형사로 살다 보면 무슨 일이든 의심하는 버릇이 생긴다. 세상이 흔히 생각하는 것보다 엉망이란 사실을 알게 되기 때문이다.

그때 낯익은 얼굴이 보였다. 살짝 웨이브진 짧은 머리에 선글라스를 낀 호남으로 연예인인가 착각할 만큼 잘생긴 남자였다. 저놈을 어디서 봤더라? 드라마에서 봤나?

병철은 깨달았다. 변성수구나!

변성수 뒤로 부하가 둘 보였다. 세 명의 불한당은 마룻바닥 위로 올라와 구석 자리에 앉았다. 병철은 녀석들이 벗고 간 신발을 마루 깊숙이 밀어 넣고 그들 옆으로 자리를 옮겼다.

놈들이 수군대는 소리가 들렸다.

계집애 얼굴이 반반……. 그런 애들이 콧대가 높아서……. 밤일을 보통 잘하는 게 아니야……. 돈 냄새를 귀신처럼 맡는데…….

병철은 궁리했다. 저놈들을 어떻게 처리해야 하려나? 혼자서 셋을 처리하는 건 무리다. 기습 공격으로 한 명을 제압해도 둘이나 남으니까. 아니면 조금 기다려 볼까? 한 놈이라도 화장실에 갔을 때 일을 시작해도 될 것 같은데.

그가 주저하는 사이에도 시시껄렁한 여자 이야기며 외제 차 이야기가 계속되었다. 어느 순간, 누군가 내뱉은 한마디가 들려왔다.

"⋯⋯도리도리 말이야."

병철은 귀를 쫑긋 세웠다. 도리도리는 엑스터시의 또 다른 이름이다. 엑스터시가 국내에 상륙했을 때 한참 테크노 댄스가 유행하던 참이라 약 처먹고 밤새 도리도리 머리를 흔들며 춤을 춘다고 그런 별명이 붙었다.

하지만 다음 말이 들리지 않았다. 그는 술에 취한 것처럼 테이블에 몸을 기대며 녀석들 쪽으로 머리를 기울였다. 그제야 녀석의 목소리가 또렷해졌다.

"영국 학자들이 그랬대. 도리도리는 코카인이나 헤로인만큼 위험하지 않으니까 위험 등급을 한 단계 낮춰야 한다고. 생각해 보면 말이야, 도리도리는 파티 약물이잖아. 파티 때 도리도리 즐긴 다음에 집에 가서 푹 쉬면 피로도 풀리고 좋지 않겠어? 사실은 술이나 담배가 더 중독되기 쉽고 위험한 거잖아. 안 그래?"

병철은 핸드폰을 집어 들었다. 거울처럼 매끈한 핸드폰 표면에 변성수 일당의 얼굴이 비쳤다. 단정한 머리에 도수가 높아 보이는 동그란 안경을 낀 청년이 침을 튀겨 가며 떠들고 있었다.

"그래서 낮췄대?"

맞은편에 앉은 덩치가 말을 받았다. 통나무를 연상시키는 목둘레나 금방이라도 셔츠를 찢고 나올 것 같은 우람한 팔뚝으로 보아 보충제 좀 먹어 본 놈이 틀림없었다.

"아니. 영국은 꼰대의 나라잖아. 그냥 뒀대. 언제들 정신 차리려고 그러는지 몰라. 이렇게 좋은걸."

안경잡이는 미친놈처럼 키득키득 웃었다. 병철은 녀석의 눈동자가 십 원짜리 동전처럼 커져 있음을 깨달았다. 그렇다면 잔뜩 흥분한 말투며 벌게진 얼굴도 설명이 된다. 녀석은 약 기운에 빠져 있었다.

됐어, 이놈들은 진짜야. 병철은 회심의 미소를 지었다. 잘만 하면 일이 쉽게 풀릴 수도 있겠다. 소변검사만 해도 긴급체포가 가능해졌으니까. 어떤 놈이든 한 놈만 화장실에 가면 일을 시작해야지.

그때 변성수가 말했다.

"자, 코딱지가 천국에 가길 바라며 다 같이 건배하자."

변성수는 상당한 미남이었다. 울림이 좋은 저음의 목소리 역시 심야 라디오방송의 DJ를 연상시킬 만큼 훌륭하다. 저런 놈이 왜 약장사를 하는지 모르겠군. 호스트바에서 일해도 먹힐 것 같은데.

변성수 일당은 다 함께 캔을 부딪치고 쭉 들이켰다. 그리고 그 새끼 잘 죽었지, 약에 취해서 정신 못 차리더니…… 등등의 대화가 오갔다.

덩치가 말했다.

"그나저나 성수 형 요새 여자 만나요? 누가 '앤써'에서 술 마시는 거 봤다던데? 여자가 그렇게 예쁘다던데?"

안경잡이가 대신 대답했다.

"성수 형 맞선 본 거 몰라? 대한민국 0.1퍼센트만 가입 가능하다는 노블레스클럽에 공짜로 들어갔잖아. 난 가입비만 이백을 냈는데도 아직 일반 회원인데. 차별대우 쩔지 않냐?"

"정말요? 형, 나도 거기 가입시켜 줘."

"미친 새끼. 넌 대한민국 99.9퍼센트잖아."

"무슨 소리야, 나도 대학 나왔어! 군대!"

변성수가 살짝 웃었다. 녀석은 자신이 마피아 보스라도 된다고 착각하는 모양인지 여전히 선글라스를 끼고 있었다.

무심한듯
시크하게

영화가 애들 망쳤지. 병철은 혀를 찼다. 폭력배에 약쟁이들도 소위
'간지'를 내려고 기를 쓴다. 교도소에 가면 알겠지. 조그만 골방에
남자 열 명이 지저분한 변기를 함께 쓰게 되면 간지가 얼마나 허망한
것인지 깨닫게 된다.

덩치가 말했다.

"잠깐만. 저 새끼 뭐야? 우리 얘기 듣는 거 아냐?"

병철은 아차 싶었다. 녀석들에게 너무 가까이 붙었던 모양이다. 그
는 녀석들 쪽으로 기울였던 상체를 똑바로 세우고 술에 취한 척 캬아,
소리를 냈다. 좋아, 물 흐르듯 자연스러운 연기야. 이 정도면 탤런트
로 복귀해도 되겠어. 그가 자신만만해할 때, 덩치의 목소리가 들렸다.

"거기 아저씨, 나 좀 보쇼."

씨발. 안 속았구나. 병철의 가슴이 서늘해졌다.

안경잡이가 말했다.

"왜 모르는 아저씨한테 시비야?"

"시비 아냐. 진짜 훔쳐 듣고 있었다니까. 아저씨, 내 말 안 들려?"

덩치가 어깨를 잡았다. 상반신 전체가 쩌릿쩌릿하게 울린다. 역시
운동을 한 놈이다. 병철은 녀석을 돌아보며 일부러 놀란 소리를 냈다.

"무슨 일이세요?"

"너 우리가 하는 말 훔쳐 들었지?"

"무슨 말요?"

"아닌 척하긴. 핸드폰으로 우리 사진 찍고 있었잖아. 내가 다 봤어."

"핸드폰 게임 하고 있었는데요."

"어디 보자."

덩치는 우악스럽게 병철의 품속을 뒤졌다.

병철은 난감해졌다. 놈들의 사진을 찍은 것이 사실이기 때문이다.
나중에 확인하기 편하게 하려고 그랬는데 골치 아프게 됐다. 어쩔 수

없지. 끝까지 뻗대는 수밖에. 병철은 덩치의 팔을 잡고 늘어지며 말했다.

"당신 강도야? 왜 남의 핸드폰을 가져가?"

"가만있어, 인마."

덩치가 손을 뿌리치는 순간 병철은 축구 스타 조재진 못지않은 할리우드 액션을 선보이며 바닥을 나뒹굴었다. 덩치조차 '내 힘이 이정도였나?' 하는 표정으로 손바닥을 내려다보았다.

됐어, 먼저 맞았으니까 이제 정당방위야.

병철은 벌떡 일어나 덩치에게 주먹을 날렸다. 달리는 트럭도 멈춰 세울 만큼 호쾌한 일격이었는데 덩치는 간단하게 병철의 주먹을 움켜잡더니 다른 손으로 핸드폰을 확인했다.

"그럼 그렇지. 사진 찍었네. 너 뭐 하는 놈이야?"

"저기 그게 아니라……."

병철은 당황해서 말을 더듬었다. 회심의 일격이 이토록 쉽게 막힐 줄은 몰랐다. 안경잡이가 까마귀처럼 웃었다. 덩치가 동료들에게 핸드폰을 보일 때 병철은 펄쩍 뛰어 그의 가슴에 발차기를 먹였다. 아니, 먹이려 했지만 이번에도 덩치가 먼저 팔을 휘둘러 다리를 걷어 냈다. 병철은 보기 좋게 엉덩방아를 찧었다. 엉덩이뼈가 부서진 것처럼 아팠지만 그보다는 심적인 충격이 더 컸다. 병철은 두 손으로 바닥을 더듬으며 생각했다. 내가 이렇게 늙었나? 짜고 치는 고스톱도 아니고 이렇게 간단히 제압당하다니…….

덩치가 병철의 멱살을 잡아 번쩍 쳐들었다.

"너 방금 재롱 잔치 했니?"

병철이 목이 졸려 컥컥댈 때 변성수가 나섰다.

"잠깐만."

덩치가 살짝 손의 힘을 풀었다.

변성수는 천천히 선글라스를 벗었다. 부드럽지만 차가운 눈빛. 병철은 오랜 경험을 통해 저런 자들이 수족관 유리 뒤에 있는 상어와 다르지 않다는 사실을 알고 있었다. 기회만 되면 사람을 잡아먹으려 드는 것이다.

"아저씨, 정말 우리 얘기 엿들었어요?"

덩치가 변성수를 돌아보며 항변했다.

"제가 봤다니까요. 여기 핸드폰에 사진도 찍혔고……."

덩치의 하얀 목이 병철의 눈앞에 무방비 상태로 드러났다. 이 자식, 사람 진짜 무시하는구나. 병철은 이를 악물고 손가락을 구부려 덩치의 목울대를 찔렀다. 덩치가 휘파람 같은 숨을 몰아쉬며 무릎을 꿇었다. 병철은 덩치의 머리를 두 손으로 움켜잡고 바닥에 내동댕이쳤다. 쿵. 거목이 쓰러지듯 덩치가 머리를 박았다.

병철은 숨을 크게 들이마셨다. 그래, 형사 유병철 아직 안 끝났어. 아직 쩡쩡한 현역이지! 그는 경찰수첩을 쳐들며 소리쳤다.

"모두 동작 그만. 경찰이다."

장내가 조용해졌다. 다들 놀란 눈으로 병철을 쳐다봤다.

하지만 변성수만은 태연자약했다.

"신분증 좀 높이 들어 주시겠어요? 질 안 보이네요. 조금 돌려 주시겠습니까. 흠. 이제 됐습니다. 유병철 경사님, 무슨 일입니까?"

병철은 무슨 말을 할지 고민했다. 일단 경찰 폭행이라고 우긴 다음 서로 끌고 가서 소변검사를 할까? 아니면 여기서 살짝 간을 볼까? 경찰이란 말을 듣고도 침착한 걸 보면 바보가 아닌 이상 믿는 구석이 있다는 뜻이다. 어느 쪽인지 알아보는 게 좋겠지.

"변성수. 맞지?"

"그런데요. 절 아십니까?"

"이제 알게 될 거야. 네가 시내에 약 뿌렸다고 고발이 들어왔거든."

"제가요? 약을요?"

병철은 고개를 끄떡이고 언성을 높였다.

"그래서 찾아왔는데 경찰을 때려? 너희들 이제 큰일 난 거야. 폭행죄는 물론이고 서에 가자마자 소변검사랑 모발검사 할 거니까. 찔리는 게 있는 놈은 미리 말하는 게 좋을걸."

변성수는 재미있다는 듯 웃었다. 하지만 안경잡이의 표정이 어두워지는 것으로 보아 소변검사를 하면 난리 나는 게 틀림없었다. 백 원짜리 동전만큼 커다랗던 녀석의 눈동자는 어느새 바늘귀처럼 작아져 있다. 게다가 비 맞은 땡추 같은 중얼거림까지. 무슨 약인지 모르지만 녀석은 확실히 약에 취해 있었다. 병철은 마음속으로 빙고를 외치며 성수를 향해 걸음을 떼었다.

"일어나라. 경찰서 가야지."

"변호사를 불러도 될까요?"

"응, 불러. 어차피 그 전에 누군가 한 놈이 불 테니까."

병철이 자신 있게 말할 때, 덩치가 괴성을 지르며 일어섰다. 병철이 돌아서려 했을 땐 너무 늦었다. 덩치는 두 팔로 병철의 허리를 잡고 번쩍 쳐들었다. 우두둑. 허리에서 뼈가 어긋나는 소리가 났다. 병철은 순간적으로 정신이 아득해지는 걸 느꼈다.

허, 허리만은 안 돼!

병철은 미친 듯이 팔꿈치를 휘둘렀지만 덩치의 팔은 강철 프레스처럼 단단했다. 병철이 더 견디지 못하고 팔을 늘어뜨릴 때, 어디선가 '거기 너!' 하는 고함이 들렸다.

허리를 조이던 손이 풀리고 병철은 그 자리에 주저앉았다. 덩치의 어깨 너머로 태석이 마루 끝을 밟고 대붕大鵬처럼 날아오르는 모습이 보였다. 병철은, 지옥에서 보살을 만난 것처럼 기뻤다.

태석은 덩치를 걷어찼다. 덩치는 부웅 날아올라 식탁 다섯 개를 넘어뜨리며 볼링공처럼 굴러갔다. 태석 역시 균형을 잃고 고꾸라졌다. 당연한 일이다. WWE 특설 링도 아닌데 두발차기를 하고 똑바로 설수 있다면 그게 이상한 일이다. 지금껏 열 번 넘게 시도했지만 한 번도 똑바로 착지한 적이 없다.

태석은 쓰러졌을 때만큼이나 빠르게 일어나 남은 두 놈을 노려보았다. 변성수란 놈은 눈앞에서 벌어지는 일이 자신과 상관없는 것처럼 태연자약했지만 안경잡이는 겁에 질려 부들부들 떨고 있었다. 오케이, 한 놈만 제압하면 게임 오버군.

태석은 병철을 돌아보며 물었다.

"형, 괜찮아?"

"그럼, 괜찮지. 나 혼자서도 충분한데 왜 왔냐."

병철은 호기롭게 대답했지만 바닥에 엎드린 채 하는 말이라 설득력이 없었다. 태석은 마음속으로 혀를 찼다. 하여간에 약한 모습은 절대 안 보이려고 해요.

병철이 변성수와 안경을 턱으로 가리키며 말했다.

"뭐하냐, 저놈들이나 처리해."

"오케이."

태석은 수갑을 꺼내 들고 변성수 앞에 섰다.

"존나 병신, 맞지? 나 정태석이다. 자, 그거 차라."

태석은 식탁 위에 수갑을 던졌다. 변성수는 수갑을 쳐다보다 다시 태석에게 시선을 주었다. 태석은 손가락을 까딱였다.

"싫으면 한 대 맞고 차든가."

변성수가 천천히 일어섰다. 막상 마주 서니 변성수의 키가 태석보다 오 센티쯤 더 컸다. 변성수는 태석을 뚫어져라 바라보며 수갑을 집어 들어 한쪽 손목에 채웠다. 태석은 어이가 없어 피식 웃었다.

"너 뭐냐? 존나 째려보더니 그냥 항복해?"

그때 변성수의 발끝이 태석의 옆구리에 박혔다. 태석은 내장이 뒤틀리는 통증을 느끼며 휘청거렸다. 변성수가 돌아서며 회축을 날렸다. 태석은 간신히 몸을 틀어 발끝을 피했다. 쿵. 체중을 실은 발꿈치에 시멘트 벽이 움푹 파였다. 태권도든 킥복싱이든 발을 쓰는 운동을 배운 놈이다. 태석은 태클하듯 몸을 날려 두 손으로 변성수의 다리를 잡았다.

"이 새끼가 어디서 재주를 부려?"

태석이 숨을 헐떡이며 말할 때 변성수의 원투가 얼굴에 작렬했다. 태석은 컥 소리를 내고 비틀비틀 물러서다 대자로 자빠졌다. 침침한 전등 불빛 아래로 변성수의 얼굴이 보였다.

"하여간에 한국 경찰, 진짜 수준 떨어지네요."

너 이 자식, 잠깐 거기 있어 봐. 정태석은 마음속으로 소리치며 바닥을 짚고 일어섰다. 그런데 빙그르르 하늘이 돌더니 눈앞에 다시 바닥이 있었다. 그는 그대로 머리를 박았다.

변성수가 안경을 돌아보며 말했다.

"가자."

안경잡이는 겉옷을 걸치고 급히 변성수의 뒤를 따랐다. 변성수가 복도로 나서자 구경하던 사람들이 좌우로 흩어졌다. 덩치가 한쪽 다리를 쩔뚝거리며 일어나 보스의 뒤를 따라갔다.

태석은 바닥에 머리를 댄 채 버둥거렸다. 정신이 하나도 없고 귀에서는 삐이, 소리가 났다. 특별히 아픈 곳은 없는데 팔다리에 도통 힘이 들어가지 않았다. 진짜 제대로 맞은 모양이다.

괜찮아. 일어날 수 있어. 별거 아니야. 심호흡, 심호흡을 해.

그때 병철의 고함이 들렸다.

"가긴 어딜 가!"

병철의 목소리에선 죽어서라도 변성수를 막겠다는 단호한 각오가 느껴졌다. 태석은 기운을 냈다. 그래, 유 선배가 있었지. 유병철이라면 최소한 이십 초는 끌어 주겠지. 그때까지 일어나서 앞뒤로 공격한다면……. 그때 퍽, 하고 누군가 마룻바닥 아래로 굴러떨어지는 소리가 들렸다.

변성수가 말했다.

"푹 쉬세요."

벌써 당한 거야? 태석은 입술을 깨물며 일어섰다. 순간적으로 눈앞이 흐릿해졌지만 변성수의 뒤통수가 시야에 들어왔다. 그는 권총을 뽑아 녀석의 등을 겨누며 소리쳤다.

"야, 이 새끼야! 거기 서! 대가리에 빵꾸 나기 싫으면."

변성수는 태석을 돌아보며 피식 웃었다.

"설마 그 총 쏘시려는 건 아니겠죠?"

"다른 놈들! 뒈지기 싫으면 바닥에 머리 박아라. 변성수 넌 가만히 있어도 돼. 나랑 다시 붙어야 되니까."

태석은 입안에 고인 피를 뱉었다. 얼굴이 얼얼했다. 변성수가 쯧쯧 혀를 찼다.

"한국 경찰 정말 촌스러운 거 압니까. M10 38구경 리볼버. 미국에선 서부 시대에나 쓰던 총이에요. 일명 나비잡이 총이죠. 그걸로 잡을 수 있는 건 나비밖에 없거든요. 제 친구는 이번에 한국에 와서 경찰들 보고 소꿉놀이하는 것 같다고 하더군요."

"대가리 박으라니까 왜 딴소리야, 새끼야."

"사격 연습은 많이 했어요? 거리가 한 십 미터 되는데, 잘못해서 다른 사람을 맞히면 어쩔 겁니까? 하긴, 절 맞혀도 문제죠. 뒷감당할 자신은 있습니까?"

구경하던 문상객들이 주춤주춤 옆으로 물러섰다. 변성수는 비릿한 미소를 지으며 두 팔을 벌렸다. 쏠 테면 쏴 보라는 태도다. 다른 녀석들은 기둥 뒤에 반쯤 몸을 걸친 채 여차하면 튈 기색을 보였다.

태석은 배알이 꼴렸다. 이 새끼가 총을 무시해?

총기 사용 시 뒤탈이 생기는 건 사실이다. 정확하게 범인을 쏴서 제압해도 과잉 검거로 감찰을 받고, 설사 무혐의 판정을 받는다고 해도 민사소송 시 손해배상을 감수해야 한다. 그래서 대부분의 형사들은 위급한 순간이 닥쳐도 총을 위협용으로만 쓸 뿐, 실제로 사용하진 않았다. 하지만 오늘만은 못 참겠다. 감봉에 휴직을 당하는 일이 있어도 저놈이 총 맞고 우는 꼴을 봐야겠다.

태석은 변성수의 다리 쪽으로 겨냥을 틀고 미친놈처럼 중얼거렸다.

"나비야, 훨훨 날아 봐라."

변성수의 표정이 변했다. 태석이 정말로 총을 쏠 것이란 사실을 깨달은 것이다.

그때 덩치가 소리쳤다.

"이거나 받아!"

놈은 기둥 뒤에 서 있던 꼬마의 목덜미를 잡아 태석에게 던졌다. 태석은 총구를 내리고 아이를 향해 몸을 날렸다. 그는 간신히 아이를 받았고 두 사람은 한 덩어리가 되어 식탁 사이를 굴렀다. 태석은 일어나자마자 품 안의 꼬마부터 살폈다. 아이는 놀란 표정이었지만 다친 곳은 없었다. 태석은 아이의 머리를 쥐어박았다.

"인마, 왜 그런데 서 있어."

울음을 터뜨리는 꼬마를 내려놓고 벌떡 일어섰다. 어느새 변성수 일당은 사라지고 없었다. 병철이 핸드폰을 꺼내 들고 서에 지원을 요청하고 있었다.

무심한듯
시크하게

"개새끼들. 니들이 가긴 어딜 간다고? 형, 뒤처리 좀 해 줘."

태석은 병철에게 아이를 넘겨주고 쏜살같이 뛰었다.

시원한 밤공기가 얼굴을 때렸다. 담배를 피우던 사람들이 태석의 부어터진 얼굴을 보고 놀란 표정을 지었다. 변성수 일당은 보이지 않았다. 태석은 주차장을 향해 뛰었다. 바리케이드를 넘어 자동차 사이로 들어갈 때 요란한 시동음과 함께 헤드라이트 불빛이 눈을 찔렀다.

태석은 반사적으로 손을 들어 얼굴을 가렸다. 손가락 사이로 맹렬하게 돌진해 오는 승용차가 보였다. 공포로 다리가 뻣뻣하게 굳었다. 움직여, 멍청아! 태석은 차에 부딪치기 직전 간신히 몸을 날렸다. 승용차는 간발의 차이로 그를 지나쳐 주차장을 빠져나갔다.

도망치는 차의 꽁무니에 벤츠 마크가 보였다. 어떤 놈이 모는 차인지는 안 봐도 비디오다. 깡패나 마약쟁이 중에 외제 차 안 모는 놈 못 봤으니까.

"이 새끼들 진짜 죽었어."

태석은 욕설을 내뱉으며 절뚝절뚝 자신의 차로 뛰었다. 가슴과 무릎이 불이 난 것처럼 화끈거렸다. 아스팔트에서 슬라이딩을 했으니 안 다치면 그게 이상한 일이다.

김주완이 창밖으로 얼굴을 내민 채 숨을 헐떡거리고 있다가 태석을 보고 지랄 발광을 했다.

"뭐하다 이제 와요!"

태석은 녀석을 무시하고 차에 올라 시동을 걸었다.

"야, 이 새끼야! 사람들 보는데 왜 얼굴을 내밀고……. 악! 이게 무슨 냄새야?"

"이 새끼가 똥 쌌단 말이에요!"

주완이 소리쳤다. NY 모자는 죄인처럼 고개를 숙인 채 아무 말도 못 했다. 똥 냄새는 정말로 지독했다. 태석은 이를 갈았다. 저 개새끼, 내가 묻어 버린다고 그렇게 경고했는데 똥을 싸?

놈을 죽이고 냄새 나는 차에 불을 지르고 싶은 마음이 굴뚝같았지만 지금은 변성수를 잡는 일이 급했다. 그가 액셀을 밟자 주완이 비명을 질렀다.

"똥 쌌다니까 어딜 가요!"

태석은 무시하고 달렸다. 학교 다닐 때도 오늘처럼 맞아 본 일이 없었다. 나비처럼 날아서 벌처럼 쏴라. 그게 그의 좌우명이었다. 그런데 변성수란 죽일 놈이 그의 프라이드에 생채기를 내 버렸다.

그는 온몸의 살갗이 끓는 듯 뜨거워지는 것을 느꼈다. 피가 혈관 속을 질주하고 심장이 미친 말처럼 뛰었다. 빌어먹을 개자식을 반드시 체포해서 손을 봐 주고야 말겠다.

그는 주차권을 달라고 손을 내미는 경비를 무시한 채 바리케이드를 부수고 병원 밖으로 튀어 나갔다. 김주완이 창밖을 돌아보며 숨넘어가는 소리를 냈다.

"지금 뭐하는 거예요!"

"입 다물어, 새끼야."

"이 새끼 설사라 흘러내린단 말이에요!"

태석은 발밑을 더듬어 사이렌을 꺼냈다. 사이렌을 차 지붕에 붙이고 속도계에 백이십이 찍힐 때까지 액셀을 밟았다. 신호도, 차선도 무시하고 변성수의 벤츠를 찾는 일에만 집중했다. 승용차가 쌩쌩 소리를 내며 스쳐 지났고 사방에서 차량들이 급정거하며 경적을 울려 댔다. 마침내 벤츠를 발견하고 태석은 악마처럼 웃었다.

"잡았다, 개새끼."

"뭘 잡는데요? 저 벤츠요? 미쳤어요? 이런 똥차로 벤츠를 어떻게 잡아요. 이러다 우리가 죽어요!"

"조용히 해라."

유감스럽게도 주완의 말은 사실이었다. 벤츠가 속력을 내자 순식 간에 거리가 벌어졌다. 태석도 속도를 최대치까지 올렸지만 지구대에 서 십 년 가까이 구른 똥차는 금방이라도 부서질 것처럼 부들부들 떨 렸다.

태석은 운전하며 본부에 전화를 걸었다.

"야, 김주완. 저 차, 차 번호 10수…… 다음에 뭐냐?"

주완이 운전석 쪽으로 얼굴을 내밀고 눈을 게슴츠레 떴다.

"10수……."

"그건 나도 알고, 새끼야. 그다음."

그때, 무지막지한 충격이 있었다. 남색 봉고가 옆에서 튀어나와 태 석의 차를 들이박은 것이다. 김주완이 유리를 뚫고 나갈 것처럼 날아 올랐지만 수갑 찬 손 때문에 도로 의자에 엉덩방아를 찧었다. 자동차 가 놀이 공원의 범퍼 카처럼 빙글빙글 돌다가 중앙선을 넘어갔다.

태석은 핸들에 머리를 박았다가 고개를 들었다. 맞은편에서 자동 차가 맹렬한 속도로 달려오고 있었다. 노란 헤드라이트 불빛이 시야 를 가득 채웠다. 김주완과 NY 모자가 죽을 것처럼 비명을 질렀다. 목 덜미가 섬뜩해졌다.

태석은 있는 힘을 다해 브레이크를 밟았다. 차는 중앙선에 걸친 채 간신히 멈췄다. 자동차가 옆을 스쳐 지났다. 주완과 NY 모자는 한숨 을 내쉬고는 축 늘어졌다. 태석은 비틀비틀 차에서 내렸다. 엉망으로 뒤엉킨 승용차들 너머로 벤츠가 터널에 진입하는 것이 보였다.

찌그러진 봉고에서 중년 남자가 목을 문지르며 걸어 나와 태석에게 삿대질을 했다.

"야! 너 신호 안 보여? 신호가 바뀌었는데 왜 계속 움직여? 병신 이야?"

태석은 대답하지 않고 핸드폰을 귀에 댔다. 본부와 연결되었기 때문이다.

"사람이 말을 하는데 이 자식이…….."

봉고 아저씨가 성질을 부릴 때 주완이 창밖으로 얼굴을 내밀고 분통을 터뜨렸다.

"야, 이 새끼야! 신호가 바뀌었어도 좌우를 보고 움직여야지. 갑자기 튀어나오면 어떡하니? 넌 눈깔이 안 달렸어?"

"이게 무슨 냄새야? 미친 새끼, 너 똥 쌌니?"

"내가 안 싸고 이 새끼가 쌌다. 엉? 어쩔래?"

태석은 둘이 다투도록 내버려 두고 본부에 변성수의 벤츠 번호를 알려 주며 전국에 수배를 부탁했다.

그리고 벤츠가 사라진 터널을 바라보며 중얼거렸다.

"개새끼. 운 좋은 줄 알아라."

그는 자동차를 견인 처리하고 김주완과 NY 모자를 순찰차에 태워 유치장으로 보냈다. 김주완은 순경들에게 끌려가는 마지막 순간까지 태석에게 배신자에 쓰레기라고 욕을 퍼부어 댔다. 태석은 조용히 듣다가 한마디 했다.

"어른들의 세계는 이런 거야, 인마."

-◄◄│▷◄-

지구대에 들러 상황을 설명하고 과학수사 팀에 압수한 약을 증거품으로 제출하고 나니 날이 밝아 있었다.

태석은 우울해졌다. 하룻밤을 꼴딱 새웠는데 아무런 소득도 없다. 빌어먹을 변성수란 놈에게 얻어맞고 아스팔트 바닥을 구르고 교통사고를 당했을 뿐이다.

이제 대차 담당에게 죽도록 욕을 먹을 일만 남았다. 차가 부서진 것도 큰일이지만 시트에 똥 묻힌 걸 알면 절대 그를 용서하려 들지 않을 것이다.

거기다 수리비 문제도 있다. 범인을 쫓다 사고가 나더라도 형사 쪽 과실이 있으면 그 부분은 개인 변상을 하는 것이 원칙이다. 법규 위반에 대한 책임은 지지 않지만 민사상의 책임은 감수해야 하는 것이다. 이번 경우, 개인 변상은 거의 확실하다고 봐도 무방했다. 세상에 존재하는 교통법규는 모조리 어겼다고 해도 과언이 아니었으니까.

태석은 마음속으로 욕을 퍼부었다. 개새끼들. 형사가 무슨 슈퍼맨인 줄 알아. 교통법규 지키고 범인도 잡게. 신호 지키다가 범인 못 잡으면 그걸로 지랄할 거면서. 아니면 월급이라도 많이 주든가.

몸이 천근만근이다. 머리가 어질어질하고 안경잡이에게 맞은 옆구리가 결렸다. 왼쪽 눈은 점점 부어올라 이제는 눈을 뜨는 것도 쉽지 않았다. 근처 찜질방에 들어가 뜨끈한 바닥에 등을 지지고 싶은 마음이 굴뚝같지만 이대로 사라진다면 또 뒷말이 나올 것이 뻔했다.

사고 치고 튀었다고…….

태석은 엉기적엉기적 강력 팀으로 기디 경찰서 복도에서 물침대-조삐리 콤비와 마주쳤다. 숨으려 했을 땐 너무 늦었다. 물침대 김민수 형사가 태석의 부어터진 얼굴을 보자마자 소리쳤다.

"태석아! 너 얼굴이 왜 그러니? 진짜 많이 부었다."

"그냥 좀…… 넘어졌어요."

김 형사는 야비하게 웃었다.

"넘어지긴. 좆나게 맞았다면서?"

"누가 그래요!"

"아니라고 해 봤자 소용없다. 벌써 서에 소문 쫙 났어. 천하의 정

태석이가 반항 한번 못 하고 두들겨 맞았다고. 〈경찰신문〉에서 취재 올지도 모르는데."

김 형사가 웃을 때마다 뱃살이 물침대처럼 출렁거렸다. 하루 종일 뛰어다니는 형사가 어쩜 저렇게 배가 많이 나올 수 있는지 모르겠다. 수사한다고 거짓말 치고 어디 처박혀서 맥주나 마시는 게 틀림없다. 다른 사람은 몰라도 이런 인간에게 비웃음을 사는 건 피하고 싶다.

태석은 말을 돌렸다.

"이 시간에 여기서 뭐 해요? 아직 일곱 시도 안 됐는데."

게으르기로 소문난 물 – 조 콤비가 출근하기엔 너무나 이른 시간이다. 김 형사는 어깨를 으쓱거렸다.

"니들이 똥 싼 거 치우러 왔지. 팀장이 너희들 못 믿겠다고 우리보고 조사 시작하라고 하더라. 거참, 일 좀 똑바로 하면 안 되냐? 나 결혼한 지 두 달밖에 안 됐어. 달달하게 신혼 생활 좀 즐기려는데 니들 때문에 새벽 댓바람부터 출근해야겠냐?"

"일이란 건 좋은 거거든요. 가끔이라도 해 보시면 알 수 있는데."

그때 조성환 형사가 걸걸한 목소리로 끼어들었다.

"권불십년權不十年이라고 했다."

"예?"

태석은 반문했다. 이 인간이 갑자기 뭔 소릴 하는 거야?

조삐리 조성환 형사는 비쩍 마른 삼십 대 후반의 노총각으로 몸에서 생선 썩는 내를 풍기고 사계절 내내 나이키 윈드브레이커에 남색 코르덴 바지를 입고 다니는 특이한 남자다. 성질마저 가출한 고등학생 모양 예민해 범죄자뿐만 아니라 동료 경찰들과도 잘 지내지 못했다. 유일하게 물침대 김민수와 친하게 지냈는데 둘은 시쳇말로 죽이 척척 맞았다.

"그동안 잘난 척하고 다닌 벌을 받는 거라고 생각하고 앞으로는 겸

허하게 살란 말이다."

그러더니 가 버렸다. 김민수가 실실 웃으며 말을 보탰다.

"다 널 위해서 하는 말이야. 감사하게 받아들여."

죽일 놈들. 남의 상처에 아주 소금을 뿌리는구나. 태석은 자신이 저들에게 물침대와 조삐리라는 별명을 붙인 장본인이라는 사실은 잊은 채 마음속으로 신 나게 욕을 퍼부었다.

-◦◦◦◦-

새벽의 강력 팀은 고요했다. 빈틈없이 들어찬 책상 위에는 각종 서류며 잡동사니가 어지럽게 널려 있고 의자는 모두 비어 있었다. 사무실 구석에 팀장과 병철이 마주 앉아 밀담을 나누고 있었다. 팀장이 태석을 보고 실실 웃었다.

"너 진짜 얼굴이 박살 났구나."

태석은 어이가 없었다. 매일 밤 잠자기 전에 그가 용의자에게 얻어맞기를 두 손 모아 기도라도 하고 있었던 걸까? 다들 왜 이리 좋아해?

태석은 빈 의사에 주서앉으며 말했다.

"방심했어요. 다음에는 잡을 거예요."

그가 인상을 구기며 선언하자 팀장조차도 감히 뭐라고 말하지 못했다. 태석은 조금이지만 기분이 좋아졌다. 아까 김 형사에게도 인상을 썼어야 했나? 아니다. 그놈들은 단세포라 그가 무슨 짓을 하든 상관하지 않으리라. 태석은 사무실 구석에 있는 냉장고에서 얼음을 꺼내 눈에 대고 비비며 물었다.

"근데 변성수 신원 파악은 끝났어요? 뭐 하는 새끼예요? 전과는 몇 범인데요?"

"성형외과 의사야."

"예?"

"강남에서 잘나가는 성형외과 체인 원장이래. 가슴 성형 전문. 걔 벤츠 조회해 보니까 성형외과에서 리스한 거더라고."

태석은 깜짝 놀랐다.

"그런 새끼가 왜 마약을 팔아요?"

"나야 모르지. 내가 아는 건 이제 의사 일은 못 하게 됐다는 거고."

"다른 세 놈은요?"

"그건 아직 알아보는 중이다. 장례식장에 온 사람들 위주로 탐문을 하고 있는데, 얼굴은 알지만 이름은 모른대. 진짠지 거짓말인지……."

"제가 심문할게요. 몇 대 맞으면 다 불 놈들이에요."

팀장은 잠시 생각하다 말했다.

"한 가지만 확실하게 해 두자. 변성수가 약 들여오는 거 진짜지?"

"그럼요. 아니면 그 새끼가 왜 도망쳤겠어요? 가슴에 실리콘을 잘 못 넣어서? 물론 그랬겠죠. 근데 그런 걸로 도망치겠어요? 마약 파니까 도망쳤지."

"그럼 나한테 연락해서 작전 짰어야지, 너희끼리 잡으러 가면 어떡해? 절차대로 처리해야 할 거 아냐."

병철이 손바닥을 비비며 웃었다.

"정보원한테 연락받자마자 움직여서요. 늦은 밤에 팀장님 곤히 주무시는 거 깨우기도 그렇고. 확인한 다음에 연락드리려고 했죠."

팀장은 한숨을 쉬었다.

"그래서 너희가 생각한 확인 방법은 직접 만나서 물어보는 거였냐."

"죄송합니다."

"됐고. 이제 어떡할 거냐? 그 자식들 어떻게 잡을 거야?"

잠시 침묵이 흘렀다. 병철은 슬그머니 고개를 숙이더니 시멘트 바닥에 뭔가 중요한 단서라도 있는 것처럼 발끝으로 긁기 시작했다. 곤란한 질문이 나오면 자폐아로 돌변하는 것이 병철의 특기다.

결국 태석이 내키지 않는 대답을 할 수밖에 없었다.

"일단 전국에 수배 때리고 차근차근 조사해 나가다 보면……."

팀장이 마땅치 않은지 흠, 하는 소리를 냈다. 다시 말해 뭔가 다른 꿍꿍이가 있다는 뜻이다. 병철이 기다렸다는 듯 물었다.

"팀장님 생각은 어떠신데요?"

"내 생각이라. 신종 마약인 건 확실하냐?"

"정보원 말로는 확실하답니다."

"그럼 내 말 잘 들어라. 이번 일은 보통 큰 게 아니야. 현직 의사가 직접 마약을 밀수해서 판매하려고 한 일이니 방송이랑 신문에서도 아주 좋아할 거야. 거기다 십 킬로 떼기라니. 얼마나 적절한 분량이냐. 〈9시 뉴스〉에서도 삼 분에서 사 분은 방송해 줄 정도지. 그러니까 이번 일은 비밀로 하는 게 좋겠어. 소문나면 마약수사대 놈들이 우리 밥그릇에 숟가락 꽂으려고 할 테니까. 외부에는 현직 의사가 유흥가에 엑스터시를 조금 판 거 정도로 해 두고 수사하는 거다. 신종 마약 이야기는 싹 빼고. 뭐, 사실 확실한 것도 아니잖아? 안 그래?"

태석은 팀장의 속셈을 깨달았다. 팀장은 몇 년째 진급 직전에 미끄러져 고민이 많았다. 이럴 때 대형 사건 하나 터뜨리고 존재감을 과시하고 싶은 마음 충분히 이해가 간다. 실패했을 경우 독박을 쓰게 된다는 문제가 있긴 하지만.

병철이 목소리를 낮추었다.

"크게 걸고 크게 먹자, 이 말씀이군요."

"말하자면 그렇지."

태석은 살짝 손을 들고 말했다.

"다 좋은데 한 가지만요."

"뭐?"

"수사라는 게, 아시잖아요. 지를 때는 질러 줘야 한다는 거. 사람이 흥이 나야 일을 잘하는 건데."

"그 흥이 난다는 거 말이야. 네가 대차받은 거 박살 낸 것과 관련이 있는 건 아니겠지? 빨간불일 때 달렸다고 들었는데."

태석은 우물쭈물하다가 대답했다.

"……노란불이었어요."

"좋아, 변상 문제는 내가 처리해 주마. 대신 변성수 못 잡으면 국물도 없어."

"걱정 마십쇼. 꼭 잡을 테니까. 제 명예를 걸겠습니다."

"명예는 됐고 목숨을 걸어."

팀장은 서류를 챙겨 일어섰다.

"둘 다 밤새워서 피곤할 텐데 쉬다가 오후부터 일 시작해라. 민수랑 성환이가 현장 탐문과 주변 인물 조사 맡기로 했으니까 너희는 변성수에 집중해. 그놈 배에 벌레가 몇 마리 들었는지까지 철저하게 캐내. 난 이제 계장님께 보고하러 가야 되는데, 며칠 내로 체포할 수 있다고 허풍을 떨 거거든. 나 물 먹이는 일 없도록 목숨 걸고 뛰어라."

팀장이 나가고 사무실에 두 사람만 남았다. 병철은 일어나려다 허리를 부여잡고 도로 주저앉았다.

"야, 태석아! 너 지금 집에 갈 거지? 나 좀 태워 줘라. 허리가 아파서 못 걷겠다."

"잠깐만."

태석은 서랍을 열며 대꾸했다. 서랍 안에는 눌어붙은 사탕에서부터 구겨진 카드 영수증까지 별별 물건이 다 들어 있었다. 오래된 케이크 상자도 보였는데 이게 왜 여기 있는지 생각이 나질 않았다. 그는 상자를 쓰레기통에 쑤셔 넣었다. 구더기 몇 마리가 바닥에 떨어졌다.

"너 뭐 찾냐?"

"이거."

태석은 상자 밑에서 삼단쇠봉을 찾아 들고 히쭉 웃었다. 강력 팀에 들어왔을 때 지급받고 한 번도 안 쓰고 처박아 둔 물건이다.

병철은 얼굴을 찡그렸다.

"너 그걸로 애들 때리려고 그러냐? 그거 잘못 맞으면 죽어."

"걱정 마. 머리만 안 때리면 돼."

태석은 곤봉을 허리띠 사이에 쑤셔 넣었다. 그는 무슨 일이 있어도 변성수를 체포할 생각이었다. 필요하다면 불법적인 행위도 할 용의가 있었다.

-·KXIXH·-

자동차가 미끄러지듯 아파트 주차장으로 들어갔다. 병철은 꾸벅꾸벅 졸다가 차가 멈추자 번쩍 눈을 떴다. 그는 차에서 내리려다 태석을 힐끔 돌아보며 물었다.

"넌 집에 인 가도 되냐?"

"이 시간에 들어가야 욕이나 먹어. 형네 집에서 씻고 가도 되지?"

두 사람은 엘리베이터를 타고 병철의 집으로 올라갔다. 병철은 디스크 환자처럼 허리를 붙들고 느릿느릿 움직였다. 태석은 도와줄까 하다가 그만두었다. 병철이 누굴 병신으로 아느냐고 화를 낼 가능성이 높기 때문이다. 문제는 돕지 않으면 부상자를 돕지 않는 냉혈한이라고 욕할 것이란 점이다. 태석은 고심 끝에 마음을 정했다. 어차피 욕을 먹을 거라면 아무것도 안 하고 욕을 먹는 편이 낫겠지.

병철이 문 앞에 서서 열쇠를 꺼낼 때 벌컥 문이 열렸다. 문짝은 병철의 코를 정통으로 때렸고 병철은 가냘픈 비명을 지르며 그 자리에 주저앉았다. 병철의 아내인 미경이 문을 열고 나오다 태석을 보고 멈 칫했다.

"어머, 정 형사님. 여긴 무슨 일이세요?"

"에…… 그게……."

태석은 문 뒤에 쪼그려 앉아 코를 붙잡고 있는 병철을 힐끔거리며 말끝을 흐렸다. 이 사태를 뭐라고 설명해야 하려나?

미경의 얼굴에서 웃음기가 사라졌다.

"설…… 설마 그이한테 무슨 일이 생긴 건가요?"

경찰관의 아내는 늘 이런 순간을 두려워한다. 남편이 함께 오지 않 았다는 사실을 아는 순간, 동료 형사가 가져온 소식이 무엇일지 짐작 하게 되는 것이다. 그들은 언제나 이런 날이 올지 모른다고 마음의 준 비를 하며 산다. 형사로 사는 것만큼이나 형사의 아내로 사는 것도 쉽 지 않다.

태석은 미경의 오해를 풀어 줄 생각에 급히 말했다.

"아니, 그런 게 아니라…… 사실 일이 생기긴 생겼는데 별건 아니 고…… 아, 별건가? 아무튼 대수로운 일은 아니니까 걱정은 안 하셔 도 돼요."

태석이 횡설수설하자 미영의 얼굴은 더욱 심란해졌다.

"무슨 일인지 얘기해 보세요. 빨리요. 무슨 일인데요?"

태석은 대답 대신 문 뒤를 가리켰다. 미경은 구석에 웅크리고 있던 남편을 발견하고 소리쳤다.

"여보, 왜 그래? 다쳤어? 세상에! 피, 피 좀 봐. 정 형사님, 이이 왜 이래요? 누가 이랬어요?"

"에…… 문이 그랬어요."

"여보, 괜찮아? 천천히 일어나 봐. 세상에. 여보, 피 나. 어디서 부딪쳤는데? 정 형사님도 문에 부딪치신 거예요?"

미경은 병철을 부축해 집으로 들어갔다.

태석은 두 사람의 뒷모습을 보며 웃었다. 형수는 예쁘고 일 잘하고 가족에게 충실하고 심지어 호탕하기까지 한, 빠지는 것 하나 없이 훌륭한 여자지만 눈치가 없다는 치명적 단점이 있었다.

"잠깐만 여기 누워 있어 봐. 내가 금방 약 가져올게."

미경은 병철을 소파에 눕히고 찬장에서 구급상자를 꺼냈다. 태석이 화장실로 들어가며 말했다.

"별거 아니니까 너무 걱정하지 마세요."

태석은 세면대의 물을 틀고 손과 얼굴을 닦았다. 얻어맞은 부위에 물이 닿을 때마다 얼얼했다. 손가락을 입안에 넣어 보니 어금니가 조금씩 흔들렸다. 다시금 변성수에 대한 분노가 치밀어 올랐다.

개자식. 다시 만나기만 해 봐라. 아주 박살을 내 주마.

그는 겉옷과 바지를 벗고 유리 조각이 완전히 흘러내릴 때까지 머리와 어깨에 샤워기로 물을 뿌렸다. 상처 난 곳이 따끔따끔하다가 곧 시원해졌다. 태석은 벽을 짚고 선 채 조심스럽게 물의 온도를 높였다. 뜨거운 물이 살에 닿자 저절로 신음이 나왔다.

그는 혼잣말처럼 중얼거렸다.

"개자식, 물통 속에 머리를 박고 뒤통수를 잘근잘근 밟아야지."

"누굴요?"

태석은 깜짝 놀라 돌아섰다. 화장실 앞에 교복 차림의 여자애가 서 있었다. 키가 백육십 정도 될까? 하얗고 뽀얀 피부에 살이 통통하게 오른 볼이 인상적인 소녀다.

태석은 잠시 후에야 그녀가 누군지 깨달았다. 병철의 딸인 소영이다. 재작년 병철이 입원한 병원에서 보고 처음 보는데, 짧은 시간 동안 참 많이 컸다.

소영이 인사했다.

"안녕하세요."

"어…… 그래."

태석은 자신이 옷을 벗고 있다는 사실을 깨닫고 급히 수건을 집어 몸을 가렸다. 어찌나 당황했던지 수건으로 손을 뻗다가 타일 바닥에 머리를 박을 뻔했다. 그나마 팬티를 입고 있어서 다행이다. 이것마저 없었다면 정말 흉측한 꼴을 보였을 것이다.

태석은 수건을 허리에 두르며 어색하게 웃었다.

"소영이 너 많이 컸구나. 네가 집에 있는 줄 몰랐다. 근데 잠깐만 나가 있을래? 오빠가 금방 옷 입고 비켜 줄 테니까."

소영이 흥미롭다는 눈빛으로 태석의 전신을 훑어보다 말을 꺼냈다.

"근데 얼굴은 왜 그래요?"

"아, 이거? 넘어졌어. 오다가. 문에 부딪쳐서."

"흠."

소영은 위증偽證을 들은 형사처럼 콧소리를 내며 팔짱을 꼈다.

"아빠도 문에 부딪친 거예요? 소파에 누워 있던데."

"나랑 다른 문이었지."

"아저씨가 아빠를 잘 좀 보살펴 주세요. 이제 나이도 있는데 다치면 큰일 아니에요?"

태석은 병철이 칼을 맞았을 때의 일을 떠올렸다. 소영은 병원에 있는 내내 서럽게 울었다. 다시는 그런 일이 없어야겠지. 그런데 지금은 그런 대화를 나누기에는 조금 곤란한 때 같은데.

"그래야지. 내가 노력할게. 그런데 말이지, 나 좀 씻고 싶은데……."

충분히 힌트를 줬다고 생각했는데도 소영은 나갈 생각을 하지 않고 태석을 멀뚱히 바라보기만 했다. 태석이 조바심이 나 입을 열려 할 때

무심한듯
시크하게

그녀가 말했다.

"그나저나 아저씨 몸 좋네요."

······엉? 뭐라고?

"연예인 해도 되겠어요."

밖에서 미경의 목소리가 들렸다.

"소영아! 어디 있니? 태석이 아저씨 오셨는데 인사해야지."

"히히. 벌써 봤는데. 엄마한텐 비밀이에요."

소영은 씩 웃더니 나가 버렸다.

태석은 멍하니 닫힌 문을 바라보았다. 방금 무슨 일이 있었는지 이해하는 데 얼마간의 시간이 필요했기 때문이다. 그는 소영도 ──전방에서 지뢰 고르는 일을 해야 정신을 차릴── '요즘 애들'이 되어 버렸음을 깨닫고 땅이 꺼져라 한숨을 쉬었다.

-※◁ ▷※-

"일부러 그런 거 같아."

차에 타자마자 병철이 말했다. 태석은 흠칫 놀랐다.

"무슨 소리야? 일부러라니?"

"네 형수 말이야. 아까 나 코피 흘리는 거 보고 히쭉 웃는 거 봤지? 내가 문 앞에 서 있는 거 알고 일부러 그런 거 같아. 한 방에 보내려고. 정말 의심스럽다······."

태석은 안심했다. 소영이 이야기가 아니로군. 그렇잖아도 계속 소영이 생각이 나서······. 아, 그만두자. 더 이상 생각하지 말아야지.

병철이 의심쩍은 표정으로 태석을 쳐다보았다.

"너 왜 그러냐? 형은 미쳤어, 아니면 정신 좀 차리고 살아······ 뭐,

그런 소릴 해야 할 타이밍 아니냐?"

"정신 좀 차리고 살아."

태석은 성의 없이 대꾸하며 소영에 대해 생각했다. 대충 씻고 화장실을 나왔을 때 소영이 다가오더니 한쪽 눈을 찡긋하고선 캘빈 클라인에서 나온 남성 속옷 세트를 건네며 귓가에 속삭였다.

"나중에 말씀드릴 게 있어요……."

그때부터 마음이 복잡해지기 시작했다. 앤 남자 속옷이 어디서 났을까? 요새는 중·고등학교가 다 남녀공학이라던데 혹시 남자 친구 걸 가지고 다니나? 그렇다면 쉬는 시간에……. 아니야. 아무리 세상이 빨리 변해도 그 정도는 아니겠지. 그래, 아닐 거야.

그러다 더 중요한 부분에까지 생각이 미쳤다. 근데 이걸 왜 나한테 줬을까? 나중에 말씀드릴 건 뭐고? 설마 나한테 마음이 있는 걸까? 나 그렇게 쉬운 남자 아닌데. 나이 차이도 열 살이 넘고.

근데 캘빈 클라인이면 비싸지 않나? 혹시 날 주려고 돈을 모은 걸까? 그런데 애가 참 많이 크긴 했어. 우리나라도 이제는 애들 발육이 장난이 아니라니까. 잘 먹어서 그러나. 아니면 환경호르몬 때문일까.

재작년 병철이 다쳤을 때만 해도 코흘리개 꼬맹이에 불과했는데 어느새 완전히 어른 몸이다. 특히 잘록한 허리에서 이어지는 압도적인 골반 라인은 거의 레이싱 걸 수준이었다. 얼굴은 어린애지만 젖살이 빠지면 남자깨나 홀리게 생겼다. 하지만 아직은 너무 어리다. 그래, 어리지. 암. 그렇고말고.

"야, 너 뭐해?"

병철의 목소리에 태석은 정신을 차렸다.

"무슨 생각을 그렇게 하냐. 출발해야지."

"아니, 그냥 뭐……."

병철은 눈을 게슴츠레 떴다.

"너 혹시……?"

"혹시 뭐?"

"소영이 생각하는 거 아냐?"

"뭔 소리야. 갑자기."

태석은 성질을 내려다 사레들린 것처럼 기침을 했다. 병철이 더욱 의심쩍은 표정으로 노려보았다.

"그렇잖아. 아까 소영이가 학교 간다고 인사했을 때부터 뭔가 이상했어. 넋 나간 표정으로 힐끔힐끔 쳐다보는 게……."

"무슨 말도 안 되는 소리로 생사람을 잡아!"

병철은 갑자기 표정을 바꾸고 부드럽게 말했다.

"왜 화를 내고 그래. 소영이가 너무 예뻐서 그랬냐? 뭐, 그럴 수도 있지. 애가 너무 예뻐졌으니까. 솔직히 말해 봐. 내가 다 이해한다."

살살 떠보는 거 봐라.

태석은 이런 사탕발림에 넘어갈 만큼 바보가 아니었다.

"오랜만에 봐서 반가워서 쳐다본 거잖아. 세상 남자가 다 늑대 같아 보여? 그레 기지고 소영이 나중에 시집은 어떻게 보내려고 그래?"

"다는 아닌데 네놈은 확실하지."

"형, 나 그런 놈 아냐. 그런데 소영이가 몇 살인가? 중 3? 아, 올해 고등학교 들어갔지?"

태석이 화제를 돌리려 시도했지만 병철은 속지 않았다.

"소영이 건드리면 죽는다."

"지금 뭔 소리를 하는 거야? 내가 소영이를? 형, 미쳤어? 걔 아직 어린애야! 아니, 그보다 사람을 대체 어떻게 보는 거야! 내가 그럴 사람이야?"

병철은 태석을 힐끔 쳐다보더니 다시 앞을 봤다.

"너 좀 잘생겼잖아."

"그게 무슨 상관이야!"

"여자도 좋아하고."

"그건 또 무슨 상관이야!"

"그러니까 소영이 건드리지 말라고."

"아니, 내가 그럴 놈으로 보이냐니까!"

"너 키도 크고 몸매도 좋잖아."

"진짜! 형, 왜 그래! 그게 무슨 상관인데!"

"너 음탕한 놈이잖아! 이제 됐냐! 내 딸 쳐다보지도 마!"

세상일은 모르는 거다

변성수의 병원은 강남 역과 논현동 사이에 있었다. 태석조차 이름을 들어 본 일이 있을 만큼 유명한 성형 체인이다. 접수계원은 용건을 듣고 두 사람을 휴게실로 안내했다.

휴게실은 카페처럼 꾸며져 있었다. 천장에 달린 스피커에서 경음악이 흘러나오고 업소에서나 쓸 법한 커다란 에스프레소 머신이 카운터에 놓여 있다. 테이블 위에는 오늘자 신문과 잡지들이 자곡자곡 쌓여 있었다.

병철이 군침을 삼키며 말했다.

"접수대에 있는 간호사 봤냐? 얼굴은 청순하게 생긴 애가 몸매는 완전 성인물이다. 날 유심히 쳐다보는 게 나한테 마음이 있나 봐."

"형, 헛물 좀 켜지 마. 견적 내 본 거 아냐. 여기 성형외과잖아."

태석은 군인들의 영원한 친구, 최고의 잡지인 〈맥심〉을 집어 들고 소파에 주저앉아 표지 모델 화보를 확인했다. 이름 모를 레이싱 걸이 몸에 꿀을 뿌리고 요염한 미소를 지은 사진들이었는데 그야말로 끝내

줘 첫눈에 빠져들 수밖에 없었다.

병철이 퉁명스럽게 말했다.

"〈맥심〉에 나오는 여자는 너한테 관심 있대냐?"

"아, 됐으니까 조용히 해. 나 집중해야 돼."

태석은 눈이 빠져라 화보를 들여다보다 고개를 들었다. 병철은 휴게실을 한 바퀴 돌며 냉장고 용량이고 스피커 출력, 에스프레소 머신의 제조원 등을 확인하고 있었다. 하여간에 저 인간……

병철이 말했다.

"이렇게 꾸미려면 돈 많이 들겠지?"

"형, 돈이랑 여자 말고 다른 얘기를 해 봐라. 어떻게 입만 열면 둘 중 하나냐?"

"그럼 무슨 얘길 할까? 세계 평화?"

그때 문이 열리고 햄스터처럼 통통한 중년 남자가 나타났다. 그는 테이블 위에 서류 가방을 내려놓고 명함을 꺼냈다.

"오래 기다리셨나요? 다른 미팅이 있어서 조금 늦었습니다."

남자의 이름은 황경태. 직책은 경영지원부의 총괄이사였다. 병철이 능숙하게 사건에 대해 설명했다. 원장 선생이 마약을 팔았다는 이야기를 듣고도 황경태는 별로 놀란 기색이 아니었다. 이미 경찰 내의 누군가에게 귀띔을 받은 모양이었다.

황경태는 말했다.

"죄송하지만 저희도 변성수 씨에 대해선 아는 게 별로 없습니다. 병원에서 일한 지 두 달밖에 안 되는 신참인 데다 프라이버시를 매우 소중하게 여기던 친구라서요."

태석이 물었다.

"변성수 씨가 원장이라고 들었는데요?"

"저희는 국내에서 다섯 손가락 안에 드는 성형외과 체인입니다. 제 명함을 보시면 아시겠지만 경영 부서가 따로 있을 정도니까요. 그렇다 보니 많은 의료진을 모시고 있습니다만, 편의상 선생님들 전부에게 원장 직함을 줍니다. 환자 분들 중에는 원장 선생님이 아니면 진료를 받을 수 없다고 고집을 피우는 분들이 있거든요."

황경태는 확인해 보라는 듯 원장실 입구에 걸린 스태프 명단을 가리켰다. 십여 명의 의사들 사진 아래로 전문 분야가 적혀 있었는데, 그의 말대로 모두 이름 뒤에 원장이라는 직함을 걸고 있었다. 변성수의 사진은 그중 세 번째였고 가슴 성형 전문이었다.

태석이 눈을 치켜떴다.

"그럼 변성수 씨는 단순히 고용 의사라는 말씀?"

"그렇습니다."

병철이 물었다.

"어떻게 고용하게 된 거죠?"

"학회지에 채용 공고를 냈습니다. 스펙도 좋고 성격도 아주 리즈너블해 보였어요. 마약을 팔 사람 같지는 않았습니다. 다른 선생님들과 의논 끝에 채용하게 됐죠."

황경태는 가방에서 서류를 꺼냈다.

"저희가 받은 변성수 씨 이력서입니다. 혹시 필요하실지 모르겠다 싶어서 가져왔습니다."

태석과 병철은 서류를 읽었다. 1977년 생. 서울에서 태어나 여섯 살 때 미국으로 건너가 쭉 그곳에서 살다가 뉴욕주립대에서 전문의 수련을 마친 후 한국에 돌아온 것으로 되어 있었다.

병철이 물었다.

"미국 의사 자격이 있으면 한국에서도 개업할 수 있는 모양이죠?"

"수련 과정을 다시 밟을 필요는 없지만 국가고시에 합격해야 합니다. 사실 저희도 많이 의아했습니다. 미국에서 개업하는 쪽이 더 편

할 텐데 군이 한국에 와서 다시 자격증을 따는 수고로움을 감수해서
요. 미국에서 의사 자격증을 따는 게 쉬운 일이 아닙니다. 4-4-4 과
정이라고 해서 십이 년 이상을 공부에 전념해야 하거든요. 물론 한국
에서도 어려운 일이긴 합니다만……."

병철이 팔짱을 끼며 물었다.

"그쪽에서 뭔가 불미스러운 일이 있었던 게 아닐까요?"

"글쎄요. 그럴 수도 있겠죠. 하지만 저희는 그 부분에 대해선 전혀
모릅니다. 변성수 씨에게 물어본 일도 없고요."

"채용 전에 그런 점은 확인하지 않습니까?"

황경태는 어깨를 으쓱거렸다.

"저희가 원하는 건 실력 있는 의사 선생입니다. 미국에서 문제가
있었다고 해도 그건 변성수 씨의 개인적인 일이죠. 저희가 상관할 바
가 아닙니다."

태석은 인상을 썼다. 변성수의 개인적인 일이라니 무슨 소리야?
이놈들은 변성수가 미국에서 연쇄살인범이었어도 돈만 많이 벌어다
줄 놈이라면 나 몰라라 채용했을 인간들이다.

병철이 또 물었다.

"변성수 씨의 실력은 어땠습니까? 그러니까 의사로서."

"일류입니다. 아주 똑똑하고 실력 있는 친구예요. 여기 이력서를
보시면 아시겠지만 열여섯에 대학에 들어가 이 년 반 만에 생물학 석
사 과정을 마쳤을 정도니까요. 특히 가슴 성형에 있어선 국내에 이런
전문가가 또 있을까 싶을 정도로 뛰어났습니다. 누구라곤 말 못 하
다만 현재 활발하게 활동 중인 스타 중에도 변 선생에게 시술받은 분
이 있거든요. 만족감이 대단했어요. 이번이 다섯 번째 수술이었는데,
적당한 크기를 못 찾아서 확대, 축소를 반복하고 있었거든요. 그런데
변성수 선생이 황금비를 잡아 준 거죠."

"그게 누구죠?"

황경태는 눈치를 보다 누군가의 이름을 말했다. 태석은 처음 들어보는 이름이었지만 병철은 그게 누군지 아는지 열렬하게 말했다.

"어쩐지 갑자기 가슴골이 파인 옷을 입고 다닌다 했어요. 그래서 그랬던 거군요!"

"그렇죠. 변성수 선생, 실력 있는 데다 키도 크고 잘생겨서 인기가 좋았어요. 저희 강남 지점의 간판으로 키울 생각이었습니다. 유학파에 젊고 핸섬하니까요. 저희 병원에 들어오기 전에는 모델 활동도 했다고 하고."

"모델요?"

병철이 놀란 목소리로 물었다. 황경태는 씁쓸한 미소를 지었다.

"예. 그쪽에서도 꽤 잘나갔답니다. 그래서 외부 행사에 자주 내보내고 병원 광고를 할 때마다 단독 사진을 실어 줬죠. 덕분에 젊은 여자 분들 예약도 많이 늘었는데 이제 뒷수습을 할 일이 암담합니다."

"고생 많으시겠습니다."

태석이 퉁명스럽게 말했다.

"벌 받는 거지, 뭐. 의사가 무슨 연예인이야? 외부 행사를 뛰게."

황경태의 얼굴이 일그러지는 걸 보고 병철이 급히 수습을 했다.

"죄송합니다. 이 친구가 최근에 코를 높여서. 비싸게 했대요. 잠깐 변성수 씨 사무실을 볼 수 있을까요?"

"그러시죠."

변성수의 개인 사무실은 작지만 깔끔했다. 원목으로 짠 책장에는 외국어 제목의 전공 서적이 빽빽했고 은회색의 알루미늄 테이블에는 애플 모니터와 키보드가 놓여 있다. 옷장을 열어 보니 빳빳한 와이셔츠와 면바지가 십여 벌씩 걸려 있었다.

"옷이 뭐 이리 많아?"

태석은 옷을 들춰 보며 중얼거렸다. 병철이 다가와 라벨을 확인하고서 휘파람을 불었다.

"이거 브리오니잖아."

"그게 뭐야? 비싼 거야?"

"응, 진짜 비싸지. 우와, 이건 체자레 아톨리니! 실제로 보는 건 처음인데 진짜 멋있다."

태석은 꼭 외국 깡패 이름 같다고 생각했다. 하지만 병철이 광분하는 걸 보니 비싼 물건이긴 한 모양이다. 병철은 외모와 재력에 어울리지 않게 된장남이라 명품 브랜드에 대해 잘 알았다. 태석은 불알친구 결혼식 때 월급의 절반을 쏟아부어 구입한 자신의 양복을 떠올리며 물었다.

"내 타임 옴므보다 비싸?"

"급이 아예 다르지. 여기 있는 것 다 합치면 한 오천 될걸."

"죽일 놈. 약 팔아서 돈깨나 챙겼나 보네."

"전부 약 판 돈은 아니겠지. 병원 간판으로 키우려고 했다는 말 못 들었냐. 모델 활동도 했다니까 애초부터 잘나가는 놈이었어. 딱 엄마 친구 아들이네. 해외 유학파에 돈 잘 벌지, 잘생겼지, 젊지, 싸움 잘……."

병철은 태석의 눈치를 보고 말을 멈췄다. 태석은 마음속으로 병철과 변성수 모두에게 욕설을 퍼부으며 책상 서랍을 열었다. 서랍 안도 깨끗하긴 마찬가지였다. 학술지 몇 권에 명함집, 만년필 한 자루, 디자인이 서로 다른 안경 몇 개가 전부다.

태석은 명함집을 넘겨 보았다. 자동차 리스업체, 결혼 정보 회사, 나이트클럽, 모델 매니지먼트사 등등. 별로 중요한 건 없어 보였지만 혹시 모른다는 생각에 명함을 주머니에 넣었다.

사무실을 샅샅이 뒤졌지만 소득은 없었다. 심지어 친척이나 친구들 전화번호를 적은 메모지 한 장 찾아낼 수 없었다. 친구가 없든지,

처음부터 경찰 수사를 대비하고 있었든지 둘 중 하나다. 태석은 전자일 거라고 확신했다. 변성수라는 놈, 공부는 잘했을지 모르지만 성질은 더럽게 생겼으니까. 있던 친구도 없어질 타입이다.

동료 의사와 간호사를 불러 이야기를 나눠 봤지만 변성수에 대한 인상은 대부분 비슷했다. 잘생기고 똑똑하며 업무에 있어서 누구보다도 뛰어났지만 방금 냉장고에서 꺼낸 드라이아이스처럼 차가운 성격에 신랄한 농담을 즐겨 친구가 많진 않았다는 것이다.

"그래서 더 매력적이었어요. 있잖아요, 완벽하면서도 어딘가 모르게 분노를 품고 있는 남자. 분명히 마음속에 큰 상처가 있을 거예요. 어릴 때 부모님이 돌아가셨다든가……. 거기다 어찌나 미남이신지."

세 번째 만난 간호사는 꿈꾸는 듯한 눈빛으로 말했다. 태석은 혀를 찼다. 여동생이었다면 엉덩이를 때려 줬겠지만 모르는 사이라 참았다.

"얼굴도 얼굴이지만 목소리가 진짜 좋았죠. 직원들도 동굴 속의 목소리니, 자체 에코 효과니 하면서 좋아하더군요. 남들은 하나 가지기도 힘든 능력을 혼자 다 가졌다고 내심 많이 부러워했는데, 마약을 팔았다고요? 허허, 이제 좀 사람 같네요."

개중 친하게 지냈다는 마취 전문의의 증언이었다. 이런 놈도 친구라고. 역시 친구가 없었다니까. 태석은 마음속으로 생각했다.

하지만 압권은 마지막으로 들어온 간호사였다. 그녀는 태석과 정면 대결을 벌여도 지지 않을 것 같은 덩치의 소유자였는데 대뜸 굵은 팔뚝을 드러내며 화를 냈다.

"경찰이 사건 조작한 거 아니에요? 변성수 선생님이 얼마나 성실하신 분인데. 다른 선생님들 점심시간에 사우나 가고 핸드폰으로 게임 같은 거나 할 때 혼자 헬스클럽 가서 운동하시는 분이에요. 수술이 잡힌 날에는 역 근처의 오피스텔에서 주무시고 제일 일찍 출근하셨고요."

태석은 어이가 없어 허허 웃다가 얼굴을 내밀며 말했다.

"제 얼굴, 부은 거 보이죠? 그 자식 쫓다가 맞은 거거든요. 그래도 그런 말이 나와요?"

"정말 경찰 아저씨를 때렸어요?"

"그렇다니까요."

"세상에! 우리 선생님, 싸움도 잘하시네!"

병철은 간호사에게 덤벼들려는 태석을 간신히 말렸다.

황경태에게 변성수가 썼다는 역 근처의 오피스텔에 대해 아는지 묻자 병원 소유의 오피스텔인데 그가 개인적으로 쓰고 싶다고 해서 반값에 임대해 주었다고 했다. 태석과 병철은 오피스텔의 마스터키를 받아 병원을 나섰다. 막 차에 올라 오피스텔로 향할 때 팀장에게서 전화가 왔다. 팀장이 흥분한 목소리로 말했다.

ㅡ변성수 찾았다.

"정말요?"

ㅡ그 자식 벤츠가 압구정동 시네시티 앞에서 CCTV에 찍혔대. 근처 순찰차들 동원해서 찾고 있다는데…….

태석은 조바심이 났다. 그가 나서기도 전에 그 빌어먹을 놈이 잡히면 곤란하다.

"제가 가 보겠습니다!"

그는 팀장이 대답하기도 전에 전화를 끊고 자동차의 시동을 걸었다.

·※◁▷※·

압구정동과 청담동. 이름만 들으면 패션의 일번지요, 한국의 젊고 돈 많은 트렌드 리더들이 모이는 멋진 동네 같지만 사실은 길이 좁고

미로처럼 꼬여 있으며 고만고만한 건물들이 덕지덕지 붙어 있기로 악명 높은 곳이다. 땅값이 하도 비싸 주차장은 엄두도 못 내고 야금야금 건물을 늘려 나간 결과다. 그런 곳에 차는 언제나 북적대니 조금만 실수해도 접촉 사고가 난다.

병철은 조수석에 앉아 태석을 달랬다.

"그 새끼 차 발견해도 절대 흥분하지 마라. 엊그제처럼 카 레이스 벌이다간 난리 난다. 엊그제는 스타렉스 들이받았지? 오늘은 운 좋으면 렉서스야. 재수 없이 벤틀리나 람보르기니 같은 거 받으면 죽을 때까지 돈을 갚아도 안 돼."

"내가 무슨 바보야. 조용히 미행하면서 기회를 엿봐야지. 그 좁은 데서 무슨 추격전이야."

하지만 태석 스스로도 놈의 얼굴을 보는 순간 이성을 잃고 차를 들이받을 수 있다는 사실을 알고 있었다.

그때, 순찰차가 변성수의 벤츠를 발견했다는 전화가 왔다.

변성수의 검은색 벤츠는 도산공원 옆길에 세워져 있었고 맞은편에 순찰차가 대기 중이었다. 차 앞에 서 있던 순경이 경례하며 말했다.

"십 분 전에 발견했습니다. 근처 가게들을 뒤져 봤지만 용의자는 찾지 못했습니다."

태석은 한숨을 쉬었다. 용의 차량 옆에 순찰차를 세워 두다니 이놈은 바보가 아닐까. 변성수가 왔다가도 순찰차를 보고 벌써 도망쳤겠다.

병철이 차창 안을 기웃대며 물었다.

"이 차 맞냐?"

"맞아."

"작년에 국내에서 단종된 찬데, 이거. 중고로 리스했나?"

하여간에 별걸 다 안다. 병철은 손으로 차양을 만들어 주위를 쭉 둘러보며 말했다.

"벌써 튀었겠지?"

태석이 공원 아래쪽 상가에 시선을 주며 대꾸했다.

"아직은 몰라. 저쪽 골목 안에 케이크랑 브런치 파는 가게들 있거든. 거기 애들한테 발레파킹 맡기면 여기 주차하니까."

"넌 그런 걸 어떻게 아냐?"

"여자애들이 단거 좋아하잖아. 한번 따라와 봤지."

"나도 단거 좋아하는데."

"아! 좀 그만해!"

두 사람은 순경들에게 자동차를 지키고 있으라고 말하고 골목 안으로 들어갔다. 식당이며 옷 가게가 입주한 작은 건물들 사이로 발레파킹이라고 적힌 천막이 보였다. 천막 앞에 젊은이들이 모여 앉아 잡담을 나누고 있었다.

태석이 큰 소리로 물었다.

"도산공원 앞의 벤츠, 어떤 분이 주차하셨죠?"

물이 빠진 청바지를 입은 청년이 엉거주춤 일어서며 되물었다.

"왜요?"

"아는 사람 차 같아서요. 어느 가게에 계세요?"

청년은 건물 삼 층의 브런치 카페를 가리켰다. 태석은 기다렸다는 듯 경찰 신분증을 보여 주고 손을 내밀었다.

"용의자 찹니다. 차 키 주세요."

청년은 신분증을 한참이나 들여다보고 서에 전화해서 신분을 확인하고 난 다음에야 못마땅한 얼굴로 열쇠를 꺼내 주었다.

"아직 주차비 못 받았는데……. 누구한테 받아야 돼요?"

"제가 체포해서 나오면 받으세요."

두 사람은 건물로 들어갔다. 병철이 긴장한 어조로 물었다.

"지원 요청할까?"

"무슨 소리야. 딱 한 놈인데. 우리 둘이 왜 못 잡아."

"혹시 모르잖아. 전의 일도 있고……."

태석은 허리에 찬 삼단쇠봉을 툭툭 두들겼다.

"오늘은 이게 있으니까 괜찮아."

그때 챙, 엘리베이터 문이 열리고 변성수가 고개를 내밀었다. 잠시 침묵이 흘렀다. 세 사람 다 너무 놀라 그대로 얼어붙었다.

태석이 먼저 움직였다. 그는 변성수의 가슴팍에 발길질을 날림과 동시에 허리춤에 차고 있던 삼단쇠봉을 꺼내 들었다. 변성수는 두 팔을 십자로 만들어 발길질을 막았다. 하지만 뒤로 밀려 나가는 건 어쩔 수 없었다. 쿵. 그가 벽에 등을 부딪치자 엘리베이터가 위아래로 출렁였다.

태석은 엘리베이터 안으로 뛰어들며 삼단쇠봉을 휘둘렀다. 삼단쇠봉이 변성수의 정수리에 적중하는 순간 태석의 명치에 변성수의 무릎이 와 박혔다. 두 사람은 휘청거리며 뒤로 물러섰다. 태석은 문에 등을 부딪쳤다가 다시 튀어 나가며 곤봉을 휘둘렀다. 변성수는 태석의 발목을 걸어차 멈춰 세우고 팔을 잡아 반대로 꺾었다. 태석은 부웅 날아올라 벽에 붙은 거울에 등을 부딪쳤다. 거울이 깨지며 유리 조각이 우수수 쏟아졌다.

사 층에서 엘리베이터 문이 열렸다. 변성수는 곤봉을 버리고 밖으로 튀어 나갔다. 태석은 일어서려 했지만 다리에 힘이 풀려 다시 바닥에 주저앉았다. 닫히는 문 사이로 도망치는 변성수의 뒷모습이 보였다. 그는 이를 악물었다. 같은 놈한테 이틀 연속 지는 치욕은 당할 수 없다. 간신히 일어나 삼단쇠봉을 집어 들었다.

오 층에서 다시 문이 열렸다. 엘리베이터에 타려던 젊은 커플이 엉망이 된 태석의 몰골을 보고 놀라 물러섰다. 남자가 물었다.

"아저씨 괜찮으세요?"

"비켜!"

태석은 청년을 밀치고 비상계단으로 뛰며 병철에게 전화했다. 병철의 놀란 목소리가 들렸다.

―야, 너 어디야? 괜찮냐?

"그 새끼 지금 계단으로 내려가고 있어. 내가 갈 때까지만 버텨."

태석은 전화를 끊고 다시 뛰었다.

❊

병철은 전화를 끊고 뒤로 물러섰다. 변성수가 내려온다고? 어떡하지? 그는 총을 꺼냈다. 문제는 놈에게 총을 쏠 수 없다는 데 있다. 무장하지 않은 용의자에게 총을 쐈다는 사실이 알려져 봐라. 직위 해제는 단지 시작일 뿐이다. 그가 할 수 있는 일은 총으로 놈을 위협하며 태석이 올 때까지 시간을 버는 것밖에 없었다.

놈이 과연 총을 보고 가만히 있을까? 장례식장에서의 일을 생각하면 다짜고짜 덤벼들지도 몰랐다. 그는 비상계단을 노려보며 불의의 사태가 발생했을 때 어떤 식으로 행동할지 생각했다. 허리가 다시금 쿡쿡 쑤셔 왔다.

비상구에서 누군가의 요란한 발소리가 들렸다. 심장이 쿵쾅쿵쾅 뛴다. 병철은 비상구를 향해 총을 겨눴다. 쾅! 태석이 문을 박차고 나왔다. 하마터면 방아쇠를 당길 뻔했다. 병철이 총을 늘어뜨리고 안도의 한숨을 쉴 때 태석은 놀란 얼굴로 주위를 살폈다.

"변성수 이 새끼는? 안 내려왔어?"

병철은 고개를 흔들며 권총을 허리띠 사이에 도로 집어넣었다. 태석은 계단 위를 돌아보며 이를 갈았다.

"개새끼, 어디 숨어 있구나!"

병철은 위층으로 올라가려는 태석을 말리고 가까운 지구대에 연락해 지원을 요청했다. 압구정동에 있는 대부분의 건물이 그렇듯 이곳 역시 정문 외의 다른 출입구가 없었다. 다시 말해 놈은 독 안에 든 쥐라는 뜻이다.

경찰이 도착한 다음 그들은 팀을 나눠 일부는 정문을 지키고 일부는 한 층, 한 층, 샅샅이 뒤져 나갔다. 변성수는 마치 투명 인간처럼 사라지고 없었다. 태석이 광분 상태로 빠지기 직전, 그가 어디로 도망쳤는지 밝혀졌다.

변성수는 사 층 화장실에 설치된 완강기(재난 시 몸에 밧줄을 매고 위층에서 아래층으로 천천히 내려오도록 만든, 도르래 모양의 비상용 기구)를 타고 지상으로 내려갔다. 활짝 열린 창문으로 내다보니 완강기 줄이 골목 아래로 늘어져 바람에 흔들리고 있었다.

태석은 어이가 없어 중얼거렸다.

"이런 스턴트맨 같은 새끼……."

-xox|xox-

삼 층에 있는 카페의 이름은 '팝오버'였다. 가게 직원이 변성수의 사진을 보고 고개를 끄떡였다. 돌덩이 같은 대머리에 턱수염만 덥수룩한, 살벌한 외모의 남자였는데 목소리는 여자처럼 부드러웠다.

"예, 여기서 식사를 하고 가셨죠. 펌킨 토스트와 스트로베리 버터를 드셨는데, 아주 만족하신 것 같았어요."

테이블이 다섯 개 정도 되는 가게로 빈 공간마다 물 건너온 빈티지

의류며 낡은 가전제품들이 너저분하게 놓여 있었다. 한쪽에서 사진작가로 보이는 남자가 조명과 카메라를 세팅하는 중이었다.

태석은 카메라를 가리키며 물었다.

"저건 뭡니까?"

"저희 가게는 현재 뉴욕에서 인기인 브런치 메뉴를 선보이고 있거든요. 가게 인테리어도 현지에서 가져다 쓰고요. 아이템이 워낙 하핫하다 보니 작가님들이 촬영 장소로 많이 쓰세요."

그는 비밀 이야기를 하듯 은근하게 말했다.

"조금 있다가 이효리 씨가 오기로 했어요. 새 앨범 재킷에 넣을 사진을 찍으신대요. 너무너무 기대되죠?"

"아뇨."

태석은 딱 잘라 말하며 병철을 곁눈질했다. 병철이 효리의 광팬으로 지금까지 나온 앨범도 모조리 구입했다는 사실을 알기 때문인데, 웬일인지 그는 오늘따라 입을 굳게 다문 채 아무 말도 하지 않았다. 이상하네. 기다렸다가 사인받고 가자고 할 줄 알았는데.

태석은 다시 직원에게 물었다.

"가게에 와서 밥만 먹고 갔나요? 따로 만난 사람은 없고?"

"동행이 있었어요. 스물네다섯 정도 되는 아가씨."

태석은 눈을 치켜떴다. 여자라니? 갑자기 무슨 여자?

"굉장히 예쁘고 우아한 느낌의 아가씨였어요. 늘씬한 몸매로 사뿐사뿐 가게로 들어오시는 모습을 보는 순간 여기가 런웨이가 아닐까 착각했을 정도였죠. 이런 말 드려도 될지 모르지만 용의자라는 남자 분도 굉장히 느낌 좋았어요. 전 처음에 두 분 다 모델인 줄 알았다니까요. 남자 분 같은 경우에는 필립 림 스타일의 니트 베스트에 코발트 블루 리넨 팬츠를 입고 디올 스타일 검은 스포츠 백을 들고 계셨는데, 느낌이 진짜 디올 같긴 않았지만……."

"스포츠 백요?"

"예. 빈티지한 느낌이 옷차림과 매우 잘 어울렸어요."

태석은 턱을 문질렀다. 엘리베이터에서 마주쳤을 때 변성수는 빈손이었다. 그럼 가방이 어디 갔을까?

태석은 다시 물었다.

"용의자가 나갈 때 가방을 가져갔나요?"

"예? 당연히 그러지 않았을까요? 자기 가방인데."

"여자는요? 같이 나갔어요?"

"아뇨, 식사하고 십 분 정도 대화를 나누시다가 변성수 씨가 먼저 가셨어요."

"그럼 여자는 언제 갔죠?"

"십오 분쯤 전에 가셨는데."

십오 분 전이라면 그들이 건물을 뒤져 나가기 시작할 때다. 태석은 벌컥 화를 냈다.

"그걸 왜 지금 말해요! 진작 말을 했어야지!"

직원은 샐쭉한 목소리로 대답했다.

"지금 물어보셨잖아요."

태석이 여자를 찾아 뛰어나가려는 걸 막고 병철이 물었다.

"혹시 그 아가씨가 스포츠 백을 가지고 가지 않았을까요?"

"모르겠는데요."

직원은 고민하다가 문득 생각난 듯 말했다.

"참, 저기 사진작가님한테 물어보세요. 테스트로 사진을 여러 장 찍으셨는데 거기 그 아가씨 사진이 있을지도 모르니까요."

직원의 말이 옳았다. 사진작가의 카메라에 여자가 찍혀 있었다. 가게 내부를 찍을 때 그 안에 담긴 것이다.

두 사람은 조용히 사진을 들여다보았다. 햇볕이 환한 카페의 창문을 중심으로 여자의 옆모습이 찍혀 있었다. 사진 한 장만으로 확신할 순 없는 일이지만 이십 대 중반의 예쁘장한 아가씨였다.

그들은 사진을 가지고 나가 발레파킹을 하는 청년에게 보여 주었다. 청년은 여자를 알아보았다.

"미니쿠퍼를 몰고 오신 분이네요. 조금 전에 가셨는데."

"그 아가씨가 가방을 들고 있었나요?"

태석의 질문에 청년은 웃음을 터뜨렸다.

"당연히 들었겠죠. 요새 가방 없이 다니는 여자가 어디 있어요. 근데 벤츠 주인 못 잡았다면서요? 주차비는 누구한테 받아요?"

태석은 퉁명스럽게 말했다.

"잡으면 연락드릴게요."

-◦◦◦◦-

두 사람은 차를 세워 둔 곳으로 터덜터덜 움직였다. 뜨거운 햇빛이 머리 위로 쏟아졌다. 몇 달째 비가 내리지 않아 가로수의 잎사귀는 바짝 말라 있었다. 둘 다 자기 생각에 빠져 입을 열지 않았다.

태석은 쥐구멍에라도 들어가고 싶은 기분이었다. 같은 놈에게 이틀 연속으로 패하는 날이 올 줄은 몰랐다. 그것도 '선빵'을 먹이고 곤봉까지 휘둘렀는데도 졌으니 운이 없었다는 핑계도 통하지 않는다. 인정하고 싶지 않지만 변성수는 그보다 한 수 위였다. 힘, 속도, 기술, 모든 면에서. 특단의 대책이 필요한 순간이다.

벤츠 앞에 지구대의 순경이 무료한 표정으로 기다리고 있었다. 태석은 가져온 열쇠로 문을 따고 차 안을 조사했다. 사무실과 마찬가지로 차 안도 먼지 한 톨 없이 깨끗했다. 매장에 곱게 전시만 했던 차량도 이보다는 더러울 것 같다. 그는 차량 안을 꼼꼼히 뒤져 나갔지만 운전석의 차양 뒤에서 주차권이며 통행료 영수증을 찾아낸 것 말고는 아무것도 없었다.

병철은 담벼락 뒤에 쪼그려 앉아 담배를 피웠다. 손가락이 조금씩 떨렸다. 경찰이 된 지 십이 년. 담당했던 사건을 모두 해결하진 못했지만 나름 최선을 다했다고 자부해 왔다. 상대가 아무리 흉악한 자라고 해도 겁먹지 않고 맞서 싸웠다.

그런데 이 년 전, 강도에게 칼을 맞은 뒤로 불안감이 시작되었다. 칼을 든 놈만 보면 심장이 목구멍 밖으로 튀어나올 것처럼 쿵쾅거리고 팔다리가 딱딱하게 굳는다. 다행히 칼을 잘 쓰는 놈을 만나지 못해 어떻게든 제압해 오긴 했지만 내심 늘 두려움을 가지고 있었다.

장례식장에서 덩치와 변성수에게 당한 뒤로 더욱 안 좋아졌다. 건물 로비에서 변성수가 내려오길 기다릴 땐 겁이 나서 견딜 수가 없었다. 다리가 후들후들 떨려 가만히 서 있기도 힘들 지경이었다. 달랑한 명. 그것도 맨손인 용의자인데도 그랬다. 그는 담배를 뻐끔뻐끔 피우며 일이 왜 이렇게 됐는지 생각해 보았다.

그때 태석이 그를 향해 손을 흔들었다.

"형, 뭐해? 이리 좀 와 봐."

병철은 담배를 비벼 끄고 일어서려다 허리를 삐끗했다. 순간적으로 눈앞이 아찔했다. 그는 담벼락에 기대선 채 호흡을 가다듬었다.

슬슬 결단을 내려야 할 때인지도 몰라.

그는 식물인간이 되어 병원 신세를 지고 있는 형사를 여럿 알고 있었다. 몸도 마음도 약해졌으면서 끝까지 강력 팀에 버티고 있다가 변을 당한 사람들이다. 절대 그런 꼴은 당하고 싶지 않다. 그렇잖아도 최근 들어 이런저런 일들로 중년의 위기를 실감하는 중이었다. 그런데 이런 일까지 생기고 나니, 이제 그도 늙었다는 사실을 인정할 수밖에 없었다.

태석이 투덜댔다.

"뭔 담배를 그렇게 오래 피워?"

"미안. 허리가 아파서 그래."

그제야 태석도 걱정이 되는지 병철을 이리저리 살폈다.

"침술원 소개시켜 줘? 야매로 침 놓는 데긴 한데 실력 아주 끝내줘."

"나중에. 좀 두고 보자."

변성수의 오피스텔은 양재천이 내려다보이는 곳에 우뚝 서 있었다. 2000년대 중반 부동산 버블이 최대치에 이를 때 짓기 시작한 삼십 층짜리 대형 오피스텔로 완공 시점에 즈음해 불황이 본격화된 바람에 오피스텔 일 층에는 중도금 없이 잔금의 십 프로를 깎아 준다는 플래카드가 걸려 있었다.

변성수는 오피스텔의 최상층, 펜트하우스에 살았다. 벨을 눌렀지만 대답은 없었다. 태석이 삼단쇠봉을 꺼내 쥐며 말했다.

"형, 준비 단단히 해. 이번에는 절대 놓치면 안 돼."

병철은 한심하다는 눈으로 태석을 쳐다보았다.

"변성수가 바보냐. 카페에서 이리로 도망 왔게."

"세상일 모르는 거야."

모르는 거라 말하긴 했지만 태석은 놈이 집에 있을 거라 예감했다. 이때까지 살면서 이런 종류의 예감은 거의 틀린 적이 없다. 지금 싸우면 학교 짱을 먹을 것 같다든가, 연쇄 강도가 나타날 타이밍인 것 같다든가 하면 반드시 그렇게 됐다.

하지만 로또가 될 것 같다든가 오늘 나이트에서 죽이는 여자를 만날 것 같다든가 하는 예감은 절대 맞은 적이 없지.

태석은 문을 박차고 안으로 뛰어들었다. 남향으로 난 창문을 통해 햇빛이 쏟아지고 복도 안쪽으로 가죽 소파와 그랜드피아노, 소파 맞은편에는 대형 LCD TV와 스피커에 앰프가 딸린 오디오 시스템이 보였다. 널따란 거실은 와인 바가 설비된 빌트인 주방으로 이어졌다. 싱크대는 설거지 거리 하나 없이 깨끗했고 와인 냉장고에는 몇 병의 와인이 들어 있었다.

태석은 거실에 숨은 사람이 없는 걸 확인한 후 맞은편의 방문을 박차고 들어갔다. 그곳은 침실이었다. 침대 위며 바닥에 옷가지가 지저분하게 널브러져 있었지만 사람은 보이지 않았다. 태석은 매트리스를 뒤집고 침대 아래를 살폈다. 옷장을 하나씩 열어 봤지만 거기도 옷만 가득할 뿐 다른 건 없었다.

그때 등 뒤에서 낮게 환풍기 소리가 들렸다. 뒤를 돌아보니 거기 화장실이 있었다. 오호라, 이 자식, 여기 숨어 있구나. 태석은 침을 꿀꺽 삼키고 화장실로 다가갔다.

흥분하지 마. 흥분하면 될 일도 안 돼.

태석은 마음속으로 되뇌며 곤봉을 꺼내 쥐었다. 등허리를 타고 식은땀이 흘러내렸다. 그는 다른 손으로 손잡이를 잡고 심호흡을 한 다음 벌컥 문을 열었다.

화장실은 텅 비어 있었다. 죽일 놈의 변성수가 불을 안 끄고 외출했던 것이다. 매너 없는 놈. 분명히 똥 싸고 물도 안 내릴 놈이다.

의기소침해져 화장실을 나오니 병철이 방을 살피고 있었다. 태석은 퉁명스럽게 말했다.

"없어."

"내가 말했잖아. 걔가 바보도 아니고 왜 여기 있겠냐. 의사를 할 만큼 똑똑한 놈인데."

태석은 발끈했다.

"형, 제정신인 놈이 의사 노릇 하면서 마약을 팔겠어? 남들 안 하는 짓만 골라 하는 변태야, 그놈은. 공부도 남들이 안 해서 한 거야."

"어쨌든 공부를 했다는 게 중요하지. 근데 얜 가족도 애인도 없나? 보통 액자가 하나쯤은 있기 마련이잖아? 집에도, 사무실에도 그런 게 없네. 늘 도망갈 준비를 하고 살았나."

"내가 장담하건대 돈이랑 마약밖에 모르는 놈이야."

태석은 거실로 나와 소파에 철퍼덕 주저앉았다. 병철 역시 거실로 따라 나와 창밖의 확 뚫린 양재천을 쳐다보았다. 그러다 문득 심각하게 말했다.

"여긴 전망이 좋아서 투자 가치가 있겠다. 은퇴하기 전에 이런 거 몇 개 사 놓고 임대 사업이라도 하면 좋을 텐데."

"형 또 시작이구나. 은퇴하려면 아직 멀었으면서 왜 그래?"

"세상일 모르는 거야."

모르긴 뭘 몰라. 아직 열라 많이 남았으면서. 태석은 마음속으로 투덜대며 등을 대고 있던 소파에서 벌떡 일어났다. 좀이 쑤셔서 가만히 있을 수가 없었다.

"나가자."

"어딜?"

"어디긴 어디야, 이웃들한테 변성수가 어떤 놈인지 묻고 주차장에 내려가서 그놈들 차가 있는지 확인한 다음에……."

태석은 침실 바닥에 널브러진 옷가지를 보고 말을 멈췄다.

그러고 보니 이상한 일이다. 사무실이나 차 안을 봤을 때 변성수는 결벽증에 가까울 만큼 깔끔한 위인이었다. 그런데 방을 저렇게 어지럽히고 달아났다고? 워낙 급해서 정리할 시간이 없었던 걸까? 그래, 급했겠지. 경찰이 쫓고 있는데…….

잠깐만. 그럼 경찰에 수배된 후로 이곳에 한 번 들르긴 했다는 뜻이잖아? 왜 들렀을까? 옷 가지러? 아니다. 그렇다고 보기엔 옷장에 빈자리가 없다.

태석은 말을 돌렸다.

"일단 여기부터 뒤져 봐야겠다."

"왜?"

"형이 그랬잖아. 변성수가 벌써 약 들여왔을 거라고. 여기 어디 숨겨 놨을지도 몰라."

"있었어도 벌써 가져갔지 그냥 뒀겠냐?"

"아냐, 있어. 감이 왔다니까. 사람이 아니라 물건이었던 거야."

태석은 어딜 먼저 뒤질까 거실을 둘러보았다. 그러다 방금까지 앉아 있던 소파에 시선을 주었다. 다른 인테리어와 어울리지 않는 갈색 인조가죽 소파, 뭔가 수상하다. 그는 소파 쿠션을 뜯기 시작했다. 인조가죽이 찢어지며 안에 들어 있던 천 조각이 밖으로 튀어나왔다.

병철은 깜짝 놀라 외쳤다.

"너 뭐해! 이기 시유재신이야. 부수면 물어 줘야 돼."

"뭘 쓸데없는 걸 걱정해. 우리가 안 했다고 하면 되지."

태석은 쿠션을 해체하다시피 하며 안을 샅샅이 뒤졌다. 병철은 우거지상이 되어 그를 도왔다. 두 사람은 삼십 분 남짓을 옷장 뒤부터 신발장, 세탁기에 변기 속까지 살폈지만 특별한 것은 나오지 않았다. 태석은 결국 포기하고 피아노 의자에 걸터앉아 건반 위에 턱을 괬다. 더 이상 뒤질 곳은 보이지 않았다.

그는 의자 위에 올라서 전등갓을 살피고 있는 병철에게 소리쳤다.

"헛수고야. 아무것도 없어, 형. 그만하자."

병철은 어이없다는 듯 태석을 돌아보았다.

"네가 뒤지자고 했잖아?"

"그래서 먼저 끝냈잖아."

병철은 네놈 감이라는 게 늘 그랬지, 하는 표정으로 의자에서 내려왔다. 태석은 병철의 등을 물끄러미 쳐다보다 피아노로 시선을 돌렸다. 폴 보드 위에 바흐의 〈골드베르크 변주곡〉 악보가 놓여 있었다.

이 자식은 피아노도 잘 치나 보네?

태석도 초등학교 시절, 피아노를 배운 적이 있다. 동네 보습 학원에서 다섯 달 정도 배우다 실력이 늘지 않자 태권도로 옮겼다. 물론 태권도도 두 달을 못 하고 그만뒀지만. 그다음은 주산이었고 그다음은 유도였다. 그는 어떤 일도 육 개월 이상 하지 못했다.

나이를 먹고 나서야 무슨 일이든 지겨움을 참고 연습해야 실력도 늘고 재미도 생긴다는 사실을 알게 됐지만 이제는 생업 때문에 뭔가를 배우기가 쉽지 않았다. 새벽 두 시에 피아노 학원에 들러 〈바이엘〉을 뚱땅거릴 수는 없는 노릇이니까.

그런데 변성수는 의사에 모델에 격투기도 잘하고 피아노까지 칠 줄 아는 모양이다. 진짜로 짜증 나는 놈이군.

태석은 피아노 건반을 눌렀다. 제일 낮은 음부터 제일 높은 음까지. 중간에 소리가 나지 않는 건반이 몇 개 있었다. 힘을 줘서 건반을 눌렀지만 여전히 소리는 나지 않았다.

태석은 인상을 쓰다 문득 뇌리를 스치는 생각에 피아노 본체의 뚜껑을 열었다. 피아노 내부에 가로세로 오십 센티 정도의 빈 공간이 있었다. 톱으로 내부를 잘라 내고 공간을 마련해 뒀던 모양이다. 안에 무엇이 들어 있었든 지금은 사라지고 없었다. 하지만 흔적이 남아 있었다. 바닥에 하얀 가루가 보였다.

병철이 피아노 안을 들여다보고 침을 꿀꺽 삼켰다. 태석은 득의해서 웃었다.

"내 감이 얼마나 대단한지 이제 알겠지?"

두 사람은 가만히 가루를 바라보았다. 영화에선 이런 경우 가루의 맛을 보고 어떤 마약인지 알아내지만 실제 수사에선 절대 그런 일 없다. 중독자가 아닌 이상 맛을 본다고 알 수도 없을뿐더러 만의 하나 독약이면 어쩌라고?

태석은 핸드폰을 꺼내 과학수사 팀에 전화했다.

-×〈×|×〉×-

과학수사 팀이 출동해 현장 사진을 찍고 진공청소기로 가루를 빨아들였다. 곧이어 팀장이 나타났다. 하루 만에 제법 많은 증거를 찾아냈다고 생각했기 때문인지 표정은 비교적 밝았다.

병철이 말했다.

"주차장 CCTV로 변성수가 들어왔다가 나간 걸 확인했습니다. 시간적으로 볼 때 여기서 나가 청담동에서 여자를 만난 것 같습니다."

"변성수 얼굴은 확인했어?"

"예, 여기요."

태석은 관리실에서 출력해 온 사진을 보여 주었다. 초조한 표정의 변성수가 주차장으로 들어서는 장면이다. 변성수는 한 손에 검은색 가방을 들고 있었다. 태석이 가방을 가리키며 말했다.

"저기 가방 보이죠? 검은색 스포츠 백. 병철이 형 말로는 디올 스타일이 맞다는데요. 저 가방을 가지고 나가서 여자에게 준 거죠."

"여자만 찾으면 약을 회수할 수 있다는 거로군."

팀장은 기대에 찬 얼굴로 손바닥을 비볐다. 승진이 코앞에 왔다고 생각하는 모양이다. 그는 두 사람의 몰골을 보고 쯧쯧 혀를 차더니 인심 쓰듯 말했다.

"남은 건 우리가 처리할 테니까 들어가서 쉬어라. 3팀이랑 4팀에서 인원 지원해 주기로 했으니까. 너희들 어제, 오늘 거의 못 쉬었잖아."

팀장은 말을 멈췄다가 짧게 보탰다.

"어제도 맞고 오늘도 맞고. 쉴 때도 됐지."

태석이 발끈했다.

"방심했다가 당한 거예요."

"알았다. 근데 지금 보니까 얼굴이 거의 시체 수준이구만. 오늘 푹 쉬고 내일부터 죽었다 생각하고 뛰자. 방심하지 말고. 알겠냐? 한두 번이야 실수할 수 있지만 세 번째엔 그게 실력이 되는 거니까."

-※◁▷◎-

오피스텔을 나섰을 때는 여덟 시가 넘어 있었다. 거리마다 가로등이 반짝였고 손을 잡은 연인들이 웃음을 터뜨리며 지나갔다. 노점상에서 퍼져 나오는 어묵 냄새가 구수했다.

태석은 주머니에 손을 넣고 어깨를 움츠렸다. 어젯밤, 그는 마약상을 만났고 교통사고를 당했으며 기절할 정도로 얻어맞았다. 그가 일하는 세상은 언제나 탐욕과 고통으로 가득 차 있다. 하지만 몇 걸음만 나서면 너무나 평화로운 세상이 눈앞에 나타난다. 이런 날에는, 경찰은 은퇴 후에도 경찰과만 어울릴 수밖에 없다는 말을 실감하게 된다. 경찰 일이란 설명해선 알 수 없다. 같은 일을 경험해 본 사람하고만 말이 통한다.

두 사람은 더 이상 사건 이야기를 하지 않았다. 평범한 세상으로 돌아갈 준비를 위한 시간이 필요하기 때문이다. 온종일 살인범을 쫓는 일에 골몰하다가 퇴근 시간이 되었다고 머릿속의 회로를 일상으로 돌리는 일은 결코 쉽지 않다. 조금씩 생각을 지워 나가야 한다. 그래서 집에 가는 길에는 사건 이야기를 하지 않는 것이 두 사람의 불문율이었다.

병철이 갑자기 입을 열었다.

"술이나 한잔할까?"

태석은 병철을 돌아보았다. 카페에서부터 계속 무게를 잡고 있는 게 왠지 꺼림칙하다.

"안 피곤해?"

"피곤하긴 한데. 한잔 걸치고 집에 갔으면 해서. 너한테 할 말도 있고."

태석은 망설이다가 고개를 흔들었다. 웬만하면 병철이 하자는 대로 해 주겠는데 몸이 쑤셔서 견딜 수가 없었다. 이틀 동안 한숨도 못 자고 뛰어다닌 대가다. 오늘은 푹 쉬어 줘야 내일부터 다시 뛸 수 있다. 그는 병철의 어깨를 토닥이며 말했다.

"다음에 먹자. 오늘은 집에 가서 형수랑 소영이랑 같이 밥 먹고 자. 요새 집에도 잘 못 들어갔잖아. 허리도 아플 텐데 뜨거운 바닥에 쭉 지지고."

병철은 고개를 외로 꼬면서 삐친 목소리로 쏘아붙였다.

"그래, 너 여자 만나라. 난 집에 갈 테니까."

"무슨 소리야? 여자라니?"

"제시카에서 알바하는 애랑 만나려고 그러는 거 내가 다 알아. 형이 술 마시자고 하는데 여자 만날 생각이나 하고, 너 정말 그러면 안 된다."

태석은 입을 딱 벌린 채 병철을 쳐다보았다. 이 인간 꼬인 줄은 알았지만 이 정돈 줄은 몰랐네.

"형, 진짜 큰일 났다. 병원 한번 가 봐야겠어."

"치사한 놈. 그래, 혼자 잘해 봐라."

태석은 간곡하게 말했다.

"형. 어제, 오늘 우리한테 무슨 일이 있었는지 생각해 봐. 밤새 잠한숨 못 자고, 얻어맞고, 자동차 사고까지 당했어. 내가 무슨 로봇도 아니고 여자를 또 어떻게 만나. 집에 가서 밥 먹고 자야지."

"난 널 알아. 여자랑 모텔에만 들어가면 기적적으로 팔팔해지는 놈이지."

병철은 고개를 돌리곤 웅얼웅얼, 후배라고 하나 있는 게 제 뱃속만 챙길 줄 알지 형이 우울할 때 술도 안 마셔 주고…… 같은 소리를 늘어놓으며 노골적으로 삐친 티를 내기 시작했다.

태석은 어이가 없어 말이 나오지 않았다. 아무리 여자가 좋아도 그렇지, 내가 슈퍼맨이야? 이 몸을 해 가지고 여자를 만나러 나가게? 태석은 집에 도착하면 바로 침대에 뛰어들어 내일 아침 해가 뜰 때까지 잘 생각이었다.

병철이 허리를 두들기며 중얼거렸다.

"그래, 나처럼 불쌍한 인생은 그냥 집에나 들어가야지. 허리가 아파서 잠도 안 오겠지만. 골방에 들어가서 전기장판 깔고 누워 있으면 좀 나으려나."

"집에 가서 형수랑 마시고 자. 그럼 되겠네."

"치워라. 걔랑 나랑 무슨 술이냐."

"형, 형수랑 무슨 문제 있어? 아까도 말도 안 되는 소리 하면서 형수 욕하더니. 계속 딴 여자 만나려고 하는 것도 그렇고. 형수가 싫어 졌어? 마음에 안 들어?"

병철은 정곡을 찔렸는지 움찔했다. 그는 한참을 대답하지 않다가

무심한 듯
시크하게

뚱한 어조로 입을 열었다.

"싫은 건 아니고. 싫은데 어떻게 지금까지 같이 살았겠냐. ……마누라가 공인중개사 사무실에 일 나간다는 얘기, 내가 했던가?"

"아니, 안 했는데."

"나 혼자 버는 돈으론 생활비가 모자라다고 시작한 일인데 요새는 저녁 늦게까지 계속 거기 있어. 수완이 있나 봐. 지금은 나보다 잘 번다. 돈 버는 재미가 이렇게 좋은지 몰랐다면서 집에 있을 때도 부동산 관련 책을 읽어. 몇 년 내로 시험 봐서 자기 가게 차릴 거래."

"잘됐네. 일 열심히 하고 돈 잘 벌고. 뭐가 문제야. 잘생긴 공인중개사한테 빠지기라도 했으면 모를까."

병철은 낮은 목소리로 말했다.

"사실 그런 걱정이 없는 건 아니야."

"뭐? 그럴 사람이 있어?"

"그런 건 아니고 아는 언니랑 같이 하는 건데. 화장이 점점 진해지고 밖으로만 나도니까 저러다 일내는 거 아닌가 걱정된다. 처녀 시절에는 진짜 잘나가던 여자였는데 나랑 살면서 점점 아줌마가 되어 가고 있었거든. 나이를 먹어서 생긴 자연스러운 현상으로 알았지. 근데 요새 보니까 아니더라. 꾸미니까 예뻐."

태석은 얼굴을 찡그렸다. 병철이 무슨 말을 하는지 잘 이해가 가지 않았다. 그는 이야기를 정리해 보려 애썼다.

"그러니까 형수가 일하는 게 싫다는 거지? 그런데 돈 잘 벌고 예뻐진 건 좋고. 그동안 고생시킨 건 미안하지만 바람날까 봐 걱정되고."

"그런 거 아니야."

"아니긴 뭐가 아냐. 내가 하루 날 잡아서 형수 뭐 하나 따라다녀 볼까? 그럼 안심이 되겠어?"

"그런 거 아니라니까. 걔가 도시적으로 싸늘하게 생기긴 했어도 사

실 정이 되게 많고 의리 있거든. 돌이킬 수 없는 사태는 만들지 않을
거라고 생각하는데⋯⋯."

"그럼 뭐가 문젠데?"

병철은 힘없이 대답했다.

"문제⋯⋯없네."

"그럼 됐네. 집에 가서 형수랑 한잔하고 푹 자."

"그냥 자련다. 술은 무슨 술이냐."

병철은 쓸쓸한 표정으로 창밖을 쳐다보았다. 태석은 은근히 걱정
이 되었다. 저 인간 대체 왜 그래?

그때 병철이 말했다.

"대신 너도 그냥 집에 들어가라. 딴 데 새지 말고."

"그럴 거야."

"너희 집에 전화해서 확인할 거야. 꼭 들어가."

"들어간다니까!"

-◦◦◦-

병철을 집 앞에 내려 주고 태석은 오디오 볼륨을 최대로 높였다. 여
러모로 마음이 복잡하다. 변성수란 놈을 놓친 것도 열 받고 병철이 갑
자기 병든 닭처럼 변한 것도 신경 쓰인다. 하지만 무엇보다, 요즘 들
어 매사에 흥이 나질 않는다는 게 문제다.

처음 경찰에 지원했을 때만 해도 형사가 천직이라 생각했다. 나쁜
놈 때려잡으면서 폼 잡고 살 수 있으니까. 하지만 요즘은 뭐가 뭔지
잘 모르겠다. 영화처럼 멋지게 살고 싶다는 마음은 변함없지만, 그러
기 위해서는 지금과 달라져야 한다는 생각이 자꾸 든다.

뭔가 격투기를 하나 배우고, 진급시험 공부도 하고…… 변성수란 놈을 보니 부끄러움이 더욱 커졌다. 그런 놈보다 못한 인생이라니. 그래, 달라져야지. 태석은 마음을 다잡았다. 아무 격투기나 하나 배우고, 피아노도 다시 시작하자. 이번에는 최소한 〈바이엘〉은 떼 보는 거야. 밥 먹고 일만 하면 그게 기계지, 사람이냐.

그가 결심을 굳혔을 때 전화가 왔다. 핸드폰을 집어 들자 귀에 익은 여자의 목소리가 들렸다.

―다니엘 오빠? 나야, 나. 나 누군지 알지?

나이트에서 만났던 알바다.

"집에는 잘 들어갔냐."

―들어갔다 나왔어. 나 지금 강남이야. 금방 학원 끝났거든. 옷 드라이 맡겼는데 만 원 달래. 그거 돈으로 받긴 그렇고 밥으로 사 주면 안 될까? 여기 맛있는 치킨집 있거든.

태석은 망설였다. 그는 몹시 피로했고 알바를 만나지 않겠다고 병철과 약속했다. 집까지 거의 다 왔고 이 시간대 강남은 차가 죽도록 막히고 주차할 곳도 마땅치 않다. 알바와 놀다 집에 들어가면 새벽일 것이고 그런 다음 출근하려면 거의 죽음과 같은 고통을 겪어야 할 것이란 짐도 고려해야 하나.

그에 비해 알바를 만나서 생기는 이익은 거의 없다. 이런 식으로 여자를 만나는 일이 처음은 아니라 잘 알고 있다. 매번 비슷한 과정을 거치게 되는데 간단하게 술과 안주를 먹고 어쩌다 경찰이 되었느냐, 죽은 사람도 본 적 있느냐, 사람을 죽여 본 적은 있느냐, 돈은 한 달에 얼마 버느냐, 자길 스토킹하는 나쁜 놈이 있는데 어떻게 하면 좋겠느냐 같은 질문에 답을 하다가 여자가 취하면 모텔에 가는 것이다.

그렇다면 대답은 결정된 것이나 마찬가지다.

"금방 갈게."

김희정은 눈을 반짝이며 물었다.

"혹시 죽은 사람 본 적 있어요?"

태석은 쉰 구쯤 봤다고 말하려다 그만두었다. 머릿속이 복잡했다.

알바가 생각보다 예쁜 건 좋은 점이다. 그녀는 화장기 없는 얼굴에 하얀 티와 청바지 차림이었는데 짙은 화장에 갈기 머리를 하고 나이트에 왔을 때보다 훨씬 예뻤다. 같은 경찰서에 근무하는 여경이라면 옥상으로 불러내 앞으로 화장하지 말라고 말해 줬을 것이다.

알바가 친구를 데려온 건 나쁜 점이다. 알바의 이름은 이현경. 함께 온 친구의 이름은 김희정이다. 두 사람은 초등학교 시절부터 단짝 친구로 지금은 강남에 있는 보습 학원에 다니며 편입을 준비하고 있다고 했다.

희정은 백육십 내외의 작은 키에 매혹적인 허벅지를 가진 아가씨였다. 예쁘장한 얼굴에 성격도 쾌활하다. 희정이 대화를 주도하는 동안 현경은 조용히 있다가 묻는 말에만 대답했다.

태석은 이것을 좋은 징조로 받아들였다. 여자들은 좋아하는 남자 앞에서 내숭을 떨기 마련이니까.

희정이 말했다.

"싸움을 그렇게 잘하신다면서요? 현경이 말로는 번쩍하고 움직이는 순간 나쁜 놈이 억, 하고 쓰러져 있었다던데."

"그 정도는 아니고요."

"얼굴은 어제 싸우다 다치신 건가요? 현경이 말로는 한 대도 안 맞고 때려눕혔다면서요."

"에…… 그 뒤로 많은 일이 있었거든요."

"여럿이 덤볐나 봐요. 비겁하게."

무심한 듯
시크하게

사실은 한 명한테 두 번을 졌지만 차마 말이 안 나왔다. 희정이 은근하게 말했다.

"많이 아프겠어요."

"버틸 만합니다."

그때 테이블 위에 놓여 있던 희정의 핸드폰이 부르르 떨렸다. 그녀는 액정에 뜬 이름을 확인하더니 급하게 일어섰다.

"잠깐만요. 전화 좀 하고 올게요. 어떻게 다쳤는지 이따가 오면 자세히 설명해 주셔야 돼요."

그녀는 윙크를 날리고선 치킨집을 나갔다. 현경이 말했다.

"죄송해요."

"뭐가?"

"희정이요. 안 데려오려고 그랬는데 자꾸 따라온다고 해서. 잘 모르는 사람이 이것저것 캐물어서 불편하셨죠?"

"아냐, 뭐…… 그럭저럭 재미있었어."

현경은 태석의 잔에 맥주를 따라 주며 고자질을 하듯 속삭였다.

"지금 남자 친구랑 통화하러 간 거예요."

"어. 남자 친구가 있어?"

"예, 그것도 오 년이니 사귄 남자예요. 내년에 결혼한대요."

그 말을 들으니 희정에 대해 눈곱만큼 품고 있던 관심도 사라져 버렸다. 태석은 슬쩍 시계를 보았다. 벌써 한 시가 넘었다. 더 이상 괜한 이야기로 시간을 낭비하고 싶지 않다. 훼방꾼이 사라진 지금 결론을 내려야겠다. 그는 현경의 손을 잡으며 말했다.

"시간도 늦었는데 먼저 나갈까?"

"어딜 가려고요?"

"좀 조용한 데."

"희정이는요?"

"남자 친구랑 통화 잘하는데, 뭘. 오빠가 범인 잡느라 피곤해서 그래. 얼굴 부은 거 보이지? 지금 앉아 있는 것도 너무 힘들어. 어디 조용한 데 가서 좀 쉬자."

현경은 잠시 생각하다가 새침하게 고개를 끄떡였다.

"그럼 잠깐만 쉬는 거예요."

-※〉〈※-

병철의 말이 옳았다. 샤워 시설이 있는 모텔 방에 들어서는 순간 태석은 기적적으로 부활했다. 그는 침대에 현경을 던지고 다이빙하듯 덮쳐 밤새 그녀를 괴롭혔다. 그러다 눈을 떠 보니 오전 다섯 시였다. 그는 아침 먹고 가자는 현경을 달래 지하철역 앞에 내려 주고 전속력으로 차를 몰아 집으로 갔다.

내가 미쳤지, 그 아까운 시간을…….

덕분에 한숨도 못 자고 강력범들을 상대하게 생겼다. 마음 같아선 경찰서 숙직실에서 한숨 자고 사무실로 나가고 싶지만 며칠째 속옷을 갈아입지 못해 몸이 끈적끈적했다.

돈만 있으면 아무 가게나 들어가 옷을 사 입었을 것이다. 하지만 자동차 할부로 통장은 깡통이 된 지 오래고, 카드는 백만 년 전에 한도 초과다. 그나마 비상금으로 가지고 있던 만 원 몇 장은 처음 보는 꼬마를 위해 조의금으로 내 버렸다. 심지어 모텔비도 현경이 냈는데, 돈이 없다고 할 때 그녀의 표정은 정말로 볼만했다.

집에 들어가니 여동생이 소파에 누워 아침 드라마를 보고 있었다. 그녀는 드라마에서 눈을 떼지 않은 채 한마디 했다.

"일찍 좀 다녀."

저런 것도 동생이라고. 태석은 한숨을 쉬며 대꾸했다.

"넌 시집갔으면 그 집 귀신이 될 생각을 해야지. 아침부터 남의 집에 와서 TV 보고 있냐?"

"엄마가 심심해하니까 그러지. 오빠는 중학교 때부터 지금까지 발전이 없잖아. 늘 밖으로 나돌고 싸움질이나 하고."

"내가 무슨 싸움질을 해. 흉악범들 체포하는 거지. 너랑 네 남편 발 뻗고 자라고."

"합법적으로 사람 때리고 싶어서겠지."

태석은 다시 한숨을 쉬었다.

여동생의 나이 올해 스물다섯. 재작년에 결혼해 건너편 연립주택에 신혼살림을 꾸렸는데, 여기가 자기 집인 것처럼 매일 찾아와 먹고 놀다 간다. 저녁때는 남편까지 데려와서 밥을 먹인다는데 태석이 일 때문에 늦는 것이 다행이었다. 저녁 먹을 때마다 얼굴을 마주쳤다면 여동생 남편은 이미 이 세상 사람이 아닐 것이다.

동생의 남편은 영화감독이다. 말이 좋아 감독이지 사실은 대학 졸업 후 십 년째 데뷔작을 준비 중인 백수다. 곧 작품에 들어간다고 큰소리치지만 태석은 전혀 미덥지 않았다. 매제처럼 수상쩍은 인물에게까지 투자가 될 정도로 충무로에 눈먼 돈이 많을 것 같지 않았기 때문이다.

여동생이 태석의 얼굴을 보고 소리쳤다.

"오빠, 얼굴이 왜 그래? 맞았구나. 오호호. 오래 살다 보니 오빠가 맞는 걸 다 보네. 누구한테 맞았어?"

"……넘어졌어."

"좀 맞으면 어때서 그래. 오빤 늘 별거 아닌 일을 기를 쓰고 감추려고 하더라. 항상 멋있게 보여야 한다는 강박관념이라도 있어?"

"안 맞았다니까!"

안방 문이 열리고 어머니가 뛰어나왔다. 그녀는 환한 얼굴로, 옆집까지 들릴 만큼 크게 소리쳤다.

"태석이 왔니? 태석아! 너 어제 여자랑 있었다며?"

태석은 방문을 열다 동작을 멈췄다. 이럴 땐 어머니의 눈을 보며 '무슨 말도 안 되는 소리야!' 라고 말하는 게 제일이란 사실은 알지만 붓고 멍든 얼굴로 그래 봐야 역효과만 볼 게 뻔했다.

태석은 어머니를 등진 채 방에 들어가며 얼버무렸다.

"누가 그래?"

어머니가 태석의 뒤를 따라 들어왔다.

"유 형사님이. 너 어젯밤에 안 들어왔다니까 그러던데."

하여간에 그 인간. 진짜 집으로 전화했구나. 샘만 많아 가지고, 치사하게 그런 걸 이르나?

어머니는 추궁하듯 물었다.

"어떤 아가씨야? 이름은 뭐니? 나이는? 예쁘니?"

"그런 애 없다니까."

어머니가 갑자기 절박한 목소리를 냈다.

"난 임신한 아가씨 데려와도 뭐라고 안 한다. 요새 세상이 그런데 어쩌겠어. 너만 좋으면 그만이지. 바로 결혼시켜 줄 테니까 솔직하게 말해 봐."

"이상한 소리 좀 하지 마. 여자는 무슨 여자야."

그때 여동생이 거실에서 소리쳤다.

"엄마! 오빠 얼굴 좀 봐. 얼마나 맞았는지 퉁퉁 부었어."

저년이 죽으려고. 어머니는 번개처럼 움직여 태석의 앞에 섰다. 환하게 웃고 있던 어머니의 얼굴이 충격과 공포로 물들었다.

"어머, 세상에! 누가 이랬어? 어떤 흉악한 놈들이…… . 내가 세상 무서우니까 조심하라고 했지!"

"넘어진 거야. 그리고 나 옷 갈아입어야 되는데 잠깐만 나가 줄래?"

"괜찮아, 태석아. 엄마한테 부끄럼 탈 거 없어. 내가 너 벗은 걸 얼마나 많이 봤는데. 그보다 상처부터 어떻게 하자. 덧나면 큰일 나."

어머니와의 말다툼으로 더 이상 심력을 소모하고 싶지 않았다. 태석은 어머니를 몰아내고 문을 잠갔다. 밖에서 어머니의 고함이 들렸다.

"병원에는 가 봤니?"

태석은 서랍에서 팬티와 러닝셔츠를 꺼내다가 중요한 사실을 깨달았다. 소영이가 CK 속옷 세트를 줬지! 그냥 그걸 입고 출근하면 될 일 가지고 괜히 여기까지 왔구나. 이래서 피곤하면 자야 하는 거다.

옷을 갈아입고 거실로 나오니 어머니는 아침을 준비하고 있었다. 태석이 신발을 신자 그녀는 깜짝 놀라 소리쳤다.

"너 어디 가니?"

"일하러 가지."

"여태 일하다 와 놓고 뭘 또 일하러 가! 얼굴이 그 모양이 돼서! 밥 먹고 쉬어야지! 결혼은 언제 할 거야!"

태석은 밥 먹고 쉬라는 말과 결혼은 언제 할 거냐는 말 사이의 연관성을 생각해 봤지만 답이 떠오르지 않았다. 어머니 등 뒤에서 여동생이 악마처럼 웃고 있었다. 죽일 년.

"엄마, 그만해. 오빠가 결혼은 안 하지만 여자는 많이 만나니까."

때리는 시어미보다 말리는 시누이가 밉다더니 딱 그 꼴이다. 태석은 여동생에게 던질 것을 찾다 포기하고 현관문을 열었다. 그는 오랜 경험을 통해 어머니와 결혼 문제로 다퉈선 안 된다는 사실을 알고 있었다. 그저 미루는 게 제일이다. 미루고 미루고 또 미루고 지구 최후의 날까지 미루는 거다.

태석은 진지하게 말했다.

"엄마, 이따 얘기하자. 내가 이따 다 알려 줄게."

그리고 그대로 도망쳤다.

하지만 몇 걸음 가지 못해 다시 집으로 돌아올 수밖에 없었다. 그는 최대한 불쌍하게, 어머니에게 말했다.

"만 원만 빌려 줘."

그녀에게서는 범죄의 냄새가 난다

강력 팀은 사람들로 가득했다. 짜증 난 얼굴의 형사들. 입을 앙다
문 채 고개를 숙이고 있는 범죄자들. 그리고 핏발을 세우며 성을 내는
피해자들까지. 그들이 피워 내는 열기로 사무실이 후끈 달아올라 있
었다. 경찰서의 강력 팀까지 와서 문제를 해결해야 할 사람이라면 삶
의 터전까지 위협받는 고달픈 인생임에 틀림없다. 에어컨을 풀로 가
동해도 그들이 내뿜는 절망과 분노의 기운을 덜어 낼 수는 없었다.

태석은 사무실로 들어서 숨을 크게 들이마셨다. 아, 이 공기야. 집
에 온 듯 마음이 편하다. 이러니저러니 해도 그는 천생 경찰이었다.
보통의 세상이 좋은 건 사실이지만 어딘지 몸에 맞지 않는 옷처럼 불
편한 것도 사실이다.

팀장은 구석에서 병철과 물-조 콤비와 이야기를 나누고 있었다.
병철은 태석을 보고 흥, 하고 고개를 돌렸다. 그리고 다 들리게 '치사
한 놈.' 이라고 말했다. 태석도 삐치긴 마찬가지였기 때문에 멀찌감치
떨어져 앉았다.

팀장이 물었다.

"너희들 싸웠냐?"

"아뇨. 우리가 어린애예요, 싸우게."

"니들 어린애 맞잖아. 나이만 많은."

"병철이 형은 모르지만 전 아닙니다. 전 한 번도 어린애였던 적이 없는 사람이에요. 어릴 때부터 아르바이트도 많이 했고……."

팀장이 말을 잘랐다.

"알았다, 알았고. 애들 얘기 좀 들어 봐라. 아주 흥미로워."

조 형사가 말했다.

"변성수 말이야. 고아야."

"갑자기 그게 무슨 소리예요? 고아라니?"

조 형사는 늘 그렇듯 조개처럼 입을 다물었고 김 형사가 대신 청산 유수와 같이 설명을 시작했다.

"한국에서 좀 살다 가서 우리말이 능숙했던 거더라. 아홉 살 때 미국으로 입양됐다네. 입양인 이름은 토마스 페리. 변성수의 미국 이름은 존 페리. 거기서 대학 다니고 의사 자격증 따고 작년에 귀국, 잠시 모델로 활동하다가 갑자기 병원에 취직한 거지."

팀장이 혼잣말처럼 중얼거렸다.

"한국에는 왜 왔을까? 엄마의 나라를 보고 싶어서 그랬을까?"

태석은 코웃음을 쳤다.

"이제 엄마의 나라 감옥 구경은 원 없이 하겠네. 변성수란 이름은 입양 기관에서 붙여 준 거래요?"

김 형사가 대답했다.

"부모가 붙인 거라는데. 친모가 고아원에 아이를 맡길 때 이름과 생년월일을 알려 줬대. 아무튼 지금 국내에는 연고자가 없어. 미국 부모에게 연락을 하긴 했는데 올지 안 올지는 모르겠다."

팀장이 다시 중얼거렸다.

"미국에서 사고 치고 튄 거 아냐? 안에서 새는 바가지 밖에서도 샌다고, 한번 마약을 팔아 봤으니 여기서도 마약 팔 생각을 했겠지."

"그쪽 경찰에 협조를 요청했으니 곧 답이 올 겁니다. 모델 에이전시 측과도 연락을 해 봤는데 워낙 조용한 친구라 개인적인 부분은 잘 모른다고 하더군요. 인기가 나쁘지 않아 계약을 연장하고 싶었는데 변성수가 거절했답니다. 꼭 해야 할 일이 있다면서. 마약을 팔았다니까 무척 놀라던데요. 전혀 그럴 사람으로 보이지 않았다고 뭘 잘못 안 거 아니냐고 하더군요."

"인상이 괜찮은 모양이지? 그런 말까지 나오는 걸 보면."

"그쪽에서는 변성수가 성형외과 의사라는 사실도 모르고 있던데요. 그런 얘긴 전혀 한 적이 없대요."

팀장은 감탄했다.

"오호, 겸손하기까지."

태석은 더 참지 못하고 화를 냈다.

"무슨 소릴 하는 거예요? 그 새끼가 말을 왜 안 했겠어요? 구린 데가 있으니까 그랬겠지. 미국에서 의사질 할 때 뭔가 사고를 친 게 확실하다니까요!"

"알았어, 알았어. 그래서 다른 건?"

김 형사가 수첩을 넘겨 보며 말했다.

"변성수 패거리 말입니다. 지난 몇 달간 셋이서 클럽 주위를 돌면서 유흥을 즐긴 모양입니다. 돈을 물 쓰듯 쓰고 다녔는데 일행 중 변성수가 있으니까 누구도 이상하게 생각하지 않았답니다. 잘나가는 성형외과의니까요. 무뚝뚝하긴 해도 농담 잘하고 매너가 좋아서 여자들에게 인기가 많았다는군요."

"변성수 패거리 신원 파악은 아직 안 됐어?"

"열심히 조사 중입니다."

"조사만 열심히 하지 말고 이름을 알아내. 위에 보고할 때 이름은 말해 줘야 분위기가 살지, '체포 못 했고 이름도 모릅니다.'라고 말하면 누가 좋아하겠어? 그리고 약쟁이들 만나서 변성수에 대해 물어 봐. 약에 대한 소문이 났을 거 아냐. 어쩌면 시장에 조금은 풀렸을 수도 있고. 신약 구경 좀 하고 싶다고 살살 찔러보란 말이야."

팀장은 형사들을 쭉 둘러보다 말을 이었다.

"코딱지 죽은 거, 교통사고가 확실해? 혹시 사고를 가장한 살인 아냐?"

병철이 대답했다.

"아침에 사고 조사를 맡았던 담당 형사와 통화해 봤는데, 그쪽에서는 사고가 확실하다고 단언하던데요. 술에 취해 맛이 간 상태로 운전하는 걸 순찰차가 발견하고 뒤쫓기 시작했고, 코딱지는 도주하려고 속도를 높였다가 중앙분리대를 들이받고 즉사했답니다. 목격자의 증언을 듣고 현장 감식도 실시했지만 이상한 점은 없었답니다."

태석은 조금이지만 양심의 가책을 느꼈다. 당연히 그가 조사했어야 할 일인데 그가 지각하는 바람에 병철이 전화를 걸었던 모양이다. 생각해 보면 어제 일도 그의 잘못이 아예 없다고는 말 못 한다. 병철과의 약속을 깨뜨린 건 사실이니까.

진짜, 이렇게 살면 안 되는데. 정신 차려야 되는데. 태석은 고개를 설레설레 흔들며 자책했다.

그때 팀장이 말했다.

"그리고 변성수가 만난 여자가 있었지."

태석은 바짝 긴장해 고개를 들었다. 맞다, 변성수를 잡아야지. 지금은 사건을 해결해야 할 때지, 자기혐오에 빠져 있을 때가 아니다.

하지만 아직 이거다 싶은 단서는 없었다. 여자가 가게를 나간 시간

대의 도로 CCTV를 샅샅이 뒤지고, 다른 팀의 형사들까지 동원해 수도권에 등록된 미니쿠퍼의 차주를 조사하고 있는데 아직 용의 차량을 발견하지 못했다고 했다. 김 형사는 일주일 내로 알아낼 수 있다고 장담했지만, 그때는 너무 늦는다는 게 태석의 생각이었다.

팀장이 다시 물었다.

"변성수 통화 기록은 확인했어?"

"본인 명의의 핸드폰이 아닙니다. 선불 폰을 구입해 개조한 건데, 지금은 꺼져 있는 상탭니다. 동료들과 통화한 기록이 전혀 없는 걸로 봐서는 마약 거래용으로 폰을 따로 사용한 모양입니다."

"오피스텔이나 병원 사무실에 그 여자와 관련된 사진이나 메모 같은 건 없었나?"

"아무것도요. 컴퓨터도 깨끗합니다. 이런 날이 올 걸 대비하고 있었는지, 아니면 컴퓨터에 관심이 없었는지, 거의 쓴 흔적이 없답니다."

태석은 구석에 앉아 메모지에 낙서를 하고 있었다. 조금 전부터 뭔가 계속 신경에 거슬리는 게 있었기 때문이다.

변성수. 미국. 고아. 여자. 병원. 사무실. 컴퓨터. 명함…….

그래, 명함이 있었어. 태석은 주머니를 뒤져 변성수의 명함집에서 꺼내 온 명함을 책상 위에 펼쳤다. 그리고 그중 하나를 집어 들었다.

결혼 정보 회사 '홍승자紅繩子'

커플 매니저 조현욱

진작 생각해 냈어야 했는데. 태석은 혀를 찼다. 변성수가 결혼 정보 회사에서 만난 여자와 사귀는 중이라고 병철이 말한 걸 깜빡 잊고 있었다. 대한민국 0.1퍼센트만 가입 가능하다는 노블레스클럽이라고 했지, 아마? 예쁜 얼굴과 외제 차. 그런 곳에서 만난 아가씨라면 설명이 된다.

태석은 명함에 적힌 번호로 전화를 걸었다.

"조현욱 매니저님 맞으시죠? 여기 경찰섭니다."

젊은 남자의 당황한 목소리가 들렸다.

─또 왜 전화했어요? 이제 다 끝났다면서요? 저 교육도 끝까지 이수했다고요.

"무슨 교육요?"

─여성·청소년 팀 아니에요?

"아닙니다, 여긴 강력 팀인데요."

─그럼 무슨 일인데요?

"거기 회원 중에 변성수 씨라고 있죠? 성형외과 의사인."

변성수란 이름이 나오자 형사들의 시선이 태석에게로 쏠렸다.

─예, 있습니다.

태석은 형사들에게 엄지손가락을 쳐들고 입 모양으로 '내 감이 이정도야!' 라고 말했다. 형사들은 우르르 태석에게로 몰려와 대화를 엿들었다. 태석은 말했다.

"제가 그리로 가겠습니다. 회사 위치가 어떻게 되죠?"

─◦×◦×◦─

결혼 정보 회사 '홍승자' 의 간판은 어찌나 큰지 창문을 절반쯤 가릴 정도였다. 간판 아래 서로 좋아 못 견디겠다는 표정으로 포옹하고 있는 신랑, 신부의 사진이 걸려 있고 그 아래 붉은색 수실 위에 '행복한 결혼의 꿈' 이라는 문구가 보였다.

간판을 올려다보던 병철이 입을 열었다.

"너도 여기서 결혼 준비나 해라. 어제 통화하니까 어머니 걱정이 보통이 아니시더라."

태석은 인상을 썼다.

"우리 엄마한테 무슨 얘길 한 거야? 나더러 여자 만나고 왔냐고 묻던데."

병철은 태석을 힐끔 쳐다보더니 퉁명스럽게 내뱉었다.

"여자 만난 거 맞잖아?"

흠. 그건 그렇군. 태석은 마땅히 할 말이 없어 머뭇대다 말했다.

"그리고 나 절대 선봐서 결혼 안 해. 좋아하는 사람을 만나야 결혼하는 거지. 결혼하려고 만나는 게 어디 있어."

"그렇게 나쁘진 않아. 장단점이 있지. 한 번도 뜨거워져 본 적이 없으니까 차갑게 식는 일도 없다고나 할까. 서로 지킬 것만 지켜 주면 연애결혼보다 나을 수도 있어."

"형이 그걸 어떻게 알아."

"왜 모르냐. 나도 선봐서 결혼했는데."

태석은 눈을 커다랗게 떴다. 뭔가 비밀이 풀리는 느낌이다.

"형, 형수랑 선봐서 결혼한 거였어?"

"엄마 친구 중에 중매 잘 서는 분이 있었거든. 그분이 하도 성화를 부려서 맞선 사리에 나갔다가 와이프를 만났지. 그때 와이프도 혼기가 차서 친정에서 난리였어. 겨우 스물둘이었는데, 경상도 구식 양반 가문이었거든. 거기다 장인어른이 이유는 모르겠지만 나한테 호감이 있으셨어. 세 번 만나고 결혼했지."

태석은 고개를 끄떡였다. 병철이 무슨 재주로 형수와 결혼했는지 항상 궁금했는데 이제야 비밀이 풀렸다. 번갯불에 콩 볶아 먹듯 해치우는 그런 식의 결혼은 60년대나 가능했던 줄 알았더니 90년대 초반까지도 유효했던 모양이다.

태석은 진심을 담아 말했다.

"형은 형수 만난 걸 하늘에 감사해야 돼. 아마 형이 한 일 중에 제일 잘한 일일 거야."

"정말…… 그런 거냐."

병철은 혼잣말처럼 중얼거렸다. 태석은 병철을 힐끔거리며 생각했다. 이 인간 왜 이리 힘이 없어? 어제 잠을 잘 못 잤나?

두 사람은 사무실로 들어가 조현욱을 만났다. 현욱은 이제 막 경력을 쌓기 시작한 젊은이다운 자신감으로 무장한 이십 대 후반의 남자였다. 그들은 간단하게 인사를 주고받고 상담실로 자리를 옮겼다.

병철이 운을 뗐다.

"변성수 씨가 어떤 사건에 연관되어 있는지 알고 계시죠?"

"예, 조금 전에 뉴스로 확인했습니다. 많이 놀랐습니다. 전혀 그럴 분으로 보이지 않았는데……."

태석이 끼어들었다.

"어떤 사람으로 보였죠?"

"능력 있고 매너 좋은 신사죠. 자기 일에 전문가시고. 저희 회원님들 중에서도 유난히 인기가 좋은 매력적인 분이셨죠."

태석은 팔짱을 끼며 생각했다. 매력은 무슨 매력이야. 돈을 펑펑 쓰고 다니니까 좋았다 이거 아냐.

병철이 두리번거리다 물었다.

"그런데 홍승자 씨는 어떤 분이죠? 본인 이름으로 회사를 차린 걸로 봐선 이 분야에서 유명한 분 같은데. 사진 같은 건 없나요?"

"아, 많이들 오해하시는 부분인데요. 홍승자는 사람 이름이 아니라 붉은 실이라는 뜻입니다. 운명으로 맺어진 남녀는 새끼손가락이 붉은 실로 연결되어 있어서 아무리 멀리 떨어져 있어도 결국은 만나서 인연을 이어 나가게 된다는 옛이야기에서 따온 거죠."

병철은 잠시 생각하다 고개를 끄떡였다.

“멋있네요.”

현욱은 흐뭇하게 웃었다.

“좀 그렇죠.”

멋있긴 뭐가 멋있어. 태석은 마음속으로 욕설을 퍼부었다. 인연이 정해져 있으면 그냥 집에서 기다리지, 왜 결혼 정보 회사까지 나오나.

병철은 허허허 웃다가 갑자기 말을 꺼냈다.

“변성수 씨는 언제 이곳에 회원으로 가입했습니까?”

“두 달이 조금 넘었는데요. 저희 회원님들 중 한 분이 변성수 씨를 추천해 주셨거든요. 저희가 런칭한 노블레스클럽의 이미지에 적당한 분이라는 생각이 들어서 가입 권유 전화를 드렸죠.”

태석이 삐딱한 어조로 끼어들었다.

“그 클럽, 대한민국 0.1퍼센트만 가입이 가능하다고 들었는데. 어떤 근거로 퍼센티지를 나누는 거예요?”

현욱은 어색하게 웃었다.

“그냥 홍보 문굽니다. 사람마다 개성이 다 다른데 누가 낫고 누가 못하고를 판단해서 한 줄로 세우는 일이 가능할 리 없잖습니까. 기본적으로는 고소득 전문직 종사자들끼리 따로 만나게 해 드릴 목적으로 만든 클럽인데요, 아무래도 홍보하는 입장에서는 좀 더 많은 분이 관심을 가지도록 문안을 작성하게 되니까요. 혹시 기분 나쁘셨다면 죄송합니다.”

“아뇨. 왜 제 기분이 나쁘겠어요. 저도 전문직 종사잔데. 강력 수사 전문요.”

병철이 초를 쳤다.

“고소득이 아니잖아.”

“대신 정년이 보장되잖아. 그리고 개인적으로 아이큐는 대한민국 0.1퍼센트라고 생각하는데. 아니, 그보다 제 예감에는 그쪽에 저랑 빨간 실이 연결된 분이 있을 것 같아요. 가입할 수 있죠?"

"가입비가 조금 비싼데 괜찮으실까요? 전담 매니저가 붙어 개인 상담 및 맞춤 서비스를 해 드리고 있어서 가격이 조금 비쌉니다."

"얼만데요?"

태석은 지갑을 꺼낼 듯 주머니에 손을 넣으며 물었다. 조현욱은 태석이 생각했던 가격의 열 배를 말했다. 태석은 슬그머니 손을 빼고 헛기침을 했다.

"생각해 보니 돈을 안 가져왔네. 다음에 가입하죠."

현욱이 부드럽게 미소 지으며 대꾸했다.

"언제든 방문해 주십시오."

태석은 자존심이 상했지만 매니저의 코를 납작하게 해 주겠다고 사채를 쓸 수도 없는 노릇이었다. 언제나, 돈이 왕이다. 억울하면 돈 벌어야지. 죽일 놈들.

병철이 허허허 웃으며 말을 돌렸다.

"자, 그럼 상담은 다음 기회로 넘기도록 하고. 오늘은 오늘 할 일을 하죠. 변성수 씨랑 맞선 본 아가씨들 사진을 볼 수 있을까요?"

현욱은 불편한 표정이 되었다.

"그건 곤란한데요. 맞선을 본 게 죄도 아니고, 그분들에게도 프라이버시가 있잖습니까."

태석은 현욱을 째려보며 손끝으로 테이블을 톡톡 두들겼다. 현욱이 중압감을 이기지 못하고 뭐라 말을 꺼내려 할 때 병철이 점잖게 입을 열었다.

"그럼 이렇게 묻죠. 이 아가씨가 여기 회원이 맞습니까?"

그리고 카페에서 변성수와 만난 여자의 사진을 테이블 위에 내려놓았다. 현욱은 고개를 흔들었다.

"처음 보는 얼굴인데요."

하지만 태석은 현욱의 눈빛이 흔들린 것을 놓치지 않았다. 그는 사진을 현욱의 얼굴 앞에 흔들며 한 자, 한 자, 힘주어 말했다.

"한 번 더 자세히 봐 주실래요? 이 아가씨가 어제 변성수 씨와 만났거든요. 서로 마약을 주고받았을지도 모릅니다. 만일 이분이 이곳 회원이 맞다면 선생님께서도 상당한 처벌을 받게 되실 겁니다."

현욱은 사진을 자세히 들여다보더니 이제야 알겠다는 듯 과장된 동작을 취했다.

"아, 이제 보니까 오선미 씨네. 맞아요, 저희 회원 맞습니다."

태석은 혀를 찼다. 세상에는 거짓말을 치면 손해를 본다는 사실을 알 때만 솔직해지는 사람들이 너무 많다.

"변성수 씨와 맞선을 봤습니까?"

"잠깐만요. 확인 좀 해 보죠."

현욱은 컴퓨터로 가 키보드를 두들겼다. 화면에 변성수와 오선미의 사진과 프로필이 떴다. 정면 사진을 보니 확실히 예쁜 아가씨였다. 부드러운 긴 생머리에 오똑한 콧날, 마치 조각한 듯한 얼굴 곡선까지, 길거리에서 마주치면 누구라도 고개를 돌려 쳐다볼 것 같은 얼굴이다. 사진 아래로 나이, 키와 몸무게가 적혀 있었다. 스물여덟 살. 백칠십일 센티의 키에 오십삼 킬로. K 대학 사학과에서 박사 학위까지 받고 지금은 모교에서 전임강사로 일하고 있었다.

현욱이 말했다.

"그랬네요. 한 달 전에 처음 만나서 지금까지 계속 좋은 감정으로 만나고 계신 걸로 되어 있네요."

"연락처를 알려 주시겠습니까?"

"저기, 그런데…… 갑자기 경찰이 전화를 하면 놀라지 않을까요? 저희가 연락을 해서 사정을 말씀드리면 어떨까 싶은데."

태석은 현욱이 똥 마려운 강아지처럼 안절부절못하는 이유를 알고 있었다. 오선미의 프로필 아래로 가족 관계가 적혀 있었는데 아버지는 유명한 대학 재단의 이사였고 어머니는 법무 법인의 대표였다. 게다가 얼굴까지 예쁜 아가씨니 노블레스클럽 내에서도 인기 폭발이었을 것이다. 그런 아가씨에게 불행한 소식을 전하고 싶진 않겠지.

태석은 미소 띤 얼굴로 말했다.

"거리낄 일이 없다면 문제 될 것도 없잖아요?"

"그건 그렇습니다만…….."

현욱이 옹색하게 말끝을 흐렸다. 태석은 계속해서 캐물었다.

"그리고 누가 변성수 씨를 추천했죠?"

"예?"

"아까 말씀하셨잖습니까. 어떤 분이 변성수 씨를 회원으로 추천해서 가입을 권유했다고."

"아, 그분요. 그분 역시 저희 회원이신데요. 노블레스클럽에 가입하신 분은 아닌데 친구 중에 적당한 사람이 있다고 해서…….."

"어떤 분인지 볼 수 있을까요?"

현욱은 떨떠름한 얼굴로 태석을 바라보다 마우스를 클릭했다. 환하게 웃고 있는 이십 대 후반의 남자 사진이 화면 가득 떴다.

"저 자식, 저거…….."

병철이 고개를 끄떡이며 뒷말을 이었다.

"그래, 안경잡이야."

안경 대신 콘택트렌즈를 끼고 머리 모양도 한껏 다듬었지만 누군지 알아볼 수 있었다. 장례식장에서 봤던 안경잡이다. 안경의 이름은 이철진. 나이 스물아홉. H 대 화학과 졸업. J 제약 근무 중. 골드 회원. 그 밑으로 연 수입과 성격, 취미 등의 자질구레한 것들이 적혀 있었다.

태석은 머리를 굴렸다. 화학과 출신의 제약 회사 직원이라. 그렇다면 병원에서 만난 사이일 것이다. 어쩌다 손을 잡게 됐을까? 불한당

끼리 서로를 알아본 것일까?

태석은 오선미와 이철진의 신상 명세를 팩스로 경찰서에 보내고 팀장에게 전화해 상황을 설명했다.

─수고했다. 이철진 관련해서는 우리가 알아보마. 그런데 말이야, 변성수 그놈, 병원에서도 약을 팔지 않았을까?

"그랬을 것 같죠?"

태석도 비슷한 생각을 하고 있었다. 변성수는 본격적으로 마약을 취급하기로 결정했을 무렵에 병원에 취직했다. 약을 사서 파는 일만으로도 충분히 바쁠 텐데 왜 그랬을까? 이제야 그 이유를 알겠다. 병원에서 확보한 인맥으로 판매망을 넓힐 생각이었던 것이다. 그런 와중에 이철진과 손을 잡게 된 거겠지.

팀장이 말했다.

─병원 직원들 마약 검사를 실시해야겠어. 최소한 한둘은 걸리겠지.

"오선미는 어떻게 할까요?"

─그쪽은 우리가 연락하마. 그쯤 되는 집안이면 고문 변호사가 있을 테니까. 함부로 건드렸다간 우리가 당할지도 몰라.

"알겠습니다."

─참, 과수 팀에서 오피스텔에서 발견된 가루가 뭔지 알아냈다더라. 마약이 맞대.

─◆◇◆◇◆─

과학수사 팀은 형사과 소속이지만 사무실은 신관 이 층에 외따로 떨어져 있었다. 팀이 설립된 지 오래되지 않은 탓이다. 팀 설립 초반에는 이름만 과학수사 팀일 뿐, 아무런 장비도 없어 지문 채취용 파우

더와 카메라만 지닌 채 현장에 투입되었다고 들었다.

그때만 해도 어렵게 찾아낸 증거물을 둘 곳이 없어 창고에 처박아 놨다 못쓰게 되는 일이 다반사였다. 2005년 KPSI(경찰청 과학수사센터)가 설립된 다음에야 독자적인 지문 검색 시스템을 갖추고 항온, 항습 장비를 통해 증거물을 체계적으로 관리하게 되었다. 지금은 국과수에서 법의학, 생물학, 약·독물, 문서 감정, 화학분석, 범죄 심리, 교통공학 분야를 감정하고 KPSI에서 지문, 족적, 거짓말탐지기, 몽타주, CCTV 판독을 담당하는 식으로 감정 분야가 완전히 체계화되었다.

과수 팀은 사무실을 두 곳 썼다. 각각 '증거 분석실'과 '증거물 보관실'. 병철과 태석이 증거 분석실로 들어가자 안용덕 팀장이 보였다. 그는 사십 대 중반의 뚱뚱한 남자로 경찰서 내에서는 저승사자란 별명으로 통했다. 몇 년 전 머리가 빠지기 시작하자 아예 삭발을 선택해 지금은 더욱 별명에 어울리는 얼굴이 되었다.

안 팀장은 태석의 부은 얼굴을 보고 히쭉 웃었다.

"너 용의자한테 맞았다더니 진짜구나."

태석은 정말로 충격을 받았다. 다들 왜 이래? 내가 맞는 날만 기다리면서 경찰 생활 해 오고 있었던 거야? 그는 분통을 참고 천천히 입을 열었다.

"그보다 마약 감식 결과요, 나왔다면서요."

저승사자는 담배를 꺼내 입에 물었다.

"그거 마약 맞아. 폴리드러그Polydrug라는 거야."

태석은 흥분했다. 역시 신종 마약이 맞구나. 이제 다 체포해서 진급하는 일만 남은 셈이다. 그는 팔을 휘두르며 말했다.

"역시 신종 마약. 개새끼들, 이제 다 죽었어!"

저승사자는 혀를 찼다.

"넌 영어가 아예 안 되니? 폴리, 드러그! 약을 여러 종류 섞었다는 뜻이야. 일종의 마약 칵테일이란 얘기지."

태석은 얼굴을 찡그렸다. 칵테일은 술이잖아. 대체 뭔 소리를 하는 거야? 저승사자는 그의 얼굴을 쳐다보다 물었다.

"너 혹시 마약의 특징에 대해 전혀 모르냐?"

"모르긴 뭘 몰라요. 먹으면 흥분되고 안 먹으면 먹고 싶어 환장하고 그런 거잖아요. 결정적으로 불법이죠. 그거만 알면 되는 거 아니에요?"

"당연히 안 되지."

"왜 안 되는데요?"

안 팀장은 도사처럼 말했다.

"마약이 뭔지 모르는데 마약쟁이의 마음을 알 수 있겠어? 그들의 마음을 이해하지 못한다면 또 어떻게 체포할 수 있겠냐."

태석은 코웃음을 쳤다.

"그건 무슨 도 닦는 소리예요. 저 마약범들 많이 잡았거든요."

"그건 운이고. 실력으로 잡으려면 이번 기회에 알아 둬라. 알아 두면 다 뼈가 되고 살이 되는 얘기니까. 우리나라에서 마약류로 지정한 약품은 삼백 가지가 넘지만 실제로 시중에 유통되는 마약은 많지 않아. 코카인, 헤로인, 대마, 히로뽕, 엑스터시. 이게 비 파이브야. 최근 들어 케타민Katamine이니 야바Yaba니 하는 애들이 잘나가고 디메톡시 암페타민Dimethoxy Amphetamine, 날부핀Nalbuphine, 덱스트로메토르판Dextromethorphan, 카리소프로돌Carissoprodol 같은 향정신성의약품에 대한 감정 의뢰도 자주 들어오긴 하지만 기본적으론 그래."

계속되는 복잡한 단어에 태석은 얼이 빠졌다.

"카르…… 뭐라고요?"

저승사자는 태석의 반응을 무시하고 계속했다.

"새롭게 지정된 향정신성의약품들 대부분이 다이어트 약, 그러니까 '살 빼는 약'이야. 그걸 논외로 친다면 실제로 한국에 퍼진 마약은 그리 많지 않아. 시장에서 신종 마약이라는 이름으로 풀리는 건 내가 말한 약들의 조합인 경우가 대부분이지. 동남아 노동자들 사이에서 인기라는 야바만 봐도 그래. 신종 마약으로 분류되긴 하지만 실제로는 히로뽕에 카페인, 코데인을 섞은 거야. 신상은 신상이되 신종은 아닌 거지."

병철이 물었다.

"그럼 우리가 발견한 건……?"

"엑스터시를 잘게 잘라 헤로인과 섞은 거야. 미주, 유럽에서는 몇 년 전부터 유행인 조합이지. 엑스터시로 하늘 끝까지 올라가면 헤로인이 다시 땅속으로 꺼지게 만들어 주거든."

태석이 얼굴을 찡그렸다.

"무슨 소리예요? 하늘 끝에 땅속이라니?"

저승사자는 한숨을 쉬었다.

"아예 기본부터 시작하자. 마약은 크게 세 가지로 나눠. 진정제, 흥분제, 환각제. 아편이나 헤로인 같은 건 진정제라고 하지. 고통을 덜어 주고 마음을 편하게 해 주는 거야. 약 먹은 다음 병든 닭처럼 졸면서 헤 웃는 놈들 있지? 그놈들이야. 중독자들 말로는 주사를 맞는 순간에 쾌감이 폭발했다가 전신으로 따스한 기분이 퍼지고 엄마 배속에 들어간 것처럼 포근해진다더라. 흥분제가 태석이 네가 생각하는 마약이야. 히로뽕이나 코카인이 이 종류지. 사람을 흥분시키고 정신적, 신체적으로 활력에 넘치게 해 줘. 2차 대전 때 일본군은 '돌격정'이라고 이름을 붙여 일선 부대에 나눠 주기까지 했다더군. 먹고 적군을 향해 돌격하라고. 섹스할 때도 마찬가지야. 다섯 시간은 기본이라더라."

"으흠."

병철이 의미심장한 콧소리를 냈다.

"LSD가 환각제야. 말 그대로 환각을 보게 해. 세상을 전혀 다른 방식으로 보게 해 줘서 70년대에 미국 히피들과 예술가들이 즐겨 사용했다고 하지."

태석은 잠시 생각하다 물었다.

"엑스터시는요?"

"엑스터시는 흥분제와 환각제의 효과가 함께 나타나. 그래서 클럽에서 최고 인기인 거야. 하지만 진정 효과가 없으니 아쉽잖아? 그러니까 진정제를 하나 섞어서 먹으면 더 좋겠지. 기분이 최고로 올라갔다가 바닥까지 떨어지는 동안 인간 감정의 모든 것, 오욕칠정을 한꺼번에 느낄 수 있을 테니까. 엑스터시에 진정제인 헤로인을 섞은 것. 그게 변성수가 들여왔다는 신종 마약의 정체야."

태석은 고개를 끄떡였다.

"그러니까 이미 있는 걸 짜깁기했다는 말이죠? 하여간에 창의력 없는 새끼. 공부 잘하는 새끼가 다 그렇지. 외우긴 잘해도 새로운 건 못 만든다니까."

"어쨌든 인기는 좋을 거야. 선진국의 마약상들이 다양한 방식으로 시험해 본 끝에 최상의 조합이라고 결론 내린 거라니까. 그런데 이서 어디서 난 거냐? 변성수가 들여온 거야?"

"잘 모르겠는데요."

태석은 잡아뗐다. 신종 마약에 대한 정보는 저승사자에게도 알려 줘선 안 될 극비다. 강력 팀 내에서 사건을 해결할 생각으로 외부에 관련 정보를 전혀 풀지 않았기 때문이다. 마약의 성분이 밝혀진 이상, 사건이 공식화되는 건 피할 수 없게 되었지만 그들만 아는 다른 정보는 끝까지 감추고 있어야 했다. 그래야 다른 수사기관보다 수사의 우위를 점할 수 있고, 만의 하나 사건 해결에 실패하더라도 책임을 떠안는 사태를 피할 수 있을 것이다.

병철이 물었다.

"근데요, 혹시 이걸 먹으면 눈동자가 커졌다가 작아집니까?"

"그렇지. 역시 경찰 밥 오래 먹은 네가 낫구나. 각성제 효과로 눈동자가 커졌다가 진정제 때문에 다시 작아지는 거야."

"역시."

병철은 그럼 그렇지, 하는 표정으로 고개를 끄떡였다. 태석은 인상을 썼다. 그가 알기로 병철 역시 마약에 대해 까막눈이나 마찬가지였다. 근데 전문가 같은 저 태도는 뭐야?

그래도 호기심을 참지 못하고 물었다.

"역시라니. 형, 뭐 아는 거 있어?"

"장례식장에서 만난 안경잡이 있잖아. 이철진인가 하는 놈. 그놈 눈동자가 딱 그랬거든. 그때 그 자식, 이걸 처먹은 상태였던 거야."

-◆◇|◇◆-

따르릉. 전화벨 소리가 귀청을 찢을 듯 시끄러웠다. 태석은 참고 기다리면 끊을 거란 생각으로 베개를 뒤집어쓴 채 버텼다. 하지만 벨소리는 끊이지 않고 계속되었다. 태석은 전화기를 창조한 놈부터 전화를 건 놈, 전화를 받지 않는 가족까지 모조리 욕한 다음 손을 뻗어 전화기를 집었다.

"여보세요."

녹음된 여직원의 목소리가 들렸다.

─체크아웃 시간까지 삼십 분, 삼십 분 남았습니다.

태석은 모골이 송연해짐을 느끼고 벌떡 일어났다. 촌스러운 색깔의 벽지. 성인 채널을 보는 방법이 적혀 있는 텔레비전. 반투명한 유리로 된 샤워실까지, 낯익은 장소다.

모텔. 그리고 침대 한쪽에는 알바가 잠들어 있었다.

태석은 화들짝 놀랐다. 얜 왜 여기 있데? 갑자기 두통이 심해졌다. 태석은 침대에 누워 어쩌다 모텔에 왔는지, 왜 옆에 알바가 누워 있는지 생각했다.

저승사자의 이야기를 듣고 퇴근했고 집으로 가다가 알바의 전화를 받았던 건 기억난다. 어딘가의 클럽에서 술을 먹고 사람들이 박수 치는 가운데 알바와 키스를 했던 것도 같다. 그사이에 있었던 일은 기억나지 않는다.

그때, 알바가 눈을 떴다. 그녀는 사랑에 빠진 여자의 미소를 지으며 태석의 팔을 꼭 안았다.

"자기 일어났어?"

올 것이 왔군. 태석은 어색하게 웃으며 알바의 어깨를 몇 번 토닥인 다음 슬그머니 침대에서 내려왔다. 이불이 흘러내리며 알바의 가슴이 드러났다. 작지만 모양 좋고 단단한 가슴이다. 게다가 살결은 얼마나 부드럽던지……. 아니지, 지금 그런 생각을 할 때가 아니다.

그녀는 이불 속으로 파고들며 말했다.

"오빠, 피곤하지 않아? 조금만 더 누워 있자."

태석은 시계를 보았다. 열한 시 삼십 분이다. 난리 났군. 지금쯤 팀장이 입에 거품을 물고 있을 터였다. 그는 바닥에 널브러진 팬티를 집어 들었다.

"나 출근, 출근해야 하거든. 넌 좀 더 쉬다가 나와……."

태석은 말을 멈췄다. 열두 시까지 퇴실하지 않으면 요금을 더 내야 한다는 사실이 생각났기 때문이다.

"그러지 말고 같이 나가자. 내가 밥 살게."

"음. 그럼 나 카레 사 줘. 카레 먹고 싶다."

뭐지, 저 넋 빠진 년은. 속이 쓰려 죽겠는데 무슨 카레야.

알바는 이불로 가슴을 가리더니 새침하게 말했다.

"저쪽 봐. 나 먼저 씻을 테니까 기다려."

태석은 아까 다 봤다고 말하려다 그만두었다. 그는 씻은 다음 화장까지 하려는 알바를 어르고 달래서 간신히 모텔을 빠져나왔다. 알바는 강남에 있는 유명한 카레 체인으로 가기를 원했다. 당연히 그런 곳에 들를 시간도 돈도 없다. 태석은 편의점에서 카레 주먹밥을 사서 알바 손에 쥐여 주고 차에 태운 다음, 시동을 걸었다.

알바는 주먹밥을 보고 거의 울 것 같은 표정을 지었다.

"이게 뭐야, 이게."

"미안, 미안. 내가 좀 바빠서. 다음에 좋은 거 먹여 줄게. 진짜 인도인이 하는 정통 카레집에 가자. 내가 이태원에 죽이는 가게를 알거든."

알바는 잠시 눈알을 굴리다 갑자기 환하게 웃었다.

"하긴 우리 자기, 악당들 잡으러 다니느라 바쁘니까, 내가 이해해야지. 자, 뽀뽀."

'우리 자기'라니. '자, 뽀뽀.'라니. 심장이 덜컥 내려앉았다. 도대체 어제 뭔 소리를 했기에 이런 친근한 사이가 된 걸까. 태석은 얼어붙은 얼굴로 그녀에게 키스했다.

차가 달리는 동안 현경은 편입까지 시간이 얼마 안 남았으며, 열심히 공부하고 있으니 시험에는 반드시 합격할 것이고, 부지런한 성격이라 공부와 연애를 함께 할 수 있다는 이야기를 했다. 그러다가 주먹밥을 일부 떼어서 태석의 입에 넣어 주며 수줍게 덧붙였다.

"자기가 정 원하면 학교 다니면서 결혼해도 되고."

태석은 하마터면 주먹밥과 함께 혓바닥을 씹을 뻔했다. 그는 정신을 차리고 간신히 입을 열었다.

무심한듯
시크하게

"어제 우리가 어떻게 만났지? 네가 불러서 나간 기억은 나는데 머리가 아파서 도통…….."

"오빠가 우리 학원 모임에 나왔잖아. 같이 술 마시다가 공식적으로 커플 하기로 했고."

"너랑, 나랑?"

"그럼 누구겠어. 사람들 보는 앞에서 키스까지 해 놓고선. 지금 다 알면서 나 놀리려고 그러는 거지?"

태석은 등허리가 땀으로 축축해지는 것을 느꼈다.

그는 범인을 잡으러 가야 한다고 변명했지만 현경은 사귀기로 한 날인데 이럴 수 있냐고 울음을 터뜨렸다. 결국 현경이 이끄는 대로 가까운 휴대폰 매장에 들를 수밖에 없었다. 그녀는 거기서 커플요금제를 신청했다. 태석은 요금서 신청서에 사인을 하며 생각했다. 이거 뭔가 점점 수렁에 빠지는 기분인데…….

태석은 현경을 정류장 앞에 내려 주었다. 현경은 태석의 셔츠 단추를 채워 주며 애처롭게 말했다.

"다치지 않도록 조심하고. 일 끝나고 전화해."

백미러를 통해 현경이 손을 흔드는 것이 보였다. 태석은 혼잣말처럼 중얼거렸다.

"한심한 놈. 또 일을 저질렀구나."

원 나이트를 하다 보면 간혹 지금처럼 연인 사이로 발전하는 일이 생긴다. 문제는 그가 여자를 사귈 생각이 눈곱만큼도 없고, 여자에게 그 사실을 통보할 배짱 역시 없다는 데 있다.

그는 강인한 사나이라고 자부했지만 여자가 울먹이는 난감한 상황만은 질색이었다. 결국 도망 다니고 또 도망 다닐 것이다. 그녀가 하는 전화를 씹고 그녀의 문자를 무시할 것이다. 그렇게 한두 달 도망 다니다 보면 '개새끼, 두고 보자.' 혹은 '너 같은 새끼를 믿은 내가 잘못이지.' 같은 문자를 받고 평온이 찾아온다.

힘든 건 그때까지 버티는 일이다.

태석은 집에 들어가지 않고 현경의 호출에 응한 자신의 한심함을 저주했다. 이렇게 될 줄 알면서 도대체 왜 나간 거야?

그는 우울한 기분에 젖어 있다가 문득 병철을 떠올렸다. 근데 이 인간은 이 시간까지 출근을 안 했는데 왜 연락이 없지?

핸드폰을 꺼내 보니 배터리가 떨어져 있었다. 그는 충전기에 핸드폰을 연결하고 병철에게 전화를 걸었다. 신호가 한 번 떨어지기가 무섭게 병철의 목소리가 들렸다.

─야! 너 어디야?

"지금 거의 다 왔어. 저기 경찰서 보이네."

─아휴. 이 자식이 진짜……. 너 정신 못 차리지? 지금이 몇 시야!

"미안, 내가 어제 너무 피곤해서……."

─오선미 왔다 갔다.

"뭐? 벌써?"

태석은 경찰서 앞에 차를 세우고 본관을 향해 뛰었다. 핸드폰을 통해 병철의 목소리가 들렸다.

─거물급 변호사를 대동하고 열한 시 정각에 들이닥쳤다. 우리도 담당 검사까지 와서 준비하고 있었는데, 이건 뭐, 게임이 안 되더라.

태석은 걸음을 멈췄다. 맞은편에서 오선미가 걸어왔다. 커다란 성냥이 그려진 하얀색 티셔츠에 청바지 차림으로 한쪽 손에는 백화점 쇼핑백을 들고 있었다. 정오의 따사로운 햇살이 그녀의 얼굴 위로 쏟아졌다. 그녀는 얼굴을 찡그리며 손으로 이마를 짚었다.

얼굴이 예쁜 건 사진만으로 짐작했지만 몸매도 훌륭하다. 풍만하고 팽팽한 가슴, 홀쭉한 허리, 길고 우아한 다리, 뷰티숍에서 신경 써서 선탠을 한 듯 가무잡잡한 피부에 윤기가 흐른다. 하루에 최소한 한 시간은 체육관에서 운동해서 만든 몸매다.

저런 애들이 평소에는 싸늘해도 침대에서 끝내주는데. 태석이 엉뚱한 생각을 하며 선미를 뚫어져라 바라볼 때 핸드폰을 타고 병철의 목소리가 들렸다.

－너 어디야? 왜 말을 안 해?

"다 왔어."

태석은 핸드폰을 끊고 본관으로 다시 움직였지만 몇 걸음 가지 못해 오선미가 어디 있는지 뒤를 돌아보았다. 오선미는 막 차에 올라 정면을 바라보고 있었다.

그가 오선미를 다시 쳐다본 것은 그녀가 예쁘기 때문이 아니었다. 그가 신뢰해 마지않는 직감이, 이렇게 말하고 있었기 때문이다.

저 여자에게서 범죄의 냄새가 난다.

✖✖

병철은 우적우적 피칸 파이를 먹고 있었다. 태석이 맞은편에 앉자 그는 혀를 차더니 창밖으로 시선을 돌렸다.

"팀장님은?"

"검사랑 얘기하러 나갔다. 지금쯤 검사 개망신시켰다고 존나 욕먹고 있겠지."

병철은 손에 묻은 파이 조각을 쓰레기통에 대고 탁탁 털었다. 주위를 둘러보니 다른 형사들도 파이를 한 조각씩 오물거리고 있었다.

"누가 사 온 거야?"

"오선미가. 경찰 업무에 노고가 많다고 신세계백화점 식품관에서 제일 비싼 걸로 사 왔다더라."

태석은 파이 상자를 열고 한 조각을 꺼내 맛을 보았다. 병철의 말대로 맛있는 파이였다. 빵은 부드럽고 달콤하며 피칸은 신선하다. 술 때문에 속이 부글부글 끓는데도 잘만 넘어간다.

　"그래서 오선미가 뭐래?"

　"아무것도 모른대. 변성수와 좋은 감정을 가지고 만나고 있던 건 사실이고. 겉보기에는 굉장히 건실한 청년 같아서 깜빡 속았다더군. 그날도 갑자기 만나자는 얘길 듣고 이상하게 생각하긴 했지만 별로 의심하진 않았대. 만났더니 밑도 끝도 없이 당분간 못 만날 텐데, 어떤 일이 있어도 자길 의심하지 말아 달라고 부탁했다더라. 그래서 무슨 일이 생겼나 걱정하긴 했지만 마약범일 줄은 꿈에도 몰랐대."

　"그게 전부야?"

　"오선미가 직접 말한 건 아니야. 걔는 우울한 얼굴로 입 다물고 있고 전부 변호사가 설명했지. 뭐, 그러라고 변호사 고용하는 거니까."

　"그래서 어떻게 했어?"

　"처음에는 검사가 기세등등하게 나섰지. 오선미가 열여덟 때 약물 중독으로 병원 치료를 받았다는 첩보가 있었거든. 이번 일과 관련이 없냐고 대놓고 물어본 거야. 변호사는 미성년자 때의 일을 왜 꺼내느냐며 길길이 날뛰기 시작했어. 법원 기록에서도 삭제된 걸 어떻게 알아냈냐고 오히려 역공을 가했지. 변성수에게 혹시 약을 받아먹은 적이 없냐고 모발검사를 하면 다 밝혀진다고 엄포를 놓더니 지금 당장 검사해 보자고 나섰고. 그러니 더 파고들 게 없더라. 팀장이 어떻게든 꼬투리를 잡아 보려고 애썼지. 변성수와 하루에 세 번씩 통화한 기록까지 보여 주면서 이건 어떻게 된 거냐고 물으니까 좋아하는 사이에 전화하는 게 뭐가 문제냐고 되묻더라. 뭐, 틀린 말은 아니지. 결국 소변이랑 머리카락 몇 가닥 남겨 두고 갔다."

　"형 생각은 어때?"

"열라 의심스럽지. 근데 증거가 없잖아. 자신만만하게 머리카락 남겨 놓고 간 걸로 봐선 거기서 뭐가 나올 것 같지도 않고."

병철은 이제야 생각난 듯 태석을 노려보며 말했다.

"참! 너 어디 있다가 이제 오냐? 팀장이 너 얼마나 찾았는지 알아?"

"그게 그러니까……."

태석은 더듬거렸다. 오는 내내 팀장과 병철에게 뭐라고 말할지 고민했다. 하지만 딱히 이거다 싶은 아이디어가 없었다. 집에 가다가 피곤해서 찜질방에 들러서 잤다고 해 볼까? 집 근처 찜질방 이름을 적당히 대고 현금으로 계산했다고 하는 거야. 아무리 병철이 할 일이 없어도 거기까지 찾아가서 확인하진 않을 것이다.

하지만 양심이 걸렸다. 그는 숨을 크게 마시고 솔직하게 털어놓았다.

"나 알바 만났어."

"그래?"

"근데 이제 다시는 안 만날 거야. 진짜로. 이젠 진짜 달라질 거야. 나 진짜 새사람 될 거야."

병철은 어이없다는 듯 말했다.

"알바만 안 만나면 새사람 되냐?"

제2부

Good Man, Bad Man

위험한 남자들

경찰서 맞은편의 맥도날드에 예쁜 아르바이트 직원이 일했다. 고등학교를 갓 졸업한 아가씨로 오전 아홉 시부터 저녁 여섯 시까지가 근무시간이었다. 형사들은 그녀가 환하게 웃으며 '맛있게 드세요!'라고 말할 때 오금이 저린다고 수군댔다. 총각 형사들이 돌아가며 대시해 봤지만 지금까지 누구도 데이트에 성공하지 못했다.

태식 역시 그녀의 소문을 들었지만 가게에는 간 일이 없었다. 햄버거를 좋아하지 않기 때문이었다.

그날 아침, 태석은 잠복을 마치고 경찰서로 돌아가는 길이었다. 변성수가 나타날 것이라는 첩보를 듣고 클럽에서 밤을 새웠는데 개뿔, 실제로는 최성수가 와서 〈풀잎사랑〉을 부르고 갔다. 태석은 당장 정보원을 찾아가 미안하다고 할 때까지 두들겨 팼다.

피곤한 데다 외롭기까지 한 아침이었다. 병철이 허리 통증을 이유로 병가를 내는 바람에 혼자 다녀야 했으니까.

태석은 허기를 달래기 위해 맥도날드에 들어갔다가 그녀를 만났다.

예쁜 얼굴, 생기 넘치는 표정, 발랄한 움직임까지, 딱 태석의 스타일
이다. 태석은 빅맥에 맥 커피를 시킨 다음 그녀에게 말했다.

"몇 시에 끝나요?"

"여섯 시에 끝나는데요."

"시간 맞춰 올 테니까 저녁이나 먹죠."

태석은 점원을 향해 살짝 웃고선 가게를 나왔다.

사건이 터진 지 한 달이 지났지만 수사는 조금의 진척도 없었다. 변
성수와 이철진은 보트 타고 일본으로 튀었는지 감쪽같이 사라졌고 덩
치는 아직 신원조차 파악하지 못했다. 이러다 미제 사건으로 넘어가
는 거 순식간이다. 공식적으로 수사가 종결되진 않지만 수사 요원은
아무도 없는 사태가 벌어지는 것이다.

강력 팀 형사들은 오선미가 사건 해결의 열쇠를 쥐고 있다고 확신
했다. 그렇다면 오선미의 뒤를 밟다가 약을 거래하려고 할 때 기습하
는 방법이 최고다.

그들은 한 달 내내 낮밤을 가리지 않고 오선미를 따라다녔다. 지긋
지긋한 잠복의 시간 끝에 알게 된 건 오선미가 아침형 인간이자 바른
생활 아가씨란 사실뿐이었다. 아니면 그렇게 위장하고 있든가.

그녀는 아침 일찍 일어나 근처 공원에서 조깅을 한 다음 아홉 시 정
각에 출근해 대학에서 강의를 하고 도서관과 자신의 사무실을 오가며
공부를 했다. 저녁에는 가끔 친구를 만났고 회식을 할 때도 있었지만
과하게 술을 마시는 일은 없었다. 많아야 맥주 한 병. 저녁 시간이 지
나면 거의 무조건 일행에서 빠져나왔다. 그녀는 밤 아홉 시에 헬스클
럽에 들러 한 시간 정도 운동하고 집에 갔다. 특별히 교제하는 남자는
없었다. 예쁘고 스타일이 좋기 때문인지 가끔 남자들의 대시를 받긴
했지만 그때마다 정중하게 거절했다.

한 달 동안 헬스클럽에 두 번 빠졌다. 첫 번째는 요새 잘나간다는

일렉트로니카 밴드의 공연을 보러 신사동의 클럽을 찾아갔을 때였고 두 번째는 공포와 야집을 주제로 한 비디오아트를 관람하러 홍대의 작은 미술관에 방문했을 때였다.

형사들은 바짝 긴장했다. 양쪽 모두 과거에 마약 복용 혐의로 체포되었던 자들이 공연 책임자나 작가로 참여하고 있었기 때문이다. 그러나 경찰이 출동할 만한 일은 벌어지지 않았다. 오선미는 조용히 공연을 관람하고 떠났다.

오선미를 스물네 시간 감시하겠다는 계획은 한 달 만에 끝장났다. 상부에서는 좀 더 실적을 낼 수 있는 일에 인력과 시간을 투자하고 싶어 했다. 형사들은 오선미가 몸을 사리고 있을 뿐이라고, 감시가 끝나자마자 약을 팔러 다닐 거라고 확신했지만 늘 그렇듯 이번에도 현장의 의견은 무시당했다.

태석은 잘 모르겠다는 쪽이었다. 정황상 오선미가 의심스러운 건 사실이지만, 그녀의 생활 태도는 거의 수녀를 방불케 할 정도로 깨끗했다. 태석은 사실 그녀가 마음에 들었다.

성형외과 체인의 경영지원부 총괄이사인 황경태를 마약 복용 혐의로 체포한 것이 지난 한 달 동안 이룩한 최대의 성과였다. 그는 소변 검사를 실시하겠다는 말을 듣자마자 도망치려 했다가 머리를 한 대 맞고 체포되었고, 질질 짜면서 변성수에게서 지속적으로 마약을 구입했다고 자백했다. 감기약인 줄 알고 먹었다고 헛소리를 했지만 아무도 믿지 않았다. 뒤이어 황경태의 소개를 받고 약을 구입한 고객들이 굴비 엮이듯 엮여 나왔다.

하지만 그것으로 끝이었다. 더 이상 진척이 없었다.

팀장은 이번 사건을 해결하고 승진하겠다는 야심 찬 계획을 세웠건만 지금까지의 결과로 볼 때 은퇴가 더 빠를 듯싶다.

태석은 심드렁해져 있었다. 시간이 지날수록 변성수에 대한 맹목적인 증오심도 가라앉아 사람이 살다 보면 몇 대 맞을 수도 있지, 하는 생각이 들 때마저 있다. 솔직히 말하면 변성수의 얼굴도 가물가물했다. 똑똑하고 돈 잘 벌고 피아노도 잘 치고 싸움 잘하고…… 무엇보다 오선미와 사귀었다는 게 부럽지만 뭐, 결국 범죄자 아닌가. 이제는 다 귀찮아서 빨리 사건이 종결되었으면 하고 바라게 된다.

그가 태권도를 그만두고, 피아노를 그만두고, 유도를 그만둔 것과 마찬가지다. 또다시 의지박약의 병이 도진 것이다. 무슨 일이든 길게 끌지 못하는 병. 그래도 수사에 있어서만큼은 악착같다고 자부해 왔는데, 더 이상 그렇지도 않은 모양이다.

태석은 내심 수사가 지겨워진 자신이 부끄러웠고, 어떻게든 마음을 다잡으려 노력했지만 한번 떠난 마음은 쉽게 돌아오지 않았다.

그는 하는 둥 마는 둥 일을 하다가 여섯 시가 되자마자 맥도날드로 갔다. 여자는 평상복으로 갈아입고 그가 오기를 기다리고 있었다. 태석은 아무렇지 않게 그녀의 손을 잡고 함께 밥을 먹으러 나갔다. 그 과정이 하도 자연스러워 몇 년은 사귄 사이 같았다.

그녀의 이름은 진달래였다. 진달래는 밥을 먹으며 자신의 인생에 대해 이야기했다. 왜 학교를 그만둘 수밖에 없었는지 이야기했고 아르바이트로 모은 돈에 대해 이야기했으며 앞으로 하고 싶은 일에 대해 이야기했다.

생각해 보면 지금까지 태석이 만난 여자들이 다 그랬다. 마치 그가 오기만을 기다리고 있었던 것처럼 마음속에 꾹꾹 눌러 두기만 했던 이야기를 쏟아 낸다. 그에게서 마음이 편해지는 페로몬이 분출되기라도 하는 걸까.

태석은 아무래도 좋았다. 그는 고개를 끄떡이고 가끔 맞장구도 쳐주며 언제 모텔로 가자고 해야 할지를 생각했다.

달래가 뭐라고 말했다. 태석은 반문했다.

"뭐라고?"

"내가 무슨 말을 하는지 전혀 안 듣고 있죠?"

"아냐, 들었어."

그녀는 태석을 가만히 쳐다보다가 슬픈 얼굴로 고개를 흔들었다.

"화장실 갔다 올게요."

태석은 테이블에 팔꿈치를 대고 얼굴을 문질렀다. 피로하다. 달래와 모텔에 간다고 달라질 것이 없다는 것은 알고 있다. 섹스 후에는 오히려 공허해질 것이다.

하지만 일이 끝나면 여자를 찾아다니고 아침이면 모텔에서 모르는 여자와 함께 잠에서 깨는 날이 계속되고 있었다.

태석은 깨달았다.

그는 도망치고 있었다. 그가 쫓는 자들이 마약을 통해 인생에서 도망치고 있다면 그는 여자를 통해 인생에서 달아나고 있었다. 무슨 일이든 해야 한다고 생각하다가도 여자를 만나 긴장을 풀고 다짐을 잊는다. 진지하고 지속적인 관계를 원한다고 떠들어 대지만 그런 관계를 맺으려고 노력한 적도 없다. 언제나 관계를 소모하기만 할 뿐이다. 그저 여자를 만나고 잠자고 헤어지고. 쳇바퀴의 연속이다. 이래서야 그가 경멸해 마지않던 범죄자들과 다를 바가 없다.

태석은 언제나 신뢰를 바탕으로 한 연인 관계를 꿈꿨다. 믿을 만한 사람에게 소개받은 아가씨와 휴일 점심에 만나 식사를 하고 영화를 보고 살짝 술을 마신 다음 집까지 바래다주고 문 앞에서 살짝 키스하는 것. 그것이 그가 꿈꾸는 데이트 코스였다.

영화나 드라마 보면 다들 그러는데 그는 서른이 되도록 한 번도 못 그랬다. 심지어 그는 남들 다 해 봤다는 소개팅 한번 하지 못했다. 처음 만난 아가씨와 모텔에 가는 일만 죽도록 했을 뿐이다.

남들은 인생의 승리자라고 부러워했지만 그는 내심 괴로웠다. 사랑조차 오래 못 하다니. 배불뚝이 김 형사에 머리 빠진 유병철도 평생 짝을 만나 잘만 사는데. 그에게 어떤 문제가 있는 걸까?

그때 태석의 뇌리를 스치고 지나는 생각이 있었다. 연애를 경험할 수 있는 끝내주는 방법. 덤으로 사건도 해결할 수 있는 방법이다. 처음에는 허황된 공상인 것 같았지만 차츰 괜찮은 아이디어라는 쪽으로 마음이 기울었다. 그래, 안 될 게 뭐야? 방법이야 어쨌든 연애는 연애잖아. 착하고 순결하고 예쁘고……. 더 바랄 게 없는 훌륭한 여자지.

좋다, 한번 해 보자.

태석은 달래가 떠난 자리를 쳐다보다 벌떡 일어섰다. 그는 메모지에, 이야기를 들어 주지 못해 미안하다고 적어 테이블 위에 놓고 가게를 나섰다. 벌써 가을인가. 밤공기가 차가웠다. 태석은 이제 달라질 때라는 생각을 하며 병철에게 전화했다.

-◈|◈-

병철은 세면대 앞에 서서 복대를 풀었다. 허리가 아직 뻣뻣했지만 그럭저럭 움직일 순 있었다. 침을 맞고 온종일 누워 있었던 게 효과가 있는 모양이다. 등허리가 꼭 남의 살처럼 느껴졌다. 허리를 다친 주제에 한 달 가까이 잠복을 뛰었으니 상태가 좋아지면 그게 이상한 일이다. 거울을 보니 꾀죄죄하고 주름진 얼굴이 비쳤다. 병철은 한숨을 쉬며 화장실을 나왔다.

아내는 화장대 앞에 앉아 열심히 노트북을 두들기다가 아하, 하고 고개를 끄떡이더니 공책에 뭐라고 적었다. 오늘도 채팅을 하는 모양이다. 병철은 가만히 그녀를 바라보다 슬그머니 문을 닫았다.

공인중개사 일을 시작한 후로 돈벌이에 푹 빠진 그녀는 네이버의 재

테크 카페에 가입해 자칭 부동산, 펀드, 경매 전문가들의 조언을 받고 있었다. 집에 와서도 잠잘 때까지 수상쩍은 작자들과 채팅을 한다.

이십 년 가까이 살을 섞고 산 여자다. 바람을 피울 사람이 아니란 사실은 알고 있다. 지금도 안에 들어가 무슨 얘기를 하는지 물으면 화면까지 보여 주면서 변액 보험부터 시작해 인덱스 펀드까지 열심히 설명해 줄 것이다.

하지만 병철은 소외감을 느꼈다. 아내는 점점 젊어지고 점점 똑똑해지고 있는데 그는 점점 배가 나오고 점점 머리가 벗겨지더니 이제 허리까지 약한 중년이 되고 있다는 사실 때문이다.

아내가 화장기 없는 얼굴에 아줌마 파마를 하고 삼천 원짜리 중국산 바지를 입고 다니던 시절만 해도 이렇지 않았다. 언제나 아내에게 당당했고 근거 없는 자신감에 빠져 살았다. 월급날 백만 원을 건네주면서 인플레이션이라 봉급이 줄었다고 말한 적도 있었다.

하지만 지금은?

얼마 전 함께 백화점에 갔더니 가게 점원이 부녀지간이냐고 물어보는 일까지 생겼다. 아내는 호호호 웃으며 부부인 거 뻔히 알면서 그런다고, 상술이 좋다는 식으로 넘기려 했지만 그는 그게 현실일 거라 생각했다.

탈모에 좋다는 약을 먹고 비싼 모발 보호 샴푸를 써도 머리숱은 점점 줄고 기력은 하루가 다르게 약해진다. 월급은 어디 가서 말하기도 부끄럽고 뒷돈을 받고 일을 봐줄 주변머리가 있는 것도 아니다. 거기다 이제는 허리까지 아프다.

젊은 아가씨들과 놀면 달라지지 않을까 싶어 나름대로 노력도 해 봤지만 효과는 없었다. 이제는 강력 팀에 남을 배짱마저 사라지고 있다. 범인을 보면 다리에 힘이 풀리는데 무슨 강력 팀이냐. 지구대도 과분하지. 그야말로 밥 먹고 똥 싸는 기계로 전락한 느낌이다.

소영은 거실 소파에 앉아 뭔가를 보고 있었다. 숙제라도 하나 옆에 앉아 보니 병철의 사건 자료집이었다.

"야, 너 뭘 보는 거야."

병철은 급히 자료집을 빼앗았다. 살인 현장 사진이라도 봤을까 봐 그랬는데 소영은 선미의 사진을 흔들며 물었다.

"이 여자 누구야?"

병철은 멈칫했다가 대답해 주었다.

"마약을 가지고 있는 여자야. 최소한 우린 그렇게 생각하고 있지."

케이블방송에서 온종일 〈CSI〉니 〈뉴욕특수수사대〉니 하는 범죄 드라마만 틀어 주는 시대다. 사건 개요 정도는 알려 줘도 충격받지 않을 것이다. 오히려 딸아이가 드라마 스토리를 말하면 그가 충격을 받겠지. 아버지가 텔레비전에 나오는 형사들처럼 멋진 일을 하고 있다는 사실을 알려 주면 존경을 받게 될 거란 계산도 있었다.

병철은 경찰에서 쫓는 마약상이 마지막으로 만난 게 사진 속의 여자라고, 간단하게 사건을 설명했다.

"마약상이 키도 크고 잘생긴 인간이거든. 성형외과의에 모델 일도 한 적이 있대. 그래서 여자가 반한 거지. 경찰 쪽에선 이 여자가 마약을 감추고 있을 거라 보고 있어."

"아니야."

소영이 고개를 저었다. 병철은 어리둥절해졌다.

"뭐가 아닌데?"

"얼굴 잘생기고 직업 빵빵하다고 좋아하는 게 아니라고. 그럼 마약상인 거 알고 신고했어야지. 근데 지금까지 마약을 숨겨 주고 있다는 거잖아? 여자는 말이야, 음…… 정말로 좋아하면 조건은 그리 중요하지 않아. 내 남자가 세상에서 제일 잘생기고 제일 멋있다고 생각하지."

"진짜?"

"응. 그게 남자와 여자의 차이점이야. 남자는 애인이 있어도 텔레비전에 예쁜 여자가 나오면 저런 여자 친구가 있으면, 생각하잖아? 그래서 남자는 다 도둑놈인 거고. 그런데 여자는 누군가 좋아지면 온종일 그 사람 생각만 하고 잘생긴 연예인을 봐도 저 사람 입은 옷 내 남자 친구에게 어울릴까 생각하거든. 다른 남자랑 비교하는 건 연애 초기지. 한번 내 남자다 생각하면 단점까지도 좋게 보는 게 여자야. 억울하지만 뭐, 생겨 먹은 게 그런 걸 어쩌겠어."

그러더니 소영은 사법 고시를 십 년째 보고 있는 남자를 애인으로 둔 여자처럼 우울하게 한숨을 쉬었다. 병철은 '너 만나는 남자 있니?'라고 묻고 싶은 걸 꾹 참았다. 우리 딸이 그럴 리 없다. 워낙 똑똑하고 의리 있는 아이라서 그렇게 생각하는 거라고 마음속으로 되뇌면서.

그때 태석에게서 전화가 왔다.

─형, 허리는 어때? 내일은 나올 수 있지? 우리 내일부터 수사 열심히 하자.

앤 무슨 뜬금없는 소리야? 병철은 물었다.

"오늘 무슨 일 있었냐?"

─이냐, 오늘은 별일 없었고 내일부터 별일 있을 거야. 변성수도 잡고, 내 인생도 뜯어고칠 끝내주는 아이디어를 떠올렸거든. 나 이제 허튼짓 안 하고 진짜 열심히 살 거야. 형, 내 말 무슨 뜻인지 알지?

병철은 '너 술 먹었니?'라고 말하려다 입을 다물었다. 태석의 목소리에서 어떤 결의가 느껴졌기 때문이다. 물론 항상 결의만 있고 머리가 나쁘기 때문에 팀 내에서 태석의 아이디어가 채택된 적은 많지 않지만 그래도 항상 결심한다는 게 중요하다. 그가 젊어지기 위해 필요한 건 탈모 방지 샴푸와 주름 방지 크림이 아니라 배짱과 결의인지도 모른다.

좋아. 병철은 결심했다. 어차피 그가 강력 팀 생활을 할 날도 얼마 남지 않았다. 남은 시간 동안 자기혐오에 빠져 허우적대느니, 아직 열정과 체력을 가지고 있는 태석을 도와 범인을 잡는 편이 나을 것이다.

-◈◈-

태석은 출근하자마자 팀장을 찾아갔다. 팀장을 설득하기 위해 일부러 타임 옴므 정장에 금강제화에서 구입한, 한 번밖에 안 신은 로퍼도 신었다.

팀장은 태석을 힐끔 쳐다보곤 물었다.

"누가 결혼하니?"

"아뇨. 분위기를 쇄신하고 싶어서요."

"분위기 쇄신, 좋지. 근데 네가 옷을 잘 입으면 쇄신이 되냐? 사건이 해결되어야 쇄신되지."

태석은 기다렸다는 듯 말했다.

"그래서 말인데 저한테 사건을 해결할 죽이는 아이디어가 있습니다."

"정말? 그게 뭔데?"

"유일한 단서는 오선미예요. 그녀가 이번 사건의 키를 쥐고 있을 가능성이 높죠. 지금 평범하게 행동하는 건 위장입니다. 잠복이 끝난 걸 알면 당장 행동에 나설 겁니다."

"그걸 누가 모르니? 그래서 어쩌자고? 오선미를 납치라도 할까?"

"우리가 무슨 범죄잡니까. 그럼 안 되죠."

"아쉽지만 아니지. 그럼 어떤 아이디어냐?"

태석은 침을 꿀꺽 삼켰다. 이제부터가 중요한 부분이다.

"우리 중 하나가 결혼 정보 회사에 들어가서 오선미와 맞선을 보는 겁니다. 그런 다음 천천히 만나면서 변성수와 무슨 일이 있었는지 캐보는 거죠."

잠시 침묵이 흘렀다. 팀장은 말했다.

"너 오선미랑 그렇게 자고 싶니?"

"예? 아니에요, 그런 거!"

"아니긴 뭐가 아니야! 너 어제 맥도날드 알바까지 꼬셔서 끌고 나갔다며? 그러더니 오늘은 오선미랑 맞선 보게 해 달라고? 너 뭐야? 정글의 포식자냐? 섹스의 화신이야?"

"그런 거 아니고요. 오해가 있는 모양인데 잘 생각해 보세요. 이거 아주 괜찮은 계획이에요. 오선미와 맞선을 보면? 걔 차에 탈 수 있죠. 그럼 검사 키트를 써서 차 안에 약이 있었는지 확인할 수 있죠. 일이 잘 풀리면? 집까지 들어갈 수 있어요. 그러면 방도 뒤져 볼 수 있겠죠. 핸드폰을 훔쳐볼 수 있는 건 말할 필요도 없고 이메일도 들여다볼 수 있을 겁니다. 수사 방법이 무궁무진해지는 거예요."

"난 감옥 갈 길이 무궁무진하다는 말로 들리는데?"

태석은 손사래를 쳤다.

"절대 감옥 안 갑니다. 오래 만날 필요도 없고요. 속전속결로 끝낼 수 있습니다. 세 번? 네 번? 그 성노만 만나노 충분하죠."

"만일에 오선미가 무고하다면? 그때는 어쩔 건데?"

"그럼 그냥 끝내면 되죠."

"그럼 너야 좋겠지. 벌써 거사를 치렀을 테니까. 돈 많은 집 딸이니 장가를 가도 되겠네. 근데 내 생각에는 잘 안 될 거 같다. 아마."

"그런 거 아니라니까요. 저 그런 놈 아니에요! 저에 대한 오해는 잊고 제가 설명한 계획 자체만 생각해 보세요. 어때요? 괜찮지 않아요?"

팀장은 잠시 생각에 잠겨 있다가 고개를 흔들었다.

"창의적인 건 인정하는데, 위에서 허락 안 해 줄 거다. 상부에서는 이번 사건에 오선미가 관련 없다고 생각하니까. 마약 검사 결과도 음성으로 나왔고 한 달간 뒤를 쫓아다닌 결과가 신통치 않았잖아."

"윗분들 말고 팀장님 생각은 어떤데요?"

"내 생각은 중요하지 않아. 명령권이 없으니까."

"팀장님. 잘 생각해 보세요. 오선미는 무죄일 수도 있고 유죄일 수도 있어요. 그래도 변성수가 오선미에게 애정이 있다는 점은 인정하시죠? 그러니까 전국에 수배가 된 주제에 만나서 밥을 먹고 헤어졌을 거 아닙니까. 언제고 조용해지면 연락할지도 모릅니다. 그때 우리가 근처에 있다면? 어렵지 않게 잡을 수 있겠죠?"

팀장은 무표정한 얼굴이었지만 태석은 그가 이미 이 계획에 혹했음을 알 수 있었다. 이미 벼랑 끝까지 몰린 팀장이다. 사건을 해결할 수 있다면 악마에게 영혼도 팔 것이다. 영혼이란 게 있다면 말이지만.

팀장은 손가락으로 책상을 톡톡 두들기다 물었다.

"그럼 누가 회원으로 가입하는데? 네가 하나?"

"투표로 하죠."

"어. 그래. 민주주의 국가니까. 그렇지?"

팀장은 태석을 노려보았다. 두 사람 모두 투표를 할 필요도 없다는 사실을 알고 있었다. 강력 팀 내에 오선미를 유혹할 수 있는 남자가 태석 말고 또 누가 있겠나.

팀장은 물었다.

"다 좋은데, 이유가 뭐냐?"

"예?"

"네가 이러는 이유."

"말했잖아요. 범인 잡으려고 그런다고."

"그거 말고. 진짜 이유."

그때 전화벨이 울렸다. 팀장은 전화기를 집어 들고 잠시 이야기를 듣다가 알았다고 대답하고 전화를 끊었다. 태석은 물었다.

"왜 그러세요?"

"제보야. 헬스클럽인데 변성수가 다녔대. 한 달 넘게 안 와서 무슨 일인가 하다가 오늘에야 기사를 봤단다. 병철이 데리고 가서 단서 좀 없나 찾아보고 와라."

"예. 그런데 제가 말씀드린 건…….."

"한번 생각해 보자. 너도 생각해 봐라. 내가 왜 이러나."

━◦◁▷◦━

헬스클럽은 십 층짜리 상가 건물의 상위 세 개 층을 사용할 정도로 컸다. 입구의 팸플릿에 적힌 바로는 헬스뿐만 아니라 요가, 복싱, 수영, 골프까지 다양하게 배울 수 있는 곳이었다.

클럽 안으로 들어가니 다양한 운동기구들이 사백 평 남짓한 체육관을 채우고 있었다. 아직 한낮이라 운동하는 사람은 많지 않았다. 대부분 젊고 예쁜 미시들로 한낮의 자유 시간을 이용해 몸매 관리를 하는 듯 보였다.

근육질의 트레이너가 태석과 병철을 맞이했다.

"변성수 씨 사건 기사를 읽고 정말 놀랐습니다. 전혀 그럴 분으로 보이지 않았는데. 세상에, 마약을 팔았다면서요? 겉보기에는 그렇게 세련되고 멋진 분 같더니."

태석은 이번 사건을 맡은 후 지금껏 최소한 백번은 했던 말을 다시 꺼낼 수밖에 없었다.

"그 새끼 나쁜 놈이에요. 앞으론 속지 마세요."

병철이 물었다.

"변성수 씨 사물함을 볼 수 있을까요?"

"그럼요. 그렇지 않아도 그것 때문에 연락드렸습니다. 사물함 비워도 될까요? 대기하고 있는 다른 회원님들도 있고 그래서."

"저희가 가져가도록 하죠. 근데 여긴 한 달 회원비가 얼마예요? 이런 거 차리려면 돈 많이 들겠죠?"

"아주 많이 들죠. 지금은 얼마나 가지고 계시는데요? 제가 목 좋은 자리를 하나 아는데."

태석은 두 사람의 대화가 부동산으로 넘어가는 것을 막았다.

"형, 그만해라."

세 사람은 트레이너와 함께 라커룸으로 들어갔다. 사각형의 대리석 기둥을 중심으로 태석의 키보다 높은 강철 라커가 이십여 개씩 열을 지어 배치되어 있었다. 라커 사이의 통로에는 거뭇한 빛깔에 나무로 만든 긴 의자가 놓여 있다.

트레이너는 말이 많은 남자였다. 그 짧은 시간 동안에도 쉬지 않고 계속 떠들었다.

"이런 일이 있을 줄 꿈에도 생각 못 했지 뭡니까. 변성수 씨는 회원 등급도 최고로 해 드렸는데요. 직업과 사회적 공헌도를 고려해서 말이죠."

태석은 인상을 썼다. 변성수 그 인간은 어딜 가든 최고 등급이군. 나이트클럽에서도 공짜로 부킹해 주고 무료 안주를 줬을 것 같다.

병철이 물었다.

"변성수 씨가 여기에 마지막으로 들른 게 언제죠?"

트레이너는 아무렇지 않게 대답했다.

"어제요."

"예?"

병철과 태석이 한꺼번에 소리를 질렀다. 트레이너는 뭐 문제가 있나는 표정으로 두 사람을 쳐다보았다.

"아니면 어떻게 알고 신고를 했겠어요. 어제 얼굴 보고 인사드리면서 '요새 자주 안 오시네요.' 했더니 '일이 바빠서요, 앞으로 자주 들르겠습니다.' 하고 가잖아요. 생각해 보니 마지막으로 본 지 한 달은 된 거 같아서 회원 정보를 확인했더니 세상에, 저번 달 트레이닝비를 아직 안 내셨더라고요. 언제 주시나 해서 전화를 하니까 핸드폰은 꺼져 있다고 하고 그래서 병원으로 전화를 했거든요. 그랬더니 세상에, 지명수배 중이라고 해서……. 참, 병원에선 돈 못 주겠다는데 누구한테 받죠?"

"잡으면 연락드리죠."

"나라에서 보상해 주거나 그런 건 없어요?"

"없어요."

태석은 트레이너의 질문에 건성으로 대답하며 병철과 시선을 교환했다. 그래도 변성수가 아직 한국에 있다는 사실을 알게 되었으니 다행이다. 일본이나 동남아로 밀항하지 않았을까 걱정했는데.

근데 헬스장에는 왜 왔을까? 헬스 하러? 그건 아닐 거고. 뭔가 다른 이유가 있을 텐데.

세 사람은 라커 사이를 가로질렀다.

맞은편에서 초록색 추리닝 차림의 남자가 걸어왔다. 삼십 대 중반의 특징 없는 남자였는데 백팩을 멨고, 빳빳한 머리칼 아래로 보이는 얼굴은 환한 미소를 머금고 있었다. 그는 낮은 목소리로 트레이너에게 안녕하세요, 인사를 하고 지나갔다.

태석은 남자를 돌아보았다. 어딘지 어눌한 말투. 뭔가 신경이 거슬리는데 그게 뭔지 집어내기 곤란했다.

트레이너가 물었다.

"왜 그러세요?"

"저 사람도 여기서 운동하나요?"

"그렇겠죠. 솔직히 처음 보는 얼굴이긴 한데…… 제가 뭐, 온종일 근무하는 건 아니니까요. 사실 제 근무시간 끝난 지 한 시간 됐어요. 다음 근무자 새끼가 안 와 가지고 제가 계속 있는 건데…….'"

트레이너는 주절주절 말을 늘어놓으며 변성수의 라커를 열었다. 운동복 사이에 장례식장에서 봤던 덩치가 처박혀 있었다. 피비린내가 코를 찔렀다. 세 사람 모두 놀라 한동안 움직이지도 못했다. 그러다 트레이너가 침을 꿀꺽 삼키고 덩치를 향해 손을 뻗었다.

"재형이 너……."

태석은 트레이너의 팔을 잡았다.

"죽었어요. 아무것도 건드리지 마세요."

덩치가 죽었다는 사실을 확인하기 위해 손을 대 볼 필요도 없었다. 얇은 줄 같은 것이 목을 조이다 못해 찢어 내 바닥에 피가 흥건했으니까. 덩치는 확실하게 저세상으로 갔다. 죽기 전에 피를 토했는지 옷장 안 곳곳에 핏방울이 묻어 있었다. 트레이너는 부들부들 떨며 뒤로 물러섰다.

태석은 정신을 차리고 뒤를 돌아보았다. 이제야 초록색 추리닝이 이상하게 느껴졌던 이유를 알겠다. 그의 천성이라고 할 만한 육감이 살인범을 보고 다시 한 번 발휘된 것이다.

"지원 요청해!"

태석은 병철에게 소리치며 라커룸 밖으로 달려 나갔다. 체육관 안에 초록색 추리닝은 보이지 않았다. 그는 클럽 밖으로 내달리다가 데스크 앞에서 걸음을 멈추고 접수계 직원에게 물었다.

"방금 젊은 남자가 나갔죠? 초록색 추리닝."

"예. 그런데 무슨 일……."

태석은 더 듣지 않고 클럽 밖으로 나갔다. 엘리베이터는 삼 층에서 아래로 내려가는 중이었다. 반대쪽에 엘리베이터가 하나 더 있지만 그걸 기다렸다간 놈을 놓칠 게 뻔했다.

태석은 비상계단으로 내려갔다. 팔 층, 칠 층, 육 층…… 미친 듯이 달리다 육 층에서 비상구를 내다보았다. 엘리베이터는 일 층에 있었다. 씨발, 늦었다. 그가 일 층까지 내려갔을 때 놈은 이미 행인들 사이에 섞여 있을 터였다.

그럼 어떡하지?

태석은 마음을 정하고 복도로 뛰어나가 창문을 열었다. 횡단보도 앞에 초록색 추리닝이 서 있는 것이 보였다.

태석은 큰 소리로 외쳤다.

"야, 거기! 초록색 추리닝!"

남자가 뒤를 돌아보았다.

태석은 핸드폰을 겨누고 사진을 찍었다. 철컥. 철컥. 놈이 얼굴을 가리려 했을 땐 이미 늦었다. 첫 번째 사진에 제대로 얼굴이 찍혔다. 초록색 추리닝도 그 사실을 알았는지 천천히 손을 내렸다. 놈의 눈빛이 싸늘하게 빛났다. 태석은 목덜미가 싸늘해지는 것을 느꼈다. 그는 확신했다.

저놈이 죽었어.

파란불이 됐다. 남자는 손가락을 들어 태석을 가리킨 다음 목을 긋는 시늉을 하고 몸을 돌려 횡단보도를 건너갔다.

뭐야, 저 자식? 방금 날 협박한 거야? 그는 창문을 박차고 뛰어내리고 싶은 충동을 억누르고 추리닝의 뒷모습을 보며 생각했다.

너 이 자식, 다시 만나게 될 거다. 그때는 용서해 달라고 해도 소용없을 테니까 그렇게 알아.

연락을 받고 출동한 지구대의 순경들이 살인 현장에 폴리스 라인을 쳤고 뒤이어 나타난 과학수사 팀은 현장 사진을 찍고 지문을 채취했다. 태석과 병철은 트레이너와 이야기를 더 나눴다.

"피살자와 아는 사이 같던데, 맞습니까?"

트레이너는 아직 충격에서 벗어나지 못했는지 멍한 표정이었다. 하긴 시체를 ──그것도 목이 졸려 살해된 시체를── 처음 보고도 멀쩡하면 그게 이상한 일이다. 태석이 몇 번을 더 재촉하고 나서야 트레이너는 간신히 정신을 차리고 고개를 끄떡였다.

"예, 여기 트레이너였습니다. 두 달쯤 전에 그만두긴 했지만요."

태석은 한숨을 쉬었다. 마침내 용의자 중 한 명의 신원을 알아낸 것이다. 너무 늦긴 했지만.

"이름은 이재형이고요, 나이는 스물여섯인가 일곱…… 대충 그 정도 됐습니다. 충청도 당진 출신이고 보디빌딩 대회에서 삼 등인가 한 경력이 있다고 들었습니다. 성깔이 있긴 해도 쾌활한 친구였는데요. 도대체 누가 이런 짓을…… 진짜 죽은 거 맞나요?"

"예, 유감스럽지만 죽었습니다. 살인범을 잡으려면 선생님의 도움이 필요합니다. 저희가 드리는 질문을 잘 생각하시고 대답해 주세요."

트레이너는 더듬더듬 말했다.

"대답이야 할 수 있지만…… 제가 그 친구에 대해 아는 게 많지 않아서요. 얼마나 도움이 될지는…….."

"그냥 편하게 말씀해 주시면 됩니다. 이재형 씨는 언제부터 여기서 일했죠?"

"육 개월? 칠 개월? 대충 그 정도 됐을 겁니다. 입사할 때 작성한 서류가 여기 어디 있을 텐데…….."

"이재형 씨가 변성수와 친분이 있었나요?"

"저랑 근무시간이 달라서 자세히는 모릅니다. 그래도 어느 정도 알고 지내긴 한 것 같아요. 둘이서 뭔가 이야기를 나누고 있는 걸 몇 번인가 봤거든요."

태석이 물었다.

"이재형 씨는 왜 트레이너를 그만뒀죠?"

"그건 저도 잘 모릅니다. 그냥 일신상의 사정이라고만 해서⋯⋯. 어디 다른 직장을 얻었나 보다 했죠."

"이제 돈 많이 벌게 될 거라는 말 같은 건 없던가요?"

트레이너의 얼굴에 씁쓸한 미소가 맺혔다.

"했죠, 입사했을 때부터 매일. 여긴 자기가 있을 곳이 아니라고, 아이템 하나만 제대로 잡으면 대박 난다고."

태석은 혀를 찼다. 범죄란 언제나 능력보다 많은 걸 가지려 할 때 일어나는 법이다. 그러다 결국 누군가 죽거나 병신이 된다. 모두 다 행복하게 끝나는 일이란 세상에 없다.

"그런데 이상하네요. 재형이가 여길 올 이유가 없는데. 그만두면서 물건도 전부 챙겨 갔고. 혹시 지나가다가 들렀다고 해도 저한테 말 한마디 없이 라커룸으로 들어갔다는 게⋯⋯."

태석이 말했다.

"아까 라커룸에서 마주쳤던 남자 기억나죠. 그 남자가 여기 회원이 맞는지 확인 좀 해 주시겠어요? 여기 사진 찍은 게 있으니까⋯⋯."

트레이너는 태석이 핸드폰을 보여 주자 눈을 깜빡거렸다.

"잘 안 보이는데요?"

"예?"

태석은 사진을 확인하고 아차, 했다. 그의 엄지손가락이 추리닝의 얼굴을 정확하게 가리고 있었다. 이런 어이없는 실수라니. 막 경찰에 입문한 신참들도 하지 않을 일이다. 태석은 입술을 깨물었다. 정말 열심히 살겠다고 다짐한 직후의 실수라 더욱 쓰라리게 느껴졌다.

　태석과 병철은 편의점에서 점심을 해결했다.

　강력 팀 생활을 하다 보면 인스턴트 음식과 친해지게 된다. 야근이니 잠복근무니 하는데 식사를 제대로 챙길 수 있을 리가 없다 햄버거나 라면으로 끼니를 때우기 십상이다. 게다가 잠까지 제대로 자지 못하니 제아무리 건강 체질이라도 몇 년을 버티지 못한다. 무좀에 위궤양을 달고 사는 것이 형사다.

　건강 체질이라고 자부했던 태석도 요즘은 점점 속이 더부룩해지는 걸 느끼고 있었다. 오늘은 시체를 봐서 그런지 속이 더욱 안 좋았다.

　병철이 라면을 먹으며 물었다.

　"초록색 추리닝이 살인자인 거 확실해?"

　"응, 확실해."

　"너 또 증거도 없이 얼굴을 보니까 감이 왔다는 이상한 소릴 하려는 거 아니지? 내가 보기엔 그냥 운동하고 가는 사람 같았는데."

　"날 협박했다니까. 목 긋는 시늉 하면서."

　"처음 보는 사람이 갑자기 버럭 소리 지르고 사진 찍는데 누가 기분이 좋겠냐? 그래서 그랬을 수도 있어."

　"아니라니까 그러네. 이번 감은 진짜야."

　태석은 놈과 마주쳤을 때 느꼈던 서늘함을 설명하려다 포기했다. 병철이 믿어 줄 것 같지도 않을뿐더러 놈에 대해 미주알고주알 늘어놓기 싫었다. 웬일인지 놈을 체포하는 건 개인적인 일처럼 느껴졌다. 아마도 놈이 목을 긋는 시늉을 했을 때, 목덜미에 소름이 돋았기 때문이리라.

　놈을 잡아서 내가 절대 물렁한 놈이 아니란 걸 증명하고야 말겠어. 태석은 다짐했다. 살인 사건을 보고 새로운 열정이 솟아올랐기 때문일까, 수사를 빙자한 연애에 대한 생각은 머릿속에서 깨끗이 지워졌다.

이제야 알겠다. 그가 수사에 심드렁해졌던 건 변성수가 어중간한 악당이자 왜 마약을 파는지조차 알 수 없는 인텔리였기 때문이다. 초록색 추리닝 같은 피도 눈물도 없는 진짜 살인자를 보니 다시금 수사에 대한 열망이 불타올랐다.

병철이 태석을 위아래로 훑어보다 물었다.

"근데 너 오늘 옷차림이 그게 뭐냐? 결혼식 가니?"

"아냐…… 아무것도."

라커룸 앞에서 팀장과 물-조 콤비가 기다리고 있었다. 그들은 태석의 몸에 딱 맞는 정장을 보더니 한마디씩 했다.

"너 꼭 신입 조폭 같다."

"어디 삐끼로 취직하니? 무스도 발랐네?"

태석은 퉁명스럽게 말했다.

"우리 사건에 집중하죠."

팀장이 끼어들었다.

"됐고. 도대체 무슨 일이야? 누가 죽었어?"

병철과 태석은 그동안 파악한 사실을 설명했다. 팀장은 조용히 이야기를 듣다가 태석을 째려보며 물었다.

"초록색 추리닝이 확실해?"

"제가 색맹이에요, 색깔도 못 알아보게? 초록색 맞거든요."

팀장은 한숨을 쉬곤 다시 물었다.

"그게 아니라, 그놈이 살인자인 거 확실하냐고."

"제 직감이 그렇다고 말하고 있습니다."

"그 직감 믿어도 되는 거냐?"

태석이 인상을 쓰자 팀장은 다시 한숨을 쉬었다.

"알았다. 한번 알아보자. 알아보는 데 돈 드는 거 아니니까. CIMS(범죄정보관리시스템)에 자료 넣고 사진 출력해서 전국에 수배해."

CIMS는 천만 건이 넘는 각종 범죄 기록과 수사 기록, 범죄 통계 및 기록을 담고 있는 경찰 내 전산 시스템으로 사건 자료를 입력하면 자동으로 과거에 있었던 비슷한 사건과 용의자를 알려 준다.

"근데 사진이……."

"사진이 뭐?"

태석은 엄지가 얼굴을 절반쯤 가리고 있는 사진을 보여 주었다. 팀장은 어이없다는 듯 사진을 바라보다 태석에게 시선을 주었다.

"이걸로 뭐 하라고?"

"어떻게 안 될까요?"

"네 생각에는 될 거 같니?"

"이놈 범인 확실하거든요. 목덜미에 찌르르 전기가 올랐거든요. 진짭니다. 하늘에 맹세할 수도 있어요."

"그래서 나더러 어쩌라고?"

"진짜 범인이라니까요."

팀장은 태석의 불퉁스러운 표정을 보고 또다시 한숨을 쉬었다.

"알았다. 여기 회원인지 확인해 보고 몽타주 작성해서 수배 때려. 그럼 됐냐?"

"감사합니다."

그때 문이 열리고 과학수사 팀원이 보디백bodybag에 싼 시체를 실어 냈다. 현장 감식이 끝난 모양이었다. 덩치가 쓰러져 있던 자리에 하얀색 분필로 표시가 되어 있었다. 형사들은 혹시 모를 증거 훼손에 대비해 라텍스 장갑을 나눠 꼈다.

변성수의 라커 앞에 과수 팀의 저승사자가 서 있었다. 팀장이 물었다.

"사인死因이 뭐야?"

"질식사. 직경 이 밀리의 금속 줄로 목이 졸렸어. 살이 십오 센티 정도 잘려 나갔고 성문聲門이 으깨졌어. 경동맥이 잘리면서 출혈이 생긴 거고. 가슴이랑 옆구리에 멍 자국이 있는데, 살해되기 전에 몇 대 얻어맞은 모양이야. 그러니까 이런 식이었겠지."

저승사자는 허리를 굽히고 옷장 안으로 손을 집어넣으며 말을 이었다.

"피살자가 옷장 안을 뒤질 때 살인자가 뒤에서 살금살금 다가갔을 거야. 그리고 피살자가 낌새를 채고 고개를 돌리는 순간 퍽, 퍽, 퍽, 이렇게 세 대를 때린 거지."

그는 자신의 옆구리와 가슴, 사타구니를 차례로 가리켰다.

"그런 다음 피살자의 등 뒤로 돌아가서 목을 졸랐어. 여기 신발 자국 보이지? 피살자가 어떻게든 빠져나가려고 발버둥 치다가 바닥에 자국을 낸 거야. 오래는 못 버텼을 거야. 숨이 끊기자 살인자는 시체를 옷장에 처넣고 바람처럼 사라진 거지. 누군지 모르지만 사람 죽일 줄 아는 놈이야."

"사망 추정 시간은?"

"얼마 안 됐어. 길어 봐야 두세 시간? 시체를 일찍 발견한 건 다행인데, 워낙 사람들이 많이 드나드는 장소라 소득은 별로 없을걸. 옷장에 찍힌 지문만도 수백 개가 넘어."

팀장은 혼잣말처럼 중얼거렸다.

"누구 짓일까?"

"변성수 아니면 이철진이란 놈이겠죠."

조 형사가 음울하게 한마디를 내뱉곤 입을 다물었다. 조삐리의 영원한 파트너인 김 형사가 부연했다.

"그런 놈들 우정이라는 게 얼마나 얄팍한지 잘 아시잖습니까. 세상에 정치인보다 의리 없는 놈들이 딱 하나 있다면 그게 약쟁인데요. 경찰 수배는 떨어졌지, 미래는 암담하지, 앞으로 어떻게 할까 의논하다가 싸움이 붙었겠죠. 결국 입을 열기 전에 처리한 거고요."

태석이 무심코 내뱉었다.

"근데 왜 여기죠?"

"무슨 소리야? 왜 여기냐니?"

"사람 많고, 복잡하고. 어디든 으슥한 곳에서 해치우는 게 낫지 않았겠냐 이거죠."

조 형사가 갑자기 눈을 치켜떴다.

"너, 내가 하는 말에 토 다는 거냐?"

태석은 움찔했다. 누구에게도 말한 적은 없지만 그는 내심 조 형사를 두려워했다. 늘 묘한 표정으로 입을 다물고 있다가 갑자기 성을 내는데 그럴 때 꼭 미친놈 같기 때문이다. 그는 조 형사가 퇴근하고 집에 가서 동네 아가씨들을 토막 내고 있다고 해도 놀라지 않을 자신이 있었다.

태석은 억지 미소를 지으며 말했다.

"그게 아니라요, 보통은 야산에서 해치워서 거기서 바로 파묻거나, 집에서 죽인 다음 잘라서 쓰레기통에 담잖아요. 번거롭게 헬스장 라커룸까지 와서……."

조 형사가 태석의 말을 가로막고 손가락으로 바닥을 가리켰다.

"여기서 말다툼이 나서 우발적으로 죽인 거지. 알겠냐?"

태석은 이런 말까지 해도 될까, 망설이다 입을 열었다.

"전국에 수배됐는데 헬스 하러 왔다고요? 그것도 사건 벌어지고 한 달 뒤에?"

"이 자식이 진짜……. 그럼 네 생각은 뭔데?"

다른 때라면 태석이 당황할 차례지만 이번만은 그에게도 생각이 있었다. 태석은 자신 있게 말했다.

"물건을 찾으러 왔던 게 아닐까요?"

"무슨 물건?"

"마약요. 트레이너 말로는 변성수가 어제 여길 왔다고 했잖아요. 그놈이 갑자기 여길 왜 왔겠어요? 운동하러? 그럴 리 없죠. 여기 마약을 두러 온 거죠. 약을 라커룸에 감추고 가고 그리고 오늘, 죽은 이재형이 찾으러 왔다가 변을 당한 거죠."

팀장이 물었다.

"그럼 넌 오선미가 약을 가지고 있지 않다고 생각하는 거냐?"

"그건 아닙니다. 오선미가 최소한 절반은 가지고 있겠죠. 그건 틀림없습니다. 하지만 일부분은 변성수가 가지고 있었을 거예요. 생각해 보세요. 오선미가 경찰에 신고라도 하면 어떡하겠어요? 그야말로 쫄딱 망하는 거잖아요. 분명히 일부는 비상금처럼 지니고 있을 겁니다."

팀장이 정리했다.

"그러니까 네 말은 이재형이 마약을 가지러 왔다가 죽은 거다?"

"예, 초록색 추리닝을 입은 놈한테."

"그 추리닝 입은 놈은 누군네?"

"마약 판매상일 수도 있고, 중간에서 마약을 채 가려는 놈일 수도 있죠. 아무튼 그놈이 살인자예요. 진짜요."

팀장은 골똘히 생각에 잠겨 있다가 고개를 끄덕였다.

"아니면 변성수의 또 다른 부하일 수도 있지. 좋아, 일단 그쪽으로 알아보자. 병철이랑 태석인 그 시간대에 운동한 회원들 명단 받아 내서 혹시 본 거 없는지 알아봐. 조금이라도 이상한 걸 봤으면 뭐든 얘기해 달라고 해. 그리고 체육관 내부에 CCTV 설치되어 있을 거 아냐? 초록색 추리닝 입은 놈 찍혔는지 확인해."

"알겠습니다."

형사들은 고개를 끄떡이고 사방으로 흩어졌다.

태석과 병철은 관리실에 가서 CCTV를 확인했다. 프라이버시를 이유로 라커룸 내부에는 카메라가 설치되어 있지 않았다. 도난 사건이 없는 건 아니지만 벌거벗은 모습을 찍히는 걸 회원들이 원치 않기 때문이라고 했다. 그래서 체육관 내에 설치된 카메라는 모두 네 개로, 출입구에 둘, 가장 비싼 운동기구 옆에 하나, 또 라커룸 앞에 하나가 있었다.

두 사람은 이재형의 사망 추정 시간 한 시간 전부터 영상을 플레이했다. 그리고 조용히 화면을 지켜보았다. 체육관으로 바쁘게 사람들이 오갔고…… 사십 분 정도가 지났을 때 모자를 눌러쓴 이재형이 체육관으로 들어섰다. 재형은 옛 동료들에게 인사도 하지 않고 곧바로 라커룸으로 향했다.

다시 오 분 정도가 지났을까, 태석이 소리쳤다.

"저기! 저놈!"

직원이 급히 정지 버튼을 눌렀다.

젊은 아줌마 둘이 문을 열고 나갈 때, 초록색 추리닝이 교묘하게 두 사람 사이를 비집고 들어왔다. 고개를 숙이고 있어 얼굴은 찍히지 않았다. 태석은 급히 다른 쪽 카메라를 확인했지만 그쪽은 아줌마에 가려, 들어가는 장면 자체가 찍히질 않았다. 라커룸 앞에서도 마찬가지였다. 고개를 푹 숙이고 있는 데다 다른 사람들 사이에 섞여서 안으로 들어가 얼굴을 볼 수가 없었다.

태석은 거봐라 하듯 화면을 가리켰다.

"내가 말했지, 저놈이 범인이라고. 지금도 봐. 얼굴 안 찍히려고 기를 쓰는 거. 일부러 저러는 거야."

무심한듯
시크하게

병철은 고개를 갸웃거렸다.

"아직은 모른다. 네 말대로라면 카메라 위치를 파악한 채 들어왔다는 건데. 처음부터 사람 죽일 생각으로 말이지. 그 정도로 용의주도한 놈이겠냐? 저놈이?"

태석은 라커룸의 닫힌 문을 노려보다가 입을 열었다.

"응, 그런 놈이야. 살인 전문가야, 저놈."

병철은 기가 찬지 헛웃음을 흘렸다.

"나 경찰 된 지 십 년 넘었거든. 그래도 살인 전문가는 한 번도 못 봤다. 연쇄살인범은 여럿 봤지. 힘없는 여자나 노인만 죽이는. 하지만 진짜로 돈 받고 사람 죽이는 전문가는 없는 거 너도 알잖냐? 그런 건 영화에서나 나오는 거야. 최소한 한국에는 없어."

"이제 슬슬 생길 때도 됐잖아?"

태석은 병철을 돌아보며 말을 이었다.

"변성수가 잘났어도 밝은 세상에서의 이야기지, 뒷골목 양아치들 속에서는 이제 막 장사를 시작한 애송이잖아. 그런데 그놈이나 그놈 부하 중에 사람을 간단하게 죽여 없앨 수 있는 전문가가 있을까?"

"변성수 열라 싸움 잘해. 너도 알잖아."

"싸움을 질한다고 사람을 잘 죽이는 건 아니잖아. 물론 마음만은 모두 냉혈한 살인자지. 마음에 안 들면 그냥 없애 버려야지, 생각했을 수도 있는 거니까. 하지만 사람을 죽여야겠다고 생각하는 것과 실제로 죽이는 건 전혀 다르잖아. 그리고 형, 목 졸려 죽은 시체 봤지?"

"끔찍하지."

"현장 정말 엉망 되잖아. 죽기 전에 있는 힘을 다해 발버둥 치고 손에 잡히는 걸 모조리 찢고 할퀴어서 자기 손톱이고 현장이고 엉망으로 만든 다음에나 죽으니까. 그런데 이번 현장에는 그런 흔적이 없어. 헬스 대회에서 입상했을 만큼 힘이 좋은 남자가 얌전하게 죽었다고.

거기다 놈은 카메라도 슥슥 피해 다니고. 미리 카메라 위치를 전부 체크했던 거지.”

“그러니까 전문가다?”

“그래, 존나 위험한 놈이야. 변성수 같은 세상 물정 모르는 애송이보다 훨씬 더. 저놈이 누군지, 왜 이 사건에 끼어들었는지 빨리 알아내야 돼. 안 그러면 다른 사람도 죽을 거야.”

그때 라커룸의 문이 열리고 초록색 추리닝이 걸어 나왔다. 그는 전혀 서두르지 않고 거울 앞에 서서 머리 모양을 다듬은 후 헬스장을 떠났다. 삼십 초도 지나지 않아 태석이 튀어나왔고 두리번거리다 추리닝을 쫓아갔다.

병철이 고개를 저었다.

“아닌 것 같은데. 사람 죽인 놈이 저렇게 느긋하겠어?”

“운동도 안 하고 오자마자 바로 간다는 게 이상하지 않아? 분명히 사람 죽이고 도망가는 거야.”

병철은 진지하게 말했다.

“태석아. 네 말대로 저놈이 범인일 수 있다는 건 인정하는데 너무 성급하게 단정 지으면 안 돼. 선입견을 가지면 풀릴 사건도 안 풀려. 언제나 상황을 객관적으로 보려고 노력해야 해.”

태석은 의심쩍은 눈으로 병철을 쳐다보았다. 이 인간 오늘따라 왜 이래? 무슨 초보 형사한테 강의하는 것도 아니고, 갑자기 왜 이렇게 진지한 말을 하지? 실제로는 태석이 진짜 초보였을 때도 특별히 알려준 게 없던 인간이다.

그래서 물었다.

“형, 왜 그래? 무슨 일 있어?”

“일은 무슨. 그냥 네가 좋은 형사가 되길 바라니까 그러지. 나도 좀 열심히 일해 볼 생각이고. 기억해 둬라. 단정은 경찰의 첫 번째 적이다."

　태석의 의심이 더욱 커졌다. 갑자기 너무 착하게 굴잖아. 이 인간
혹시……

　태석은 잘라 말했다.

　"형, 나 보증 안 선다."

　"갑자기 뭔 소리야, 인마!"

　그때 팀장에게서 전화가 왔다. 팀장은 무뚝뚝하게 저녁에 회식이
있으니까 드럼통집으로 오라고 말했다.

무심한 듯 시크하게

팀장은 삼겹살집에서 그들을 기다리고 있었다. 허리를 꼿꼿이 편 채 소주를 조금씩 따라 마시는 그의 모습은 은퇴한 장군을 연상시켰다. 한때 전쟁이란 전쟁에서 전부 이겼지만 결국 시대에 뒤떨어져 물러날 수밖에 없는 시대의 유물.

지글지글 기름이 끓으며 삼겹살이 익어 가고 있었다. 드럼통을 잘라 만든 화로에 연탄불로 고기를 굽는 옛날 스타일의 선술집이나. 시저분한 드럼통에 작고 불편한 의자, 카드 결제를 거부하는 불퉁스러운 주인까지, 안 팔리는 가게의 삼박자가 갖춰져 손님은 별로 없지만, 담배를 피울 수 있는 데다 고깃값이 싸서 형사들이 즐겨 찾았다.

병철이 팀장 맞은편에 앉아 삼겹살을 집어 먹으며 물었다.

"왜 여기서 보자고 한 거예요?"

"단합도 할 겸 오랜만에 한잔하자는 거지. 이번 사건 시작되고 나선 한 번도 안 마셨잖냐."

그때 드르륵 문이 열리고 김 형사와 조 형사가 들어왔다. 팀장은 형사들에게 술을 따라 주었다. 오랜만의 회식이지만 분위기는 양로원에서 장례식 후에 밥을 먹는 것처럼 오묘했다. 시체가 발견된 이상 내일부터 사방에서 압박이 밀려들 것임을 모두 다 알고 있기 때문이다.

태석은 상추쌈을 우적우적 씹으며 말했다.

"왜 이리 처졌어요? 변성수랑 초록색 추리닝이랑 둘 다 금방 잡을 수 있을 테니까 다들 기운 냅시다. 자, 건배!"

태석이 은근슬쩍 체포 명단에 초록색 추리닝을 끼워 넣었지만 아무도 토를 달지 않았다. 그들은 술잔을 부딪치고 술을 목구멍으로 털어 넣었다.

팀장이 무겁게 입을 열었다.

"나쁜 일은 한꺼번에 쏟아진다고 하지."

"갑자기 무슨 소리예요? 건강검진 결과 나왔어요?"

"그게 아니라! 미국에서 연락 왔다. 변성수 말이야, 거기서도 마약 문제가 있었어."

"그렇죠? 제 말이 맞았죠? 그 새끼 내가 그럴 줄 알았어!"

태석은 자기 일처럼 기뻐하다 뭔가 이상하다는 사실을 깨닫고 물었다.

"근데 그건 좋은 소식 아니에요?"

"미국에서도 이틀 전에야 연루 사실이 드러난 모양이야. 남미와 연결된 마약 조직인데 보디패커bodypacker들을 통해 마약을 밀수하는 일에 협조해 왔단다."

태석은 나직하게 신음을 흘렸다. 보디패커는 또 뭐야? 이번 사건에는 생전 처음 듣는 용어가 왜 이리 많이 나오는지 모르겠다. 학교를 다시 다니는 기분이다. 그나마 다른 형사들도 무슨 뜻인지 모르는 것 같아 다행이다.

병철이 용감하게 물었다.

"보디패커가 뭡니까?"

"콘돔이나 라텍스로 마약을 싸서 삼킨 다음 운반하는 사람들을 말하는 거야. 미국은 911 이후로 검색이 강화되어서 그런 방법이 아니면 마약을 밀수하기가 힘들다고 하더라."

"근데 변성수가 왜요? 그 새끼도 마약 삼키고 다녔대요? 돈 많이 버는 놈이 설마 그러진 않았을 거고. 마약 밀수에 뒷돈이라도 댔나 보죠?"

"그게 아니라 보디패커 만드는 일을 했단다."

"그냥 삼키면 된다고 하셨잖아요?"

팀장은 한심하다는 듯 태석을 쳐다보다 말했다.

"넌 마약 든 콘돔 덩어리를 킬로 단위로 삼킬 수 있겠냐? 똥은 어떻게 쌀 건데? 그래서 보디패커는 숙련된 사람만 가능한 모양이야. 킬로 단위로 삼켰다가 싸는 훈련이 된 인간. 그런 사람이 많겠냐? 게다가 아무리 콘돔으로 잘 쌌다고 해도 배 속에서 터질 수가 있잖아? 그럼 보디패커는 죽고 조직은 아까운 약만 날리는 거지. 똥으로 나오기 전에 전달돼야 하니까 시간적인 문제도 있고. 그래서 조직에서 머리를 쓴 거야."

그는 형사들을 쭉 둘러보다가 말했다.

"가슴에 넣는 성형 보형물을 마약으로 채운 거지."

전혀 생각지 못한 아이디어다. 형사들은 모두 놀라서 입을 다물지 못했다. 팀장은 고개를 설레설레 흔들었다.

"진짜 독한 놈들이야. 양쪽 가슴을 빵빵하게 채우면 일반적인 보디패커 몇 명을 쓰는 것보다 많은 양이 운반 가능하대. 걸릴 염려는 거의 없다고 봐도 무방하고. 비싼 마약을 빨리 그리고 멀리까지 운반할 필요가 있을 때 가슴 보형물에 마약을 담는 방법을 썼다더군. 그 시술은 늘 변성수가 했고. 그러다가 운반하던 여자가 비행기에서 복통을 일으키는 바람에 걸린 거지. 일 년 육 개월 전에 체포되어서 지금까지 연방 감옥에 수감되어 있었던 모양이야."

병철이 이제야 알겠다는 듯 고개를 끄떡였다.

"겁먹고 튄 거군요."

"그래. 미국에는 플리바게닝plea bargaining이라고 해서 피의자가 범행을 자백하거나 제삼자의 범행에 대해 결정적인 증언을 하면 죄를 면해 주든지 형량을 감해 주는 제도가 있으니까. 운반자도 감히 조직을 찌르진 못하겠지만 수술해 준 의사 이름이야 말할 수도 있잖아? 이러다 잡혀갈지도 모른다고 생각하고 한국으로 온 거야. 그리고 녀석 판단이 옳은 게, 시간이 걸리긴 했지만 운반자가 협상 끝에 결국 입을 열었으니까. 변성수가 한국에 와서 무리하게 마약을 팔려고 한 건, 범죄 사실이 드러나기 전에 한몫 잡을 생각으로 그랬던 게 아닌가 싶어. 미국 애들은 변성수를 체포하면 미국으로 보내 주길 원해. 변성수가 조직에 대해 증언할 거라고 기대하나 봐."

태석은 신경질을 냈다.

"그건 말도 안 되죠. 체포하면 우리 거지 왜 미국 거가 돼요?"

"우리 교도소에서 형량을 채우고 미국으로 이송되는 게 원칙이긴 한데……. 협상이 있을 수도 있겠지. 문제는 어떻게 체포하느냐야. 미국에서 공식 요청이 오는 바람에 이번 사건이 다시 우선순위가 됐어. 거기다 사람까지 죽었으니……."

태석이 감을 잡고 말을 가로챘다.

"그래서 회식을 준비하셨군요. 더 열심히 하자고."

"그게 아니라…… 지금은 두말할 나위 없는 위기 상황이라고, 특단의 대책이 필요한 시점이란 거지."

팀장은 태석에게 시선을 주며 말을 이었다.

"태석아, 네 계획대로 해 보자."

병철이 눈치를 보다 물었다.

"무슨 계획인데요?"

팀장은 간단하게 태석의 계획을 설명했다. 다들 어안이 벙벙해 말을 잇지 못했다. 김 형사가 말했다.

"그렇게까지 해야 할까요? 성공 가능성은 낮고 위험부담은 큰데……."

그는 우물우물 뒷말을 삼켰지만 다들 그가 하고 싶은 말이 무엇인지 알 수 있었다.

잘못하면 우리 다 잘리는 수가 있어요.

팀장이 대답했다.

"사람이 죽었는데 범인이 누군지도 몰라, 마약범은 코빼기도 안 비친 지 오래고. 그냥 있어도 우리에게 미래는 없어. 다시 말해 모험을 걸어야 할 때란 거지."

김 형사가 다시 나섰다.

"좋아요, 그렇게 한다고 쳐요. 그럼 누가 하죠? 누가 결혼 정보 회사에 들어가서 오선미를 유혹하느냔 말입니다."

사실 질문을 던질 필요도 없는 문제였다. 대안이 있어야 말이지. 김 형사, 배가 너무 많이 나왔지. 조 형사, 너무 더러워. 유병철, 대머리잖아. 팀장? 말할 필요도 없다.

그때 병철이 심각한 얼굴로 나섰다.

"제가 하는 건 어떨까요?"

다들 병철을 무시하고 태석에게 시선을 주었다. 태석은 삼겹살과 소주를 맛있게 먹다 고개를 흔들었다.

"싫은데요."

팀장은 눈을 깜빡거리다 벌컥 화를 냈다.

"뭔 소리야, 네가 하자고 했잖아! 그것도 오늘!"

"생각이 바뀌었어요. 지금 우리가 변성수 같은 삼류 마약쟁이한테 신경 써야 할 땝니까, 살인범을 잡아야죠. 초록색 추리닝, 그놈이 살인범 맞다니까요. 그놈이 진짜 위험한 놈이에요. 저도 연애는 조금 미루고…….”

“뭐? 뭘 미뤄?”

“아닙니다, 아무것도.”

태석은 급히 말을 돌렸다. 연애를 연습하기 위해 작전을 생각해 냈다는 사실을 들키면 죽도록 욕을 먹을 줄 알기 때문이다.

“미국에서 연락 왔다니까. 위에서 그거부터 빨리 해결하래. 그리고 변성수를 잡아야 그 추리닝 입은 놈이 누군지, 왜 사람을 죽이고 다니는지도 알 거 아니냐.”

“이런 작전, 상부에서 허가가 안 날 거예요.”

팀장이 와락 인상을 썼다.

“너 정말 죽을래?”

병철이 끼어들었다.

“제가 하면 안 될까요? 저 잘할 자신 있는데.”

하지만 이번에도 그는 무시당했다. 팀장은 열렬한 어조로 태석을 설득했다. 네 여성 편력이 국가에 이바지할 첫 번째 기회라는 말도 했고 네가 말 꺼내 놓고 네가 빼면 어떡하느냐는 말도 했다.

태석은 우물쭈물 거절하다가 팀장과 형사들을 피해 화장실로 튀었다. 고기도 먹을 만큼 먹었겠다, 오줌 싼 다음에 근처에서 어슬렁대며 시간을 때우다 먼저 간다고 전화하고 도망칠 생각이었다.

화장실에선 병철이 손을 씻고 있었다. 태석은 오줌을 싸며 병철에게 말했다.

“형, 팀장한테 가서 말 좀 해 봐. 살인범에 집중하자고.”

병철은 태석을 힐끔 돌아보더니 뚱한 어조로 대꾸했다.

“넌 인기 많아서 좋겠다. 제시카에서 알바 뛰는 애에 맥도날드 알바, 이제는 오선미냐?"

"형, 왜 그래? 형이 하고 싶어서 그래? 그럼 형이 해. 내가 가서 얘기할게, 형이 좋겠다고."

"다들 네가 해야 한다잖아. 죽일 놈들. 내 마누라가 제일 예쁜 것도 모르고. 우리 미경이가 오선미보다 예뻐! 내가 그런 여자랑 사는 사람인데 왜 내가 하면 안 될 거라고 생각하냐?"

"그러니까 그런 형수 두고 왜 딴 여자를 찾아?"

병철은 순식간에 침울해졌다. 두 사람은 옥상으로 올라가 담배를 피웠다. 어두컴컴한 하늘에 달이 떠 있었다. 병철이 담배를 뻐끔거리다 말했다.

"내가 와이프 공인중개사 시작한 거 얘기했냐?"

"응, 했어. 돈 많이 번다며."

"예뻐진 것도 얘기했냐?"

"응."

"요새 더 예뻐졌어. 근데 난 머리 빠지고 점점 늙고 이게 뭐냐. 얼마 전에는 미경이랑 백화점에 갔더니 점원이 아빠랑 딸이냐는 소리까지 하더라."

"어느 백화점이야? 내가 민원 넣을까?"

"미경이랑 있으면 자꾸 주눅이 든다. 걔 예뻐지기만 한 게 아니야. 공부도 열심히 해서 모르는 게 없어. 이제는 내가 대충 지어내서 말하면 틀렸다고 따지고 든다니까. 거기다 젊고 똑똑한 남자애들이랑 매일 채팅하고……."

"바람피우는 거 아니라며."

"그게 아니라, 이젠 나랑 안 어울리는 거 같다는 거지! 저녁 먹으러 가자고 하면 나는 감자탕집 생각하고 있는데 걘 프렌치 디너 먹으러 가자고 할 것 같은 느낌. 내 말 무슨 뜻인지 알겠지?"

"형수가 프렌치 디너 먹자고 해?"

"아니, 그게 아니라! 이 새끼 말귀 진짜 못 알아듣네. 그러니까 나도 좀 젊어지고 싶다는 거지."

"그래서 젊은 여자들한테 집적거렸던 거야? 형 미쳤구나. 형수한테 잘 보이고 싶으면 형수한테 잘해야지. 외간 여자한테 잘 보여서 어쩌겠다고?"

"그냥 자신감을 찾고 싶어서 그랬다. 그러다 이제 좀 열심히 살아야겠다, 생각하고 결혼 정보 회사에 들어가겠다고 자원했더니 다들 안 된다는 말이나 하고. 내가 기분이 좋겠냐?"

태석은 열심히 사는 거하고 결혼 정보 회사 들어가는 거하고 무슨 상관이냐고 묻고 싶은 걸 꾹 참고 병철을 달랬다.

"누가 안 된대? 팀장이랑 물침대, 조삐리? 걔들이 뭘 알아. 다들 까막눈인데. 난 믿어. 그리고 중요한 건 형수 마음이야. 소영이가 그랬다며. 내 남자다, 생각하면 세상에서 제일 잘생기고 멋있어 보이는 거라고. 형이 뭘 입든 형수는 형이 제일 멋있다고 생각할 거야."

"설마."

"형 지금 입은 옷 누가 사 줬어?"

"음…… 미경이가."

"헤어스타일은 누가 골라 줬어?"

"미경이가."

잠시 침묵이 흘렀다. 태석이 말했다.

"소영이가 형보다 똑똑한 거 같지 않아?"

"너보다도 똑똑해, 인마."

"나도 알아. 형, 형수랑 소영이한테 잘해. 그런 사람들 세상에 없어. 형수가 열 살만 젊었어도 내가 데리고 튀었어."

병철은 피식 웃었다.

무심한듯
시크하게

"그럴 줄 알았지. 이 나쁜 놈, 처음부터 눈빛이 심상치 않다 했어."

태석과 병철은 술자리로 돌아갔다. 병철은 자리에 앉자마자 입을 열었다.

"태석아, 내가 곰곰이 생각해 봤는데 말이야. 결혼 정보 회사, 네가 가는 편이 낫겠다."

팀장을 비롯한 다른 형사들이 환호성을 질렀다. 병철아, 잘 생각했다. 나가서 오줌보도 비우고 마음도 비웠구나. 등등의 이야기가 터져 나왔다. 태석은 절대 안 된다고 잘라 말했다. 지금은 살인범에 집중해야 할 때란 것이다.

그때 병철이 아무렇지 않게 말했다.

"하긴. 너한테 오선미가 넘어오겠냐. 잘생기고 똑똑하고 매너 좋은 변성수랑 사귀었는데. 참, 걔가 너보다 싸움도 잘했지."

태석의 젓가락이 허공에서 멈췄다. 장내가 조용해졌다. 태석은 더 참지 못하고 벌컥 성을 냈다.

"내가 어때서? 전에는 내가 방심해서 당했지만 제대로 붙으면 어림도 없어. 내가 변성수 같은 놈은 열 명을 갖다 놔도 찜 쪄 먹을 사람이라고! 그놈이 나보다 나은 건 학교 다닐 때 교과서 더 들여다본 거밖에 없어!"

"그럼 오선미랑 사귈 수 있어?"

태석은 병철을 째려보았다. 병철의 속셈이 환히 들여다보였다. 간살 떠는 초등학교 3학년짜리가 친구들에게 '쟤가 너보다 싸움 잘한다는데. 너 쟤 이길 수 있어?' 라고 이간질하는 것이나 다를 바 없다. 이런 유치한 수작에 넘어가는 건 바보밖에 없을 거다.

태석은 입술을 깨물었다. 하지만 사나이로 태어나서 진다는 말은 절대 할 수 없으니 문제다.

결국 이렇게 말할 수밖에 없었다.

"사귈 수 있지!"

형사들이 다시 환호성을 질렀다. 태석은 곧장 말을 이었다.

"근데 내가 들어가고 싶다고 해서 들어갈 수 있는 곳도 아니잖아? 대한민국 0.1퍼센트만 가능하다며. 가입비도 열라 비싸고. 그 가입비 형이 내 줄 거야?"

팀장이 얼굴을 찡그렸다.

"뭐야, 돈이 많이 드는 거였어? 그럼 안 돼!"

병철은 팀장을 안심시키려는 듯 말했다.

"걱정 마세요. 공짜로 해결할 방법이 있으니까. 밥값이나 술값 같은 건 필요하지만 나머지는 공짜로 처리할 수 있습니다."

"그렇지, 데이트를 하려면 밥이랑 술도 먹어야지."

팀장이 당황한 어조로 중얼거렸다. 분위기로 보아 돈이 들 거란 생각은 눈곱만큼도 하지 않았던 모양이다.

병철은 얼른 덧붙였다.

"사건만 해결하면 나중에 비용 처리할 수 있잖아요. 그렇죠?"

"그거야 어떻게든 되겠지······."

"그럼 다 괜찮은 거죠? 태석아, 이제 너만 결단하면 된다."

태석은 얼굴을 찡그렸다.

"어떻게 하려고 그러는데?"

"그건 나한테 맡기고. 할 거냐, 말 거냐?"

"가만히 있어 봐. 생각 좀 해 보게."

태석이 심사숙고할 때 조 형사가 불쑥 나섰다.

"합시다. 태석아, 해라."

"예?"

"너 인마, 맘 잡고 제대로 산다며. 이번 기회에 결혼하면 되잖아."

이번만은 조 형사의 대변인인 김 형사조차 당황했다. 김 형사는 팔꿈치로 조 형사의 옆구리를 찔렀다.

"갑자기 무슨 딴소리야. 사건 해결을 위해 잠입하는 거라니까."

"사건이고 나발이고 마음에 들면 결혼하는 거 아냐? 결혼 정보 회사에 가입한 김에 다른 아가씨랑 선을 봐도 될 거고. 잘 알아 둬라. 남자는 어떤 여자를 만나느냐에 따라 훨씬 나은 사람이 되기도 하고 훨씬 못한 인간이 되기도 하는 거다. 좋은 여자를 찾아서 만나라."

다들 놀란 얼굴로 조 형사를 바라보았다. 조 형사가 이토록 길게 말하는 것도 처음 봤지만, 말하는 내용이 구구절절 옳다는 점도 신선했다. 병철이 물었다.

"어떤 여자가 좋은 여잔데?"

"얼굴 예쁜 여자? 아니야, 얼굴 뜯어먹고 살 줄 아냐? 몸매 좋은 여자? 몸매 망가지는 건 더 빨라. 성격 좋은 여자? 세상에는 성격이 좋아도 참지 못할 일이 존재하지. 돈 많은 여자가 최고야. 그래야 하고 싶은 일을 하면서 걱정 없이 살 수 있거든. 넌 지금 일생일대의 기회를 맞이한 거다."

조삐리가 그럼 그렇지. 형사들은 고개를 내저었다.

팀장이 모두의 마음을 대변했다.

"저거 오랜만에 말 많다 했더니 술 먹고 헛소리하는 거였구나. 이제 그만 마시게 해."

조 형사는 남은 소주를 벌컥 들이켜곤 말했다.

"왜 이러십니까. 저 안 취했어요. 정태석, 다른 건 몰라도 이거 한 가지는 명심해라. 제대로 여자를 사귀고 싶으면 너부터 제대로 해야 해. 대충대충 하면 안 돼. 진심을 다하란 말이다!"

태석과 병철은 다음 날 결혼 정보 회사를 찾아갔다. 조현욱은 또 다른 회원이 사건에 연루되었나, 하는 조마조마한 표정으로 두 사람을 맞이했다. 병철이 말을 꺼냈다.

"한 가지 부탁이 있어서 찾아왔습니다."

현욱은 올 것이 왔다는 표정으로 되물었다.

"뭡니까?"

"그때 말씀드렸죠, 우리 정 형사가 결혼할 때가 돼서 상담을 받아야겠다고. 회사 분위기가 마음에 들어서요. 겸사겸사 회원 가입을 하고 싶은데 가능할까요?"

조현욱의 얼굴이 밝아졌다.

"그런 부탁이라면 언제나 환영이죠. 잘 오셨습니다. 정태석 씨 정도면 금방 좋은 분을 만나실 수 있을 겁니다. 마음에 맞는 아가씨를 찾기가 어렵다, 어렵다 하지만 저희 회사의 매칭 시스템은 회원님의 프로필과 요구 조건에 가장 잘 맞는 분을 찾아 이어 주기 때문에 만족도가 상당히 높은 편이거든요."

그리고 가입 신청서를 내밀었다.

"저희는 회원을 세 등급으로 분류하고 있습니다. 골드, 실버 그리고 일반 회원이죠. 골드와 실버는 저희 매니저들이 프로필을 분석해 여성 회원님들 중 이상형을 골라 각각 열 번과 다섯 번의 일대일 매칭 서비스를 해 드립니다. 약속 장소를 정하고 현장에 나가 회원님들을 서로 소개시켜 드리는 일까지 하죠. 매니저가 간섭하는 번거로운 과정을 피하고 싶은 분들은 일반 회원으로 가입하시면 됩니다. 가입 후 즉시 저희 홈페이지를 통해 다른 회원님들의 프로필을 확인할 수 있는 권리를 드리거든요. 물론 같은 일반 회원 등급의 이성 분만 가능합니다만. 인터넷상으로 쪽지를 교환해서 가까워지시면 저희가 좀 더 상세한 신상 명세를 제공하고 회원님들 양쪽에서 만나고 싶다 하시면 연락처를 드리거나 약속을 정해 드리는 방식이죠."

"좋네요."

"그럼 가입은 어디로……?"

"그런데 어쩌죠? 태석이가 다른 데 관심이 있다네요."

"다른 데라뇨?"

병철은 비밀 이야기를 하듯 목소리를 낮췄다.

"노블레스클럽."

현욱의 얼굴이 얼간이처럼 변했다. 그는 한참 말을 잇지 못하다 간신히 입을 열었다.

"아, 그걸 깜빡 잊었네요…… 노블레스클럽. 참 좋은 클럽이죠. 그런데 전에 말씀드리지 않았나요, 가입비가 조금 센 편이라고. 그 금액 괜찮으시겠어요?"

병철의 미소가 짙어졌다.

"변성수란 놈은 공짜로 가입했다고 들었는데요."

"그건 그렇습니다만……."

현욱은 침을 꿀꺽 삼켰다.

"저희 쪽에서 너무나 회원으로 모시고 싶은 분의 경우에는 경우, '아주 예외적'으로 편의를 봐 드립니다. 변성수 씨는 워낙 인물이 훤칠하고 직업적인 메리트도 많은 분인 데다가, 그때만 해도 노블레스클럽이 아직 제대로 홍보가 안 되었을 때라 그 '아주 예외적인' 경우가 되었던 거죠. 하지만 지금은 클럽이 정상 궤도에 오른 상태라……."

태석은 그가 진짜로 하고 싶은 말이 무엇인지 알고 있었다. 머리에 총 맞지 않고서야 말단 형사를 어떻게 클럽에 초대할 수 있겠냐고 말하고 싶겠지. 더럽고 치사해서라도 꼭 가입하고 만다. 태석은 마음속으로 굳게 다짐했다.

병철이 실망한 듯 목소리를 꾸며 말했다.

"우리 태석이 어디 가서 빠진다는 소리 안 듣습니다. 집에서는 귀한 아들이고 경찰서에는 최고의 실력을 가진 민완 형사죠. 키도 크고 얼굴은 얼마나 귀티 납니까."

조현욱은 난감하다는 표정을 지었다.

"그건 저도 알고 있습니다만 규칙상 아무래도……."

바위처럼 입을 다물고 있던 태석이 드디어 한마디 했다.

"소문낼 겁니다."

"예?"

태석은 현욱 가까이 얼굴을 들이밀고 또박또박 말했다.

"조 매니저님이 어떤 사람인지 소문낼 거라고요."

"제가…… 어떤 사람인데요?"

"12일. '황제안마'에서 카드로 십구만 원 긋고 불, 법, 성, 행, 위를 하신 분이죠. 기억나시죠? 서초 경찰서 여성·청소년 팀에 출두해서 진술서를 쓰셨던데. 제가 전화할 때 그러셨잖아요. 교육 이수하셨다고. 무슨 교육인지 알아보니까 존스쿨(성매매재범방지교육)이더군요."

조현욱은 얼굴이 하얗게 질려 다른 매니저들을 곁눈질했다. 다행히 아무도 세 사람의 대화를 듣고 있지 않았다. 아직까지는.

태석은 약간 목소리를 높였다.

"여기 남자 매니저는 조현욱 씨밖에 없던데요. 안마시술소를 제집 드나들듯 다녔다는 사실이 밝혀지면 다들 좋아할 거예요. 그렇죠? 홈페이지 자유게시판에 글을 한번 쓸까요?"

조현욱은 태석의 입을 막고 우는소리를 냈다.

"왜 이러십니까, 경찰이. 저 죗값 다 치렀어요. 그런데 사람을 이렇게 협박해도 됩니까? 술에 취해서 스포츠 마사지인 줄 알고 들어갔다고 해도 안 믿고 사람을 그렇게 괴롭히더니!"

"일주일에 다섯 번을 실수하는 건 좀 이상하지 않나요? 아, 오해하진 마세요. 조 매니저님을 협박하려는 건 아니니까. 그저 서로 돕고 살자 이거죠. 저 노블레스클럽 회원 되기에 부족한 놈 아닙니다."

조현욱은 현기증이 나는지 심호흡을 몇 번 하다가 간신히 말했다.

"왜요? 왜 그러시는데요? 거기 가입해 봐야 별거 없어요. 사람 사는 거 다 똑같다고요."

"그럼 더 문제없네요. 가입시켜 주세요."

"혹시 제가 가입시켜 드린다고 해도 여성 회원님들을 만날 수 있다고 확언은 못 합니다. 회원님들 사이의 교감이 있어야 자리를 마련해 드리는 거라……."

"전 한 명만 만나면 됩니다."

"그게 누군데요?"

"오선미."

※

"그래서 그렇게 하기로 한 거야?"

김 형사가 오징어 다리를 씹으며 물었다. 병철은 설거지를 하면서 대답했다.

"한 가지만 처리해 달라더라. 태석이 스펙으로는 무슨 수를 써도 승인이 안 난다고 출신 학교랑 직업이랑 연봉, 바꿔서 알려 달래."

김 형사는 맥주를 따라 마시다 탄식했다.

"이제는 공문서 위조까지 하는 건가. 점점 범죄 집단의 길로 들어서고 있군그래."

"그게 남의 맥주 훔쳐 먹는 놈의 입에서 나올 소리냐."

형사들은 병철의 집에 모여 있었다. 드러내 놓고 진행할 수 없는 이번 작전의 특성 때문에 밤늦게까지 비어 있는 병철의 집을 본거지로 택한 것이다.

조 형사가 말했다.

"서울대로 해야지. 서울대 법대."

"오선미 엄마랑 오빠가 변호사야. 알고 지내는 서울대 선후배가 엄청나게 많을 텐데 학교 이야기, 동창 이야기 나오면 어떡하라고. 수업을 안 들어가서 모른다고 할까?"

"그럼 어디로 해?"

"당연히 외국 대학이지. 이름은 다들 들어 봤는데 가 본 사람은 별로 없는 그런 대학을 다니고 귀국한 거야."

"그럼 외국어를 할 줄 알아야 되잖아."

"한국에서 고등학교까지 졸업하고 미국에 건너간 거야. 그래서 우리말을 아주 잘하는 거지. 태석아, 넌 어디 대학이었으면 좋겠냐?"

태석이 짜증을 냈다.

"그냥 내 학력대로 밀어붙이면 안 돼? 난 우리 학교 하나도 안 부끄럽다고. 조현욱은 내가 처리할게. 으슥한 데로 데려가서 주먹만 쳐들어도 당장 알았다고 할 놈이라니까."

"승인이 안 난다잖아, 승인이. 이 자식아."

"알았어. 그럼 하버드로 하자."

"하버드는 너무 유명해서 안 돼. 아는 사람은 별로 없지만 내실 있기로 소문난, 그런 대학이 없을까?"

조 형사가 끼어들었다.

"미시시피주립대학 어때?"

형사들은 잠시 생각하다 고개를 끄떡였다. 미시시피주립대학에 대해 눈곱만큼도 아는 바가 없지만 어감이 나쁘지 않았다. 미시시피. 뭔가 공부 잘하는 애들이 모여 있을 것 같지 않나.

"괜찮네. 그렇게 하자. 태석아, 뭐하냐? 적어라. 미시시피주립대학."

병철은 고무장갑을 낀 손으로 테이블의 가입 신청서를 가리켰다. 태석은 투덜대며 볼펜을 집어 출신 대학 칸을 채웠다.

김 형사가 또 물었다.

"직업은 어떻게 해?"

병철은 회심의 미소를 지었다.

"그건 내가 미리 생각해 뒀지. 실리콘밸리의 벤처 기업가. 어떠냐? 미국에서 대학을 다닌 인터넷 보안 전문가인 거지. 국내에 보안 솔루션 판매 문제로 들어왔다가 결혼까지 할 생각인 거야. 아주 거짓말은 아니잖아? 우리가 하는 일이 보안과 관련된 건 사실이니까. 내가 이름도 정했다. 다니엘 정. 어때?"

"음. 그럴싸하다."

김 형사와 조 형사가 이구동성으로 말했다.

태석은 침울한 얼굴로 턱을 문질렀다. 일이 점점 커지는 기분이다. 그는 적당히 오선미를 만나며 일반적인 네이트에 대한 감을 익히고 그러다가 변성수가 보이면 잡는다는 식으로 아주 단순하게 생각했다. 그러기 위해 신분을 만들고 이름을 바꾸는 등의 귀찮은 작업을 해야 한다는 사실을 알았다면 애초에 포기했을 것이다. 이제는 이러다 실패하면 어쩌나, 하는 걱정마저 된다.

문이 열리고 팀장이 양손에 옷을 한 아름 안고 거실로 들어왔다. 김 형사와 조 형사가 일어나 옷을 받았다. 슈트 세 벌에 하얀색 와이셔츠가 일곱 벌, 거기에 넥타이와 구두까지 구색을 맞추었다.

팀장은 숨이 가쁜지 소파에 털썩 주저앉았다.

"힘들게 가져왔다. 흠집 내지 말고 깨끗하게 써라."

김 형사가 슈트를 들고 이리저리 살폈다.

"비싼 옷 같은데 어디서 빌려 왔어요?"

팀장은 대답 대신 턱으로 병철을 가리켰다. 병철이 고무장갑을 벗고 다가와 옷을 살피며 흐뭇하게 웃었다.

"변성수 옷이야. 걔가 비싼 옷 좀 가지고 있는 것 같아서 팀장님한테 가져다 달라고 했지."

태석이 벌컥 화를 냈다.

"잠깐만! 형, 무슨 소리야. 나보고 변성수 옷을 입으라고?"

"괜찮아. 사이즈 맞을 거야. 걔가 너보다 키가 조금 크긴 하지만 체격은 비슷했거든."

"그게 아니라, 내 옷 입어야지 왜 남의 옷을 입냐고. 그것도 변성수 옷을!"

병철은 코웃음을 쳤다.

"너 평소 입던 대로 하고 나가면 망해! 너 태어나서 네 돈으로 옷 산 적 있기나 하냐. 다 엄마 아니면 여자가 사 준 거잖아. 그런 걸 색깔이나 모양 하나도 안 맞추고 보이는 대로 집어 입으니까 패션에 근본이 없지. 그런 걸 오선미가 좋아할 거 같냐?"

"왜 이래. 나 방송국 애들한테도 패션을 좀 안다는 소리 들은 사람인데. 그날 나이트 기억나지? 리포터들이 그랬다고. 패션을 아는 분 같다고."

"그놈들은 너저분하게 입으면 멋있다고 하는 놈들이고. 일단 한번 입어 보기나 해라."

병철은 블랙 슈트를 골라 태석에게 던졌다.

잠시 후 블랙 슈트를 입은 태석이 거실 한가운데 섰다. 형사들은 주위를 둘러싸고 품평회를 하듯 한마디씩 했다.

"괜찮은데."

"너한테 이런 모습도 다 있구나."

"역시 돈이 왕이여."

태석은 얼굴을 찡그렸다.

"무슨 소리예요. 딱 게이 느낌이겠지. 변성수 그 새끼, 계집애같이 곱상하게 생겨 가지고 옷도 계집애처럼 짝 달라붙게 입고 지랄이야. 허벅지가 안 들어가서 바지 찢어지는 줄 알았네. 그 새끼 다음에 만나면 아주 죽여 버릴 거야."

병철이 방에서 거울을 들고 나왔다.

"직접 봐라."

태석은 거울에 비친 자신의 모습을 보고 동작을 멈췄다. 시합을 앞둔 권투 선수처럼 날렵한 몸에 다리가 실제보다 몇 배는 길어 보인다. 그는 이리저리 몸을 돌리다가 가볍게 스텝을 밟으며 원투를 날려 보았다. 팔다리, 등허리도 당기지 않고 몸에 부드럽게 감기는 느낌이다.

병철이 교활하게 웃었다.

"좋지?"

태석은 우물쭈물하다 인정했나.

"……뭐, 나쁘지는 않네."

"라인이 살짝 안 맞기는 한데 그래도 이 정도면……. 우리 아파트 양복점에라도 가져가 볼까. 거기서 잘 고쳐 주려나. 구두도 한번 신어 봐라. 근데 넥타이는 안 하냐?"

"넥타이는 절대 싫어. 내가 무슨 회사원도 아니고."

태석은 구두를 집어 들었다. 반짝반짝 윤이 나는 악어가죽 구두다. 평소 악어가죽 구두를 신는 놈들은 변태 아니면 병신일 거라 생각해 왔는데 막상 신어 보니 느낌이 전혀 달랐다. 겉보기엔 뻣뻣할 듯싶던

가죽이 발을 밀어 넣자 보들보들하게 발등을 감싸 준다.

태석은 이번에도 인정할 수밖에 없었다.

"……괜찮네."

"그렇지? 이 정도면 아무리 오선미가 눈이 높아도 별소리 안 할 거다. 다른 슈트도 입어 볼까?"

"남색으로 줘 봐."

태석이 허리띠를 풀고 바지를 내렸다. 그때 문이 열리고 소영이 들어왔다. 그녀는 거실에 모여 있는 시커먼 형사들을 보고 걸음을 멈췄다. 태석은 팬티를 드러낸 채 얼어붙었다.

엉거주춤 멈춰 섰던 소영이 인사를 했다.

"아, 안녕하세요."

병철이 투우사처럼 슈트를 펼쳐 태석의 아랫도리를 가렸고 다른 형사들은 병풍처럼 태석 주위를 둘러쌌다. 그들은 한꺼번에 외쳤다.

"안녕, 소영아."

"많이 컸구나."

병철이 억지 미소를 지으며 말했다.

"아저씨들 금방 갈 테니까 잠깐만 나가 있을래?"

"예."

소영은 도망치듯 돌아서 나갔다. 병철이 태석의 멱살을 잡고 흔들며 성질을 부렸다.

"이 새끼야, 방에 들어가서 갈아입었어야지!"

태석은 머리가 앞뒤로 흔들리는 와중에도 소영에 대해 생각했다. 문이 닫히기 직전 소영이 살짝 웃는 것을 봤기 때문이다. 그리고 그 이유를 생각하다가 문득 깨달았다. 그는 소영이 준 팬티를 입고 있었다.

저 녀석, 설마 진짜로 나한테 마음이 있나?

무심한듯
시크하게

조현욱은 다니엘 정이란 이름에 인터넷 보안 전문가, 미시시피주립대학 졸업, 스톡옵션만 오백만 달러라는 가입 신청서를 보더니 땅이 꺼져라 한숨을 쉬었다. 그러다 태석과 병철의 얼굴을 노려보며 말했다.

"들키면 뒷감당은 두 분이 하시는 겁니다."

"그럼요. 전혀 걱정하지 마세요. 저희가 누굽니까. 공권력입니다."

태석은 시원하게 대답했다. 하지만 그는 일이 커지면 조현욱의 바짓가랑이를 잡고 늘어질 계획을 짜고 있었다. 그게 바로 공권력의 특징이니까. 남의 탓⋯⋯.

조현욱은 회원 등록에 대한 결제가 떨어지자마자 오선미에게 전화를 걸었다. 병철과 태석이 오선미를 만나는 날까지 매일 회사로 찾아와서 들들 볶을 위인들이란 사실을 깨달은 것이다.

"대단한 사람입니다. 직접 만나 봤는데 아휴, 아주 매력 있어요. 예, 압니다. 얼마 전 일로 실망 많으신 거. 저희도 죄송하게 생각하고 있습니다. 하지만 사랑으로 얻은 상처, 사랑으로 푸시는 게 낫지 않을까요? 정말 커플 매니저로서의 제 경력을 걸고 말씀드립니다. 아주 괜찮은 분이에요."

현욱의 피를 토하는 듯한 열변도 효과가 없었다. 그는 전화를 끊으며 두 사람의 눈치를 보았다.

"이거 어쩌죠? 안 한다는데요. 다른 아가씨로 알아볼까요?"

"지금 우리랑 장난하냐? 집으로 전화해, 인마."

현욱은 오선미의 어머니와 장시간 통화를 했다. 그는 정태석이 빌 게이츠, 스티븐 잡스의 후계자인 것처럼 허풍을 쳤고 결국 그녀의 귀를 솔깃하게 만드는 데 성공했다. 오선미의 어머니가 딸에게 전화하

고 선미가 다시 현욱에게 전화하는 복잡한 과정 끝에 마침내 합의가
이루어졌다.

현욱은 지친 목소리로 말했다.

"약속 잡았어요. 내일 오후 두 시."

그날 밤, 형사들은 단골 삼겹살집에서 다시 만났다. 팀장은 걱정이
되는지 몇 번이고 계획을 반복해서 설명했다.

"내일 할 일은 알고 있지?"

"알아요. 오선미의 마음에 든다, 핑계를 대고 오선미 차를 얻어 탄
다, 차에 마약이 있지 않은지 확인한다."

태석은 품속에서 작은 병을 꺼내 흔들었다. 저승사자가 준 약물로
헤로인 성분과 닿으면 푸른색으로 변할 거라고 했다.

팀장이 엄숙하게 선언했다.

"잘해야 된다. 이번 일 실패하면 나 잘릴지도 몰라. 위에 있는 놈
들이 나 퇴물 취급하는 거 너희들도 알고 있지? 반드시 성공해서 내
가 그놈들 앞에서 눈 부라릴 수 있도록 도와주라. 알겠냐."

"알았어요, 알았어."

병철이 끼어들었다.

"너무 자신만만하게 보여도 안 좋아. 오선미처럼 콧대 높은 애한테
는 더 그래. 잘난 놈을 너무 많이 봤거든. 네가 얼마나 잘났는지 설명
하기 시작하면 분명히 딴생각할 거다. 집에서 키우는 고양이나 인터
넷 쇼핑 같은. 그보다는 시크하게 보이도록 노력해."

"시……크? 그게 뭔데?"

"언제나 자신감에 넘치지만 오만해 보이지는 않는 남자. 대충 입고
나온 것 같지만 자세히 보면 세심하게 고른 옷을 자신만의 센스로 멋
지게 소화한 남자. 타인의 시선을 신경 쓰지 않으면서도 주위 사람들

에 대한 사소한 배려를 잊지 않는 따뜻한 남자. 한마디로, 무심한 듯 시크하게. ……이 정도만 설명해 두지.”

“뭐야, 그거. 무서워. 이중인격자잖아.”

“어쨌든 그렇다고. 근데 저녁은 어디서 먹을 거냐?”

“몰라. 어딜 가야 되는데?”

김 형사가 대꾸했다.

“너 여자 많이 만났으니까 알 거 아냐. 이 가게 정도면 괜찮겠다 싶은 곳, 그런 데 데려가면 되잖아.”

“그런 데 없는데.”

형사들은 모두 동작을 멈추고 태석을 쳐다보았다. 뭔가 이상하다. 하루가 멀다 하고 여자를 갈아 치운 놈이 단골 가게도 없다고?

병철이 물었다.

“너 평소에 여자 만나면 어디서 밥 먹는데?”

“여자가 가자는 데로 가지. 값이 터무니없이 비싸다거나 내가 싫어하는 음식만 아니면.”

“넌 어디 가자고 한 적 없고?”

“가끔 먹고 싶은 거 있으면 가자고 할 때도 있지. 내장탕, 해장국, 소머리국밥, 곱창진골, 감자탕…….”

“잠깐만. 여자애들이 그런 거 싫어하지 않니?”

“모르겠는데. 싫으면 싫다고 했겠지. 아, 가끔 딴 데 가자고 하는 애들 있긴 하더라. 근데 사람이 음식 투정하면 안 되잖아. 몸에 좋은 거니까 먹으라고 성질내면 다 먹더라.”

병철은 불안한 얼굴로 물었다.

“넌 싫어하는 음식 없어?”

“당연히 있지. 거 있잖아, 코 큰 애들이 만든 거. 스파게티라든가 피자라든가, 느끼하고 양 적고 값 비싸고 그런 게 싫지. 짜증 나. 생선은 비린내 나서 싫고, 초밥 같은 건 더 싫고, 카레니 뜸양꿍이니 하는 동남아 음식도 마음에 안 들어."

"여자애가 그런 걸 먹자고 하면 뭐라고 하나?"

"그냥 각자 먹고 밖에서 만나자고 해. 전에 변성수가 오선미 만난 카페 있지? 거기 데리고 간 애랑 그날 헤어졌잖아."

"너 조금 전에 음식 투정을 하면 안 된다고 하지 않았니?"

"다르지. 이건 음식 투정이 아니라 개인적인 취향이니까."

분위기가 차갑게 식었다. 형사들은 눈빛을 교환했다. 남이 하면 불륜이고 내가 하면 사랑이다 이건가? 알고 보니 입맛 까다로운 놈이네. 그런데 어떻게 그렇게 여자를 쉽게 꼬셨지? 반반한 외모 때문에? 아니면 말을 잘하나?

김 형사가 물었다.

"여자 만나면 무슨 얘기 하는데?"

"별 얘기 안 하는데. 그냥 가만히 있으면 걔들이 이것저것 떠들더라고. 나야 뭐, 그냥 듣는 거지. 가끔은 혼자 떠들다가 우는 애들도 있다. 왜 우는지는 모르겠지만…… 어깨 몇 번 토닥이고 술 한 잔 따라 주면 고맙다고 좋아하는데 그럼 그날 게임은 끝난 거지."

죽음과 같은 침묵이 흘렀다. 연애 한번 해 보려고 미팅에, 소개팅에 발바닥에 불이 나도록 뛰어다니고 재미있는 이야기를 서른 개씩 준비해도 인생 대부분을 솔로로 보냈던 그들이다. 태석처럼 하고도 여자를 사귈 수 있다는 사실이 믿기지 않았다.

병철이 떨떠름한 어조로 물었다.

"항상 그래? 네가 아무 말 안 해도 싫어하는 애는 없고?"

"처음에는 거의 없는데 한 세 번쯤 만나면 그때부터 내 인생에 대해 알고 싶어 하데. 근데 옛날 얘기하고 그러는 것도 웃기잖아? 뭐 대단한 얘기라고. 그냥 다 구질구질하지. 나 옷 입는 거, 말하는 거, 밥 먹는 거에 대해서도 어쩌고저쩌고하는데…… 남의 인생에 너무 깊숙이 들어오려는 것 같아 부담스럽고. 그럼 그냥 연락 끊어."

이 새끼야말로 진짜 무심하구나. 형사들은 태석이 여자를 오래 못 만난 이유를 깨달았다. 여자를 사귈 생각이 아예 없는 놈이다. 그래 놓고 결혼을 전제로 한 연인 관계를 꿈꾼다고? 지나가던 개가 다 웃을 얘기다.

팀장이 말했다.

"태석아. 연애란 건 말이야, 서로한테 맞춰 가는 거야. 너 먹고 싶은 것만 먹고 너 하고 싶은 대로만 하면 어떻게 연애가 되나."

"맞춰 주고 싶을 만큼 마음에 드는 애가 없어서 그랬죠. 얼굴 보고 사귀면 성격이 마음에 안 들고 성격 보고 사귀면 몸매가 마음에 안 들고……. 솔직히 다들 그렇잖아요. 안 그래요?"

형사들은 저 새끼 여러 대 때려 줄까, 하는 눈빛을 교환했다. 팀장이 유혈 사태를 막으려는 듯 헛기침을 하고 입을 열었다.

"세상에 완벽한 사람은 없다. 태석이 너만 해도 전혀 안 완벽해."

"알아요, 알아. 저도 완벽한 여자를 바라는 거 아니에요. 객관적으로 보기에는 떨어지는 부분이 있더라도 제 눈에는 다 예뻐 보이는 그런 여자를 만나고 싶다는 거죠."

"그게 완벽한 거지."

"에? 정말요?"

"그래. 그리고 그런 여자는 어디에도 없단 말이다. 누구나 조금씩은 문제가 있어."

"그럼 최대한 제 이상에 근접한 여자를……."

"그런 여자 없다니까. 아무튼 내일은 어쩔 거냐?"

"오선미한테 맞춰야죠. 수산데."

태석은 당연한 거 아니냐는 어조로 대답했다. 조마조마하던 형사들이 한꺼번에 말을 쏟아 냈다.

"잘 생각했다."

"오선미면 퀸카지. 열심히 하자."

"네 인생에 다시없을 기회야."

마지막으로 팀장이 정리했다.

"오선미 마음에 들도록 최선을 다해라. 남녀 관계는 첫인상이 중요해. 상대방 눈에서 시선을 떼지 않고 허리 꼿꼿하게 펴고 목소리도 당당하게, 절대 꿀리지 마라."

"알아요, 알아. 내가 초등학교 때부터 그런 건 잘했어요."

"그땐 싸우려고 그랬을 거 아냐……."

언더커버 undercover

약속 장소는 웨스턴조선의 커피숍이었다. 조현욱이 먼저 와서 기다리고 있었다. 그는 정장 차림의 태석을 보고 안도했다.

"윈드브레이커에 추리닝 바지 걸치고 오시는 게 아닌지 걱정했는데 다행이네요. 좀 시크해 보이시는데요."

"그거 유행이니? 다들 왜 시크 타령이야?"

"사실은 좀 시났죠. 이삼 년 선에 패션 잡시에서 유행하넌 발이니까. 솔직히 어느 나라 말인지도 잘 모르겠어요. 뭐, 어쨌든 시크해지고 싶은 건 누구나 마찬가지 아니겠어요? 남의 시선을 신경 쓰지 않고 어떤 일에도 초연한 멋쟁이. 좋잖아요."

"슬플 땐 펑펑 울고 화나면 성질을 부려야 풀리는 거야. 속은 부글부글 끓는데 실실 웃는 인간이 이상하지."

"속이 부글부글 끓지 않는 경지에 올라야 진짜 시크한 거죠."

"누가 그러는데? 달라이라마? 교황? 지리산에서 삼십 년 도 닦으면 그렇게 되냐?"

현욱은 정색하며 말했다.

"오선미 씨가 시크하죠. 거짓말이 아니라 진짜로. 몸매 좋고 옷 끝내주게 잘 입죠, 말하는 거나 생각하는 건 또 얼마나 쿨한데요. 변성수 씨 잡혀가고 난 다음에도 저희한테 항의 한마디 안 하셨다니까요."

"그러니까 의심스럽지. 개도 도 안 닦았잖아? 근데 왜 화를 안 내? 이상하지?"

"형사님이랑 도에 대해 얘기하고 싶진 않고요. 한 가지만 말씀드리면, 지금 시간 낭비하시는 거예요. 오선미 씨, 절대 범죄에 연관되어 있을 사람이 아니에요."

"그건 모르는 거고. 근데 여기 커피값이 만 원 넘는다면서? 왜 이런 데로 약속을 정했어? 경찰서 근처 커피 가게에서 만나면 안 되냐?"

태석이 예민하게 구는 데는 이유가 있었다. 이번 작전은 상부의 재가를 받지 않고 진행되는 것이다. 결국 형사들이 십만 원씩 내서 수사비를 충당하기로 했다. 태석은 가급적 돈을 아껴서 자기 몫의 십만 원은 쓰지 않을 생각이었다.

조현욱은 사정 좀 봐 달라는 듯 손을 비볐다.

"그래도 노블레스클럽이잖아요. 무슨 도떼기시장 탐방도 아니고 사람들 북적거리는 데서 어떻게 미팅을 해요."

태석은 직원을 불러 메뉴판을 받았다. 들은 대로 혀를 내두를 정도로 비싼 가격이었다. 커피 한 잔에 만 원이 넘다니, 이런 곳에서 커피 먹는 인간들은 모두 집중적으로 세무조사를 실시해야 한다는 생각밖에 안 들었다. 그는 그나마 싼 에스프레소를 주문한 뒤 메뉴판을 덮고 현욱에게 다짐을 받았다.

"넌 커피 안 시켰지? 앞으로도 시키지 마라. 보약 먹어서 카페인 들어간 음료는 못 먹는다고 하고 물만 마셔."

"정 형사님. 저희 아버지가 돌아가시기 전에 그러셨어요, 돈 없다고 아끼면 사람이 쪼그라든다고. 힘들수록 통 크게 쓰고 다녀야 돈이 모이는 거래요."

"나 돈 모을 생각 없으니까……."

태석은 말을 멈췄다. 조현욱의 어깨 너머로 오선미가 보였기 때문이다. 뛰어왔는지 양 볼이 빨갛다. 태석은 모른 척 바닥을 내려다보며 현욱에게 속삭였다.

"왔다, 왔어."

현욱은 뒤를 돌아보더니 오선미를 향해 손을 흔들었다.

"선미 씨, 여깁니다!"

또각또각, 하이힐 소리가 가까워졌다. 태석은 조마조마한 마음으로 오선미를 쳐다보았다. 경찰서 앞에서 만난 것을 시작으로, 한 달 남짓의 미행 동안 서너 번 그녀와 마주쳤다. 혹시 알아보지나 않을까 걱정했는데 다행히 그런 것 같지는 않았다.

태석은 정중하게 인사했다.

"정태석입니다."

"오선미예요."

두 사람은 악수하고 자리에 앉았다.

조현욱은 경험 많은 커플 매니저답게 능숙하게 분위기를 이끌었다. 약간의 농담을 섞어 가며 태석과 선미를 소개하고 많은 회원 중에 두 사람이 천생연분이라고 생각한 이유를 설명했다. 물론 처음부터 끝까지 거짓말이었다. 분위기가 어느 정도 화기애애해지자 현욱은 약속이 있다고 일어났다. 물론 테이블 밑으로 태석이 세 번이나 발길질을 날린 결과였다.

커피숍에는 태석과 선미만 남았다. 어색한 침묵도 잠시, 태석이 먼저 입을 열었다.

"대학에서 역사를 가르치신다고요?"

"예."

"젊은 나이에 벌써 교수라니 대단하신데요. 학교 다닐 때 공부 잘하셨나 봐요."

"교수가 아니라 아직 강사예요."

"에이. 곧 교수님 되실 텐데요, 뭐. 미리 부른다고 세금 내는 건 아니죠?"

나름 농담을 해 본 것인데, 선미는 아무 말 없이 태석의 얼굴을 가만히 쳐다보기만 했다. 태석이 얼굴에 뭐가 묻었나 걱정하기 시작할 때 그녀가 말했다.

"죄송하지만 이만 가 봐야겠어요."

응? 갑자기 무슨 소리야? 태석이 멍청하게 선미를 바라볼 때 그녀는 핸드백을 챙기며 일어섰다.

"태석 씨랑은 인연이 아닌 것 같아서요. 다른 분들이 강하게 권유해서 나오긴 했는데 아무래도 아닌 듯싶네요. 예의에 어긋나는 건 압니다만 시간 낭비를 하는 것보단 일찍 끝내는 편이 낫지 않겠어요? 정말 죄송합니다."

그리고 깍듯하게 고개를 숙였다. 태석은 딱딱하게 굳었다. 지금 일어나는 일을 믿을 수가 없었다. 지금 내가 차인 거야? 그런 거야? 태어나 처음으로 성의 있게 여잘 상대할 마음을 먹고 나왔더니, 오 분도 안 돼서 차이고 만 거야? 그런 일이 가능해?

다른 때라면 별수 없다고 생각하며 집에 갔을 것이다. 가는 여자 잡지 않고 오는 여자 막지 않는다는 게 태석의 신조였으니까. 하지만 오늘만은 그럴 수가 없다. 반드시 사건을 해결해야 한다는 필사적인 마음가짐 때문……이 아니라 동료 형사들에게 비웃음 당할 것이 쪽팔려서. 실력이 고작 그것밖에 안 되느냐부터 시작해 온실 속의 화초였다는 둥, 싸움도 못하는 게 이제 여자도 못 꼬신다는 둥 별별 소리를 다들을 게 뻔했다.

제대로 된 연애란 게 이렇게 힘든 건가? 어떻게 시작하자마자 무너져? 그래서 내가 연애를 못했나? 그는 복잡한 마음을 감추려 애쓰며 필사적으로 말했다.

"제가 그렇게 마음에 안 드세요? 오자마자 가실 정도로?"

"그런 게 아니라요. 방금 말씀드렸듯이……."

"다른 약속 있으세요?"

"그건 아니지만 사귈 마음이 없으면서 앉아 있는 것보단……."

"막 오셨는데 잠깐이라도 앉았다 가세요. 여기 커피 맛있거든요. 한 모금도 안 드시고 가면 종업원들도 실망할 거고요. 케이크 좀 주문할까요? 치즈케이크? 아니면 레몬타르트요? 뭐든 말만 하세요. 저 단거 좋아하거든요. 아니면 그냥 커피 마시면서 사람 구경이라도 해요. 아무 말도 안 할게요. 아니, 묻는 말에만 대답할게요. 저 재미있는 농담도 많이 알거든요."

태석은 금방이라도 피를 토할 듯 간절하게 말했다. 십 년 경력의 고문 전문가라도 한번은 망설이게 만들 것 같은, 영혼을 뚫고 나오는 절규였다.

하지만 신미는 고개를 흔들었다.

"정말 죄송해요."

그녀는 다시 한 번 인사하고 돌아섰다.

태석은 반쯤 넋이 나간 채 그녀의 뒷모습을 바라보았다. 진짜 가는 거야? 그런 거야? 병철을 비롯한 동료들의 비웃음 소리가 환청처럼 들려왔다. 오늘의 만남을 위해 온갖 이야깃거리며 농담을 준비했는데 이런 식으로 한마디 꺼내 보지도 못하고 끝날 줄은 몰랐다. 이제야 허무하게 차이는 남자의 심정을 알겠다. 그리고 지금껏 그에게 차였던 여자들의 심정도.

태석은 입술을 깨물며 일어섰다. 여전히 머릿속은 공황 상태였지만 한 가지는 분명했다. 이렇게는 못 끝낸다. 최소한 내가 어떤 사람인지는 보여 주고 끝내야지.

그는 달려가 선미 앞을 가로막았다.

"십 분만 기회를 주세요. 딱 십 분이면 돼요. 여기까지 왔다가 그냥 가면 그것도 시간 낭비잖아요."

사람들의 시선이 두 사람에게로 쏠렸다. 태석은 강아지처럼 촉촉한 눈망울로 그녀를 쳐다보며 마지막으로 간절하게 '예? 십 분만요.'라고 말했다. 선미는 망설였다. 태석은 기대를 품었지만 그녀는 결국 고개를 저었다.

"그런다고 제 생각이 달라질 것 같진 않아요. 죄송합니다."

그리고 그대로 태석을 지나쳐 가 버렸다. 태석은 마네킹처럼 굳어져 서 있다가 자리로 돌아와 털썩 주저앉았다. 그리고 커피를 마셨다. 선미가 손도 대지 않고 가 버린 커피까지 전부 다.

태석은 우울하게 호텔을 나섰다. 변성수는 마약쟁이지만 능력 있는 마약쟁이였다. 하지만 그는 재주도, 능력도 없는 형사 나부랭이에 불과했다. 오선미는 타고난 높은 안목으로 그에게서 패배자의 냄새를 맡은 것이다. 그래서 얼굴만 보고 가 버린 거다. 그런 여자를 잡겠다고 온갖 생쇼를 다 했으니……. 당장 접시 물에 코 박고 죽고 싶을 만큼 창피했다.

태석은 병철에게 전화했다. 내키지 않지만 보고는 해야 하니까.

―왜 벌써 전화해? 화장실이라도 온 거야? 어떻게 됐어? 얘기 잘하고 있지?

"형, 난 아마 안 될 거야."

―갑자기 그게 무슨 소리야?

그때 옆에서 유난히 시끄럽게 경적 소리들이 들렸다. 돌아보니 오선미의 남색 미니쿠퍼가 주차장 입구의 가로대 앞에 서 있었다. 주차 요원이 심란한 표정으로 오선미를 바라보고 있고, 미니쿠퍼 뒤에 줄 지은 자동차들이 돌아가며 경적을 울리는 것이었다. 태석은 무슨 일인가 싶어 전화를 끊고 미니쿠퍼로 다가갔다. 오선미가 당황한 얼굴로 가방에서 잔돈을 찾고 있었다. 태석은 주머니를 뒤져 대신 동전을 내 주었다.

가로대가 올라갔다. 오선미는 무슨 말을 해야 할지 모르겠다는 표정으로 머뭇거렸다. 그때 뒤에 선 자동차들이 한꺼번에 경적을 울렸다. 태석은 부처님처럼 자애롭게 웃으며 가볍게 손을 흔들었다. 빨리 가 보시라고. 그는 이제 완전히 마음을 비운 상태였다. 그야말로 달라이라마도 부럽지 않을 정도다.

미니쿠퍼가 골목 밖으로 빠져나갔다.

세상일이란 언제나 기대를 배신하는 방향으로 흘러간다. 태석이 오선미에 대한 기대를 접자마자 그녀가 길가에 차를 댄 채 그가 나오기를 기다리고 있었던 것처럼.

조수석 창문이 내려가고 오선미가 얼굴을 내밀었다.

"방금 일 고마워요."

"별거 아닌데요. 주머니에 동전이 몇 개 있었거든요."

"어디로 가세요?"

"집에요. 방금 약속이 깨졌거든요."

태석은 약속을 깨뜨린 당사자인 선미를 힐끔 쳐다보았다. 오선미는 어색한 미소를 짓더니 차 문을 열었다.

"타세요. 가시는 곳까지 태워 드릴게요."

태석은 망설였다. 이걸 타도 되나? 과거의 태석이라면 차 문을 걷어차며 '너 나랑 장난치냐? 혼 좀 나 볼래?' 라고 외쳤을 것이다. 하지만 지금은 쓸데없이 자존심을 세울 때가 아니다. 그는 한숨을 쉬며 차에 올랐다.

태석은 슬쩍 차 안을 살폈다. 어딘가에 변성수의 사진이라도 붙어 있지 않을까 기대했지만 그런 건 없었다. 하긴, 일이 그렇게 쉽게 풀릴 리가 없지.

선미는 묘한 눈으로 태석을 쳐다보며 물었다.

"그런데 아깐 화 안 나셨어요? 맞선 장소에 안 나왔으면 몰라도 나오자마자 그만 가겠다고 했는데요. 전 커피를 얼굴에 맞을 각오까지 했어요."

태석은 고개를 흔들었다. 시크하다는 게 무슨 뜻인지 아직 잘 모르지만 무슨 일에도 화내지 않고 허허허 웃으며 넘기는 것이라면 그는 지금 대한민국에서 제일로 시크한 남자였다.

"아니에요. 새로운 사람 만나는 거 보통 피곤한 일이 아니잖아요. 그만두고 싶을 수도 있죠. 이해해요. 오히려 제가 잘못했죠. 사람이 그렇게 많은 데서 붙잡고 십 분만 있다가 가라고 노래를 불렀으니. 많이 부끄러우셨죠?"

"아뇨. 사실은……."

오선미는 웃음을 참는지 살짝 입술을 깨물고 말을 이었다.

"그건 좀 재미있었어요. 그 전의, 미리 부른다고 세금 내는 거 아니라고 한 말씀은 영 식상했지만요. 사실 전 직감을 믿거든요. 첫눈에 딱, 하고 불꽃이 튀어야 하는데…… 태석 씨에겐 그렇지 않았어요."

"그러니까요."

"예? 뭐가 그래요?"

태석은 말했다.

"저도 직감을 믿어요."

"정말요?"

무심한듯
시크하게

"예. 선미 씨를 처음 보는 순간 찌르르 등허리가 울렸어요. 그래서 그냥 보내기 싫었던 것 같아요. 그래서 말도 안 되는 떼를 쓰고 그런 거죠. 제가 사실은 굉장히 재미있는 사람인데 가끔 개그에 실패할 때가 있거든요. 원숭이도 나무에서 떨어질 때가 있다고 하잖아요. 제 첫 개그가 망한 개그였던 게 아쉽네요. 알고 보면 제가 아주 유머러스하고 사람도 아주 진국인데. 제가 하는 말이 아니라 친구들이 그래요. 처음부터 다시 시작해 보는 건 어때요? 진짜 잘할 자신 있는데."

선미는 대답하지 않았다. 하지만 입가에 여전히 미소가 맺힌 걸로 봐서 기분이 나쁜 것 같진 않았다. 태석은 은근한 기대를 품으며 한 번만 더 시도해 보기로 했다. 어차피 한 번 차였다. 한 번 더 차인다고 해서 특별히 더 부끄러울 것도 없다.

"배고프지 않으세요?"

"예?"

"사실은 일이 잘 풀릴 줄 알고 식당을 예약했는데 밥이나 먹고 가면 어떠실까 해서요."

태석은 말을 멈추고 눈치를 보았다. 선미는 태석을 곁눈질했고 두 사람의 시선이 딱 마주쳤다. 태석은 그가 지을 수 있는 최대한의 불쌍한 표정을 지으며 말을 이었다.

"그냥 두 명 예약했는데 혼자 가기 창피해서 그래요. 조용히 밥만 먹겠다고 약속할게요."

선미는 잠시 생각하다가 말했다.

"어느 식당인데요?"

됐다. 태석은 쾌재를 불렀다. 이 정도면 반은 넘어왔다고 봐도 무방하다. 그가 예약한 곳은 종로타워 꼭대기에 있는 '탑클라우드'. 김 형사가 야경이 끝내준다고 적극 추천해 정한 곳이다. 서울 시내가 한 눈에 내려다보이는데 날씨가 좋은 날이면 황홀 그 자체란다. 그곳에서 아내에게 청혼하고 준비한 반지와 꽃다발을 건네줬다며 분위기가 아주 뜨거웠다고 했다.

김 형사는 말했다.

"여덟 시 반인가 지나면 바bar로 변해. 그때부터는 술을 마실 수 있으니까 독한 칵테일 두어 잔으로 녹다운시켜 버려."

태석도 이름은 들어 본 곳이었다. 수도권에 사는 연인의 절반은 거기서 청혼을 하거나 기념일 이벤트를 하는 것 같았다. 수상한 건, 야경이 아름답다는 얘기는 있어도 밥맛이 어떤지 얘기하는 사람은 한 번도 본 일이 없다는 점이었다. 태석은 물었다.

"밥은 맛있어?"

김 형사는 당연한 거 아니냐는 눈빛으로 대답했다.

"신라호텔에서 만든 거야."

아니 그래서 밥이 맛있냐니까. 태석은 식사의 질이 궁금해 계속 캐물었지만 팀장이 인상을 쓰며 '주는 대로 처먹어!' 라고 말하자 입을 다물 수밖에 없었다. 팀장은 점점 신경질적으로 변해 가고 있었다. 이번 일로 진퇴가 결정되기 때문이리라.

태석은 자신 있게 말했다.

"종로에 있는 탑클라우드 예약해 뒀는데 괜찮으세요?"

"이름은 많이 들어 봤는데. 거기 요리는 잘하나요?"

태석은 말문이 막혔지만 곧 가슴을 쭉 펴며 대답했다.

"신라호텔에서 만들었고 야경이 끝내준답니다."

그들은 탑클라우드에서 저녁을 먹었다. 애피타이저와 디저트는 뷔페 형식이었고 메인 메뉴만 주문하면 됐다. 태석은 소고기스테이크를, 선미는 도다리구이를 골랐다. 두 사람은 저녁을 먹으며 이야기를 나눴다.

"강의는 이번 학기만 할 생각이에요. 그런 다음 일 년 정도 쉬고 싶어요."

"왜요?"

태석은 아무렇지 않게 대꾸했지만 머릿속으로는 마약을 팔러 다닐 작정인가, 하는 생각에 바짝 긴장했다.

선미는 어깨를 으쓱했다.

"특별한 이유는 없고…… 그냥 피곤해서요, 사는 게."

"좋은 생각입니다. 기분 전환이 필요할 땐 새로운 친구를 사귀는 것도 좋아요. 피서지처럼 청량하고 농담 잘하고 재미있는 사람. 예를 들면 저 같은 사람요. 진국!"

선미가 부드럽게 웃었다.

"생각해 볼게요."

그녀는 쉽게 틈을 보이지 않았다. 태석은 어떻게든 그녀의 마음에 들고야 말겠다는 결의를 다졌다. 이제야 처음으로 본격적인 연애의 세계에 뛰어들게 된 것이다.

오선미가 화장실에 간 사이 태석은 핸드폰을 꺼냈다. 병철에게 문자가 와 있었다.

잘되고 있는 거냐?

잘되고 있는 걸까? 태석도 헷갈렸다. 밥 먹으면서 이런저런 이야기까지 나누게 된 걸 보면 잘된 것도 같고, 밥 먹은 다음에 어떻게 될지 모른다는 점을 생각할 때 아닌 것도 같다. 문제는 오선미의 마음인데 그녀가 무슨 생각을 하는지 도통 모르겠다.

하긴, 돌이켜 보면 과거에 만났던 여자들도 무슨 생각을 했는지 모르겠다. 여자의 마음이란 남자의 그것보다 훨씬 복잡하다.

그때, 현경에게 전화가 왔다. 태석은 심장이 철렁 내려앉는 기분이었다. 타이밍 한번 기막히네.

현경은 지난 한 달 내내 전화를 하고 문자를 보냈다. 물론 태석은 한 번도 전화나 답문을 하지 않았다. 하지만 전화가 올 때마다 마음 한구석에 양심의 가책이 느껴지는 것도 사실이었다. 그저 스쳐 지나가는 사이였고 인연이 아니라고 생각하면서도.

수신 거부를 할 걸 그랬나? 그래 봐야 다른 번호로 전화해서 결국 통화하는 날이 온다는 사실을 알기 때문에 그냥 뒀는데, 알바는 꿋꿋하게 제 핸드폰으로 전화를 걸고 문자를 보냈다. 이 전화번호로 통화하고야 말겠다는 결의 같은 것마저 느껴질 정도다.

지금까지 무시해 왔지만 언제고 한번은 통화해야 한다는 사실을 그도 알고 있었다. 태석은 화장실을 쳐다보았다. 오선미가 나올 때까진 아직 시간이 있었다. 그녀의 마음에 들기 위해 필사의 노력을 다하고 있었기 때문일까, 알바의 마음이 왠지 전보다 강하게 와 닿았다. 얘 마음도 내가 생각하는 것보다 훨씬 복잡할 거야.

태석은 충동적으로 전화를 받았다.

"어, 현경이니?"

─오빠, 왜 이리 전화를 안 받아. 내가 지금까지 몇 번이나 전화한 줄 알아!

"미안하다. 내가 좀 바빠서 그랬다. 살인 사건 때문에 아주 힘들어."

─지금 사무실이야?

"응. 냄새나는 남자들이랑 같이 있으려니까 아주 죽겠다. 네 얼굴이나 한번 봤으면 좋겠는데."

얼굴 보러 사무실에 오겠다고 하면 큰일이라 태석은 얼른 덧붙였다.

"참, 나 다음 주에 중국 간다."

─중국에는 왜?

"살인 사건 때문에. 유학 갔던 교포가 죽었거든."

─사건 해결하면 오는 거야?

"아니, 그다음에는 중국 공안들한테 수사 이론을 가르치기로 했어. 행동 연구라고 살인범의 심리를 파악하는…… 뭐, 그런 게 있어."

─그래서 언제 오는데?

"한 일 년? 어쩌면 이 년이 될 수도 있고. 약속은 못 하겠다. 내가 다녀와서 전화할게. 그때까지 잘 지내고. 그럼 안녕."

태석은 전화를 끊고 참았던 숨을 내뱉었다. 그는 무거운 마음으로 맥주를 따라 마셨다. 그런데 바로 앞에 누군가의 다리가 보였다. 늘씬한 종아리를 검은색 타이즈로 감쌌고 잘록한 발목 아래 분홍색 플랫 슈즈를 신고 있다. 금방이라도 터질 듯한 허벅지와 휘지 않고 쭉 뻗은 다리가 그야말로 태석의 취향 그 자체였다.

끝내주네. 어디, 얼굴은 얼마나 예쁜가? 고개를 들고 쳐다보니…… 현경이었다. 그녀는 한 손에 핸드폰을 든 채 태석을 노려보고 있었다.

"여기가 사무실이야?"

제일 먼저 망했다는 생각이 들었고 그다음에 어떻게든 수습해야 한다는 생각이 뒤따랐다. 이러다 오선미라도 나타나는 날에는 수사고 뭐고 다 끝장이다.

"잠깐 나가서 얘기하자."

"내가 물은 말에 대답이나 해. 여기가 사무실이야? 아까 같이 있던 여자는 냄새나는 남자고? 남자치고는 좀 예쁘더라?"

태석은 작은 목소리로 말했다.

"조용히 해. 사람들이 본다."

"보면 어때. 보라고 해."

주위에 앉은 손님들 모두 두 사람을 쳐다보고 있었다. 태석은 그저 사랑싸움에 불과하다는 듯 사방을 돌아보며 겸연쩍게 웃었다. 그러다 낯익은 얼굴과 시선이 마주쳤다. 현경의 친구, 희정이다. 그녀는 몇 걸음 떨어진 곳에 서서 전화로 친구들에게 실황중계를 하다가 태석과 눈이 마주치자 어색하게 인사했다.

현경이 삿대질을 하며 물었다.

"너 도대체 뭐하는 놈이야? 내가 그렇게 우습게 보여? 사람을 이렇게 바보로 만들어도 되는 거야?"

그리고 손가락질을 주먹질로 바꿔 태석의 얼굴을 향해 날렸다. 처음에는 그냥 맞아 줄 생각이었지만 손이 보통 매운 게 아니었다. 고춧가루 푼 물을 상처에 대고 뿌리는 느낌이랄까. 더는 안 되겠다는 생각에 태석은 현경의 팔을 잡고 꼭 끌어안았다.

"미안하다, 미안해."

현경은 태석의 가슴을 두들기며 소리쳤다.

"나쁜 자식, 내가 너 같은 놈을 믿고……. 매일 너 다치지 말라고 빌고 네 생각만 하다가, 무슨 일이 생긴 모양이라고 걱정하고! 네가 그러고도 사람 새끼니!"

이제는 식당에 있는 손님들 전부가 뻔하지만 재미있는 일일 연속극을 보듯 그들을 쳐다보고 있었다. 식당의 매니저인 듯한 남자가 바쁜 걸음으로 다가왔다. 점잖은 분들이 여기서 이러시면 안 됩니다, 어쩌고 하려는 거겠지.

태석은 공황 상태에 빠졌다. 아직 수사를 시작하지도 못했는데 일이 이렇게 꼬이다니. 현경은 쉬지 않고 태석의 가슴을 두들겼다. 진정하라고 해서 진정할 상황이 아니다. 차라리 기절시키고 도망칠까.

그때, 화장실 문이 열리고 오선미가 나왔다. 그녀에게 들키면 끝장이다. 태석은 현경을 꼭 붙잡고 기둥 뒤로 슬쩍 이끌었다.

현경이 소리쳤다.

"이거 안 놓을래, 이 자식아!"

태석은 두 손으로 현경의 얼굴을 잡고 키스했다. 현경이 움찔 몸을 떨었다. 단번에 비명도, 반항도 멈췄다. 현경의 입술은 부드러웠다. 매니저는 어쩔 줄 모르는 표정으로 서 있었다. 태석은 천천히 입술을 뗐다. 현경은 너무 놀랐는지 더는 아무 말도 하지 못했다.

"잠깐 나가서 얘기하자."

태석은 현경을 이끌고 야외 전망대로 나왔다.

현경이 난간을 등지고 돌아서서 태석을 노려보았다. 무슨 말이든 해보라는 듯 눈을 부라리면서. 그새 키스의 충격에서 벗어난 모양이다.

태석은 전망대로 오는 십 초 동안 생각해 낸 변명을 늘어놓았다.

"저 여자 마약 사건 용의자야. 지금 마약을 살 것처럼 굴면서 함정수사를 벌이고 있는 거라고. 너 때문에 산통 다 깨질 뻔했지 뭐니."

"그 말을 나더러 믿으라고?"

하긴…… 나라도 안 믿지. 태석은 생각했다. 하지만 사실이라는 게 지금 상황의 특이한 점이다. 어쩔 수 없다. 끝까지 우길 수밖에. 우기고 또 우기고 믿어 줄 때까지 우기는 거다.

"진짜야. 그렇지 않고서야 내가 이런 옷이 어디서 나겠냐. 경찰서에서 협찬, 아니 지급받은 거야. 생각해 봐라. 나 너랑 커플요금제도 안 풀었잖아. 너랑 나랑 커플 맞으니까 그런 거 아니겠니."

사실은 귀찮아서 그냥 둔 것이지만. 현경은 태석의 옷차림을 위아래로 훑어보고서야 한풀 꺾인 음성으로 물었다.

"그런데 왜 전화를 안 받았어……?"

"나도 전화하고 싶었지. 근데 계속 나쁜 놈들이랑 같이 있었어. 괜히 통화하다가 걸리면 무슨 일이 생길지 모르잖아. 나뿐만 아니라 너한테도. 저 여자가 화장실을 간 틈에 얼른 전화를 받은 거야. 그런데 이런 일이……. 휴우, 너한테 정말 미안하다."

태석은 한숨을 쉬는 척 현경을 훔쳐보았다. 그녀의 표정은 매우 미묘했는데 그가 하는 말을 믿는 것 같기도 했고 믿지 않는 것 같기도 했다. 이러다 한 방 맞는 게 아닐까, 위기감이 느껴진다. 거리가 가까워 피하기도 쉽지 않을 것 같다. 그렇다면 먼저 나서는 게 낫지.

태석은 현경의 손을 덥석 잡으며 말했다.

"나 때문에 많이 힘들었지?"

현경은 기다렸다는 듯 태석의 품에 뛰어들었다.

"미안해요, 오빠. 난 그런 줄도 모르고."

"미안하긴. 괜찮아, 괜찮아."

현경을 어르고 달래서 건물 안으로 들어가니 희정이 복도에 서서 핸드폰으로 친구들에게 상황을 보고하고 있었다.

"그렇다니까, 딴 여자 만나고 있었다니까. 세상에! 너무하지? 현경이가 계속 전화했는데 안 받더니 딱 걸렸잖아."

희정의 시선이 문득 태석과 마주쳤다. 태석은 어색한 미소를 지었다. 그녀는 두 사람이 팔짱을 끼고 복도를 지나는 걸 보고 놀란 입을 다물지 못했다.

현경과 희정을 내보내고 식당으로 돌아오니 선미는 디저트로 나온 아이스크림을 먹고 있었다. 그녀는 태석을 보곤 말했다.

"좋은 구경 놓치셨네요."

"죄송합니다. 사업상 꼭 통화해야 할 일이 있어서요. 선미 씨 오기 전에 이야기를 끝내려고 했는데 통화가 길어져서…….”

태석은 빠른 어조로 변명하다가 선미가 무슨 말을 했는지 깨닫고 얼음처럼 굳었다.

“좋은 구경이라뇨?”

“태석 씨 없을 때 누가 이벤트를 했던 모양이에요. 기둥에 붙어서 아가씨에게 키스를 했다는데. 이런 데서 이벤트 하면 오래 기억에 남긴 할 거 같아요.”

태석은 식은땀을 흘리며 주변 사람들을 훔쳐보았다. 일부는 야릇한 미소를 지었고 일부는 모른 척 고개를 돌렸다. 가까이 서 있던 남자 서버는 공범의 미소를 지으며 살짝 고개를 숙였다.

태석은 내심 가슴을 쓸어내리며 자리에 앉았다.

“그거 아쉽네요. 그런 건 꼭 봐야 하는데.”

“회사에 가 보셔야 되는 거 아니에요? 이 시간에 전화한 걸 보면 꽤 급한 일 같은데요.”

“아뇨, 아뇨! 절대 아닙니다. 회사가 망하는 일이 있어도 전화하지 말라고 확실히 못 박아 두고 왔습니다.”

여덟 시가 되자 레스토랑은 바로 변신할 준비를 했다. 제복을 입은 바텐더들이 키운디를 점령했고 조명이 부드럽고 흐릿해졌다. 선미가 그 광경을 지켜보다 말했다.

“그럼 술이나 한잔할까요?”

태석은 기뻐했다.

“그거 좋죠.”

두 사람은 칵테일을 시키고 이야기를 나눴다.

“고마워요. 요즘 계속 기분이 별로였거든요. 그래서 태석 씨한테도 무례하게 굴었는데…… 이렇게 있으니까 괜찮네요.”

“말씀드렸잖아요. 제가 좀 진국이라고.”

당연히 타박을 들을 줄 알았는데 선미는 그를 힐끔 쳐다보더니 고개를 끄떡였다.

"뭐, 그 말도 맞는 것 같네요. 뭐랄까…… 사람 마음을 편하게 만드는 구석이 있어요."

역시 여자를 편안하게 하는 페로몬이 존재하는 걸까. 그가 진지하게 생각에 잠기려는 참에 선미가 물었다.

"조 매니저가 지나치다 싶을 정도로 태석 씨를 추천하던데. 태석 씨한테도 제 추천을 했나요?"

태석은 잠시 머뭇거리다 대답했다.

"아뇨. 사실은 제가 선미 씨 만나게 해 달라고 떼를 썼어요."

"왜요?"

태석은 선미를 똑바로 바라보며 천천히 말했다.

"마음에 들어서요."

이런 질문이 나올 거라 예상했다. 갑작스러운 만남 제의가 이상하게 느껴졌을 테니까. 어젯밤, 다른 형사들과 의논 끝에 뭐라고 대답할지 결정했다. 선미의 얼굴이 살짝 붉어지는 것으로 보아 답이 나쁘지 않았던 모양이다. 그녀가 물었다.

"제가 마음에 드세요?"

"예."

"저에 대해 아무것도 모르시잖아요."

"직감이란 게 있으니까요. 아까 그랬죠? 처음 본 순간 불꽃이 팍, 튀긴다는 표현 들어 보셨어요? 제가 선미 씨 사진을 봤을 때 딱 그랬어요. 안타깝게도 선미 씨는 저한테 그런 감정을 못 느끼시는 것 같지만."

"죄송해요. 하지만……."

"아뇨, 죄송해할 일은 절대 아니고요. 이건 제 문제니까."

"나오기 전부터 고민 많이 했어요. 몸이 안 좋다고 하고 그냥 집에

갈까. 아니, 태석 씨가 마음에 안 들어서가 아니라 피곤해서요. 사람을 만나고 그 사람이 어떤 사람인지 재 보고…… 그런 모든 일들이. 그렇게 생각하지 않으세요?"

"그렇죠. 누구나 가끔 피곤할 때가 있죠."

오선미는 뭔가 할 말이 있는 것처럼 입을 달싹거리다 그만두고 빈 잔을 흔들며 물었다.

"한 잔 더 마셔도 될까요? 이거 맛있네요."

"그러세요."

태석은 은근한 ─속셈은 음흉한─ 미소를 지으며 대답했다.

조 형사가 추천한 '블러디메리'다. 보드카에 토마토주스, 우스터소스, 타바스코와 소금을 섞어 만드는 칵테일. 토마토 향이 강한, 맛있는 칵테일이지만 스피리투스Spirytus(폴란드산 보드카)를 베이스로 쓰면 웬만한 양주보다 독해진다. 스피리투스가 알코올 도수 구십육 도의 독주이기 때문인데, 셰이크 시 공기를 듬뿍 얹는 덕분에 마실 때는 보통의 칵테일로밖에 느끼지 못한다. 흑심을 품은 남자가 데이트용 칵테일로 애용한다는데, 조삐리 주제에 그런 걸 어떻게 알고 있는지 모르겠다.

태석과 신미는 열두 시가 나 돼서 레스토랑을 나섰다. 오선미는 출구에서부터 몸을 제대로 가누지 못해 태석이 부축해 줘야 했다. 가느다란 팔은 지방 하나 없이 탄탄한 근육질이었다. 확실히 체육관을 열심히 다니는 모양이다. 태석은 선미를 미니쿠퍼의 뒷좌석에 눕힌 후 밖으로 나와 병철에게 전화를 걸었다.

"형, 나야. 지금 어디야? 여기 주차장. 그래, 뻗었어. 빨리 와."

태석은 전화를 끊고 다시 차에 탔다. 오선미는 새근거리는 숨소리까지 내 가며 정신없이 자고 있었다.

태석은 그녀를 부축해 똑바로 앉혔다.

"선미 씨? 선미 씨? 일어나세요. 지금 제 회사랑 거래하는 법인의 대리운전 불렀거든요. 그분 오신 다음 출발하면 될 거 같아요."

"지금 몇 시예요? 열두 시? 에이, 이 시간에 단속 없어요. 두 시까지 무풍지대, 무풍지대. 그냥 제가 몰고 가도 돼요."

선미는 운전석으로 움직이려다 털썩 고꾸라졌다. 태석은 선미를 다시 편히 눕히고 앞좌석으로 와 글러브 박스를 뒤졌다. 박스 안에는 주유소에서 나눠 주는 티슈와 휴대용 화장품이 몇 개 들어 있었다. 태석은 그중 하나를 일부러 바닥에 떨어뜨리고는 찾는 척 고개를 숙이며 준비한 약물을 바닥 여기저기에 뿌렸다. 아쉽게도 파란색으로 변하는 부분은 없었다.

더 안쪽에 뿌려 볼까? 그가 의자 아래로 고개를 숙일 때 오선미의 싸늘한 목소리가 귀청을 울렸다.

"정태석 씨, 지금 뭐 해요?"

"예?"

태석은 깜짝 놀라 일어나려다 기어에 머리를 부딪쳤다. 머리를 문지르며 고개를 돌리니 오선미가 딸꾹질을 하며 그를 바라보고 있었다. 어깨를 들썩이며 딸꾹 소리를 내는 모습이 귀여웠다. 태석은 화장품을 흔들며 변명했다.

"휴지를 꺼내려다 이게 떨어져서요. 집으려고 하다 보니 더 깊숙이 들어가는 바람에……."

"정태석 씨는 사랑이 뭔지 알아요?"

취했구나. 뭔가 보고서 하는 말이 아니었어. 태석은 안심했다. 그런데 사랑이 뭐냐고? 태석은 머뭇거리다 ─평소의 태석을 아는 사람이라면 가증스러워 치를 떨 일이지만─ 수줍게 입을 열었다.

"글쎄요. 서로 믿고 의지하고…… 안 보면 자꾸 보고 싶고…… 상대가 행복해지길 바라는 거겠죠?"

무심한 듯
시크하게

"태석 씨 사랑 안 해 봤구나."

오선미는 키득키득 웃기 시작했다. 은근히 마음이 상한 태석이 되물었다.

"그럼 사랑이 뭔데요?"

"사랑은요, 그 사람이 아니면 안 되는 거예요. 단순히 좋아하고 보고 싶은 게 아니라 언제나 그 사람을 갈망하고 그 사람 생각만 하죠. 아무리 심각한 단점이라도 이해하게 돼요. 왜냐면 그 사람이 없으면 안 되니까."

다 큰 어른이 부끄럽지도 않나, 어떻게 저런 말을 할 수 있을까 생각하던 태석은 문득 깨달았다. 단점까지 좋게 보인다고? 그래서 변성수와 사귀었구나! 마약범이지만 좋아해서 어쩔 수 없었다 이거지?

어쩌면 변성수에 대한 얘기가 나올지 모른다는 기대로 태석은 은근하게 물었다.

"무슨 뜻인지 잘 모르겠는데 자세히 말씀해 주시겠어요?"

그런데 대답이 없다. 오선미는 고개를 숙인 채 어느새 잠들어 있었다. 태석은 그녀를 깨우려고 손을 뻗다가 그만두었다. 처음 만난 날 한 이야기치고는 충분히 많았다는 생각에서다.

대신에 오선미의 핸드백을 뒤졌다. 지갑과 삭은 거울, 립밤을 비롯한 화장품 몇 개, 카드 영수증 몇 장이 들어 있었다. 태석은 하나씩 뒤져 보다가 립밤을 집어 들었다. 작은 양철 곽 위에 오렌지에 키스하는 입술이 그려져 있다. 통을 흔들자 툭, 툭, 뭔가가 부딪치는 소리가 들렸다. 통 속에는 작은 알약이 열 개 정도 들어 있었다.

찾았구나. 다 끝났어. 태석은 알약 몇 개를 집어 주머니에 넣었다. 과수 팀에 가져가 분석을 의뢰할 생각이었다.

그때 장갑 낀 손이 유리창을 두들겼다. 깜짝 놀라 긴장했지만 자세히 보니 병철이었다. 태석은 차에서 내렸다. 잠든 선미를 힐끔거리며 병철이 물었다.

"뭐 좀 나온 거 없어?"

"이거."

태석은 알약을 보여 주었다. 병철은 가로등에 알약을 비춰 보더니 살짝 핥았다. 태석이 놀라 소리쳤다.

"형, 뭐해? 그러다 죽어."

병철은 퉤, 하고 침을 뱉으며 말했다.

"이거 수면제야."

"응?"

"수면제라고. 나 칼침 맞았을 때 두어 달 잠을 못 잤거든. 그때 처방받았던 거다. 의사 처방이 있어야 받을 수 있는 약인데, 오선미한테 불면증이 있나 보지?"

태석은 오선미를 돌아보았다. 뒷좌석에 웅크리고 누워서도 쿨쿨 자고 있는 걸 보면 불면증은 아니지 않을까?

병철이 말했다.

"술을 꽤 마신 것 같긴 해도 잠 잘 자네. 네가 편했나 보다?"

"내가 좀 진국이라……."

"뭔 소리야?"

"아니야, 신경 쓰지 마."

병철이 트렁크를 뒤지는 사이 태석은 오선미가 깨지 않는지 감시했다. 삼 분 정도 지났을까. 선미가 신음을 흘리며 눈을 떴다. 태석은 병철이 들으라고 큰 소리로 말했다.

"선미 씨, 정신이 좀 나요?"

선미는 숙취를 느끼는지 얼굴을 찡그리며 고개를 끄떡였다. 태석은 트렁크 쪽을 보지 못하게 선미의 시선을 가린 채 말했다.

"괜찮아요? 날 좀 보세요. 이게 몇 개로 보여요?"

똑. 똑. 병철이 창문을 두들겼다. 태석은 창문을 내리고 선미에게 들리도록 큰 소리로 말했다.

"대리 기사님 맞으시죠? 왜 이리 늦으셨어요?"

"죄송합니다. 차가 막혀서요."

태석은 다시 선미를 돌아보았다.

"기사님 오셨네요. 제 회사랑 거래하는 곳 기사님이니까 안심하셔도 되고요. 조심해서 들어가세요. 제가 내일 연락드릴게요."

선미는 얼굴을 찡그린 채 간신히 알겠다고 대답했다. 태석이 차에서 내릴 때 병철은 바닥에 놓인 스포츠 백을 가리키며 귓가에 속삭였다.

"저거, 트렁크에 있더라. 과수 팀에 가져다줘라."

태석은 심장이 쿵쾅쿵쾅 뛰는 것을 느꼈다.

차가 주차장을 빠져나가자, 태석은 배고픈 늑대처럼 스포츠 백에 달려들었다.

진짜 마약일까? 설마 하루 만에 사건이 끝나나?

그는 기대에 부풀어 스포츠 백을 열었다가 지독한 냄새에 고개를 돌렸다. 가방 안에는 땀에 전 운동복과 양말 몇 개가 들어 있었다. 하긴, 마약이었으면 병철이 그냥 안 가고 오선미를 바로 체포했겠지. 그런데 이런 화생방무기 같은 물건을 왜 트렁크에 넣고 다녀?

그때 누군가의 그림자가 나타났다 사라졌다. 태석은 가방을 등 뒤로 감추며 고개를 들었다. 회색의 콘크리트 기둥이 보였다. 저 뒤에 숨었나? 누구지? 혹시 변성수? 아니면 초록색 추리닝?

주차장은 쥐 새끼 한 마리 없이 고요했다. 그와 기둥 뒤에 숨어 있는 자 외에는 아무도 없다. 다시 말해 비명을 지르더라도 도와주러 올 사람이 없다는 뜻이다.

태석은 천천히 뒷걸음치며 허리춤을 더듬었지만 삼단쇠봉은 거기 없었다. 슈트로 갈아입을 때 빼 놓은 걸 깜빡한 것이다. 태석은 마음 속으로 혀를 찼다. 잘못하면 진짜 큰일 나겠군.

이럴 때일수록 당당하게 나가야 한다. 뭔가 있는 것처럼. 그는 큰 소리로 외쳤다.

"거기 누구야! 당장 튀어나와! 대가리 부서지기 전에!"

잠시 정적이 흐르다 현경이 모습을 드러냈다. 태석의 눈이 휘둥그 레졌다. 그녀가 숨어 있을 줄은 생각도 못 했다. 현경이 쭈뼛쭈뼛 태 석을 향해 걸어왔다.

"오빠, 미안해요. 저 때문에 놀라셨어요?"

"그래! 놀라 죽는 줄 알았다. 너 여기서 뭐하니?"

현경은 죽어 가는 목소리로 말했다.

"오빠가 진짜 함정수사 중인가 확인하려고……. 희정이가 자꾸 오 빠가 거짓말 치는 거라고 그래서…… 얼마나 바보면 그런 말도 안 되 는 소리를 믿는 거냐고 그러잖아요. 놀라게 해서 진짜 미안해요, 오 빠. 그냥 숨어서 보다가 가려고 했어요."

"그래서 어디서부터 봤는데?"

"어떤 아저씨가 트렁크 뒤지는 거요."

태석은 안심했다. 그녀가 훔쳐보고 있어 줘서 다행이다. 함정수사 를 하고 있었음을 증명할 필요가 없어졌으니까. 이제 그가 무슨 이상 한 소리를 해도 현경은 철석같이 믿어 줄 것이다.

"내가 말했잖아. 위험한 일이라고, 가까이 오지 말라고. 저 여자가 어떤 여잔지 알아? 얼굴만 예쁘지 뱃속에는 독사가 들었어. 저 여자 쫓 다가 실종된 사람만 셋이야. 이러다 너까지 다치면 어쩌려고 그래."

"미안해요, 오빠. 난 그런 줄도 모르고 오빠 원망 많이 했어요. 인 터넷에서 파는 저주 인형도 사다가 콕콕 찌르기도 하고……."

태석은 인자하게 웃었다. 뭐, 그 정도야 이해할 수 있다.

무심한듯
시크하게

"괜찮아. 갑자기 연락을 끊은 내 잘못이 크지."

"경찰서 홈페이지에 민원을 넣을 생각도 했어요."

"너 미쳤니? 그건 절대 안 된다!"

"안 그랬어요. 아직은요."

"그래. 흠흠. 절대 그러지 마라."

태석은 헛기침을 했다. 지금은 흥분할 때가 아니다. 어떻게든 잘 다독여서 집에 돌려보내야 오늘부터 발 뻗고 잔다. 그는 현경의 얼굴을 쓰다듬으며 부드럽게 말했다.

"아무튼 내가 지금 함정수사 중이니까 당분간 찾지 마. 전화도 문자도 해서는 안 돼. 그냥 다 잘될 거라고 생각하고 기다려."

"그럼 우리 언제 만나요?"

"내가 일 끝나면 연락할게. 걱정 마. 안 다칠 자신 있으니까."

현경은 눈물을 흘리며 태석의 품에 안겼다. 태석은 현경의 어깨를 토닥여 주었다.

"그리 오래 안 걸릴 거야. 일이 년이면 충분해. 그때까지 공부 열심히 하고 대학에서 기다리고 있어. 절대 먼저 전화하지 마. 잘못해서 그놈들이 옆에 있을 때 통화하면 너와 나 둘 다 다칠 수가 있으니까."

젊은 아가씬데 그 전에 남자 친구가 생기겠지. 태석의 바람이자 기대였다. 최악의 경우라도 일 년은 벌 수 있을 거야.

현경이 입술을 깨물었다.

"너무 분해요."

"뭐가?"

"왜 하필이면 오빠예요? 오빠가 아무리 잘생기고 젠틀해도 그렇지, 어떻게 이런 위험한 일에 밀어 넣을 수가 있어요? 여자 친구도 있는 사람을."

"네 말대로 나 같은 사람이 워낙 부족하다 보니까. 나라도 나서지 않으면 세상이 어떻게 되겠니. 그러니까……."

현경의 따뜻한 입술이 태석의 말을 막았다. 태석은 0.1초 정도 망설였지만 곧 현경의 얼굴을 잡고 키스했다.

열렬하게.

◦◦◦◦◦◦

전화벨 소리가 귀청을 때렸다. 태석은 이불 속에 머리를 감추고 고문이 끝나기를 기다렸지만 벨 소리는 지구 최후의 날까지 계속될 듯 이어졌다. 태석은 견디지 못하고 전화기를 집어 들었다. 귀에 익은 여자의 목소리가 들렸다.

—체크아웃 시간까지 삼십 분, 삼십 분 남았습니다.

태석은 전화기를 내려놓고 주위를 둘러보았다. 낯익은 방이다. 그리고 침대 옆에는 현경이 아주 행복한 표정으로 잠들어 있었다. 태석은 벽에 머리를 박았다. 한 번. 두 번. 세 번. 하여간에 미친놈, 도대체 왜 이러니. 어째 정신을 못 차리니.

현경이 하품하며 눈을 떴다.

"오빠, 일어났어? 왜 그래? 머리 아파?"

"아니, 그냥…… 별건 아니고. 정신 집중이 필요해서."

"자, 뽀뽀."

현경이 입술을 내밀었다. 태석은 엉거주춤 키스를 해 준 다음 옷을 챙겨 입었다. 침대 한구석에 검은색 스포츠 백이 보였다. 아, 맞다. 저걸 과수 팀에 가져다줬어야 하는데. 지금쯤 경찰서는 난리가 났을 것이다.

"나 출근해야 되거든. 넌 좀 더 자다가……."

그는 말을 멈췄다. 얼마 전에도 비슷한 대화를 했던 것 같은 기분이 들어서다.

현경이 고개를 흔들며 말했다.

"안 돼. 오빠랑 나갈 거야."

현경은 경찰서 앞까지 태석을 바래다주겠다고 했다. 그럴 필요 없다고 해도 막무가내였다.

"오늘 아니면 언제 볼지 모르잖아. 오빠, 제발."

태석은 어쩔 수 없이 응낙했다. 그녀는 태석이 본관으로 들어가는 마지막 순간까지 경찰서 정문 앞에서 손을 흔들었다. 모르는 사람이 보면 자수하러 온 남편 배웅 나온 줄 알겠다.

태석은 문틈으로 현경이 언제 가는지 살폈다. 그녀는 오 분 정도 더 있다가 천천히 발걸음을 뗐다.

태석의 기분은 복잡했다. 지금 당장이야 어떻게 넘겼지만 앞으로 현경을 떼어 낼 일이 암담했기 때문이다. 경찰서까지 함께 왔으니 어디에 민원을 넣어야 될지도 가르쳐 준 셈이다. 애가 착하긴 해도 성깔이 있어서 잘못 건드리면 난리가 날 텐데. 이제 어떻게 하지? 그야말로 된통 걸렸다.

사무실에 들어가자 병철이 인상을 쓰며 다그쳤다.

"너 뭐 하다 왔냐? 오늘은 왜 이리 늦었어?"

태석은 말문이 막혔다. 뭐라고 대답해야 하려나? 그렇지 않아도 머리가 복잡한데 더 이상 귀찮은 일을 만들고 싶지 않다. 그는 정문 쪽을 가리키며 생각나는 대로 말했다.

"아니, 그게…… 저기 누굴 만나서. 십 년 만에 만난 학교 동창인데."

"알바가 너랑 동창이었냐?"

태석은 멈칫했다.

"봤어?"

"그래, 인마. 경찰서 앞에서 견우직녀 헤어지듯 생쇼를 하는데 어떻게 못 보냐. 너 걔랑 사귀기로 한 거냐?"

"아냐, 그런 거."

"그럼 뭔데?"

"그냥…… 일이 좀 꼬였어. 나중에 자세히 알려 줄게. 팀장은 뭐래? 나 또 늦었다고 뭐라고 안 해?"

병철은 태석이 들고 있는 검은색 스포츠 백을 쳐다보며 혀를 찼다.

"당연히 했지. 증거물을 가져가서 안 오는데 좋아하겠냐. 팀장 말이야, 그 가방에 단서가 있을까 봐 기대가 커. 내가 너 어제 고생 많이 했다고 약 쳐 놨으니까 엄청 피곤한 척해라."

태석은 눈을 깜빡거렸다. 병철이 너무나 선량하게 굴고 있어 오히려 겁이 날 지경이다. 평소의 병철이라면 '너 이 새끼, 어제 또 여자랑 잤지?', '더러운 놈. 네놈의 의지력이 그따위라고 내가 말했지?', '팀장에게 다 이를 거야!' 등등의 악담과 협박을 늘어놔야 정상인데.

태석은 조심스럽게 물었다.

"오선미는 집까지 잘 데려다 줬어?"

"그럭저럭."

병철은 억지로 웃음을 참으며 오선미와 있었던 일을 떠올렸다.

오선미는 이촌동의 고급 주택가에 살았다. 성처럼 높은 담벼락 너머로 백 년 가까이 산 고목이 잎사귀를 늘어뜨리고 중세 유럽의 성문을 연상시키는 거대한 철문 옆으로 웬만한 집보다 큰 개인 주차장이 따로 있는, 웅장한 저택이었다.

병철은 주차장 앞에 차를 세우고 오선미를 깨웠다.

"다 왔습니다."

오선미는 살짝 눈을 뜨더니 한동안 얼굴을 찡그리고 있다가 비틀비틀 차에서 내렸다. 처음에는 사내대장부처럼 우뚝 서서 숨을 들이마셨지만 곧 다리에 힘이 풀려 휘청하고 쓰러졌다.

병철은 깜짝 놀라 오선미를 부축하려다 실수로 가슴에 손을 댔다. 그것도 살짝 스친 것이 아니라 밥사발을 움켜잡듯 제대로 쥐었다. 병철은 깜짝 놀랐지만 손을 뗐다간 선미가 바닥에 머리를 박고 말 터였다. 병철은 가슴을 잡은 채 다른 손을 겨드랑이에 끼워 간신히 오선미를 일으켜 세웠다. 생각보다 묵직하다. 오십삼 킬로 맞아?

오선미는 얼굴을 찡그렸다. 병철이 가슴을 만져서가 아니라 몸을 제대로 가누지 못하는 자신이 짜증 나서인 듯했다. 그녀는 작은 목소리로 말했다.

"고마워요."

선미의 입김은 축축했고 조금씩 술 냄새가 났다. 병철은 십 대 소년처럼 가슴이 콩닥콩닥 뛰는 것을 느꼈다. 선미를 부축해 문 앞까지 데려가자 그녀가 벨을 누르고 인터폰에 대고 외쳤다.

"엄마, 나야! 문 열어!"

곧 문이 열리고 그녀의 어머니가 나왔다.

"선미니? 세상에! 뭔 술을 그렇게 많이 마셨어?"

"엄마, 내가 엄마 사랑하는 거 알지?"

선미의 어머니는 딸의 어깨를 토닥이다 병철을 쳐다보며 물었다.

"누구시죠? 오늘 우리 선미와 만나신 분인가요? 실례지만, 올해 나이가……?"

"대리운전 기산데요."

그녀는 나직하게 '휴, 다행이다.'라고 중얼거렸다. 병철은 선미를 현관까지 부축해 들어갔다. 널따란 정원 한구석에서 짐승의 안광이 형형하게 빛났다. 셰퍼드니 도베르만이니 하는 경비견인 모양이다. 개들은 불청객을 물어뜯으라는 주인의 명령을 기다리며 낮게 으르렁거렸다.

선미의 어머니는 병철에게 수고했다고 십만 원짜리 수표 한 장을 내밀고, 선미와 함께 집으로 들어갔다. 병철은 개들을 지나쳐 급히 집 밖으로 나왔다.

병철은 가슴을 만진 일만 빼고 여기까지를 모두 설명했다. 태석이 이제 알겠다는 듯 고개를 끄떡였다.

"그래서 기분이 좋았구나. 고작 십만 원 때문에. 하여간에 인간이 자본주의의 노예야. 돈만 보면 사람이 돌변해요."

"그런 거 아니야, 새끼야. 너 오선미한테 전화는 했냐? 안 했지? 빨리 해. 집에는 잘 들어갔는지, 몸은 괜찮은지 물어봐야지. 넌 매너 도 없냐?"

"알았어, 알았어."

태석은 건성으로 대꾸하며 선미에게 전화를 걸었다. 그가 선미와 통화하는 걸 들으며 병철은 손바닥을 내려다보았다. 가슴의 감촉이 아직도 생생하다. 최소한 B 컵이었어. 왠지 자신감이 생긴다. 열정을 가지고 일하다 보니까 이렇게 좋은 일도 생기는구나. 좋아, 앞으로도 열심히 살자.

-◄◎◄├╳╢►◎►-

두 사람은 스포츠 백을 가지고 과수 팀에 갔다. 저승사자는 가방에 서 썩어 가는 추리닝과 양말을 끄집어내며 중얼거렸다.

"냄새 한번 지독하네."

가방과 옷을 샅샅이 뒤졌지만 특별히 눈에 띄는 물건은 없었다. 그 다음은 지문 검사다. 옷과 가방에 찍힌 지문을 채취해 AFIS(지문자동검

색시스템)에 넣고 신원을 조회했다. 오선미와 변성수의 지문과 우선적으로 비교했더니 곧바로 결과가 나왔다.

"거의 다 오선미 지문이야."

"다른 지문은 없어요?"

"다섯 개쯤 있네. 별로 기대는 안 되지만 AFIS에 넣었으니 신원은 파악할 수 있겠지. 기껏해야 오선미 가정부나 부모님 정도겠지만. 설마 너희들도 만진 건 아니지?"

태석은 우물쭈물하다가 대답했다.

"만졌는데요."

"이런 한심한 놈들. 그럼 진작 말을 했어야지."

저승사자는 투덜대며 컴퓨터로 몸을 움직였다. 그때 삐이, 소리와 함께 지문이 일치하는 사람을 찾았다는 문구가 화면에 떴다. 저승사자가 '찾았다!' 라고 외치는 순간, 이현경의 얼굴이 화면에 떴다. 태석은 아차, 싶어 급히 말했다.

"제 친군데요."

저승사자는 한심한 놈이라고 말하는 것조차 귀찮다는 눈빛으로 태석을 노려보았다.

"넌 이제 증거물로도 여자 꼬시니?"

AFIS가 열심히 돌아가는 동안 저승사자는 바닥에 비닐을 깔고 스포츠 백을 탁탁 털었다. 희뿌연 섬유 조각이며 먼지가 우수수 쏟아졌다. 저승사자는 롤러가 달린 자석으로 자성이 있는 물건을 걷어 내고 남은 것 중 큼직한 놈들을 하나씩 집게로 집어 증거 보관용 비닐 팩에 나눠 담았다.

"그건 어떻게 하려고요?"

"국과수로 보내야지. 여기엔 장비가 없으니까. 거기서 기체크로마토그래피로 구성 원소별 성분 분석하고 질량분석기로 비율을 알아낼 거야. 마약으로 의심되는 물질이 나오면 그것만 빼서 다시 감식할 거고. 최종적으로 마약이란 게 밝혀지면 변성수의 오피스텔에서 발견한 마약 지문과 비교해서 같은 건지 확인해 보겠지.”

태석은 깜짝 놀라 물었다.

“마약에도 지문이 있어요?”

“몰랐냐? 사람마다 지문이 다르듯 마약도 전부 달라. 마약협회에서 국제 규격을 정해 놓은 것도 아니고 다들 저 꼴리는 대로 제조하는데 어떻게 같겠어? 같은 제조자가 만든다고 해도 제조 방법, 약품 구성이 매번 다르고 중간상인을 거칠 때마다 온갖 잡동사니를 넣어서 양을 불리니까 내용물이 또 달라져. 그런 물리화학적 특성을 통칭해서 마약 지문, 드러그 시그니처drug signature라고 해. 우리나라에는 ‘마약지문감정센터’가 있어서 국내에서 압수된 마약의 성분 및 불순물의 양, 순도 등을 데이터베이스화해서 보관하지.”

“그럼 변성수 오피스텔에서 나온 마약도 데이터베이스에 넣었겠네요. 같은 지문은 없었어요?”

“아, 그거. 맞다. 그거 센터에서 결과 나왔는데 말을 안 했구나. 너희들이 찾은 마약, 작년 초에 인천공항에서 압수된 것과 같은 거란다. 에티오피아 남자 둘이 구두 밑창에 숨겨 가지고 왔다가 잡혔어. 무려 오 센티짜리 굽이었다는데, 아프리카에서 우리나라를 들러 일본으로 밀수하려 했던 모양이더라.”

병철이 물었다.

“잠깐만요. 일본에 파는데 왜 한국을 들르죠?”

“우리나라가 마약청정국이거든. 최소한 국제적으론 그래. 그래서 마약 밀매의 경유지로 많이 이용돼. 일본이나 동남아로 마약을 보낼 때 우리나라를 경유하게 하는 거지. 아무래도 아프리카에서 오는 비행기보다는 한국에서 오는 비행기에 대한 검색이 덜 심할 테니까. 그러다 아주 가끔 국내 세관에서 걸리는데, 그게 그런 놈이었던 거지. 상부에서는 그때 일본에 들어간 마약이 다시 한국에 팔려 온 걸로 생각하고 있더라."

태석과 병철은 시선을 교환했다. 저승사자의 말은 변성수가 마약을 일본에서 사 왔다는 김주완의 증언과도 일치했다.

"그래서 마약수사대에서 본격적으로 나설 모양이던데. 운이 좋으면 국제적인 마약 밀매망을 잡아낼 수도 있으니까."

빌어먹을, 그럼 그 전에 끝내야겠군. 태석은 마음속으로 생각했다.

병철이 말했다.

"그나저나 헬스장에서 벌어진 살인 사건요, 증거 나온 거 없어요?"

저승사자는 얼굴을 찡그렸다.

"특별히 이거다 싶은 게 없어. 현장에서 가져온 증거물이 꽤 돼서 한두 개 쓸 만한 게 있을 줄 알았는데 전혀 아니야. 지문이나 족적은 너무 많아서 문젠데…… 내가 보기에 범인이 남긴 건 없어. 목을 조르는 데 쓴 낚싯줄은 중국젠데, 오프라인, 온라인, 심지어 홈쇼핑에서까지 팔린 작년 최고 히트 상품이래. 추적이 불가능한 거지. 의심쩍은 지문 몇 개는 AFIS에 넣어 봤는데 아직 결과가 안 나왔다. 분위기를 봐선 끝까지 안 나올 거 같아. 배짱 좋고 이런 일에 경험이 있는 놈이다. 사람이 그렇게 많이 들락거리는 곳에서 사람을 죽이고도 흔적을 남기지 않았으니 말이야."

태석은 병철을 돌아보며 내 말이 맞지, 하는 표정을 지었다.

＊＊＊

태석이 집에 돌아왔을 때 거실에는 어머니가 영화감독 매제와 여동생과 사이좋게 밥을 먹으며 텔레비전을 보고 있었다. 매제가 자장면을 먹다가 내려놓으며 굽실굽실 인사했다.

"허허, 형님. 저 왔습니다."

태석은 매제를 무시하고 방으로 들어가 옷장을 열었다. 이재형의 시체가 발견된 후로 상황이 점점 급박해지고 있었다. 이제는 속전속결로 나가야 한다는 게 팀장의 생각이었다. 결국 태석이 우연을 가장해 헬스장에서 선미와 조우하기로 했다.

그런데 마땅히 입고 나갈 옷이 없었다. 제대할 때 받아 온 파란색 체육복과 잠옷 대용으로 쓰는 짝퉁 르까프 추리닝이 전부다. 싸구려 옷감에 매일 이불에 쓸려 보풀이 엄청났다. 어떤 걸 가져갈까 고민할 때 여동생이 문가에 서서 도전적인 어조로 물었다.

"근데 저 아가씨 어디서 만났어?"

"어떤 아가씨?"

"오빠 애인 말이야, 지금 엄마랑 얘기하고 있는. 진짜로 오빠랑 사귀는 사인 거 맞아?"

"누가 엄마랑 얘기하고 있다고?"

태석은 깜짝 놀라 동생을 밀치고 어머니 방으로 뛰어들었다. 현경이 어머니와 함께 뜨개질을 하며 즐겁게 이야기꽃을 피우고 있다가 태석을 보고 찔끔 놀란 표정을 지었다.

"태석이 왔니?"

"응, 왔는데 그게 문제가 아니라……. 이현경, 네가 여기 왜 있어?"

현경은 고개를 숙이며 죽어 가는 목소리로 말했다.

"오빠…… 일부러 그런 건 아니고요."

어머니가 결연한 표정으로 현경 앞에 섰다.

"애한테 뭐라고 하지 마라. 내가 불렀으니까."

"아니, 둘이 아는 사이야? 어떻게 아는 사인데?"

"네 방 청소하다 보니까 핸드폰 고지서가 있잖니. 거기 커플요금제라고 되어 있어서 누군가 알아봤다. 전화해서 우리 태석이랑 무슨 사이세요, 하니까 애인이라잖니. 그래서 네 엄마라고 하고, 불러서 얘기하고 있었다. 이렇게 예쁘고 착한 애랑 사귀면서 어떻게 엄마한테 한마디도 안 할 수 있니? 사람 속만 잔뜩 태우고."

"어머니, 그렇게 말씀하시면 제가 너무 부끄러워요."

"무슨 말이니. 너처럼 좋은 아이는 내가 처음 봤는데."

현경이 어머니의 품에 꼭 안겼다. 태석은 경악했다. 오늘 처음 만난 두 사람이 이토록 친해질 수 있다는 사실이 도무지 믿기지 않았다. 그는 바닥에 놓인 털실을 보며 간신히 입을 열었다.

"얘기만 하고 있었던 것 같진 않은데?"

"우리 현경이가 얼굴만 참한 게 아니라 재주가 많아. 뜨개질을 그렇게 잘하네. 열심히 배우고 있다."

우리 현경이? 열심히 배워? 아예 그런 사이가 된 거야? 태석은 어이가 없어 말을 하지 못했다.

"하여간에 지 애비를 닮아서 애가 말도 없고 뚱해 가지고 속을 모르겠다니까. 어떨 때는 무섭기까지 해. 현경아, 내가 정말 쟤 엄마만 아니면 너보고 다른 남자 사귀라고 했을 거야."

어머니의 말투가 이토록 부드러운 건 그가 경찰 시험에 합격한 날 이후로 처음이다. 현경이 호호호 웃었다.

"어머니도 참, 별말씀을 다 하세요."

"아니야, 음흉한 부자랑 같이 살았다가 나 늙은 거 봐라. 잘생긴 거 말고는 장점이 없는 사람들이야."

"어머, 어머니! 주름 하나 없이 매끈하신데 무슨 말씀이세요."

태석은 더 참지 못하고 끼어들었다.

"이보세요, 두 분. 정다운 이야기는 나중에 하시죠. 엄마, 나 현경이랑 얘기 좀 해도 될까?"

어머니가 인상을 썼다.

"설마 우리 현경이한테 뭐라고 하려는 건 아니지?"

"아냐."

"어머니, 괜찮아요. 태석 씨 그런 사람 아니에요."

태석은 매 맞는 아내처럼 말하는 현경을 끌어내 거실로 나왔다. 동생이 문에 귀를 대고 있다가 얼른 옆으로 물러섰다. 태석은 여동생을 한번 째려본 다음 현경을 데리고 방으로 들어가 문을 잠갔다. 현경은 고개를 숙인 채 조신한 척하다가 문을 닫자마자 태석의 팔을 잡고 호들갑을 떨었다.

"오빠, 미안. 내가 일부러 그런 건 절대 아니야. 갑자기 전화가 왔는데, 너무 놀라서 그냥 대답했더니 집으로 오라시잖아."

"야! 내가⋯⋯."

"근데 오빠 임무는 어떻게 된 거야? 위험해서 아무도 만날 수 없다고 했잖아?"

태석은 말문이 막혔다. 다행히 현경이 해답까지 내 주었다.

"집에는 비밀로 하는 거야? 어머니가 걱정할까 봐?"

"그, 그래. 엄마한테 이상한 소리 한 거 아니지?"

"응, 그럼."

태석은 화를 내려다 그만두었다. 자세하게 따지고 들기 시작하면 그에게 더 불리하다는 사실을 잘 알기 때문이다. 태석은 결국 한숨을 쉬며 말했다.

"나가자. 나 서에 가 봐야 하니까 같이 나가. 앞으로 엄마가 전화해도 받지 말고. 알겠냐."

"알았어, 오빠. 진짜 중요한 전화만 받을게."

태석은 중요한 전환지, 아닌지 받기 전에 어떻게 아냐고 물어보려다 그만두었다. 지금은 현경을 처리하는 일보다 급한 일이 많았다. 그는 추리닝을 하나 집어 들고 현경과 함께 거실로 나왔다. 그대로 밖으로 나가려는데 현경이 말했다.

"어머니한테 인사드려야 되는데……."

"빨리 하고 나와."

그녀가 방으로 들어간 사이 동생이 옆에 바짝 붙었다.

"쟤랑 진짜 사귀는 거야? 분명히 말해 두는데 난 이 연애 반대야. 얼굴은 순진해 보일지 몰라도 뱃속에는 구렁이가 든 애라고. 오빠가 사람이 맹하니까……."

태석은 쫑알대는 동생을 무시하고 매제에게 시선을 고정했다. 매제는 파란색 아디다스 세 줄 체육복을 입고 있었다. 그는 손에 들고 있는 낡은 운동복과 매제의 옷을 비교하다가 불쑥 물었다.

"매제 키가 어떻게 되지?"

"백칠십오온데요."

너도 가끔은 쓸모가 있구나. 태석은 히쭉 웃었다.

-◄◇▷|◁◇►-

태석은 매제의 운동복을 들고 체육관으로 향했다. 오선미가 매일 저녁 아홉 시에 운동하러 가는 피트니스 클럽.

병철은 체육관 앞에 서 있다가 태석을 보자 골프 가방을 내밀었다.

"자, 받아라."

"이게 뭔데?"

"뭐긴 뭐야, 골프 가방이지. 오선미 오늘이랑 일요일은 연습장에서 골프 치거든. 슬금슬금 옆으로 가서 알은척하고 골프 치다가 같이 나와. 여긴 어떻게 알았냐고 물으면 아는 형한테 소개받았다고 하고. 좋으면 계속 다닐 거라고 해."

두 사람은 계단을 올라갔다. 태석이 물었다.

"근데 표는 어떻게 끊었어? 경찰이라니까 한 장 줘?"

"아니, 하루 치 샀다. 그냥 잠깐만 둘러보겠다고 했는데 안 된대. 열라 비싸. 너 기다리면서 보니까 외제 차밖에 안 들어가더라. 이런 데는 사우나도 끝내줄 텐데, 아주 그냥. 참, 이제 수사비 얼마 안 남았다. 어떻게든 오늘 오선미 마음에 들어. 알겠냐? 그리고 이거 정보 계장님 물건이니까 조심해서 써라. 망가뜨리면 끝장이야."

"나 골프 못 치는데."

"안에 들어가면 스윙 코치들 있을 거야. 가르쳐 달라고 해."

"삼십 분 가지고 되겠어?"

"지금 대회 나가냐, 적당히 비슷하게만 보이면 되지. 너 운동신경 좋으니까 그 정도는 할 수 있잖아."

"뭐, 그렇기는 하지만……."

"야. 너 이게 얼마나 좋은 기횐지 모르겠냐? 네 생전에 골프 배울 기회가 또 있겠어? 오선미 마음에 들면 필드에도 나갈 수 있다고. 마음 같아선 내가 너인 척하고 들어가서 골프 연습하고 싶다. 오선미 오면 바통터치하고."

"난 그래도 되는데."

"골프 치는 걸 왜 그렇게 싫어하냐? 너더러 골프 황제가 되라는 게 아니라 오선미 마음에 들라는 거야. 아예 오늘 컨셉을 개그로 잡아. 막 웃겨서 친해져. 알겠냐?"

골프 연습장은 대학로의 배팅 연습하는 곳과 비슷한 느낌이었다. 주위를 대낮처럼 환하게 비추는 조명탑 불빛. 녹슨 철망 그물. 철망을 감싸고 있는 파란색 천. 가끔씩 들리는 딱, 딱, 하는 공 소리까지. 차이가 있다면 연습장이 압도적으로 크다는 점이다.

태석은 빈자리로 가 골프채를 꺼냈다. 타이거 우즈 모자를 쓴 삼십 대 후반의 스윙 코치가 웃는 낯으로 다가왔다. 두 사람은 인사를 교환했고 태석은 골프장에 처음 왔음을 밝히고 코치를 부탁했다.

"빠따 휘두르는 법 좀 알려 주세요."

"골프는 처음이신가 봐요? 빠따가 아니라 클럽입니다. 골프 클럽은 크게 우드와 아이언으로 나뉘는데요."

코치는 태석의 골프 가방에서 골프채를 꺼내 들며 말을 이었다.

"헤드 부분이 나무로 만들어져 있으면 우드, 쇠로 되어 있으면 아이언입니다. 지금은 나무로 만들지 않고 주로 티타늄을 쓰죠. 우드는 비거리를 낼 때, 아이언은 정확성이 필요할 때 씁니다. 보통 번호로 말하는데 우드의 경우, 1번이 드라이버, 2번이 브래시, 3번이 스푼, 4번이 배피, 5번이 클리크입니다. 아이언은 1번 아이언, 2번 아이언…… 이런 식으로 부르면 되고요. 아휴, 장비는 정말 제대로 구입하셨네요. 전부 얼마 주셨어요?"

태석은 시계를 보았다. 벌써 여덟 시 오십 분이다. 골프채 이름을 알고 낭비할 시간이 없다. 이름이 드라이버가 아니라 펜지라도 공만 칠 수 있으면 그만이다.

"그냥 치는 법이나 알려 주시죠."

"그래도 이론을 알고 치시는 게 좋은데요."

"그냥 알, 려, 주, 세, 요."

왕년에 껌 좀 씹고 침 좀 뱉어 봤던 태석이다. 여자들이야 잘생겼다고 좋아하지만 남자들은, 특히 학교 다닐 때 사람 좀 때려 봤던 남자들은 태석이 위험한 놈이란 사실을 직감적으로 알아차린다. 스윙 코치도 마찬가지였다. 그는 헛기침을 몇 번 하더니 드라이버를 꺼냈다.

"골프는 클럽을 쥐는 법이 제일 중요하죠. 보통 공이 멀리 안 나가면 스윙 궤도나 클럽을 탓하는 일이 많은데 사실은 그립을 잘못 잡아서 공이 휘는 거거든요."

"알았으니까 빨리요."

코치는 자세를 보여 주었다.

"클럽을 왼쪽 다리에 놓고 손을 자연스럽게 늘어뜨려서 잡으신 다음 왼손 검지를 오른손 소지로 가볍게 감싸 주세요."

태석은 코치의 말을 한 귀로 듣고 한 귀로 흘리며 클럽을 빼앗아 들었다. 무슨 운동이나 기본자세는 비슷한 법이다. 두 다리를 어깨너비로 벌리고 몸에서 힘을 빼고 힘껏 때리면 된다. 코치가 자세를 고쳐 주려고 다가설 때 그는 힘 있게 골프채를 휘둘렀다. 골프채가 호선을 그리며 공과 함께 멀리 날아가 바닥에 떨어졌다. 연습장에 있던 사람들이 모두 태석을 쳐다보았다. 연습장 아래를 내려다보자 수백 개의 공들 사이로 골프채가 반짝였다.

태석은 코치에게 물었다.

"저거 꺼낼 수 있죠?"

태석은 십오 분간 다양한 방법으로 진상을 떨고 민폐를 끼쳤다. 골프채를 하나 더 던져 버렸으며 도무지 납득할 수 없는 각도로 공을 날려 옆 사람의 간담을 서늘하게 했고 컴퓨터 연습실로 가서 처음부터 연습하자는 코치에게 주먹을 흔들며 협박을 늘어놓기도 했다.

처음에는 오선미에게 책잡히지 않을 정도만 연습할 생각이었다. 그는 골프를 좋아하지 않았다. 그깟 골프, 평생 운동이라곤 숨쉬기밖에 한 적이 없는 아줌마부터 다리 힘이 없어 카트 타고 라운딩을 해야 하는 노인네들조차 하는 운동 아닌가. 십 분만 연습해도 웬만큼 각이 나올 줄 알았다.

그런데 초·중·고등학교 시절 내내 짱을 먹고 강력 팀에서도 최고 민완으로 불리는 그가 연습장에 온 사람들 중 비거리가 제일 짧다는 사실을 믿을 수가 없었다. 아니, 비거리라는 말을 붙이는 것조차 부끄럽다. 손에서 미끄러진 골프채가 공보다 멀리 날아갔으니 말 다했다.

게다가 폼은 또 얼마나 엉망인지. 팔을 휘두르다 무릎에 부딪치고 골프채 손잡이에 배가 찔려 그 자리에 주저앉는 등 전성기 찰리 채플린을 능가하는 슬랩스틱코미디를 보여 주었다. 옆자리에 있던 아줌마가 배꼽을 잡으며 웃다가 힘들어서 집에 갔을 정도다.

지는 걸 죽기보다 싫어하는 태석이다. 슬슬 승부 근성에 불이 붙기 시작했다. 그는 있는 힘을 다해 공을 때렸다. 그가 든 것이 야구방망이고 그가 친 것이 야구공이라면 도쿄돔을 뚫고 나가는 장외 홈런이 되었을지도 모른다. 하지만 현실은 달랐다. 그는 전성기 때의 트위스트 김처럼 몸을 비비 꼬았고 공은 떼굴떼굴 바닥을 굴렀다.

그때 누군가 팔을 잡았다. 태석은 골프채를 짚고 우뚝 서며 포효했다.

"나 말리지 마! 오늘 꼭 이 공 저 끝까지 보내고 만다!"

"그 자세로는 힘들어요."

태식은 움찔 동작을 멈췄다. 귀에 익은 목소리다. 태식은 등골이 오싹해지는 것을 느끼며 오선미가 방금 들어왔기를, 그래서 그가 클럽을 휘두르는 걸 못 봤기를 바랐다.

그는 오선미를 돌아보며 반갑게 인사했다.

"선미 씨! 이런 데서 뵙네요? 여기서 운동하세요?"

오선미는 빨간색 모자에 하얀색 피케 셔츠, 역시 하얀색 면바지를 입고 있었다. 분명히 한 치수 정도 큰 옷을 입고 있음에도 완연한 굴곡의 몸매는 감출 수가 없었다.

"예."

"언제 오셨어요? 골프 치는 재미에 오신 줄도 몰랐네요. 허허허……."

"십 분 정도 됐어요. 워낙 골프를 재미있게 치셔서 계속 구경하고 있었죠."

태석은 잠시 얼어붙어 있다가 간신히 대답했다.

"제가 골프는 처음이라서요."

"그러신 것 같았어요."

"죄송합니다. 이놈의 승부 근성, 가끔 이렇게 정신이 나가서 몰두할 때가 있어요. 주위에 민폐를 사정없이 끼치고…… 그러다 어느 정도 실력이 올라섰다 싶어야 정신이 들죠. 다들 죄송합니다."

그는 다른 손님들과 스윙 코치에게도 인사했지만 다들 태석이 페스트나 콜레라라도 되는 것처럼 외면했다.

오선미가 말했다.

"제가 자세 잡는 법 알려 드릴까요?"

"정말요?"

태석은 눈을 깜빡였다. 뭔가 일이 잘 풀릴 징조다.

"오늘 중으로 저 끝까지 공을 보내고 싶다고 하셨잖아요. 원하신다면 제가 도와 드릴게요. 클럽 잡는 방법부터."

"저야 좋죠."

오선미는 태석 옆에 붙어 서며 손을 잡았다.

"스탠스를 잡고 두 팔의 힘을 빼세요. 그 상태로 손만 들어서 골프채를 잡으세요."

태석은 순한 양처럼 선미가 시키는 대로 움직이다 문득 고개를 들었다. 연습장 안의 모든 남자들이 두 사람을 쳐다보고 있었다. 부러운 표정으로. 다들 한 번씩 오선미를 집적거렸다가 실패한 경험이 있는 모양이다.

태석은 그들을 쭉 둘러보며 승리자의 미소를 지었다.

-※※-

두 사람은 열두 시가 넘어서야 골프 연습장을 나섰다. 태석은 사람다운 자세로 클럽을 잡고 휘두르는 일에는 성공했지만 반대쪽 철망까지 공을 날리는 일에는 실패했다. 태석은 이를 갈며 골프채를 휘둘렀고 오선미는 태석이 실패에 실패를 거듭해도 눈 하나 깜짝이지 않고 '한 번 더. 한 번 더.'를 반복했다. 그냥 뒀으면 둘 다 밤을 새웠을지도 모른다.

하지만 열두 시가 되자 스윙 코치가 쭈뼛거리며 다가와 문을 닫아야 한다고 말했다. 그것으로 골프 수업은 끝났다. 태석은 온몸이 땀투성이였고 팔다리 근육이 오징어처럼 흐물흐물해졌다. 뜨거운 물에 샤워를 하고 나오니 컨디션은 더욱 나빠져 있었다. 내일 아침이면 지독한 근육통이 닥칠 거란 예감이 든다.

내가 미친놈이지. 그깟 골프공 멀리 날리는 게 뭐 그리 중요하다고.

태석은 애써 쾌활한 목소리로 말했다.

"오늘 진짜 재미있었습니다. 이제야 골프가 뭔지 감이 잡히네요. 그런데 저 때문에 연습도 못 하셨는데 괜찮으세요?"

"괜찮아요. 저도 승부 근성이 있어서, 한번 시작한 일은 끝장을 봐야 직성이 풀리거든요. 열심히 하시는 거 보니까 저도 기분 좋던데요. 운동신경이 있으시니까 몇 번만 연습하면 괜찮은 실력이 되실 거예요."

"정말요? 허허허, 제가 사실 운동신경이 있긴 하죠."

오랜만에 듣는 칭찬에 태석은 헤에, 하고 웃었다. 변성수에게 짓밟히고 난 뒤 동료 형사들로부터 경멸만 사 온 그다. 운동 잘한다는 말을 들으니 기분이 너무 좋았다.

오선미가 물었다.

"그런데 여긴 어떻게 알고 오신 거예요?"

"아는 형이 여기 괜찮다고 해서요. 시험 삼아 오늘 하루만 써 보겠다고 했죠."

선미는 빙글빙글 웃었다.

"저 때문에 온 게 아니고요?"

태석은 움찔했다. 뭐라고 대답해야 하나? 사실은 그렇다고 실토해야 하나? 아니다, 그럼 스토커처럼 보일지도 모른다. 일단 아니라고 잡아떼는 게 좋겠다.

"절대 아닌데요. 진짜 그냥 왔는데 선미 씨가 있던 거예요."

"그래요? 전 그런 줄 알고 좋아했는데."

여전히 웃으며 말하는 선미를 보고 있으려니, 어떤 대답을 기대한 건지 헷갈렸다. 우연히 만난 게 좋다는 거야, 싫다는 거야?

태석은 화제를 돌렸다.

"여기서 운동하고 싶은데 고민이네요. 선미 씨가 운동을 너무 잘하는 거 같아서. 저는 너무 저질 체력이라 비교될 텐데."

"운동 잘하지 않아요. 그냥 살 빼려고 시작한 거예요."

"뺄 살이 어디 있어서요? 지금이 딱 좋은데."

"체질 때문인지 물만 먹어도 살이 쪄요. 운동 안 하면 바로 통통해질걸요. 제 별명이 뭔지 아세요?"

"뭔데요?"

"흑돼지예요. 까무잡잡하고 덩치가 있다고."

"전혀 아닌데. 누가 그런 소릴 해요?"

"제가 고등학교 때 몸무게가 엄청났거든요. 지금은 죽도록 노력해서 많이 뺐지만. 다른 나라는 몰라도 한국에서는 살이 많이 찌면 인간 관계가 엄청 힘들어져요. 정말 열심히 다이어트했어요. 주로 밥을 굶는 방식으로. 운동으로 살 빼는 게 쉬운 일이 아니니까요."

"그렇죠."

태석은 다이어트 근처에도 가 본 일이 없으면서 다 안다는 표정으로 고개를 끄떡였다.

"진짜 힘들었어요. 며칠을 배곯으면서 지내다 폭식하고 다 토하고 폭식하고 다 토하고. 먹고 토하면 살은 빠져요. 자괴감이 엄청나서 그렇지. 고등학교 때는 다이어트 약을 먹었는데 의사가 불법 약물을 처방했던 거예요. 나중에는 중독이 돼 가지고 무슨 갱스터 영화에 나오는 애처럼 헤, 하다가 병원에 실려 가고 그랬어요."

오선미는 아, 하고 입을 벌려 보았다.

"제 이빨 좀 이상하죠? 위액 때문에 치아가 녹은 거예요."

왠지 분위기가 우중충해지는데. 태석은 당황했다. 오선미의 약물 복용의 배경을 알게 된 건 좋지만 이제 두 번 만났는데 이런 얘길 해도 되나 싶다.

태석은 어색하게 고개를 끄떡이며 뭐라고 대답할지 고민했다. 요즘은 괜찮으시죠? 아냐, 꼭 놀리는 거 같잖아. 금을 씌운 어금니를 보여 줄끼? 지도 치아에 문제가……. 이니지, 그긴 디 놀리는 말로 들릴 거야. 그는 우물쭈물하다가 결국 '지금은 딱 보기 좋으세요.'라고 말했다.

"창피하지만 그래도 다 얘기해요. 나중에 다른 사람한테 들어서 알게 되면 더 창피하니까. 제가 말하는 편이 나으니까요."

오선미는 태석을 쳐다보곤 살짝 웃었다.

"게다가 반응을 보면 상대방에 대해서도 더 잘 알게 되죠."

"제 반응은 어땠죠?"

"십 점 만점에 칠 점 정도? 역대로 치면 이 등이에요."

"일등은 어땠는데요?"

"집으로 불러 올리브스파게티를 만들어 줬어요. 많이 먹어도 살찌지 않는 음식이라면서요. 앞으로도 오래 만들어 주고 싶다고 했죠."

설마 변성수란 놈 요리도 할 줄 아는 걸까? 죽일 놈. 끝까지 사람 열 받게 하는군. 죽일 놈이 입만 살아 가지고……. 태석은 마음속으로 이를 갈며 뭔가 점수를 딸 방법을 생각했다.

"전 비빔밥 잘하거든요. 다음에 만들어 드릴게요."

오선미가 미소 지으며 물었다.

"비빔밥에 뭘 넣으시는데요?"

그냥 냉장고에 있는 거 아무거나……. 그래서 여동생은 개밥이라고 부르지만, 오선미에게 그런 얘기를 할 순 없는 일이다. 태석은 애써 당황을 감추고 부드럽게 말했다.

"유기농만……."

오선미가 걸음을 멈추고 태석을 돌아보았다.

"그럼 들어가세요. 전 집이 바로 근처라서요. 걸어가면 되니까……."

어느새 주택가로 들어가는 골목까지 왔다. 태석은 고개를 흔들었다.

"아닙니다. 밤이 늦었는데 제가 바래다 드려야죠. 요새 세상이 얼마나 위험합니까. 가다가 강도라도 만나면 큰일인데요."

"안 그러셔도 되는데……. 강도가 나올 만한 곳은 아니거든요"

선미는 혼잣말처럼 말했다. 그녀의 말이 옳았다. 말이 골목이지, 웬만한 차도보다 넓었다. 골목 양쪽에 하나씩 있는 가로등 덕분에 주변은 대낮처럼 밝았다. 늦은 밤인데 주택가를 들어서고 나가는 차량도 제법 많았고 가끔 순찰차도 지나갔다.

하지만 태석은 군대를 이끄는 척후병이자 애인을 지키는 무사처럼 선미의 손을 잡고 골목으로 들어섰다. 선미의 집은 언덕 중턱에 있었다. 저택 안쪽에서 개 짖는 소리가 들렸다.

"오늘 즐거웠습니다."

"저도요. 조심해서 들어가세요."

오선미는 열쇠를 꺼내려다 바닥에 떨어뜨렸다. 태석이 열쇠를 주워 주려고 고개를 숙이다 선미와 머리를 부딪쳤다. 두 사람은 서로의 얼굴을 보고 피식 웃었다.

태석은 웃음기를 지우고 천천히 오선미에게 다가갔다. 오선미는 순간 움찔했지만 물러서지 않았다. 짧은 입맞춤. 키스가 끝나고 태석은 한 걸음 물러서 선미를 바라보았다. 짧은 입맞춤이었는데도 왠지 숨이 가빴다.

오선미는 고개를 숙이고 있다가 작은 목소리로 말했다.

"그럼 연락 주세요."

그녀가 문을 열고 들어갔다. 쿵. 문이 닫혔다.

태석은 입술에 묻은 타액을 문질렀다. 아직 촉감이 남아 있다. 오선미의 집에 들어가는 것이 오늘의 계획이었지만 이 정도도 나쁘지 않다. 이유는 알 수 없지만 피식피식 계속 웃음이 나왔다. 그가 방금 있었던 일의 여운을 즐길 때 병철에게 전화가 왔다. 태석은 핸드폰을 귀에 대며 말했다.

"형, 지금 이디야? 나 좀 태워 가. 오늘 운동을 열심히 해서 그런가, 팔다리가 쑤셔서 죽겠다."

─헛소리 말고 당장 경찰서로 튀어 와. 변성수 찾았다.

변성수라고? 태석은 전화를 끊고 무서운 속도로 내달렸다. 골목 저편에 택시가 보였다. 태석은 택시를 향해 마구 손을 흔들며 외쳤다.

"택시!"

남자본색

늦은 밤의 경찰서는 귀신이 나올 것처럼 스산하다. 회색의 콘크리트 벽은 무언가 음험한 것이 붙어 있는 것처럼 짙은 그림자를 드리우고 공기 또한 어딘가 끈적끈적해진 느낌이 든다. 혼자 사무실에 있다 보면 아무 이유 없이 머리칼이 쭈뼛 서기도 한다. 늙은 경찰들은 억울하게 살해당한 피해자의 원혼이 경찰서 주위를 떠돌기 때문이라고 수군댔다.

하지만 태석은 변성수를 직접 잡지 못하는 일 말고는 아무것도 두렵지 않았다. 그는 불이 꺼진 복도를 성큼성큼 지나 강력 팀으로 뛰어들었다. 팀장을 비롯한 형사들이 거기 있었다.

"변성수는 어디 있어?"

"지금 잡으러 간다."

형사들은 함께 복도로 나섰다. 팀장이 들고 있는 서류를 흔들며 말했다.

"헬스클럽에서 변성수랑 친해진 남자 하나가 미국에 가면서 자기

가 살던 방을 빌려 준 모양이야. 홍대 근처 빌란데, 관리인이랑 통화하니까 지금까지 꼬박꼬박 관리비며 전기 요금 냈단다. 사건 터지고 계속 거기 숨어 있었던 모양이야."

그러더니 걸음을 멈추고 형사들을 돌아보며 엄숙히 선언했다.

"오늘, 그놈 잡는다."

형사들은 팀장과 태석의 차에 나눠 탔다. 태석은 뛰다가 자빠지는 일이 없도록 바지를 걷어붙이고 삼단쇠봉을 꽉 쥐었다. 오늘은 절대 놓치지 않는다. 죽어도 잡겠다. 그는 결의를 다졌다.

형사들은 빌라에서 멀찍이 떨어진 골목에 차를 세우고 한곳에 모였다. 다들 트렁크에서 꺼낸 무기를 손에 쥐고 있었다. 야구방망이, 대형 절단기, 청 테이프를 감은 각목.

팀장이 각목으로 빌라를 가리키며 말했다.

"405호야. 병철이랑 태석이는 나와 같이 올라가고 민수랑 성환이는 입구를 지킨다. 절대 놓치면 안 된다. 반항하면 쏴 버려도 돼."

형사들은 심각한 얼굴로 고개를 끄떡였다. 변성수의 싸움 솜씨를 알고 있기 때문이다.

"그럼 가자."

그들은 조용히 빌라로 접근했다. 낡고 오래된 건물이다. 비가 새는지 외벽을 따라 파랗게 곰팡이가 피었다. 건물 앞에 꼬맹이 둘이 가방을 멘 채 서 있었다.

태석은 물었다.

"너희들 여기서 뭐 하냐?"

"학교 가려고 친구 기다리는데요."

개중 똘똘해 보이는 아이가 대답했다. 태석은 인상을 썼다. 변성수가 도망치다가 아이들을 인질로 잡기라도 하면 큰일이다. 그는 천 원짜리 지폐를 꺼내 아이들에게 내밀었다.

"애들아, 이거 가지고 슈퍼에서 까까 사 먹어라."

하지만 꼬마들은 서로를 힐끔거리기만 할 뿐 움직이지 않았다. 태석은 억지로 미소를 지으며 다시 말했다.

"괜찮아, 아저씨가 주는 거야."

"천 원으론 과자 하나밖에 못 사는데요."

"뭐? 머리에 피도 안 마른 놈들이 어디서. 당장 다 체포되고 싶어? 엉? 콩밥 좀 먹어 볼래?"

태석이 성질을 부릴 때 조 형사가 슬그머니 끼어들어 만 원을 내밀었다. 아이들은 환호성을 지르며 슈퍼로 달려갔다.

조 형사가 한심하다는 듯 말했다.

"넌 몇 살인데 저런 애들이랑 싸우냐?"

"싹수가 노란 놈들이에요. 저런 놈들은 어릴 때 맞아 봐야 되는데."

김 형사와 조 형사가 입구를 지키고 남은 세 사람이 위층으로 올라갔다. 팀장은 405호에서 걸음을 멈췄다. 지저분한 문짝에 교회 마크가 삐뚜름하게 붙어 있고 문 옆에 놓인 쓰레기봉투에서 썩은 내가 났다.

팀장이 문을 두들겼다.

"계십니까! 안에 아무도 안 계세요?"

바그너 오페라의 바리톤을 연상시킬 만큼 압도적인 목소리였다. 병철은 절단기를 들고 기다렸다. 문이 조금이라도 열리면 절단기를 쑤셔 넣고 자물쇠를 부술 계획이다. 태석은 병철 뒤에 바짝 붙었다.

그런데 대답이 없었다. 팀장이 목청을 높여 가며 문을 두들겼다. 그때 옆집 문이 열리고 파마머리의 아줌마가 얼굴을 내밀었다.

"사람 귀청 떨어지겠네. 새벽부터 잠도 없어? 사람이 없으면 그냥 가지, 왜 소리를…….."

형사들을 보고 아줌마가 말을 멈췄다. 덩치 좋은 장정 셋이 문 앞을 지키고 섰는데 그중 한 명은 대형 절단기를 손이 쥐고 있으니 아무리 좋게 봐도 강도다. 그녀는 질겁해 문을 닫고 들어가려 했다. 간발의 차이로 태석이 문틈에 발끝을 밀어 넣고 아줌마를 따라 집 안으로 들어갔다.

"경찰입니다, 경찰요."

"오메! 사람 살려!"

그녀는 뒤로 자빠지며 소리를 질렀다.

"경찰이라니까요. 자, 보세요. 신분증."

태석이 아줌마를 일으켜 준 다음 신분증을 내밀었다. 아줌마는 무조건 고개를 처박고 '얼굴 못 봤으니까 신고 못 해요, 신고 못 해요.'라는 말을 반복하다가 나중에야 눈을 동그랗게 뜨고 신분증과 태석을 번갈아 보았다.

"정말 경찰이에요?"

"그렇다니까요. 범인 잡으러 왔거든요. 문 닫고 조용히 계세요. 금방 끝날 테니까."

태석이 밖으로 나가려고 할 때 아줌마가 물었다.

"그런데 옆집 총각한테 무슨 일 생겼어요?"

"누군지 아세요?"

"알죠. 인사성 밝고 명랑한 총각인데. 아주아주 잘생겼고. 사람이 좀 시끄럽긴 해도 나쁜 짓 할 사람 같아 보이진 않았는데…… 무슨 나쁜 짓을 했을까. 그런데 그 총각 지금 집에 있긴 해요? 요새 집에 잘 안 들어오는 것 같던데?"

아줌마는 태석을 따라 나오며 계속 캐물었다.

"예예, 저희가 알아서 할게요."

"그 총각 보면 음식물 쓰레기 좀 치우라고 전해 주세요. 냄새가 지독해! 그렇지 않아도 반상회에서 몇 번 말이 나왔어!"

태석은 문을 닫고 한숨을 쉬었다. 아줌마가 아주 넋이 나갔지. 체포당할 놈한테 음식물 쓰레기 얘기를 해서 뭐해? 그렇게 냄새가 심하면 대신 버려 주든가.

그런데 복도가 비어 있었다. 활짝 열린 405호의 문. 태석은 놀라 집 안으로 뛰어들었다. 설마 벌써 변성수를 체포한 건 아니겠지? 제발 아니길. 삼단쇠봉으로 한 대는 때리고 끝내야 되는데.

거실에 우두망찰한 형사들이 보였다. 그가 안으로 들어서자 형사들이 옆으로 비켜 주었다. 거실 한복판에 시체가 있었다. 시체는 청테이프로 의자에 묶인 채 고개를 숙이고 있었다. 썩은 내가 코를 찔렀다. 죽은 지 며칠은 된 것 같았다.

태석은 구토를 참으며 시체 가까이 다가갔다. 양쪽 허벅지가 칼로 베여 온통 피범벅이었고 상처 사이로 구더기가 지나다녔다. 눈동자는 상한 물고기처럼 물기 없이 흐릿하고 얼굴은 부패로 인해 부풀었다. 목을 조이고 있는 피아노 줄이 붓기 시작한 살 속으로 파고들어 매듭 부분만 살짝 보였다. 생전의 모습과 상당히 달라지긴 했지만 누군지 알아볼 정도는 됐다.

변성수 일당의 남은 한 명인 이철진이다. 결국 변성수를 제외한 모든 인물이 시체로 발견된 것이다.

-◦◦◦-

살인 사건이 발생했을 경우 부검은 검사의 지시를 받아 경찰이 해당 기관에 의뢰하는 식으로 진행된다. 여기서 해당 기관은 당연히 국립과학수사연구소, 줄여서 국과수지만 반드시 그런 것은 아니다. 국과수는 전국에 다섯 곳. 서울 본원 외에 부산과 전남, 대전, 강원의 네 개 분소가 있는데 한 해 부검 건수가 사천오백 건이 넘기 때문에 국과수만으로는 인력, 장비 모두 턱없이 부족하다. 그래서 경찰은 법의학연구소가 있는 일곱 개 대학과 일부 종합병원에 건당 이십오만 원을 주고 부검을 맡겼다. Y 병원도 그런 곳 중 하나다.

병철과 태석은 병원 앞에 차를 세웠다.

병원은 건조한 백색 건물이었다. 응급실 앞에는 뒷문이 열린 구급차의 경광등이 빠르게 점멸하고 있었다. 근처에서 교통사고가 있었던 모양이다. 구급대원들이 피투성이가 된 남자를 응급실로 이송하고 있었다. 간호사가 큰 소리로 동료들을 불렀다.

이곳도 전쟁터군. 태석은 생각했다.

두 사람은 부검실이 있는 지하로 내려갔다. 복도에 김 형사와 조 형사가 보였다. 두 사람은 담배를 피우며 잡담을 나누다 병철과 태석을 보고 말을 멈췄다. 김 형사가 물었다.

"어떻게 됐냐?"

병철이 대답했다.

"어떻게 되긴 뭘 어떻게 돼. 아무것도 없지."

태석과 병철은 빈 소파에 털썩 주저앉았다. 두 사람은 온종일 빌라 관리인과 주민들 그리고 변성수와 대학 동창이자 친구였다는 모델 에이전시 사장까지 만나고 오는 길이었다. 밤을 새우고 또 하루 종일 뛰어다니다 보니 두 사람 다 파김치가 되어 있었다.

태석이 말했다.

"관리인이야 돈 제때 잘 내고 불만 늘어놓는 일이 없으니까 좋은 입주민이었다고 하고, 이웃 주민들은 그냥 잘생기고 쾌활한 청년 정도로 기억하고 있던데요. 한동안 안 보였지만 열흘이나 보름 정도 집을 비울 때가 많아서 이번에도 그러려니 했답니다."

병철이 말을 받았다.

"그러다 집에서 썩은 냄새가 나니까 여기저기서 말이 많았던 모양이야. 장마에 태풍에…… 환기만 제대로 안 해 줘도 냄새가 나잖아. 그렇다고 사람이 죽었을 거라 생각한 건 아니고. 젊고 팔팔한 남자가 갑자기 죽을 리가 없으니까. 개수대에 묵은 고기라도 내놓고 갔나 보다 하고 생각했다네. 태석이가 집으로 끌고 들어갔던 아줌마 있지?"

"내가 언제 끌고 들어가!"

태석은 짜증을 부렸다. 병철은 무시하고 말을 계속했다.

"그 아줌마가 통장이거든. 그렇지 않아도 이번에 집에 들어오면 따끔하게 한마디 해 주려고 기다리고 있었다더라. 옆집에서 사람이 고문 당하다 죽었는데 어떻게 모를 수가 있는지. 부검 결과는 아직이냐?"

김 형사가 말했다.

"너희들 가고 과수 팀 저승사자랑 잠깐 얘길 했는데, 저승사자 말로는 다른 곳에서 살해한 다음 그 집으로 옮겨 놓은 것 같다더라. 의자에 묶은 다음 들어오는 사람이 바로 볼 수 있도록 거실 한복판에 놓고 간 거야."

"왜 그런 짓을 해? 미친 거야?"

"집에 들어오는 사람한테 경고하려고 그랬겠지. 살인자가 생각한 사람보다 우리가 먼저 갔으니 문제지만."

그때 복도 저쪽에서 키가 작고 뚱뚱한 의사가 나타났다. 하얀 가운 여기저기에 검붉은 얼룩이 묻어 있고 화장기 없는 얼굴에는 피곤이 그대로 드러났다. 그녀는 김 형사가 들고 있는 담배를 노려보았다. 김 형사는 이곳이 금연 구역임을 기억해 내고 불을 껐다.

의사가 말했다.

"생각보다 오래 걸렸어요. 상처가 워낙 많은 데다 살이 썩어 짓물러서 구별하기가 쉽지 않더군요. 보고서에는 서른 군데 이상의 타박상이라고 적었으니까 그렇게 아세요."

"처음 뵙는 거 같은데, 법의관님 성함이?"

"법의관 아니에요. 그냥 의사지. 원래 부검을 담당하시는 선생님이 휴가를 갔어요. 그래서 재수 없이 제가 걸린 거예요."

그게 그거지. 태석은 마음속으로 투덜댔다. 미국이나 일본은 따로 자격증을 따야 법의관이 될 수 있지만 우리나라에서는 의사 자격증만 있으면 누구나 부검을 할 수 있다. 그럼에도 전문 인력이 부족하고 대부분의 의사가 부검을 기피해 수사의 어려움이 많았다.

의사가 말을 이었다.

"보고서는 아직 다 못 썼어요. 작성해서 팩스로 보내 드릴게요."

"간단하게라도 미리 알려 주시면 안 될까요?"

그녀는 피곤한 듯 얼굴을 찡그렸지만 곧 입을 열었다.

"전신에 혈종과 부종, 골절상이 있어요. 주로 어깨와 팔에. 손가락이 두 개, 발가락이 세 개 부러졌고요. 짧고 단단한 곤봉 같은 걸로 맞았을 거예요."

"고문을 당했다는 말씀인가요?"

"곤봉으로 팔과 어깨를 때려 가며 뭔가를 물었던 것 같아요. 피살자는 대답하지 않았고요. 그래서 다음 단계로 넘어가 복부에서부터 허벅지까지 살을 저며 내기 시작한 거죠. 고통을 관장하는 신경은 대부분 피부 표면에 있거든요. 차라리 죽는 게 낫겠다고 생각했을 거예요."

태석이 물었다.

"그래서 죽은 건가요?"

의사는 바보 같은 말을 들었다는 표정으로 태석을 쳐다보았다.

"아뇨. 피부를 저며 낸다고 사람이 죽진 않아요. 죽도록 아프기만 할 뿐이지. 누군지 모르지만 고문을 할 줄 아는 자예요. 구타할 때도 급소는 피해 가며 때렸으니까. 그러다 원하는 답을 얻고 살해한 거죠."

"언제 죽었죠?"

"사후경직이 끝나고 근육 이완 단계를 지난 상태였어요. 부패 가스로 복부에 녹색 점들이 생기고 있었고요. 위장에 음식물이 없는 걸로 봐서 죽기 전 하루나 이틀 정도 아무것도 먹지 못한 채 고문을 당한 것 같아요. 사인은 교살이에요. 목을 조르고 있던 피아노 줄은 봤겠죠?"

-◈◊◈-

네 사람은 병원을 나섰다. 분위기가 무거웠다. 시체가 한 구 더 늘었는데 범인을 잡을 단서가 없기 때문이다. 변성수 일당이 왜 죽는지조차 모르고 있으니 말 다했다.

김 형사가 불쑥 말했다.

"누구 짓일까?"

조 형사가 대꾸했다.

"변성수네 집에서 변성수 부하가 시체로 발견됐잖아. 그럼 변성수 짓이지."

"그럴싸한데."

김 형사가 감탄사를 내뱉었다. 태석은 한숨을 쉬었다. 인간이 저렇게 귀가 얇다니. 저러니 조 형사 내빈인을 하는구나, 싶나.

태석은 말했다.

"아니에요. 초록색 추리닝, 그 자식 짓이라니까. 피아노 줄 보면 몰라요? 이철진도 틀림없이 그놈 손에 죽었어요. 변성수 일당 전부 그놈이 노리고 있는 겁니다."

김 형사는 혀를 찼다.

"그놈의 육감, 하여간에⋯⋯. 좋다. 그럼 질문을 바꿔서, 그놈이 변성수 일당을 죽이는 이유가 뭐냐? 그것도 고문까지 해 가면서."

"돈 아니면 마약 문제겠죠. 원래 일이 틀어지면 얼마 안 되는 재산이라도 차지하려고 싸우기 마련이니까요. 시체를 집 안에 두고 간 걸로 봐서, 변성수에게 경고하는 게 아닌가 싶어요. 이 꼴이 되기 싫으면 물건을 내놔라…… 뭐, 그런 거요."

병철이 인상을 썼다.

"나도 돈을 좋아하지만 말이야. 아무리 돈이 좋아도 그렇지, 사람을 저 꼴로 만들면서까지 받고 싶을까?"

조 형사가 코웃음을 쳤다.

"세상에 돈만큼 절실한 동기가 어디 있다고 그래? 나도 한 십억 준다면 너희들이라도 저며 줄 수 있어."

태석은 조 형사를 곁눈질하며 저 인간이라면 정말 그럴 거라고 생각했다. 그 전에 꼭 체포해야 할 텐데.

그들은 병원 앞 편의점에서 맥주와 오징어를 사 가지고 파라솔 테이블 아래 둘러앉아 먹고 마셨다. 가끔 잡담을 나누긴 했지만 시체와 관련된 우울한 이야기는 피했다. 퇴근 시간이니까.

김 형사가 물었다.

"오선미는 어떠냐?"

"괜찮아요. 첫인상은 그냥 그랬는데 말 좀 해 보니까 괜찮던데요. 얼굴 예쁘고 내숭 안 떨고 성격 좋고. 아, 병철이 형 표현대로 묘하게 시크한 데가 있어요."

병철이 툭하니 내뱉었다.

"네가 만났던 다른 애들도 말 좀 해 보면 괜찮았을 거야. 네가 말을 안 해서 모르지."

"……그랬을까요?"

태석이 진지하게 반문했다. 솔직히 궁금한 것도 사실이다. 다른 사람들도 계속 만났다면 오선미처럼 마음에 들었을까? 아니면 이번이 특별한 경우일까.

병철은 카사노바라도 되는 것처럼 심오하게 말했다.

"세상에 백 명의 여자가 있으면 백 명의 서로 다른 개성이 있는 법이지."

김 형사가 답답하다는 듯 가슴을 두들겼다.

"너희들 무슨 소릴 하는 거야. 그게 아니라 오선미, 걔가 마약 가지고 있는 거 같더냐고."

태석은 그제야 정신을 차리고 대답했다.

"아, 그거요? 그건 잘 모르겠어요. 말하는 거 보니까 변성수에게 마음이 있긴 있었나 보던데. 그렇다고 약까지 받아 줬을지는 잘……. 애가 착하긴 한데."

"그나마 다행이네."

"뭐가요?"

"오선미가 마음에 들면 감옥에 보낼 때 마음이 아플 거 아냐."

태석은 잠깐 생각해 보았다. 오선미가 감옥에 가면 슬플까? 그래, 슬프겠지. 아쉬울 거야. 그렇다고 잘못을 눈감아 줄 순 없는 법이다. 태석은 한숨을 쉬며 말했다.

"어쩔 수 없죠. 나중에 면회 자주 가고 사식이나 넣어 줘야죠."

"너 진짜 시크하다. 난 고등학교 때 좋아했던 여자애가 아직도 생각나는데. 말 한번 제대로 못 해 봤거든. 거 뭐냐, '아이러브스쿨'인가 거기 가입해서 만나 보려고 했는데 결국 못 찾았지. 지금도 가끔 생각나. 그때 말을 걸었으면, 그래서 잘됐으면 어땠을까 하고."

조 형사가 불쑥 끼어들었다.

"난 첫사랑과 결혼했다."

"어? 조 형사님 결혼하셨어요?"

태석은 놀라 물었다. 김 형사가 기가 잔지 헛웃음을 흘렸다.

"넌 그것도 몰랐냐."

당연히 몰랐지. 매일 똑같은 옷에 씻지도 않는데 어떻게 여자랑 같이 산다고 생각하겠어? 태석은 속말을 목구멍으로 삼켰다.

"전혀 몰랐는데요."

조 형사가 어깨를 으쓱거렸다.

"지금 미국에서 공부 중이야. 이 년째. 내년에 귀국하기로 했는데 어떻게 잘될지 모르겠다."

김 형사가 부연했다.

"얘가 매달 월급의 삼분의 이를 보내."

"형수님을 정말 사랑하시나 봐요. 이 년이나 외국에 보내고 뒷바라지를 해 주시는 걸 보면."

태석은 놀랐다. 조성환의 새로운 모습을 쉬지 않고 보게 된다. 그냥 나쁜 놈인 줄 알았더니 의외로 자기 여자에겐 따뜻한 타입인 모양인데······.

"더 늙기 전에 공부를 하고 싶다는데 어떡하냐? 내가 도와줘야지."

"조 형사님, 몰랐어요. 진짜 대단하다."

태석은 진심으로 감탄하다 병철을 돌아보며 한마디 했다.

"형도 좀 보고 배워! 딴 여자 만날 생각만 하지 말고."

"나도 반성하고 있다."

조 형사는 별거 아니라는 듯 손을 내저었다.

"왜들 그래, 별로 대단한 것도 아닌데."

"아뇨, 충분히 대단해요. 아휴! 조 형사님 진짜 다시 봤어요."

태석은 눈을 반짝였다. 바로 옆에 진짜 사랑을 하는 사람이 있는 줄은 꿈에도 몰랐다. 궁금하게 생각했던 것을 물을 좋은 기회다. 인연에 대해, 운명에 대해.

"만일에 스무 살 시절로 돌아갈 수 있다면, 그래서 어떤 여자든 원하는 여자와 결혼할 수 있다면, 그래도 형수님과 결혼하실 거예요?"

조 형사는 벌컥 화를 냈다.

"무슨 소리야! 절대, 네버, 다시는 안 만나. 얼굴 보면 때릴 거야."

잠시 싸늘한 침묵이 흘렀다. 병철이 분위기를 바꿀 생각으로 김 형사에게 물었다.

"민수야, 넌 제수씨 어디서 만났니?"

"야구장에서. 작년에 야구장 갔다가 옆자리에 앉은 여자가 한 점이라도 내라고 욕하는 게 마음에 들어서 말을 걸었다가 이렇게 됐지. 우리 둘 다 자이언츠 팬이다."

"결혼식 때 뵈니까 많이 어린 것 같던데, 몇 살 차이라고 했죠?"

"여덟 살. 주위에서 도둑놈이라고들 많이 그랬지. 허허."

김 형사는 볼록 튀어나온 배를 출렁거리며 계속 웃었다.

태석이 물었다.

"형님을 사랑하세요?"

"그럼! 세상에서 제일 사랑하지."

"그럼 스무 살로 돌아갈 수 있다면, 그래서 어떤 여자든 원하는 여자와 결혼할 수 있다고 해도 형수님과 결혼하실 건가요?"

"아니. 김태희랑 해야지."

-◖◁▷◗-

승용차가 캄캄한 도로를 질주했다. 조금씩 비가 내렸다. 병철은 와이퍼를 켰다. 가로수 사이에 파묻힌 가로등 불빛 때문에 거리는 마치 엉성하게 만든 터널처럼 느껴졌다. 과속방지턱을 지나며 차가 쿵, 하고 흔들렸다. 졸고 있던 태석이 눈을 뜨고 하품을 했다. 온몸이 쑤시고 아팠다. 그는 목을 문지르며 말했다.

"내가 좀 졸았나 보다. 형, 안 피곤해? 내가 운전할까?"

"됐고. 너한테 줄 게 있는데 깜빡했다."

"뭔데?"

"뒷좌석 봐라."

뒷좌석 한가운데 쇼핑백이 놓여 있었다. 태석은 손을 뻗어 쇼핑백을 집어 들었다. 안에 스웨터가 들어 있었다.

"이거 뭐야? 형, 나한테 주는 거야?"

"그거 손으로 짠 거다."

"어디서 났는데? 설마 소영이가?"

"뭔 소리야! 걔가 너한테 스웨터를 왜 짜 줘?"

"미안. 그냥 농담이야."

병철은 더 이상 말을 하지 않았다. 태석은 옷을 입어 보았다. 딱 맞고 따뜻하다. 세 종류 실을 섞은 듯한 색감도 마음에 들고. 그런데 소영이가 아니라면 도대체 누구지? 태석은 물었다.

"그래서 누가 준 건데?"

"알바가 준 거다."

"알바가 누구…… 뭐?"

태석은 벌떡 일어나려다 천장에 머리를 부딪쳤다. 그는 급히 옷을 벗으며 말했다.

"형이 걔를 왜, 어디서 만났는데? 걔가 이걸 왜 줘? 형 혹시 내 뒷조사해?"

병철이 한심하다는 듯 고개를 흔들었다.

"그게 아니라 인마, 너 없을 때 알바가 경찰서에 찾아왔더라. 정문 앞에서 서성이다가 날 보더니 반색하고 달려들던데. 너한테 전해 주라고 그 옷 주고 갔어. 너 걔한테 무슨 거짓말을 한 거야? 네가 잘못 걸리면 팔다리 잘리는 함정수사를 하고 있는 줄 알던데."

"형, 걔한테 이상한 소리 한 거 아니지?"

"안 했어. 그냥 예예, 했지."

"잘했어."

태석은 안도의 한숨을 쉬었다. 이현경. 방심할 수 없는 여자다. 집에 오는 걸로 모자라 이제는 경찰서까지 들이닥치다니.

병철은 한심하다는 듯 혀를 찼다.

"너 왜 그렇게 사냐."

"내가 뭘."

"진정한 사랑을 하겠다느니 지속적이고 진지한 관계가 필요하다느니 연애가 뭔지 알아야겠다느니 온갖 헛소리를 다 했잖아. 알바 같은 애를 옆에 두고 그런 말이 입에서 나오니? 그 스웨터, 최소한 한 달은 짰을 거다. 내가 소싯적에 뜨개질을 해 봐서 아는데 색깔 세 개 그렇게 나눠 넣는 거 쉽지 않다."

태석은 옷을 쇼핑백에 도로 넣으며 대꾸했다.

"나이트에서 만난 애잖아."

"그래서?"

"바로 모텔도 갔어."

"그래서?"

"그런데 어떻게 사귀냐. 걔가 착한 건 인정하는데…… 좀 꺼림칙한 게 사실이잖아. 난 좀 더 믿음직하고 순수한 여자였으면 좋겠어."

"그러니까 넌 모텔로 데려간 여자만 삼백 명이 넘는 걸레지만 여자는 이슬만 먹고 사는 순수한 여자였으면 좋겠다 이거냐?"

"삼백 명 안 돼. 아마……."

"넌 진짜 나쁜 놈이야. 알바처럼 예쁘고 착한 애가 너처럼 비전 없는 놈을 좋아해 주면 하느님 감사합니다 하고 넙죽 절을 해야 뭐가 마음에 안 든다고 투덜대냐? 이 배은망덕한 놈아."

태석은 처음으로 진지하게 알바에 대해 생각했다. 그녀가 어떤 사람인지, 왜 그를 좋아하는지를. 그러고 보니 그가 알바에 대해 아는 건 친구와 함께 편입 학원을 다니고 있다는 것밖에 없었다. ……그리고 여러 번 모텔을 들락거리며 짐작하게 된 신체 사이즈. 정말로 한심한 노릇이다.

그런데 그녀는 왜 나를 좋아하는 걸까? 나는 그녀에게 아무것도 해주지 않았는데. 그녀가 두 팔 걷고 나서서 커플요금제까지 신청했음에도 전화 한 통 해 준 일이 없다.

태석은 이제야 누군가를 좋아하는 데 이유가 필요한 건 아니란 사실을 알 것 같았다. 그리고 사랑이 결코 동등하지 않음도……. 결국은 어느 한쪽이 상대방을 더 좋아할 수밖에 없다. 어떤 경우 마지막까지 상대방의 진심을 느끼지 못할 때도 있다. 그렇게 슬퍼하고 괴로워하다가 결국 헤어지는 거겠지. 그동안 그가 만난 많은 여자들처럼. 문득 그들이 어떤 사람인지 알아보지도 않고 헤어진 것이 미안하고 아쉬워졌다.

태석은 간신히 입을 열었다.

"걔 알바 아냐."

"그럼 뭔데? 정규직 됐냐."

"그게 아니라 이름이, 알바가 아니라 이현경이라고."

-⋈⋈⋈-

다음 날, 김주완이 중요한 정보가 있다며 만나자는 연락을 해 왔다. 그는 홍대 골목의 '가로등'이란 카페에서 기다리고 있겠다고 했다. 그곳은 개인이 하는 작은 커피숍으로 열 평 남짓한 가게 안에 커다란 원목 테이블이 두 개, 카운터와 붙은 바가 하나 있었다. 테이블 한 곳에는 여섯 명의 학생이 공책과 노트북을 꺼내 놓고 리포트를 쓰고 있고 바에서는 점장과 직원 하나가 원두를 갈며 잡담을 나누는 모습이 보였다. 선글라스를 낀 김주완이 다른 쪽의 테이블을 혼자 차지한 채 잡지를 보고 있었다. 태석과 병철은 주완의 맞은편에 앉았다. 주완이 거만하게 말했다.

"신수가 훤해지셨습니다그려. 저 잡아넣고 점수 많이 따셨나 봐요."

"아냐, 별로 못 땄어. 거물 되면 꼭 우리한테 잡혀라. 알았지? 근데 언제 나왔냐? 미안하다. 우리가 바빠서 신경을 통 못 썼다. 그래도 금방 풀려나고. 돈이 좋네?"

주완은 퉁명스럽게 대답했다.

"보석으로 나온 거예요. 재판받아야 돼요."

"재판이야 별거 아니지. 법원 나가서 멍하니 딴생각하다 보면 끝나는 거니까 걱정 마. 근데 같이 다니던 녀석은 어디 있냐? NY 모자 쓰고 있던 녀석."

"그 똥싸개요? 그런 새끼랑 어떻게 같이 다녀요, 쪽팔리게. 동네방네 똥싸개라고 소문 다 냈어요. 이제 클럽 같은 데는 얼씬도 못 할 걸요."

"잘됐네. 너 말고 걔. 이제 공부만 열심히 하면 되겠어. 그래서? 왜 보자고 했냐? 뭘 알고 있는데?"

주완은 선글라스를 벗고 창밖을 내다보았다.

"사실 형사님들한테 배신감 많이 느꼈어요. 서로 돕고 살자고 그러더니 일이 조금 잘못되니까 사람을 헌신짝처럼 버리고. 처음에는 꼭 복수하겠다고 이를 악물었는데 시간이 지나니까 다 부질없는 짓이다 싶더라고요. 세상 사는 게 다 그렇잖아요. 배신하고 음모 꾸미고, 그러다 일이 잘 풀리면 서로 웃는 낯으로 헤어지는 거고 아니면 싸움 나는 거죠."

이제 보니 살이 빠지고 주름살도 조금 늘었다. 감옥에 있는 동안 나름 깨달은 것이 많았던 모양이다.

태석이 말했다.

"설마 너도 닦은 이야기 하려고 우리 부른 거 아니지? 변성수에 대해 뭔가 할 말이 있다고 한 거 기억나지?"

"말했잖아요. 일이 잘 풀려야 웃는 얼굴이 된다는 걸 알았다고. 두 분 웃게 해 드리고 저도 웃으려고 그럽니다."

"뭔데?"

"대신 저 이번 사건에서 빼 주세요. 영화 보면 정보 좀 주고 대신 형기를 줄여 주는…… 뭐, 그런 거래가 있던데. 사실 저 그렇게 나쁜 짓 한 것도 아니잖아요. 그냥 느낌이 어떤지 궁금해서 약 조금 사서 파티 한 게 전부잖아요. 충분히 선처해 줄 수 있는 문젠데. 이번 기회에 아예 경찰 정보원이 돼도 좋거든요."

태석은 혀를 찼다.

"너 유치장이 어지간히 싫었구나."

"진짜 싫어요. 춥고 냄새 나고 지랄 같은 놈들은 얼마나 많은지. 세상에 미친놈들이 그렇게 많은 걸 처음 알았어요. 할 수 있는 일이 잠자는 일밖에 없는데 잠도 잘 안 오고…… 어떻게 살란 거죠? 죽으면 죽었지 다시는 안 돌아갈 거예요. 그래서 도와줄 거예요, 말 거예요?"

"얼마나 대단한 단서인지 일단 들어 보자."

"진짜 대단한 거예요. 변성수 사건 때문에 벌써 여럿 죽었죠? 왜 죽었는지, 누가 죽였는지 알려 드릴 수 있어요."

병철과 태석은 서로를 바라보았다. 물론 그들에게 주완을 풀어 줄 권력은 없다. 하지만 녀석들이 왜 죽었는지, 누가 죽였는지 알고 싶다. 그렇다면 또 거짓말을 치는 수밖에.

태석이 아무렇지 않게 말했다.

"알았다. 약속할게. 뭔데?"

"진짜죠?"

"진짜지. 이번에는 믿어라. 내 양심을 건다."

"좋습니다. 한 번만 더 믿죠. 그러니까 그게 말이죠, 변성수가 이미 약을 받았대요. 일주일 전쯤에 받아서 시장에도 살짝 풀었답니다. 그래 놓고 저한테는 도리도리 재고를 판 거죠. 진짜 치사한 놈 아니에요?"

"그래서?"

김주완은 목소리를 죽여 말을 이었다.

"근데 약을 대 준 조직에 약값을 안 줬대요. 전에 말했죠, 일본 야 쿠자들이 뒤에 있다고."

"그랬지."

"걔들이 어떤 애들인지 알아냈어요. 극동회極東會 계열의 폭력 조 직인데 한국에 마약을 팔 루트를 찾고 있었던 모양이에요. 변성수가 십 킬로 떼기를 문제없이 소화하면 계속 물량을 공급하기로 합의를 봤다고 했어요."

확실히 흥미로운 정보다. 태석과 병철은 주완 가까이 다가앉았다.

"변성수랑 야쿠사가 어떻게 연결이 된 건데?"

"중간에서 누가 연결해 줬다는데, 자세한 건 저도 몰라요. 변성수 잡으면 물어보세요. 아무튼 그렇게 일이 진행되고 있었는데 문제가 생긴 거예요."

"어떤 문제?"

"코딱지라고 기억나시죠?"

"그래. 코딱지, 교통사고로 죽었다고 했지."

태석은 담당 형사와의 통화를 떠올렸다. 술에 취해서 중앙분리대 를 들이받았다고 했던가. 혹시 마약 복용은 하지 않았는지 묻자 그 부분은 확인하지 않았다고 했다.

"예, 교통사고로 죽었죠. 그건 확실해요. 문제는 코딱지가 마약 대금을 배달하는 중이었다는 거예요. 트렁크에 가득 담아서. 변성수 애들은 돈을 배달한 다음 날 사고가 난 줄 알고 신경 안 썼던 모양이에요. 시간이 딱 그랬으니까. 그런데 사실은 코딱지가 그때 대금을 가져다주려 출발했던 거예요. 약과 술에 취해서 하루가 늦은 거죠. 결국 뭐, 영원히 못 가게 된 거고. 변성수 애들은 조직의 전화를 받고 나서야 그 사실을 알았대요. 그런데 돈이 없어졌다는 거예요. 자동차 견인 기사인지 보험사 직원인지 담당 형사인지, 어떤 놈인지 모르지만 누가 가져가고 모르는 척 오리발을 내밀고 있었던 거죠. 조직에서는 돈을 내놓으라고 난리고, 다른 때라면 카드 빚을 져서라도 돈을 마련하든 어떤 놈이 돈을 채 갔는지 찾아보든, 방법을 찾았겠지만 이번에는 그럴 수 없었어요. 이미 형사님들과 한판 붙은 다음이었으니까요. 전국에 수배가 된 마당에 경찰서, 보험사 돌아다니면서 돈이 어디로 샜는지 어떻게 찾아내겠어요? 그냥 도망칠 수밖에요. 문제는 조직에서 그냥 보내 줄 리가 없다는 데 있죠. 걔들이 남의 사정 봐줄 애들이에요?"

"그렇겠지."

"거기다 변성수 일당이 경찰에 잡히면 중간에서 연결해 준 사람까지 위험해지잖아요. 마약 말고도 밀항 알선이며 짝퉁 명품 밀수 같은 걸로 쏠쏠하게 돈을 버는 모양이던데. 변성수가 잡혀서 불기라도 하면 큰일이잖아요? 그러니까 꼬리를 자를 겸, 돈 안 낸 놈들 응징할 겸, 한 놈씩 잡아서 손봐 주고 있다는 거죠."

"살인자에 대해선 들은 거 없어?"

"잘은 모르지만 전문가래요. 이번이 처음이 아니고 전부터 조직들 일을 계속 보던 놈인 모양이에요. 감쪽같이 처치한 사람만 벌써 열 명이 넘는다던데……."

태석은 바짝 긴장했다. 역시 그가 생각했던 대로다. 전문가의 짓이야.

"이름이나 나이, 그런 건?"

"제가 뭐, 국정원이라도 됩니까. 이름이랑 나이까지 알게. 두 분도 수사란 걸 하셔야죠."

"알았다. 알려 줘서 고맙다."

두 사람은 자리에서 일어섰다. 주완은 두 사람을 번갈아 보며 물었다.

"그럼 제 일은 해결해 주는 거죠? 지금 해 주실 거예요?"

"네가 한 말이 맞는지 확인부터 해야지. 그런 다음에 우리가 알아서 처리해 줄 테니까 걱정 마라."

"약속하는 거죠?"

"봐서."

"봐서는 또 뭐예요! 얘기 다 들어 놓고!"

·▪◁▷▪·

형사들은 김주완의 증언을 바탕으로 코딱지 사건을 재조사했다. 아무래도 관할이 다른 서에서 종결된 사건인 만큼 조사도 조심스러울 수밖에 없었는데 노력에 비해 결과는 신통치 못했다. 담당 형사는 강도에게 칼을 맞고 쓰러져 사경을 헤매고 있었고 처음 코딱지를 발견하고 추적한 순찰차의 경장과 순경은 각기 파주와 일산으로 전출된 후였다. 보험사 직원은 회사를 그만뒀고, 겨우 부서진 차량을 가져간 견인차 차주만 만날 수 있었는데 그나마 이상한 점은 없었다고 했다.

관련자들의 계좌를 추적하고 재정 상태도 조사했지만 특별히 재산이 늘거나 돈을 물 쓰듯 쓰기 시작한 자도 발견할 수 없었다. 물침대와 조삐리가 순찰차의 경찰들과 통화를 하고 주말에 만날 약속을 잡긴 했지만 뭔가 단서를 얻을 거라고 보기는 힘들었다.

　상황은 점점 급박해지고 있었다. 시체가 하나 둘 많아지자 언론에서도 관심을 보이기 시작했다. 여기에 극동회에서 보낸 살인자가 사람을 죽이고 있다는 사실이 알려져 봐라. 대한민국 언론이 모두 좋아라 기사를 쓰기 시작할 거다.

　팀장은 어떻게든 일요일까지 약을 찾아내라고 태석을 윽박질렀다. 태석도 이젠 슬슬 사건을 끝내야 할 때란 생각을 하고 있었다. 오선미가 더 마음에 들기 전에.

　형사들은 의논 끝에 태석이 선미를 끌어낸 사이 사무실을 뒤지기로 결정했다.

　금요일 오후, 태석은 슈트를 차려입고 오선미의 학교로 갔다.

열렬하고 격렬하게

오선미는 전임강사로 일하는 대학에 강의 준비실을 따로 하나 가지고 있었다. 태석은 오선미가 거기 있다는 첩보를 받고 곧바로 대학으로 출발했다. 그가 선미와 함께 밖으로 나가면 그곳을 뒤지기 위해 병철이 동행했다.

병철은 대학 앞 꽃 가게에서 꽃다발을 사서 태석에게 건넸다.

"이거 가져가라. 여자란 말이지, 의외의 상황에서 선물을 받을 때 더 기뻐하기 마련이니까. 다 경험에서 우러나는 소리니까 먹지도 못하는 걸 왜 사냐는 소린 하지 말고."

태석은 멀뚱멀뚱 병철을 바라보다 물었다.

"먹지도 못하는 걸 왜 사?"

"이 자식이 진짜……."

"농담이야, 농담. 그런데 경험이라니? 형, 중매결혼 했다며?"

"중매라도 할 건 하거든! 여자가 그냥 넘어오냐, 공을 들여야지. 내가 진짜 자길 좋아하는구나 생각하게 만들어야 넘어오는 거야."

태석은 꽃향기를 맡으며 지금까지 만난 아가씨들에게 한 번이라도 애정 표현을 한 적이 있는지 생각했다. 아무래도 없는 것 같다. 어쩐지 잘 안 되더라니.

병철은 일 층에서 태석의 문자를 기다리기로 하고 태석 혼자 삼 층에 있는 오선미의 사무실로 올라갔다.

태석은 사무실 앞에 서서 호흡을 가다듬었다. 살인범과 일대일로 마주할 때처럼 심장이 두근거린다. 아니, 그거랑은 조금 다른가? 좀 더 포근한 느낌 쪽이긴 하다.

태석은 조심스럽게 노크했다. 잠시 기다렸지만 대답이 없었다. 이상하다? 자리에 있을 텐데? 몇 번 더 문을 두들기다 포기하고 살짝 문을 열어 보니 오선미는 책상에 앉아 열심히 모니터를 들여다보고 있었다. 태석은 꾸벅 인사하며 말했다.

"안녕하세요."

태석을 발견하고 선미는 놀란 표정을 지었다. 그녀는 급히 달력을 확인하더니 다시 태석을 보며 물었다.

"어라? 우리 오늘 만나기로 했던가요?"

"아뇨, 그냥 지나다가 들렀어요. 선미 씨 있으면 만나고 싶어서."

태석은 등 뒤에 감추고 있던 꽃다발을 짠, 하고 내밀었다. 선미는 환하게 웃으며 꽃을 받았다.

"고마워요. 너무 예뻐요. 이 꽃, 이름이 뭐예요?"

태석은 머뭇거렸다. 꽃을 살 때 옆에 있긴 했지만 병철이 너무나 당당하게 제일 싸고 양 많은 놈으로 달라고 했기 때문에 이름은 알지 못했다.

그는 고민 끝에 답했다.

"선미 씨가 더 예쁜데요."

오선미는 컵에 꽃을 담아 책상 한쪽에 놓았다. 태석은 소파에 앉아 사무실을 살폈다. 다섯 평 남짓한 사무실 안에는 자칫 잘못하다간 깔려 죽을 만큼 책이 많았다. 문을 제외한 모든 벽에 책이 들어차 있었는데 심지어 창문까지 책으로 막혔을 정도다.

낡고 오래된 사무실이었다. 천장에는 80년대 이후로 한 번도 본 일이 없는, 회전식의 환풍기가 설치되어 있었다. 나무 문은 칠이 벗겨져 회색이었고 모서리마다 쥐가 파먹은 것처럼 뭉툭했다. 그 사이로 새로 설치한 디지털 도어로크만이 어울리지 않게 반짝반짝 빛났다.

오선미가 태석의 시선을 눈치채고 말했다.

"도둑 때문에 설치한 거예요."

"도둑요?"

"예. 대학이야말로 좀도둑의 천국이거든요. 여기 계시는 선생님 중에 사무실 한번 안 털린 사람 없을걸요. 그래도 제 차례는 안 올 줄 알았는데……. 보시면 아시겠지만 훔쳐 갈 게 전혀 없으니까요."

태석의 얼굴이 심각해졌다. 벌써 둘이 죽었고 그중 한 명은 죽기 전 고문까지 당했다. 그런데 좀도둑이라? 혹시 오선미가 약을 가지고 있는지 뒤져 본 게 아닐까?

태석은 물었다.

"뭘 훔쳐 갔죠?"

"왜 이리 심각하게 말해요. 아무것도 안 훔쳐 갔어요. 펜티엄 컴퓨터에 십칠 인치 모니터를 가져가서 뭐하겠어요. 아무 데나 버렸다간 쓰레기 무단 투기로 벌금을 내야 할걸요. 남은 거라곤 책들뿐인데 그것도 대부분 한문으로 된 낡은 책들이니까요."

태석은 방을 둘러보고 고개를 끄떡였다. 진짜 좀도둑이었어도 그냥 갔을 것이고, 만의 하나 살인자였다고 해도 마약을 숨길 공간이 없다는 걸 알고 그대로 돌아섰을 것 같다. 오선미의 말대로 책이 너무 많아 십 킬로에 가까운 마약을 감출 공간이 없다. 혹시나 하는 생각에 책상 아래를 살폈지만 거기에는 각종 전선이 복잡하게 얽혀 있었다. 그는 긴장을 풀고 편하게 앉았다.

오선미가 말했다.

"마침 잘 오셨어요. 그렇지 않아도 태석 씨 생각하고 있었는데."

"정말요? 정말 제 생각 하셨어요?"

"그렇다니까요."

오선미는 갑자기 태석의 손을 잡아 책상 안쪽으로 끌어당겼다. 태석은 기대와 당혹을 함께 느꼈다. 설마 여기서? 물론 그의 성적 환상 중에는 학교에서 벌어지는 일이 포함되어 있었다. 그것도 아주 많이. 하지만 지금이 환상을 충족시킬 때가 아니지 않나?

그가 임무와 도덕과 본능 사이에서 갈팡질팡할 때 오선미가 모니터를 가리키며 말했다.

"컴퓨터가 작동을 안 해요."

화면 가운데 윈도가 치명적인 오류로부터 복구되었다는 내용의 창이 떠 있었다. 태석은 딱딱하게 굳어 버렸다.

"확인 버튼을 눌러도 안 없어져요. 껐다 켜도 다시 저 창이 뜨고요. 지금 꼭 출력해야 하는 파일이 있는데…… 어떻게 하죠?"

내가 그걸 어떻게 알겠어? 태석은 컴퓨터에 있어선 까막눈이나 마찬가지다. 그가 아는 것이라곤 바탕 화면의 한글 2005를 누르면 한글이 열리고, 익스플로러를 누르면 인터넷이 가능하며, 동영상은 곰 플레이어로 보면 된다는 것밖에 없었다.

문제는 이럴 경우 컴퓨터 천재인 다니엘 정이라면 식은 죽 먹듯 간단하게 컴퓨터를 고칠 것이란 점이다.

태석은 말했다.

"뭐, 별거 아니네요. 제가 금방 처리할게요."

"정말요? 고마워요. 얼마나 걸릴까요? 과 사무실에 가져다줄 자료라서 그러는데."

"음, 커피가 있으면 십 분 정도?"

"금방 타 드릴게요."

오선미는 찬장을 열고 커피 믹스를 꺼냈다. 태석은 당황했다. 그에게 진정으로 필요한 건 커피가 아니라 시간이었다. 어떻게 하지?

태석은 말했다.

"카푸치노는 없나요?"

"어쩌죠? 카푸치노는 에스프레소 머신이 없으면 못 만드는데. 우유 거품을 내야 하거든요."

태석은 가만히 선미를 살폈다. 오늘따라 평소와 달리 많이 맹해 보인다. 다른 때는 딱 부러지는 커리어 우먼 같은 느낌이었는데. 여기가 학교라서 그런가? 그가 업무 시간에는 어쩔 수 없는 경찰인 것처럼, 그녀도 학교에 있을 땐 선생님이 되는 걸까?

태석은 슬쩍 힌트를 주었다.

"오다 보니까 학교 앞에 스타벅스 있는 것 같던데요."

"아. 금방 다녀올게요."

선미는 반색하며 말했다. 거기까지 어떻게 가느냐는 말이 나올까 봐 조마조마했는데 그녀는 금방 다녀오겠다며 지갑을 챙겨 밖으로 나갔다. 선생님 오선미가 되어 있어 다행이다. 평상시라면 컴퓨터 고친 다음에 함께 가서 커피를 마시면 되지 않겠냐고 물었을지도 모르는데.

태석은 병철에게 전화를 걸었다.

"일단 올라와. 오선미 나갔으니까 걱정 말고."

태석은 전화를 끊고 꺼림칙한 눈으로 컴퓨터를 바라보았다. 병철이 컴퓨터에 대해 얼마나 알고 있을지 걱정이다. 가끔 컴퓨터게임을 즐기는 걸 봤으니 그보다는 많이 알 것이 분명하지만 태석보다 많이 안다는 게 전문가라는 증거는 되지 못하니 문제다.

문이 열리고 병철이 들어오며 물었다.

"오선미 어디로 보낸 거냐? 열라 열심히 뛰던데."

"빨라?"

"응, 거의 육상 선수 분위기야."

그럼 금방 돌아오겠군. 태석은 간단하게 상황을 설명했다.

"컴퓨터가 고장 났어. 나보고 고쳐 달래. 이럴 때 어떻게 해야 하는지 알아?"

병철은 팔짱을 끼고 컴퓨터 도사처럼 말했다.

"전자 제품이 말썽을 피울 때는 두 가지 방법이 있지."

"그게 뭔데?"

"첫째, 껐다 켜기."

병철은 리셋 버튼을 눌렀다. 태석이 말릴 틈도 없었다. 컴퓨터가 재부팅되는 사이 병철은 사무실을 뒤지기 시작했다. 뭐 이리 쉬워? 정말 이래도 되는 거야? 태석은 뭔가 속은 기분으로 병철의 뒤통수를 바라보았다.

"너도 빨리 찾아."

태석은 정신을 차렸다. 그래, 할 일을 해야지. 그들은 서랍을 열고 책상 아래를 살피고 소파 밑을 뒤졌다. 워낙 방이 좁아서 오래 걸리지 않았다. 사무실에는 마약은커녕 타이레놀 한 알 없었다.

병철은 문을 쳐다보더니 중얼거렸다.

"훔쳐 갈 것도 없는데 도어로크만 최신이네."

따당. 윈도 특유의 시작음과 함께 화면이 열렸다. 두 사람은 컴퓨터 앞으로 모여들었다. 혹시나 하는 기대를 품었지만 컴퓨터는 심각한 오류에서 복구되었다는 화면을 띄우고 멈춰 버렸다.

"두 번째 방법은 뭐야?"

"때리기."

병철은 가급적 이 방법은 쓰고 싶지 않았는데, 하고 중얼거리며 컴퓨터를 몇 번 걷어찼다. 모니터가 지지직거리다가 원래 화면으로 돌아갔다. 태석은 병철을 말렸다.

"그만해. 그러다 아주 보내겠다. 다른 아이디어는 없어?"

"그냥 고장 났다고 하면 안 되나? 새로 사라고 하든가."

"나 다니엘 정이야. 컴퓨터 전문가. 그런 소릴 하면 되겠어? 거기다 과 사무실에 보낼 중요한 서류가 있다고 했단 말이야."

병철은 고심 끝에 말했다.

"그렇다면 어쩔 수 없지. 네가 나가서 오선미 막고 있어. 삼십 분, 아니 이십 분만."

"어떻게 할 건데?"

"일 층에 컴퓨터실 있더라. 거기 조교한테 고쳐 달라고 할게. 거기면 복구 시디도 있고 컴퓨터도 많으니까 금방 고칠 거야."

"꼭 고쳐야 돼."

"나만 믿어."

태석이 건물 밖으로 뛰어나갔다. 오선미가 커피 두 잔을 든 채 잔디밭을 가로질러 오는 것이 보였다. 그는 다가가 커피를 받아 들었다.

"선미 씨, 감사합니다."

오선미가 눈을 동그랗게 뜨며 물었다.

"벌써 고치셨어요?"

이럴 땐 일단 허풍을 치고 보는 거다. 태석은 하하하 웃었다.

"그럼요. 별거 아니던데요. 윈도가 괜찮은 운영체제인데 가끔 그렇게 사고를 치고는 하죠."

태석은 벤치에 앉으며 말을 이었다.

"날씨 좋은데요. 여기 조금 있다가 들어갈까요?"

"과 사무실에 보낼 서류가……."

"잠깐이면 되는데."

태석의 간절한 눈빛에 선미는 어깨를 으쓱거리더니 좋다고 말했다. 두 사람은 벤치에 나란히 앉아 커피를 마셨다. 한낮의 캠퍼스는 한가로웠다. 멀찍이 고딕 양식을 모방해 지은 본관 건물이 보였다. 건물 외벽을 따라 덩굴장미가 늘어져 있었다. 가방을 멘 학생들이 잔디밭을 가로질러 강의실로 향하는 것이 보였다.

태석은 뻣뻣해진 목을 문질렀다. 이렇게 느긋하게 앉아서 커피를 마시는 게 얼마 만인지 모르겠다. 지난 한 달간 정말 발바닥에 땀 나도록 바쁘게 뛰기만 했으니까.

오선미가 물었다.

"학교는 오랜만에 와 보시는 거죠?"

"정말 오래됐죠."

아마 오선미가 생각하는 이상일 것이다. 고교 졸업 후로 처음이니까 십 년도 넘었다. 그것도 삭막하기 짝이 없는 남고 교정이었으니 대학 캠퍼스의 낭만 따위 경험해 본 일이 없다. 그래서인지 가끔은 대학생들이 부럽다.

태석은 오선미를 곁눈질했다. 좋은 집에서 태어나 교육 잘 받고 대학에서 선생 일을 하는데 뭐가 아쉬워서 약을 챙겼을까. 굴곡 없는 삶이 심심했기 때문일까? 아니면 변성수에 대한 애정 때문일까? 아냐, 약을 가져갔다고 확신해선 안 되지. 아직 모르는 거니까.

오선미가 물었다.

"태석 씨는 고등학교 때 공부만 했죠?"

공부만 안 했는데. 태석은 말했다.

"아니에요. 저 고등학교 때 두 달짜리 정학도 맞아 봤어요."

"정말요? 왜요?"

"수업 듣기가 싫어서 친구랑 학교를 빼먹었거든요. 열흘인가 바다

쪽으로 한 바퀴 돌면서 신 나게 놀다 돌아왔죠. 진짜 재미있었어요."

"아무리 그래도 두 달 정학은 좀 심한 거 아닌가요?"

"아, 그거요. 가출할 때 출석부를 들고 갔거든요."

"예? 왜요?"

"아니, 뭐…… 별생각은 없었는데. 어머니가 저 학교 빼먹는 걸 워낙 싫어하셔서요. 저 결석했다고 하면 태석아, 정말 왜 그러니 하면서 눈물을 주룩주룩 흘리시는데 마음이 아프더라고요. 가출은 하고 싶은데 자꾸 엄마 생각은 나고……. 그래서 가져갔죠. 출석부에 체크 못 하게 하려고. 그땐 공문서를 들고 튀면 심각한 문제가 생긴다는 걸 몰랐죠. 한 달 내내 가방에 넣고 다닌 데다 서울 역에 두고 오는 바람에 아주 죽도록 맞고…… 난리도 아니었어요."

선미는 잠시 침묵하다가 갑자기 웃기 시작했다. 처음에는 웃음을 참으려고 키득댔지만 마침내 눈물까지 흘려 가며 계속 웃었다.

"미안해요. 근데 너무 웃겨요, 출석부."

"그때 전 진짜 심각했다고요."

"그래도 웃긴 걸 어떡해요. 학교 다닐 땐 의외로 노는 타입이셨나 봐요?"

"좀 그렇죠. 근데, 그 일을 생각하면 아쉬운 게…… 같이 가출했던 친구 있잖아요. 진짜 친한 사이라고 생각했는데 출석부가 문제가 되니까 갑자기 태도를 바꾸는 거예요. 제가 출석부 들고 온 거 전혀 몰랐다고. 거기다가 같이 낙서도 하고 그랬으면서. 설마 제가 걔랑 모의해서 일 저질렀다고 그러겠어요? 근데 먼저 그러니까 많이 실망했죠."

"그래서요?"

"뭐, 제가 들고 나온 건 맞으니까 그렇다고 했죠. 걘 전혀 모르는 일이라고. 그 뒤론 서먹해졌는데 갑자기 그 생각이 나네요."

자, 이제 무슨 말을 하나 볼까? 태석은 오랜만에 형사 모드로 돌아가 가만히 선미를 살폈지만, 그녀는 아무 말 없이 커피만 홀짝일 뿐이었다. 태석은 한 걸음 더 나가 보기로 했다.

"살다 보면 그렇게 친하다고 생각했던 사람에게 뒤통수를 맞는 일이 생기는 것 같아요. 그때 어떻게 행동하느냐가 중요한 것도 같고요. 선미 씨 생각은 어때요?"

"글쎄요. 닥쳐 보지 않으면 모르죠. 사람도 상황도 다르니까요."

"음……. 그럼 저는 어때요? 제가 큰 사고를 치고 선미 씨에게 숨겨 달라고 하면? 도와주실 건가요?"

오선미는 그제야 태석을 돌아보며 살짝 웃었다. 하지만 어딘가 씁쓸한 미소다.

"신고해야죠."

그럼 그렇지.

두 사람은 커피를 다 마시고 사무실로 올라갔다. 태석은 슬그머니 핸드폰을 꺼내 병철에게 문자를 보냈다.

지금 들어간다.

답 문자는 없었다. 아무 문제 없으니까 답이 없는 거겠지? 그런 거겠지? 태석이 조마조마해할 때 오선미는 삑, 삑, 비밀번호를 눌렀다. 태석은 안 보는 척하며 번호를 훔쳐보고 기억해 두었다. 050823.

사무실에 들어가니 다행히 병철은 없고 컴퓨터가 제자리에 있었다. 태석은 안심했다.

유병철, 이 쌈박한 인간. 이번에는 해냈구나!

"그냥 켜면 되나요?"

"예, 그렇죠."

오선미가 파워 버튼을 눌렀다. 컴퓨터가 켜지고…… 곧 멈췄다. 조금 전과 달라진 게 아무것도 없었다.

선미가 태석을 돌아보았다.

"고치셨다면서요? 안 되는데요?"

태석은 겸연쩍게 웃으며 병철을 믿은 자신을 저주했다. 하여간에 일생에 도움이 안 되는 인간 같으니라고.

이제 그가 할 수 있는 말은 한 가지밖에 없었다.

"어라? 이상하네요? 아까는 됐는데."

-xox|xox-

태석은 미안하다고 사과하고 선미의 기분이 풀릴 때까지 아양을 떨었다. 처음에는 어색했지만 막상 하다 보니 어려운 일은 아니었다. 그러다 어느새 저녁 시간이 되었다. 두 사람은 저녁을 먹었고 재즈바에 가서 전문 세션맨들이 연주하는 스탠더드넘버를 들으며 맥주를 나눠 마셨다. 특별히 이야기를 나누지도 않았다. 그저 음악을 들으며 피아노 이야기를 했을 뿐이다. 그러다 선미가 갑자기 '이제 그만 나가요.' 라고 말했다.

태석은 그때, 이제 그녀와 자게 되리라는 걸 알았다. 그렇게 생각할 수밖에 없는 어떤 이유가 있는 것은 아니다. 그저 오랜 경험을 통한 직감일 뿐이다.

지금까지 여자를 만나면 잠자리를 함께하는 건 밥을 먹는 것만큼이나 일상적인 일이었다. 하지만 이번에는 달랐다. 오선미는 용의자고 그는 지금 수사 중이다. 마음속으로 에로틱한 흥분을 즐기는 건 상관없지만, 그걸 현실 세계에서 시도하는 건 절대 해서는 안 될 일이었다.

태석은 절대 안 된다고 마음을 다잡았지만 그가 정신을 차렸을 땐 이미 수사비로 모텔비를 계산하고 방으로 들어온 후였다. 모텔비라 니. 이 사실을 알면 팀장과 병철이 가만히 있지 않을 것이다.

두 사람은 엘리베이터에서도 키스했고 방으로 들어가면서도 키스 했다. 그가 문을 닫자마자 오선미는 그를 벽으로 밀치고 셔츠 안으로 손을 넣었다. 부드러운 손길이 피부를 훑고 지나갔을 때 태석은 부르 르 몸을 떨었다. 그 순간 태석을 가로막고 있던 최소한의 자제심도 사 라졌다. 에라, 모르겠다. 내가 언제 생각이란 걸 했다고.

그는 오선미의 상의 사이에 손을 넣어 브래지어 호크를 찾으며 바 지를 벗었다. 두 가지 일을 한꺼번에 하기는 쉽지 않았다. 태석은 바 지에 다리가 걸려 쿵, 하고 바닥을 뒹굴었다.

선미가 키득키득 웃으며 태석의 팔을 잡아 주었다.

"괜찮아요?"

태석은 그대로 선미의 팔을 잡아당겨 넘어뜨리고 얼굴과 목에 키스 를 퍼부었다. 선미의 웃음소리가 더욱 커졌다. 그가 떨리는 손으로 옷을 벗길 때 선미가 팔을 잡으며 말했다.

"먼저 씻고 와요."

하지만 태석은 너무나 흥분해 있었다. 그는 선미의 브래지어 호크 를 찾으며 더듬더듬 말했다.

"저 땀 많이 안 흘리는데요."

"흥분하지 말고 천천히 해요. 밤은 길어요."

선미는 부드럽게 고개를 돌려 키스를 피하며 태석을 달랬다. 태석 은 조금이지만 이성을 되찾았다. 그는 선미를 일으켜 침대에 앉히고, 터미네이터처럼 손을 들며 '아일 비 백!'을 날리고 화장실로 뛰어들었다.

태석은 온도를 맞추기 위해 일단 샤워기부터 틀고 옷을 벗었다. 빨리 씻고 나가 오선미를 덮칠 생각이었다. 하지만 상의를 벗어 변기 위에 내려놓다가 동작을 멈췄다. 세 가지 색이 섞인 깔끔한 스웨터. 현경이 주고 간 옷이다.

태석은 가만히 스웨터를 내려다보았다. 샤워기에서 물이 쏟아져 발등을 적셨지만 그는 미동도 하지 않았다. 순식간에 정신이 돌아왔다. 현경의 눈에 그렁그렁 고여 있는 눈물을 떠올렸고 느닷없이 터지는 특유의 웃음을 기억했다. 그녀가 그에게 해 준 것을 생각했다.

밖에는 그가 아는 한 가장 예쁘고 지적인 여자가 옷을 벗고 침대에 누워 있었다. 하지만……. 태석은 스웨터를 안고 변기에 주저앉았다. 방금까지 입고 있던 거라 아직 따뜻했다. 태석은 한숨을 쉬었다.

오선미는 그를 미시시피대학 출신의 IT 전문가라고 생각하고 있었고 현경은 그가 마약 사건 조사를 위해 목숨을 걸고 위장 수사에 뛰어들었다고 생각하고 있었다.

진짜 연애를 해 보겠다고? 말도 안 되는 소리였다. 자신이 누군지조차 제대로 밝히지 못하는 인간이 하는 연애가 어떻게 진짜일 수 있겠니. 이래서야 진과 딜라진 게 없다. 오히려 너 한심한 인간이 되었을 뿐이다.

태석은 도로 옷을 입었다. 급한 일이 생겼다는 핑계를 대고 자리를 피할 생각이었다. 마음을 정하니 기분이 한결 나아졌다. 그래, 수사건 연애건 정직하게 해야 해. 나에게도 남에게도 거짓말을 해선 안 돼.

어느새 조명이 뻘그죽죽한 수면등으로 바뀌어 있었다. 오선미는 침대에 누워 있는지 이불이 볼록했다. 태석은 바닥에 널브러진 바지를 집어 들고 침대로 다가가 조심스럽게 말을 건넸다.

"선미 씨?"

이런 상황에서 그냥 나간 적이 없어 무슨 말을 꺼내야 할지 감이 잡히지 않았다. 그때 뒤통수에 무언가가 와 닿고 선미의 차가운 목소리가 들렸다.

"움직이지 마."

얼래? 이게 무슨 일이래? 태석은 몸이 싸늘하게 식는 걸 느꼈다. 그는 곁눈질로 뒤를 돌아보았다. 오선미의 차가운 눈이 보였다. 그녀는 손에 든 것으로 태석의 머리를 꾹꾹 눌렀다.

"고개 돌려. 앞을 봐."

볼록한 이불 사이로 둘둘 말린 베개와 목욕 가운이 보였다. 이걸로 날 속였군. 오선미는 태석을 벽으로 밀어붙이고 몸을 뒤졌다. 머리끝부터 발끝까지 세심하게. 지금 상황에서 이런 생각을 해도 될지 모르지만, 이제야 진짜 위장 수사를 하는 느낌이다.

하지만 팬티 사이에 손이 닿았을 때, 태석은 몸을 부르르 떨었다. 그리고 간신히 말했다.

"뭐 찾는 거 있어요? 뭔데요. 말해 봐요."

"입 다물어."

수색이 끝나자 그녀가 말했다.

"이제 돌아서. 천천히."

오선미는 옷을 전부 입고 있었고 한쪽 손에 가스총을 들고 있었다. 마음이 차갑게 식었다. 처음부터 나랑 잘 생각이 없었군. 태석은 억지로 미소를 지으며 물었다.

"갑자기 왜 이래요? 내가 뭘 잘못했어요? 뭘 찾는데 그래요?"

"카메라. 아니면 녹음기."

"무슨 소리예요. 그런 걸 제가 왜 가지고 있어요?"

"그럼 이건 뭐죠?"

그녀는 태석의 경찰 신분증을 흔들어 보였다. 태석은 입술을 깨물었다. 그가 화장실에 간 사이 바지를 뒤졌던 모양이다. 그래서 바지부터 벗긴 다음 씻으라고 내보냈군. 처음부터 그를 의심하고 있었던 거다.

그는 간신히 입을 열었다.

"설명할 수 있어요."

"그럼 해 봐요. 내 인내심이 다하기 전에."

"다 설명할게요. 그런데 그 전에 그 총 날 주면 안 될까요? 그러다 잘못해서 쏘기라도 하면 큰일이니까. 편한 자세로 앉아서……."

태석은 주절주절 말을 늘어놓으며 선미를 향해 다가갔다. 오선미는 총을 쳐들어 정확히 태석의 미간을 겨눴다.

"걱정하지 말고 거기 가만히 서서 말해."

선미가 총을 까딱였다. 태석은 급히 뒤로 물러섰다. 저러다 손가락이 미끄러지기라도 하면 끝장나는 거다. 지금 같은 상황에서도 오선미가 가스총을 어디서 났는지 궁금한 건 그가 뼛속까지 형사이기 때문이리라. 핸드백에도 트렁크에도 없었는데.

그의 의구심을 알아차렸는지 선미가 말했다.

"이게 어디서 났는지 궁금해? 사무실에 있던 거야. 혹시나 하는 마음에 가지고 나왔지."

"나 경찰 맞아요, 인정해요."

"그건 나도 아는 거고. 다른 거."

"근데 절대 선미 씨한테 해 끼치려 한 거 아니에요. 절대 아니죠. 그러니까 혹시 변성수가 선미 씨한테 나쁜 짓을 할까 봐 보호하려고……."

"맞선 상대인 것처럼 꾸며서 접근했다고?"

"좀 이상하다는 건 저도 아는데요. 그렇지만 지금 저 옷 입고 나왔잖아요. 그냥 가려고 했거든요. 선미 씨한테 폐 끼칠 생각은 없었거든요. 진짜요. 그건 맹세할 수 있어요. 저 옷 입고 있는 거 보이죠?

바지도 입으려고 그런 거거든요. 그냥 가려고 했어요. 진짜로. 하늘
에 맹세도 할 수 있어요."

선미는 잠시 침묵하다 물었다.

"왜 날 맞선 상대로 정했는지를 물었어."

"그건……."

"내가 마약을 가지고 있나 궁금해서, 찾아보려고 그런 거 아냐?"

태석은 입을 다물었다. 선미의 얼굴은 차갑게 식어 있었다. 조금
전까지 부드럽게 그에게 키스하던 여자와 같은 사람인지조차 의심스
러울 지경이다. 이럴 때 입을 잘못 놀렸다간 한 방 맞을지 모른다는
걸 알지만, 도무지 묻지 않고는 견딜 수가 없었다.

태석은 숨을 크게 들이마신 후 물었다.

"……가지고 있나요?"

하지만 선미는 총을 쏘지도 화를 내지도 않았다. 그녀는 신분증을
품속에 넣으며 말했다.

"내일 아침, 경찰에 정식으로 항의하겠어요. 신분증은 증거로 가
져가죠. 이번 일에 관련된 사람들, 전부 가만두지 않겠어요."

"저기, 선미 씨. 잠깐만 우리 얘기 좀 해요. 진작 터놓고 말하지 않
은 건 제 실수예요. 그래도 사람이 그렇게까지……."

그는 선미의 손을 잡으려고 걸음을 내디뎠다가 머리에 총이 닿자
슬그머니 물러섰다. 선미는 문을 열었다.

"그거 알아요? 저 태석 씨, 좋은 사람이라고 생각했어요."

쿵. 문이 닫혔다.

태석은 침대에 털썩 주저앉았다. 일이 이렇게 꼬일 줄은 생각도 못
했다. 차라리 총을 한 방 맞았으면 이렇게 기분이 더럽지는 않았을 텐
데. 결국 연애도 실패하고 수사도 실패한 셈이다. 용의자와 모텔에
왔다는 사실까지 알려지면 경찰을 그만두는 정도로도 끝나지 않을 것

이다.

다만 조금 전의 대화를 통해 한 가지 사실을 확신할 수 있었다. 그녀가 변성수의 마약을 가지고 있다는 것. 그녀에 대해 많은 걸 알고 있다고 생각했는데, 사실은 아무것도 몰랐던 것이다. 그녀가 그를 의심하고 있었다는 사실조차 몰랐으니까. 비밀을 간직한 사람은 그 혼자가 아니었다.

태석은 왠지 쓸쓸한 기분에 담배를 꺼내 물었다.

-◦◦◦◦◦◦-

태석은 객실을 나와 일 층으로 내려왔다. 로비에 음료수와 담배, 콘돔 자판기가 차례로 세워져 있었다. 자판기에선 푸르스름한 불빛이 흘러나왔고 둔중한 소리를 내며 컴프레서가 작동했다. 태석은 콜라를 하나 뽑으며 병철에게 전화했다.

병철은 전화를 받자마자 변명했다.

－야, 어떻게 됐냐. 걱정했다. 과 사무실에 서류는 넣었냐? 미안하다. 내가 금방 나가서 처리하려고 했는데 질 인 되잖아. 조교기 퇴근했대. 근데 너한테 지금 들어간다고 문자는 오고. 그래서 튀었지.

"됐어. 그리고 우리 끝났어."

－왜? 설마 컴퓨터 때문이냐? 그건 아니지?

태석은 그렇다고 할까 하다가 그만두고 말했다.

"아냐. 다 내 잘못이야. 형한테 미안하고. 딴 사람 피해 안 가게 내가 최대한 노력할게."

－무슨 일인데 그래?

태석은 동작을 멈췄다. 주차장에 선미의 미니쿠퍼가 서 있었기 때문이다. 흐릿한 차 유리 안으로 빈 의자가 보였다. 저게 왜 여기 있지? 오선미가 나간 지 벌써 십 분은 지났을 텐데.

태석은 주위를 살폈다. 캄캄한 밤. 주차장 입구에는 모텔 특유의 장막이 드리워져 있고 로비에서 깜빡거리는 전등 불빛이 조명의 전부였다. 시체의 낯짝처럼 푸르스름한 빛. 태석은 바짝 긴장해서 천천히 쿠퍼로 다가갔다. 차 옆에 오선미의 핸드백이 떨어져 있었다. 그는 핸드백을 내려다보다 아직도 무슨 일인지 캐묻는 병철에게 말했다.

"나 지금 양재에 있는 제이모텔이거든. 즉시 경찰 보내."

─모텔? 설마 너, 오선미랑······.

그는 전화를 끊고 주차장 안쪽에 시선을 주었다. 주차장 램프의 노란 불빛 사이로 승용차 몇 대가 보였다. 그중 한 대는 시동이 걸려 부릉부릉 소리를 내고 있었다. 캄캄해서 차 안에 누가 타고 있는지는 보이지 않았다.

그가 차를 향해 걸음을 내디딜 때 전화가 왔다. 오선미의 번호였다. 태석은 시동이 걸린 자동차를 쳐다보며 전화를 받았다.

"여보세요."

─정태석 형사님. 맞으시죠?

정중한 목소리. 하지만 웃음기가 깔려 있다.

"그래."

─전에 체육관에서 만난 사람입니다. 기억나십니까?

태석은 찌르르 심장이 울리는 걸 느꼈다. 역시 너구나. 처음 봤을 때부터 언제고 다시 부딪칠 날이 올 거라 생각했다. 하지만 이런 식일 줄은 몰랐다.

선미는 괜찮을까? 이미 당했다면? 아니, 그건 아닐 거야. 그렇다면 나한테 전화할 리가 없지. 뭔가 바라는 게 있으니까 전화한 거야.

태석은 대답했다.

"그래. 기억나."

─그때 제 사진 찍지 않으셨습니까? 무슨 일이 생기는 게 아닐까 걱정했는데 저랑 별로 안 비슷한 몽타주만 돌아서 안심했습니다. 그때부터 저와 통하는 게 있구나 싶더군요.

태석은 입술을 깨물었다. 차마 '렌즈를 엄지로 가려서…….' 라는 말이 나오질 않았다. 그야말로 치욕스러운 일이다.

남자는 계속해서 말했다.

─요새 오선미를 만나시던데요. 슬금슬금 다른 형사님들도 따라다니고. 약을 찾고 계셨던 모양인데, 찾으셨습니까?

태석은 잠시 고민하다가 솔직하게 말했다.

"아직 못 찾았어."

─다행이군요. 약은 제가 찾아서 주인에게 돌려주겠습니다. 입 다물고 계신다면 회수하는 분량의 십 프로를 드리죠. 그 정도면 괜찮은 거래인 것 같은데, 어떠십니까?

우리가 약을 훔치려고 일을 꾸몄다고 생각한 모양이군. 하긴, 녀석이 그렇게 생각할 만도 하다. 경찰 상부에서 절대 인가를 내 주지 않을 작전이었으니까. 그렇다면 놈들이 의심하지 않도록 탐욕을 보일 필요가 있다.

"이십 프로."

─오호. 그 정도 분량을 소화하실 수 있겠습니까?

"그건 우리가 알아서 할 일이고. 그 정도는 줘야 협상이 돼. 이번 일에 낀 형사만 다섯이야. 지금이라도 오선미의 실종 신고를 낼 수 있다는 걸 명심해."

─그럼 형사님들이 한 짓도 소문나게 되겠죠. 불법으로 오선미를 감시한 일 같은.

"기껏해야 경고나 받겠지. 하지만 너희는 많이 힘들어질걸. 마약을 버리기도, 팔기도 쉽지 않아질 테니까."

잠시 침묵이 흐르다 다시 남자의 목소리가 들렸다.

─위에 한번 물어보죠. 하지만 크게 기대하진 마십시오.

"한 가지 더. 오선미는 털끝 하나 건드리지 마. 집안이 대단한 여자야. 잘못 건드렸다간 제대로 수사 시작된다."

─압니다, 알아요. 형사님 애인을 감히 어떻게 건드리겠습니까. 약이 어디 있는지만 알아내면 바로 풀어 줄 겁니다.

"오선미가 말하지 않으면?"

─이것 보세요, 형사님. 우린 전문갑니다. 그깟 계집애 한 명 자백 못 시킬 것 같습니까? 괜히 힘쓰지 않아도 술술 불게 만들 수 있어요. 전혀 걱정하지 마세요. 풀어 주는 날 바로 모텔에도 갈 수 있게 해 드릴 테니까. 단, 아가씨가 경찰에 신고하지 못하도록 형사님이 잘 다독여 주셔야 합니다.

우리라고? 혼자가 아니라는 뜻이군. 동료가 있어.

"여섯 시간 주지. 딱 여섯 시간 후까지 연락이 없으면 수사에 들어갈 거야."

─다시 연락드리죠.

짧은 웃음소리와 함께 전화가 끊겼다. 헤드라이트가 켜졌다. 태석은 손을 들어 얼굴을 가렸다. 하얀색 그랜저의 앞 유리 너머로 핸들을 잡고 있는 놈의 얼굴이 보였다. 오늘은 초록색 추리닝을 입지 않았지만 놈이 맞았다. 놈은 태석을 보며 히죽 웃었다. 차가 옆을 스쳐 지났다. 조수석에 죽은 듯 늘어져 있는 오선미가 보였다.

태석은 병철에게 전화해 사정을 설명했다. 병철은 충격이 큰지 한동안 입을 다물고 있다가 간신히 말했다.

─난리 났구나. 이제 어떡하나?

"약을 찾아야지. 그놈보다 먼저. 그래야 오선미를 구할 수 있어."

─약이 어디 있는지 알아?

"아니. 이제부터 알아볼 거야."

태석은 전화를 끊고 오선미의 핸드백에서 자동차 열쇠를 꺼냈다. 그는 미니쿠퍼에 올라 시동을 걸었다.

그가 알기로 오선미는 은행에 개인 금고를 개설하지 않았고 약을 숨겨 달라고 부탁할 만큼 친한 친구도 없다. 사무실에도 마약이 없었다는 점을 고려하면 남은 곳은 하나. 집뿐이다.

태석은 오선미의 집을 올려다보았다. 높다란 담벼락 밖으로 껑충한 대나무가 촘촘하게 늘어서 있었다. 저택은 불이 꺼져 캄캄했다. 태석은 집 주위를 돌며 잠입하기 쉬운 자리를 찾았다.

가족들에게 사정을 설명하고 집을 뒤질 생각도 해 보았지만 그가 하는 말을 믿어 줄 것 같지 않았다. 일분일초가 아까운 지금이다. 가급적 시간이 덜 들면서 효과가 분명한 방법을 택해야 했다. 설사 불법이라 할지라도.

서쪽의 담벼락이 비교적 경사가 낮고 울퉁불퉁했다. 그는 주위에 아무도 없음을 확인하고 담장을 기어올랐다. 담장 위에 듬성듬성 유리 조각이 박혀 있었다. 죽일 놈들. 철조망도 아니고 깨진 소주병이 뭐냐. 태석은 소매로 부서진 조각을 쓸어 내며 욕설을 내뱉었다.

담장 위에 올라서자 셰퍼드 두 마리가 달려와 짖기 시작했다. 놈들의 큼직한 이빨과 벌건 혓바닥 위로 달빛이 쏟아졌다. 태석은 떨떠름한 눈으로 녀석들을 바라보았다. 이대로 뛰어내렸다간 놈들의 야식거리밖에 안 된다.

개를 기른다는 사실을 알고 와서 다행이다. 태석은 손목에 감고 있던 비닐 주머니를 풀고 최고급 한우 등심을 꺼냈다. 사실은 돼지 목살을 사 올 생각이었는데 정육점이 전부 문을 닫은 바람에 고깃집에서 일 인분에 사만 오천 원 하는 꽃등심을 살 수밖에 없었다. 이걸로 수사비는 한 푼도 안 남기고 전부 다 쓰게 됐다. 속이 쓰리긴 하지만 성공할 거란 자신감은 커졌다. 아무리 독한 놈들이라도 한우에 저항하겠어?

그는 등심을 정원에 던졌다. 개들은 일이 초 머뭇거리다 고기에 코를 대고 냄새를 맡았다. 그러다 다시 태석을 보고 짖었고 금방 또 고기를 노려보았다. 녀석들은 혼란스러운 듯 비슷한 일을 몇 번이고 반복하다가 결국 한우를 먹기 시작했다. 우적우적. 고기 씹는 소리가 들렸다.

태석은 고기가 소화되기를 기다렸다. 고기를 조금씩 찢고 수면제를 반 알씩 전부 여섯 알을 넣었다. 오선미의 핸드백에 들어 있던 수면제다. 의사 처방까지 필요한 약이라고 하니 저 중 일부만 먹는다고 해도 효과는 충분할 것이다.

셰퍼드들은 고기를 게 눈 감추듯 먹어 치우고 태석을 노려보았다. 아직도 으르렁대긴 했지만 조금 전처럼 분노가 느껴지진 않았다. 고기를 주신 좋은 분이기 때문이리라. 오 분 정도 지나자 개들의 기세가 수그러들었다. 좀 더 시간이 지나자 자세가 흐트러지고 하나 둘 무너지기 시작했다. 그리고 잠잠해졌다. 태석은 삼사 분 더 기다리다가 정원으로 뛰어내렸다. 축축하게 젖은 흙에서 비료 냄새가 났다.

그때 셰퍼드의 안광이 매섭게 빛났다. 태석은 깜짝 놀라 굳었지만 개들이 납작하게 엎드려 움직이지 않는 걸 보고 안심했다. 완전히 잠이 들진 않았어도 움직일 기운은 없는 모양이다.

태석은 저택을 향해 걸어갔다. 일 층과 이 층 모두 불이 꺼져 있다. 언젠가 오선미가 부모님은 일 층을 쓰고 자신은 혼자 이 층을 쓴다는 얘기를 한 적이 있다. 조심만 한다면 오선미의 부모님께 들키지 않고 이 층을 수색할 수 있을 것이다.

태석은 가스관을 타고 이 층으로 올라갔다. 베란다 창문은 잠겨 있지 않았다. 그는 조심스럽게 문을 열고 안으로 들어갔다. 불 꺼진 이 층 거실에는 커다란 텔레비전과 소파 그리고 러닝 머신이 놓여 있었다. 방은 모두 세 개. 태석은 그중 가장 가까운 방으로 들어갔다.

그곳은 오선미의 침실이었다. 더블 사이즈 침대 위에 하얀색 이불과 잠옷이 깨끗하게 개여 있었고 널따란 책상 위에는 소니의 바이오 노트북과 마우스가 놓여 있다. 책에 깔려 죽을 듯 보였던 사무실과는 전혀 다른, 산뜻한 느낌의 집이다. 오선미가 집에서만 깔끔하게 살 사람으로 보이진 않고, 가정부가 대신 치워 준 거겠지?

태석은 소리가 나지 않도록 조심하며 차근차근 방을 뒤졌다. 삼십 분 남짓 세심하게 방을 뒤졌음에도 아무것도 찾지 못했다. 오선미가 변성수와 찍은 사진 몇 장이 전부다.

두 번째 방은 그녀의 옷 방이었다. 옷과 신발이 옷장마다 계절별로 깔끔하게 정리되어 있었다. 신발 상자까지 하나씩 열어 가며 샅샅이 뒤졌지만 약은 찾을 수 없었다.

마지막 방에는 가정부가 자고 있었다. 동남아 어딘가에서 온 여자로 보였는데 고단한지 태석이 문을 연 것도 모르고 대자로 뻗은 채 코를 골았다. 태석은 그냥 나가려다 가정부에게 이불을 덮어 주었다.

거실로 나오니 새벽 다섯 시였다. 창밖이 조금씩 밝아지고 있었다. 피로했다. 태석은 빈 소파에 앉아 이제 어떻게 해야 할지 생각했다.

거실 한쪽에 에어컨이 보였다. 혹시 저 안에 있진 않을까? 변성수가 피아노에 공간을 만들었던 것처럼 부품을 뜯어내고……. 태석은 고개를 흔들었다. 그럼 가정부가 알아차렸을 거라는 데 생각이 미쳤기 때문이다. 청소 상태를 보니 보통 깔끔한 아가씨가 아닌데. 태석은 문득 이곳에 약이 있을 리 없다는 사실을 깨달았다. 부지런한 다람쥐처럼 청소하는 가정부가 있지 않은가. 책상 서랍, 옷장, 변기 안, 어디에 숨겨도 그녀에게 들켰을 것이다.

그렇다면 어디지? 오선미만 드나들 수 있는 개인 공간이어야 안심하고 숨겨 두었을 텐데. 하지만 그런 곳은 없잖아. 그런 곳은······.

태석은 오선미의 사무실에서 본 디지털 도어로크를 떠올리고 신음을 흘렸다. 그녀는 좀도둑 때문에 도어로크를 설치했다고 했지만 가만히 생각하니 이상한 얘기였다. 훔쳐 갈 게 없다면서 왜?

그러고 보면 그곳이야말로 오선미의 개인적인 공간이다. 그리고 가스총도 생각났다. 선미는 사무실에서 가스총을 가져왔다고 말했다. 하지만 병철과 함께 사무실을 뒤졌을 때 어디에도 가스총은 없었다. 다시 말해 사무실 어딘가에 비밀 공간이 있다는 뜻이다.

그래, 거기 있어. 분명해.

태석은 벌떡 일어나 베란다로 향했다. 정원에 엎드려 있던 셰퍼드들이 그를 노려보았다. 태석은 뛰어내리기 직전 간신히 난간을 잡고 멈췄다. 셰퍼드들이 태석을 노려보며 낮게 으르렁댔다. '아까 몸에 안 좋은 고기를 준 게 너지?'라는 눈빛들. 아직 완전히 정상인 것 같진 않았지만 사람 하나 물어 죽일 힘은 찾은 듯했다.

빌어먹을. 어떡하지······? 고기를 더 사 왔어야 했다. 들어올 생각만 하고 나갈 일을 생각 안 한 것이 실수다.

태석은 마음을 정했다. 벌써 몇 시간을 낭비했다. 어쩌면 벌써 살인자가 약을 찾아갔을지도 모를 일이다. 다리를 물리더라도 지금 이곳을 빠져나가야 한다.

그는 숨을 크게 들이마시고 정원으로 뛰어내렸다. 셰퍼드가 눈을 치켜떴다. 태석은 심장이 오그라드는 공포를 참고 셰퍼드를 뛰어넘어 내달렸다. 문을 열고 뒤를 돌아보니 셰퍼드는 여전히 그 자리에 엎드려 있었다. 다른 셰퍼드 한 마리가 하품을 하고 다시 엎드렸다. 태석은 실망과 안도를 동시에 느끼며 문을 닫았다.

-×○×|×○×-

태석이 오선미의 사무실에 도착했을 땐 아직 새벽이었다. 이른 시간이라 가끔 청소하는 아줌마만 보일 뿐 건물 전체가 비어 있었다. 선미가 문을 열 때 비밀번호를 봐 둔 덕에 디지털 도어로크는 간단하게 열 수 있었다.

그는 안으로 들어가자마자 책장을 뒤집었다. 책장이 쓰러지며 묵직한 소리를 냈다. 무너진 책들을 들추자 그 사이에 숨어 있던 금고가 나타났다. 가로세로 오십 센티쯤 되는 간이 금고. 낡은 책 사이에 숨겨 뒀던 것이다.

손잡이를 잡아당겼지만 금고는 잠겨 있었다. 시험 삼아 도어로크의 비밀번호를 눌러 보았다. 열리지 않는다. 하긴, 같은 번호를 두 번 쓰진 않았겠지. 태석은 오선미의 지갑에서 주민등록증을 꺼냈다. 그녀의 생일은 5월 8일이었다. 비밀번호는 050823. 그럼 23은 뭐지?

태석은 곰곰이 생각하다 병철에게 전화했다. 병철은 전화를 받자마자 숨넘어가는 소리를 냈다.

─야, 너 지금 어디야? 왜 전화를 안 받아? 약은 찾았어?

태석은 금고를 내려다보며 대답했다.

"아직. 아직 찾고 있어."

─네가 말한 그랜저 말이야, 찾았다. 공용 주차장에 버리고 갔어. 아무래도 주차장에 준비해 놓은 다른 차를 타고 튄 모양인데 어떤 차인지 알아보는 중이야. 오선미 핸드폰은 꺼져 있어서 추적이 불가능하고……

"변성수 생일이 언제야?"

—갑자기 그게 무슨 소리냐?

"빨리! 중요한 거야!"

얼마간의 시간이 흐른 뒤 병철이 말했다.

—77년 8월 23일. 그런데……

거기서 23이 나왔군. 태석은 전화를 끊고 번호를 조합했다. 다섯 번의 실패 끝에 금고를 여는 데 성공했다. 비밀번호는 082305였다.

금고 안에는 투명 테이프로 둘둘 감은 비닐봉지가 들어 있었다. 태석은 비닐봉지를 뜯고 안을 살폈다. 셀 수 없을 만큼 많은 하얀색 알약들. 그리고 핸드폰이 있었다.

태석은 핸드폰을 꺼냈다. 저장된 번호는 단 하나였다. 태석은 생각에 잠겼다. 변성수의 전화번호일까?

삐. 삐. 삐.

짧은 기계음이 귀청을 때렸다. 태석은 놀라 문을 돌아보았다. 누군가 도어로크의 키패드를 누르고 있었다. 누구지? 변성수? 초록색 추리닝? 태석은 묵직한 마약을 품에 안은 채 창문을 열고 발코니로 나가 납작하게 엎드렸다.

문이 열리고 초록색 추리닝이 사무실 안으로 들어섰다. 그는 혼자가 아니었다. 머리를 박박 민 청년이 뒤따라 들어왔다. 녀석은 왼쪽 귓밥에 동그란 귀고리를 하고, 통이 넓은 청바지와 스마일 마크가 들어간 티셔츠를 입고 있었다. 추리닝은 무표정한 얼굴로 활짝 열린 금고를 내려다보았다.

태석의 등이 땀으로 축축해졌다. 놈이 여기 왔다는 건 오선미가 자백을 했다는 뜻이겠지? 그녀는 괜찮을까? 태석은 놈들을 덮치고 싶은 충동을 간신히 참았다. 놈들을 제압한다 해도 오선미를 구할 순 없다는 사실을 알기 때문이다. 어딘가 다른 놈들에게 붙들려 있을 텐데,

저놈들에게 장소를 알아내기 전에 돌이킬 수 없는 사태가 벌어질 가능성이 높았다.

성급하게 굴었다가 벌써 몇 번이나 실패하지 않았나. 지금 그가 택할 수 있는 가장 좋은 방법은 놈들을 미행해 오선미가 어디 있는지 알아내는 것이다.

하지만 이곳에 계속 숨어 있다간 발각될 가능성이 크다. 태석은 난간을 밟고 서서 옆 사무실의 발코니로 뛰었다. 착지하는 순간 몸이 기우뚱했지만 다행히 아래로 떨어지기 전에 난간을 잡을 수 있었다.

하마터면 죽을 뻔했군. 태석은 몸의 떨림이 멈출 때까지 기다렸다가 창문을 열고 안으로 들어갔다. 바둑을 두던 늙수그레한 선생 둘이 그를 보고 놀란 표정을 지었다. 태석은 어색하게 웃으며 손을 흔들었다.

"계속 일 보세요. 소방법 준수 여부를 조사 중입니다."

태석은 문을 열고 복도로 나와 있는 힘을 다해 비상계단으로 달렸다. 재수 없게 초록색 추리닝과 마주치기라도 하면 큰일이니까. 막 계단을 따라 내려가는데 전화벨이 울렸다. 태석은 계속 움직이며 전화를 받았다. 귀에 익은 추리닝의 목소리가 들렸다.

―정 형사님? 접니다. 위에 계신 분께서 십오 프로까지는 괜찮다고 하시네요. 별 탈 없이 그 분량을 소화해 내면 계속 약을 공급해 드릴 생각도 있고요. 아무래도 형사님들이 판매를 담당하면 저희도 믿음직하고 뒤탈이 생길 가능성도 줄 테니까요.

"그거 좋은 생각이네. 그런데 조금 문제가 있어."

―어떤 문제죠?

"내가 먼저 약을 발견했거든. 지금 내 품속에 있어. 아무래도 조건을 바꿔야 할 것 같아."

전화기 너머가 잠시 조용해졌다. 한참 만에 추리닝이 물었다.

―어떻게 바꾸시겠다는 거죠?

"그렇게 어려운 조건은 아니야. 난 그리 욕심이 많은 사람이 아니니까. 이십 프로에 오선미. 내가 약을 찾았으니 오 프로쯤 더 갖는 건 당연하다고 생각되는데."

―그건 그렇습니다만, 오선미라뇨? 털끝 하나 건드리지 않고 돌려보내겠다고 분명히 말씀드렸을 텐데요?

"방법의 차이지. 내가 결혼할 때가 됐거든. 이왕 해야 할 결혼이라면 부잣집 딸이 좋겠지. 생명의 은인이라면 결혼하기도 어렵지 않을 거 아냐? 내가 악당들로부터 구하는 걸로 시나리오를 짰으면 좋겠는데."

태석은 생각나는 대로 대꾸했다. 약을 확보한 이상, 남은 건 오선미의 안전을 확인하고 구출하는 일밖에 없다. 그러기 위해선 놈을 안심시켜야 했다.

추리닝은 선선히 응낙했다.

―그렇게 하시죠. 그럼 두 시간 후에 뵙죠. 아무래도 사람이 많은 곳에서 보는 편이 좋겠죠? 코엑스 어떻습니까? 거기 안에 커다란 서점이 하나 있던데. 신사적으로 물건을 교환하기에 딱 좋은 장소가 아닐까요?

"좋아."

―오선미를 데리고 나갈 테니까, 형사님도 약을 가지고 오십시오.

태석은 전화를 끊고 건물 뒤에 몸을 숨겼다. 잠시 후 초록색 추리닝과 부하가 튀어나와 건물 앞에 세워진 낡은 엘란트라에 올랐다. 태석은 놈들이 멀어질 때까지 기다렸다가 미니쿠퍼를 타고 코엑스로 출발했다. 가까이 붙으면 차를 알아볼 것이란 점을 염두에 둔 것이다.

팀장이 지금의 그를 봤다면 이렇게 말했을 것이다.

자식, 이제야 진짜 형사 같군.

태석은 병철에게 전화해 지금까지 있었던 일을 설명했다.

"그러니까 미리 코엑스에 가 있어. 놈들을 발견해도 절대 섣불리 나서지 마. 내 말 무슨 뜻인지 알지? 오선미의 목숨이 위험해진다고."

─알아, 알아. 장사 한두 번 하냐? 약이랑 오선미랑 교환한 걸 확인한 다음 체포할 테니까 걱정 마라. 우리 팀 전부 출동할 거다. 코엑스 안전 관리 팀에 연락해서 함께 처리할 테니까……. 민간인들 없는 장소까지 간 다음에 체포해야지. 그런 거 걱정하지 말고 넌 협상이나 잘해.

"그럼 이따 봐."

태석은 전화를 끊었다. 다행인 건 약속 장소가 경찰서에서 그리 멀지 않다는 점이다. 코엑스의 안전 관리 팀에는 전직 경찰들도 잔뜩 있고. 동료들이 먼저 도착해 만반의 준비를 갖출 시간이 충분하다.

하지만 정말 시간이 될까? 만의 하나 놈들이 낌새를 챈다면? 그래서 오선미를 데리고 사라진다면?

태석은 금고에서 발견한 핸드폰을 가지고 왔음을 기억했다. 고양이 손 하나가 아쉬운 지금이다. 변성수가 돕는다면 오선미를 구할 가능성이 훨씬 높아질 것이다. 그는 핸드폰에 저장된 번호로 전화를 걸었다. 일 분 정도 기다렸지만 아무도 전화를 받지 않았다.

그가 핸드폰을 내려놓을 때, 바로 전화가 왔다. 처음 보는 번호. 하지만 누가 전화했는진 알 것 같다. 태석은 전화를 받았다. 숨소리가 들렸다. 태석이 먼저 입을 열었다.

"오선미가 위험해."

─누구지?

익숙한 목소리. 변성수다.

"너랑 두 번 싸운 형사."

─……그렇군. 기억나, 그럭저럭 실력은 있지만 대단치는 않았던 녀석.

그리고 힘없는 웃음소리가 들렸다. 예전의 태석이라면 길길이 날뛰며 욕설을 퍼부었을 테지만 지금은 이상하게 화가 나지 않는다.

태석은 침착하게 말했다.

"오선미, 납치됐다. 누구한테 잡혀갔는지 말 안 해도 알겠지?"

웃음소리가 멈췄다. 잠시 후 변성수의 목소리가 들렸다.

─내 약은?

태석은 입술을 깨물었다. 마약상이라도 자기 여자에 대한 애정은 있을 줄 알았는데…… 역시 그냥 쓰레기 같은 놈이었던 걸까?

"나한테 있어."

─그럼 왜 전화했지? 사업을 함께하자는 뜻인가?

"오선미가 잡혀갔다니까! 가만히 있으면 무슨 일이 생길지 몰라! 네 도움이 필요해."

─내가 뭘 어쩔 수 있다는 건지 모르겠군. 죽은 놈들 못 봤어? 밥 먹는 것보다 사람 죽이는 걸 좋아하는 인간이야. 그런 놈을 상대로 나더러 뭘 어쩌라고?

"이 새끼야, 너 싸움 잘하잖아! 나도 이겼잖아!"

─싸움을 잘하는 거랑 사람을 잘 죽이는 거랑은 달라. 너는 경찰이니까 안 죽일지도 모르지. 하지만 난 얼굴을 드러내는 순간 끝장이야. 그쪽에서 단단히 벼르고 있거든. 안됐지만 오선미를 위해 내가 할 수 있는 일은 없어.

"야, 이 오라질 새끼야! 오선미는 널 위해 마약도 숨겨 줬어! 근데 넌 오선미가 죽을 위긴데도 모른 척하겠다는 거냐? 그러고도 네가 사람 새끼야?"

─걱정 마. 그놈들도 오선미는 건드리지 않을 테니까. 적당히 겁이나 주다 말겠지. 머리가 없는 놈들은 아니니까. 해도 되는 일과 하지 말아야 할 일 정도는 구별할 줄 안다고.

"그게 네 입에서 나올 소리냐? 새끼야!"

-그렇게 걱정돼? 네가 약을 준다면 도와줄 수도 있지.

"뭐야? 그만둬, 이 새끼야!"

태석은 분노를 참지 못하고 핸드폰을 내팽개쳤다. 핸드폰은 의자 밑 어딘가로 날아갔다. 도무지 화를 억누를 수가 없었다. 저런 놈을 라이벌이라고 생각했다니 일생일대의 수치다. 피아노만 잘 치면 뭐하니, 새끼야. 사람이 돼야지. 이번 일만 끝나면 하늘에 맹세코 변성수를 체포해서 우적우적 씹어 먹고야 말 테다.

그때 전화벨이 울렸다. 혹시 변성수가 다시 전화하지 않았을까 기대했지만 초록색 추리닝이었다. 놈은 거만한 말투로 말했다.

-정 형사님? 죄송해서 어쩌죠? 약속 장소가 바뀌었습니다. 코엑스에 사람이 너무 많대요.

"뭐? 어디로?"

-지금 보이는 교차로에서 오른쪽으로 꺾으세요.

태석은 깜짝 놀라 백미러를 살폈다. 십여 대의 차량 뒤로 놈의 엘란트라가 보였다. 이 새끼, 날 미행했구나.

태석은 부주의한 자신을 욕했다. 통화에 정신이 팔려 놈들이 뒤를 쫓는 걸 몰랐다. 어떡하지? 시키는 대로 해야 할까? 아니면 안 된다고 우겨야 할까? 교차로가 바로 앞이다. 망설일 시간이 없다.

태석은 오른쪽으로 핸들을 꺾었다. 혼자였다면 절대 놈이 시키는 대로 하지 않았을 것이다. 그러나 놈들은 오선미를 데리고 있다. 그녀가 몸과 마음에 돌이킬 수 없는 상처를 입기 전에 구출해야 한다.

태석은 물었다.

"이제 어디로 가지?"

-그냥 쭉 가시면 됩니다, 쭉. 아, 참. 전화는 끊지 마세요. 심심한데 계속 이야기나 하죠.

심심하긴 개뿔. 내가 형사들에게 다시 전화해 약속 장소가 바뀐 걸 알릴까 봐 그러는 거면서.

"이래 가지고서야 서로 믿고 사업을 하겠어? 으슥한 데로 유인해서 약을 빼앗으려고 하면 난 어쩌라고?"

─염려 놓으세요. 형사님들을 함부로 건드릴 정도로 간이 크진 않습니다. 귀찮은 일은 질색이니까요. 단지 제 신변이 걱정돼서 그러는 겁니다. 약속 장소에 나갔더니 형사님들이 기다리고 있다가 살인범도 잡고 약도 챙기려고 들면 어떡합니까?

태석은 비웃었다.

"걱정도 팔자군. 네가 입을 놀리는 건 어떻게 감당하려고 그런 짓을 하겠어?"

─죽은 자는 말이 없다고 하지 않습니까. 저흴 그냥 죽여 없애려고 할지도 모르죠. 아, 지금입니다. 왼쪽으로 꺾으세요.

길은 점점 외진 곳으로 이어지고 있었다. 허허벌판에 가끔 컨테이너로 만든 창고만 보였다. 태석은 놈이 하는 말에 적당히 응수하며 다른 손으로 바닥을 더듬었다. 변성수의 핸드폰을 찾아 병철에게 문자를 보낼 생각에서다. 그런데 빌어먹을 핸드폰이 도무지 잡히질 않았다.

그러다 핸드폰 줄에 손이 닿았다. 태석은 고개를 숙이고 핸드폰이 어디 있는지 살폈다. 저기 있군. 좌석 아래 쑤셔 박힌 핸드폰을 확인하고 고개를 들었을 때, 어디선가 튀어나온 트럭이 앞을 가로막았다. 트럭의 옆 유리창을 통해 뚱보의 무표정한 얼굴이 보였다.

태석이 브레이크를 밟았을 땐 늦었다. 끼이익, 쿵. 미니쿠퍼와 트럭이 충돌했다. 자동차 앞부분이 함몰되면서 유리가 깨졌다. 태석이 운전석에 엎드린 채 숨을 몰아쉴 때 벌컥 차 문이 열리고 누군가 들어와 안전벨트를 풀었다. 태석은 놈에게 멱살을 잡힌 채 질질 끌려가 구겨지듯 뒷자리에 처박혔다. 태석은 웅크린 채 죽을 듯이 기침을 했다.

차가 다시 움직였다. 태석은 한동안 움직이지 못했다. 정신이 하나도 없고 피가 줄곧 눈으로 흘러들었다. 귀에서는 삐이, 하는 소리가 났다. 그때 누군가 티슈를 내밀었다.

"이걸로 피 닦으세요."

태석은 티슈를 받아 이마를 눌렀다. 서서히 정신이 돌아오자 간신히 눈을 뜨고 주위를 살폈다. 어느새 미니쿠퍼에는 세 사람이 더 타고 있었다. 트럭을 몰던 뚱보가 운전을 하고 초록색 추리닝은 옆에 앉아 태석의 핸드폰을 들여다보고 있다. 오선미의 사무실에서 봤던, 스마일 티를 입은 청년이 조수석에서 그를 힐끔힐끔 돌아보았다.

"괜찮으십니까?"

초록색 추리닝이 정중하게 물었다. 머리가 둥둥 울렸다. 통증은 심하지 않은데 정신을 집중하기가 쉽지 않았다. 태석은 팔을 들어 동맥이 끊어지지 않았는지 확인했다. 다행히 그건 아니었다.

추리닝이 말했다.

"유병철. 유병철. 유병철. 계속 같은 분하고 통화를 하셨네. 늘 같이 다니는 그 형사님 맞죠?"

"그거 이리 내놔."

추리닝은 씩 웃더니 핸드폰을 반으로 쪼개 창밖으로 던졌다. 태석이 놈의 멱살을 잡을 때 명치끝에 칼이 닿았다. 태석은 손을 놓았다. 추리닝이 칼을 품속에 넣으며 씩 웃었다.

창밖으로 논밭이 보였다. 차는 어디론가 계속 달려가고 있었다. 어딜 가는 걸까? 나를 어떻게 할 생각일까?

초록색 추리닝이 말했다.

"오해는 하지 마십시오. 정 형사님을 죽일 의도는 없으니까. 저희 같은 사람들은 의심이 많아서 상황을 확실히 알지 못하면 겁을 먹거든요. 약도 드릴 거고 오선미도 돌려 드릴 겁니다. 단, 약은 십 프로만 드릴 겁니다. 이유는 말씀 안 드려도 되겠죠?"

초록색 추리닝은 마약이 든 비닐봉지를 무릎 위에 올려놓으며 웃음을 터뜨렸다.

미니쿠퍼가 느려졌다. 멀리 '꽃향기화훼원' 이라는 낡은 간판이 보였다. 깨진 화병과 죽은 나무들. 오래전에 망해서 문을 닫은 화원 같았다. 공터 가장자리에 뾰족한 말뚝으로 울타리가 쳐져 있고 그 안쪽에 제법 커다란 비닐하우스가 있었다. 찢어진 비닐이 바람이 불 때마다 나풀거리고 녹슨 철골이 일부 드러났지만 안쪽에 방수포가 몇 겹 포개져 있어 내부가 보이진 않았다.

차가 멈췄다. 뚱보가 태석이 내리도록 도와주었다. 바닥은 질척질척한 진창이었다. 울타리에서부터 비닐하우스까지 라면 박스가 깔려 있었다. 태석은 일부러 몸을 가누기 힘든 척 연기했다.

"이리 오세요."

초록색 추리닝은 비닐 문 위에 늘어진 방수포를 들추고 하우스 안을 보여 주었다. 오선미가 축 늘어진 채 의자에 묶여 있었다. 찢어진 블라우스 사이로 브래지어가 보였다. 그녀는 인기척을 느꼈는지 고개를 들었지만 눈가리개를 하고 있어 앞을 보진 못했다.

초록색 추리닝은 방수포를 내리며 말했다.

"겁을 줄 방법이 마땅치 않아서요. 때릴 순 없고. 이해하시죠? 제 명예를 걸고 말씀드리지만 나쁜 짓은 하지 않았습니다."

태석은 속이 부글부글 끓었지만 내색하지 않고 고개를 끄떡였다. 스마일 티의 청년이 저울을 가져오자 초록색 추리닝이 마약의 무게를 쟀다. 구 킬로가 조금 안 된다.

그는 쯧쯧 혀를 찼다.

"벌써 변성수 그 죽일 놈이 일 킬로나 꺼내 갔네요. 걱정 마세요. 이 손실까지 부담하라고 하진 않을 테니까."

그는 익숙한 동작으로 알약을 덜어 일 킬로를 맞추고 비닐봉지에 넣은 다음, 가방에 담아 태석의 발밑에 던졌다.

"약속대로 십 프로입니다. 전화번호를 하나 드릴 테니 약 다 팔면 연락주세요. 약을 계속 공급해 드릴 테니까. 물론 대금은 내서야 하지만 다른 분들보단 많이 싸게 해 드리죠."

그는 메모지에 전화번호를 적어 가방 위에 내려놓았다.

"전화번호 추적할 생각은 마십쇼."

"오선미는?"

태석은 퉁퉁 부은 입술로 간신히 말했다. 추리닝은 어깨를 으쓱거렸다.

"데려가시죠. 이제 저희는 필요 없으니까. 나쁜 놈들 다 쫓아냈다고 위로해 주시면 되겠네. 단, 차는 저희가 가져갑니다. 십 분만 걸으면 인가가 있으니까 거기 가서 사람들 부르면 될 겁니다. 꼭 결혼에 골인하시길 빕니다."

그러더니 태석의 어깨를 토닥이고 가 버렸다. 태석은 비닐하우스에 기대서 호흡을 가다듬었다. 머리의 피는 그쳤지만 두통은 여전했다. 추리닝은 공터 가운데로 가서 누군가에게 — 아마도 의뢰인일 것이다 — 전화를 걸었고 스마일 티는 남은 마약을 들고 미니쿠퍼로 걸어갔다. 뚱보는 태석 옆에 남아 담배를 피웠다.

태석은 뚱보에게 손을 내밀었다.

"나도 한 대 줘."

뚱보가 가만히 태석을 쳐다보다 담뱃갑을 내밀었다. 태석은 담배를 뽑아 들다 바닥에 떨어뜨렸다. 다행히 라면 박스 위에 떨어져 흙이 묻진 않았다. 태석은 몸을 숙여 담배를 집으려다 짐짓 어딘가 결린 듯 허리를 잡고 벽에 등을 대며 말했다.

"좀 집어 주면 안 될까?"

뚱보가 얼간이 보듯 쳐다보다 담배로 손을 뻗었다. 태석은 기회를 놓치지 않고 놈의 관자놀이를 걷어찼다. 뚱보가 진창에 머리를 처박았다. 태석은 아무렇지 않게 허리를 굽혀 담배를 집어 들어 입에 물고 불을 붙였다. 그런 다음 불만 있냐는 듯 거만한 표정으로 다른 두 놈을 노려보았다.

추리닝은 여전히 누군가와 통화하며 그를 바라보기만 했다. 대신 스마일 티가 차가운 표정으로 그를 향해 달려들었다. 찰깍. 잭나이프의 칼날이 발기된 성기처럼 튀어나왔다.

태석은 슈트를 벗어 한 손에 감았다가 청년이 칼을 휘두를 때 얼굴을 향해 던졌다. 칼날이 옆구리를 스치고 지났다. 녀석이 머리를 덮은 슈트를 걷어 낼 때 무릎으로 턱을 걷어차고 팔꿈치로 등허리를 찍었다. 청년은 그대로 축 늘어졌다.

태석은 숨을 헐떡이며 추리닝에게 시선을 주었다. 옆구리가 따끔했다. 녀석의 칼이 일 센티만 옆으로 움직였어도 끝장나는 쪽은 그였다. 싸움이란 언제나 간발의 차이다.

태석은 담배 연기를 쭉 빨아들였다. 긴장이 조금 풀렸다.

추리닝은 전화를 끊고 그를 향해 걸어왔다.

"갑자기 이게 무슨 짓인지 모르겠군요. 저희가 한 일 때문에 자존심이라도 상하셨어요?"

태석은 피로 물든 자신의 스웨터를 가리켰다.

"이 옷 말이야, 진짜 비싼 거거든. 핸드메이드야. 색깔 이렇게 세 개 나눠 넣는 거 진짜 어려운 거거든. 나 아는 애가 한 달을 들여 짠 거야. 이거 망친 거 어떻게 보상할래?"

"약을 드렸지 않습니까."

태석은 마약이 든 가방을 열어 봉지를 집어 들더니 아무렇게나 잡아 찢었다. 진창 위로 알약이 쏟아졌다. 그는 알약을 밟으며 말했다.

무심한듯
시크하게

"이런 건 필요 없거든. 몸에 나쁘잖아."

추리닝은 혀를 차다가 조금 더 차가워진 목소리로 말했다.

"그만하시죠. 그러다 다치십니다."

태석은 녀석이 지껄이는 말에는 신경 쓰지 않았다. 오직 녀석의 발끝만을 보고 있었다. 추리닝이 갑자기 발걸음을 크게 내디뎠다. 단번에 두 사람 사이의 거리가 좁혀졌다. 두 사람은 거의 동시에 주먹을 날렸다. 태석은 턱을 얻어맞고 나뒹굴었고 추리닝은 위빙으로 주먹을 피했다.

태석은 진창을 몇 바퀴 구르다 간신히 일어섰다. 등에 벽이 닿았다. 추리닝이 잔인한 미소를 지으며 태석을 끝장낼 기세로 달려들었다. 태석은 벽을 버팀대 삼아 발길질을 날렸다. 추리닝이 가슴을 얻어맞고 진창 위를 굴렀다.

태석은 참았던 숨을 내뱉었다. 조금 전 공격이 통한 건 추리닝이 그를 얕봤기 때문이란 걸 알고 있었다. 제대로 붙으면 상대가 안 된다. 하지만 이제 와서 그만두자고 할 순 없는 일이다. 죽이 되든 밥이 되든 싸우는 수밖에 없다.

추리닝은 일어나 손바닥에 묻은 진흙을 문질러 털어 냈다.

"정말 스타일 구기게 만드시네. 지금이라도 그만두겠다고 하면 저도 그만두겠습니다. 어쩌시겠어요?"

태석은 바닥에 떨어진 담배를 집어 입에 물었다. 흙 맛이 나긴 했지만 그리 나쁘지 않았다. 태석은 담배 연기를 내뿜으며 말했다.

"와라."

추리닝이 혀를 차며 달려들었다. 이번에는 태석이 먼저 발길질을 날렸다. 회심의 일격이었지만 통하지 않았다. 추리닝은 태석의 발을 잡아 진창 위에 내동댕이쳤다. 태석은 바닥을 짚고 일어서며 추리닝의 복부를 향해 돌진했다. 추리닝은 깍지 낀 손으로 태석의 등을 때려 주저앉히고 뒤에서 목을 졸랐다. 태석은 버둥댔지만 얼마 버티지 못했다. 그가 축 늘어지기 직전 추리닝은 팔에서 힘을 풀고 귓가에 속삭였다.

"이제 그만한다고 약속하면 풀어 드리죠."

태석은 머리를 힘껏 뒤로 젖혔다. 우둑. 뭔가 부러지는 소리. 태석은 추리닝의 팔에서 힘이 풀리는 걸 놓치지 않고 돌아서며 옆구리에 팔꿈치를 먹였다. 그리고 추리닝이 휘청거릴 때 그 얼굴에 훅을 먹이고 무릎차기를 날렸다.

하지만 마지막 공격은 먹히지 않았다. 추리닝은 두 손으로 무릎을 막고 수도로 태석의 관자놀이를 후려쳤다. 태석은 비틀거리며 뒷걸음쳤다. 시야가 뿌옇게 변했다. 이마의 상처가 다시 터진 것이다.

추리닝은 손바닥으로 입술을 문질렀다. 핏물이 주르륵 상의를 타고 흘러내렸다. 그는 핏물이 고인 손바닥을 털며 침을 뱉었다. 부러진 이빨이 진창 위에 떨어졌다. 추리닝의 얼굴에 어느새 웃음기는 사라지고 없었다.

"이 새끼가 진짜 사람 성질 돋우네. 너 이 새끼, 이제 죽었어."

"너 아직 세상 물정 모르는구나."

태석은 바닥에 주저앉은 채 권총을 꺼낼 것처럼 품속에 손을 넣었다. 낯짝이 창백하게 변한 추리닝이 뒤로 물러섰다. 배짱만은 네가 변성수만 못하구나.

태석은 손가락으로 총 모양을 만들어 추리닝을 겨눴다.

"너 바보냐? 내가 총이 있으면 진작 썼지."

추리닝은 이를 갈았다. 태석은 방아쇠를 당겼다. 탕.

그때부터 추리닝의 시간이었다. 태석은 가슴을 얻어맞고 진창 위에 쓰러졌다. 머리며 옆구리, 사타구니로 구둣발이 쏟아졌다. 한 대, 한 대, 맞을 때마다 통증 때문에 정신을 차릴 수가 없었다. 어느 순간

다시 구둣발이 옆구리에 박혔다. 태석은 이를 악물며 놈의 발을 잡고 바깥쪽으로 힘껏 비틀었다. 추리닝이 바닥을 나뒹굴었다. 태석은 개구리처럼 몸을 날려 녀석의 몸 위에 올라타고 수갑을 채우려 했다.

추리닝의 발길질이 또다시 가슴을 강타했다. 태석은 붕 날아올라 대자로 뻗었다. 진창이 이불처럼 포근하게 느껴졌다. 헉. 헉. 더 이상은 손끝 하나 움직일 힘이 없다. 추리닝이 다가왔다. 온통 진흙투성이에 얼굴에는 벌건 핏물이 묻어 있었다.

태석은 턱을 까딱였다.

"힘들어서 더 못 하겠다. 이제 하고 싶은 대로 해라."

"그럴 거야, 개새끼야."

추리닝은 손목에 차고 있던 팔찌를 잡아당겼다. 쭈욱, 피아노 줄이 팽팽하게 당겨졌다.

저걸로 다른 사람들을 죽였구나.

태석은 깨달았다. 추리닝은 태석의 머리 뒤로 돌아가 목을 졸랐다. 피아노 줄이 살을 파고들었다. 태석은 심장이 터질 것 같은 통증을 느끼며 버둥거렸다.

⊰⊱

죽기 직전에는 평생 있었던 일이 주마등처럼 스쳐 지난다고 한다. 하지만 태석은 아버지의 장례식도, 고등학교 때의 가출도, 경찰 시험에 합격했던 날도, 선미와 키스했던 순간도 떠올리지 않았다. 그는 현경을 떠올렸다. 그녀의 환한 미소와 약간 어눌한 말투, 뒤뚱대는 듯한 걸음걸이, 그녀가 짜 준 스웨터를 생각했다. 한 달간 짠 삼색 스웨터. 아직 그녀에게 고맙다는 말도 못 했는데……

그때 갑자기 목을 조르던 힘이 약해졌다. 머리 위로 뭔가 뜨거운 것이 쏟아졌다. 태석은 목을 조이는 피아노 줄을 잡아 뜯으며 걸신들린 듯 숨을 들이마셨다. 눈에 눈물이 핑 돌았다. 숨을 쉰다는 게 얼마나 좋은 일인지 이제야 알겠다.

　"괜찮아?"

　귀에 익지만 누군지 생각나지 않는 목소리가 들렸다. 태석은 고개를 들었다. 눈물 때문에 앞이 잘 보이지 않았지만 차츰 윤곽이 뚜렷해지며 변성수의 얼굴이 보였다.

　태석은 벌떡 일어나 녀석의 멱살을 잡으려다 다리에 힘이 풀려 다시 고꾸라졌다. 변성수는 태석의 팔을 잡아 똑바로 앉도록 도와주었다. 치욕스러운 일이지만 몸이 말을 듣지 않으니 어쩔 수 없었다.

　"몸에 피가 안 통해서 그래. 잠깐 앉아 있으면 괜찮을 거야."

　추리닝은 바닥에 머리를 박고 쓰러져 있었다. 변성수가 들고 있던 야구방망이를 어깨에 걸치며 말했다.

　"계속 목이 졸리면 죽을 것 같아서 좀 도와줬는데 괜찮지?"

　태석은 쉰 목소리로 간신히 입을 열었다.

　"여긴 어떻게 알고 왔지?"

　"너랑 나랑 통화했던 핸드폰 말이야, 그래 봬도 GPS 폰이야. 인공위성으로 어디 있는지 정확한 위치를 쏴 주지. 이런 황량한 곳에 와서 뭘 하나 싶어 한번 찾아와 봤지."

　말은 모질게 했어도 오선미가 걱정됐던 걸까? 태석은 변성수의 속내가 궁금해졌다. 변성수는 진창에 쏟아진 알약을 가방에 도로 담았다.

　"이건 내가 가져갈게. 목숨을 구해 준 대가라고 생각해라."

　그럼 그렇지. 개놈의 자식.

　태석은 말했다.

　"자수해라."

"뭐라고?"

"자수하라고. 오선미한테 사과하고."

"미친놈. 완전히 돌았구나?"

변성수는 태석이 하는 말을 무시하고 마저 약을 집어 들다 슬그머니 태석을 다시 돌아보았다. 그리고 인상을 쓰며 물었다.

"그런데 오선미 어디 있어?"

태석은 턱으로 비닐하우스를 가리켰다.

"저 안에. 안에 들어가서 만나 봐."

그때 추리닝이 슬그머니 일어나 변성수를 덮쳤다. 변성수는 등 뒤에도 눈이 달린 것처럼 돌아서며 야구방망이로 추리닝의 어깨를 때렸다. 우두둑. 뼈 부러지는 소리가 들렸다. 추리닝은 비명을 지르며 바닥을 나뒹굴었다. 변성수는 멈추지 않고 계속 배트를 휘둘러 추리닝의 두 다리를 부러뜨렸다. 추리닝은 이제 비명조차 지르지 못하고 부르르 몸을 떨었다.

"이런 놈은 그냥 두면 신경이 쓰여서. 죽이진 않았으니까 남은 건 네가 알아서 해. 꼭 감옥에 오래 보관해라. 알았지?"

"자수해."

"이 새끼 끈질기네. 됐다니까."

변성수는 머뭇거리다 말을 이었다.

"네가 오선미한테 미안하다는 말이나 전해 줘. 일부러 그런 건 아니었다고, 어쩌다 보니 일이 꼬인 거라고."

그는 가방을 들고 일어섰다. 태석은 다시 말했다.

"자수하라니까. 죗값을 치르고 떳떳하게 살아. 죄지으면 밤에 잠도 못 잔다. 내가 도와줄 테니까 자수해라."

"너 꼭 우리 아버지처럼 말하는구나."

"너 고아 아니냐?"

"양아버지. 대단한 꼰대였지. 거기에 어린애를 좋아하는 변태였고. 그런데 말은 늘 그럴싸했지. 구원을 거부하면 구원받지 못한다. 스스로를 용서했을 때 하느님도 너를 용서한다. 왜 그런 말을 하고 다녔는지 아직도 이해가 안 가지만."

그는 씁쓸한 표정으로 고개를 흔들었다. 태석은 물었다.

"오선미 만날 생각은 없어? 다시는 못 볼 텐데."

"바보 같은 짓이야. 이제 와서 내가 무슨 할 말이 있다고? 그냥 안 보는 게 제일 나아."

서글픈 목소리다. 태석은 물었다.

"왜 그랬냐?"

"뭘 왜 그래?"

"네가 저지른 짓들 말이야. 미국에서부터 지금까지. 너도 변명거리가 있을 거 아냐. 나한테 말을 해야 내가 선미 씨한테 대신 말해 주지. 마약은 왜 팔았어?"

"그 수밖에 없었으니까. 너처럼 편하게 산 놈은 말해도 몰라."

태석은 벌컥 화를 냈다.

"내가 편하게 살아? 뭔 소릴 하는 거야, 새꺄! 나 고등학교 때부터 엄마 몰래 노가다 뛴 놈이야!"

"그게 어려워? 마약이 든 콘돔 덩어리를 배 속에 넣고 다니는 게 어떤 기분인지는 생각해 봤어? 주먹만 한 콘돔 덩어리를 삼키면 속이 뒤집혀서 스물네 시간 아무것도 못 먹어. 배 안에서 콘돔이 찢어질까 봐 제대로 뛰지도 못해. 마약이 조금이라도 새면 백 프로 죽으니까. 운 좋게 목적지에 도착한다고 해도 계속 겁에 질려 있어야 하지. 그런 일을 하는 놈들은 모조리 또라이라 잠깐도 못 기다리거든. 빨리 약을 보고 싶다고 방방 뜨다가 보디패커의 배를 가르기도 한다고. 어차피 포장지니까 상관없다는 거야. 그렇게 죽는 사람을 둘이나 봤어. 내가 다음 차례였는데 간신히 살았지."

태석은 머뭇거리다 물었다.

"너도 보디패커로 일했냐?"

"그래. 그걸로 학교에 다녔지. 의대 등록금을 벌 만한 다른 방법이 없었으니까. 근데 말이야, 죽을 고생을 해서 간신히 의사가 되니까 그걸로 사람을 협박하더라고. 결국 그 새끼들이 시키는 대로 하다가 이 꼴이 됐지."

"……안됐군."

"넌 지금까지 경찰이라고 뻐기고 다니면서 여자나 후리며 대충대충 살았겠지. 그러면서 너 자신이 불행하다고 생각했을 거고. 넌 아무것도 몰라."

"그래. 나 아는 거 없다, 새끼야. 근데 내가 범죄자들 하나하나 호구조사하면서 왜 그랬는지 조사까지 해야 하냐? 너 한국 와서 마약 팔았지? 그럼 감방 가는 거야. 네가 어떤 이유로 마약을 팔았는지 내가 알 게 뭐냐고. 자수해. 너 감옥 가면 그때 내가 이해해 줄게. 면회도 자주 가고 사식도 넣어 주마."

"아직 이해가 안 가는 모양인데, 나 감옥 안 가."

변성수는 더 이야기할 게 없다는 듯 돌아선다. 태석은 급히 말했다.

"오선미, 저 안에 있으니까 가서 묶인 거라도 풀어 주고 가라! 여러 가지로 도움을 받았는데 그 정도는 해 줘야 하지 않겠어?"

변성수는 망설였다. 태석이 덧붙였다.

"굉장히 심하게 묶었어. 피가 안 통해서 아플 거야."

변성수는 비닐하우스로 뛰었다.

그사이 태석은 진창을 뒤져 수갑을 찾았다. 추리닝이 부들부들 떨며 신음을 흘렸다. 불쌍한 새끼…… 잘난 척은 어지간히 하더니. 태석은 진창에 묻혀 있던 수갑을 간신히 찾아 한 손에 채우고 남은 절반을 소매 아래 감췄다. 열쇠는 멀리 던져 버렸다.

그때 문이 열리고 와이셔츠 차림의 변성수가 성큼성큼 걸어 나왔다. 그는 바닥에 있던 배트를 집어 들며 태석에게 말했다.

"구급차가 금방 올 거야. 선미 씨 병원으로 데려가."

그는 부들부들 떨고 있는 추리닝의 어깨를 배트로 내리찍었다. 추리닝은 구슬픈 비명을 지르며 바닥을 굴렀다. 우두둑. 뼈가 부러지는 소리가 들렸다. 태석은 얼굴을 찡그렸다. 추리닝이 살인자인 건 사실이지만 저렇게 죽도록 내버려 둘 순 없다.

태석은 소리쳤다.

"그만해. 그러다 죽어."

"이런 놈은 죽는 게 나."

변성수가 다시 배트를 쳐들 때 하우스의 문이 열리고 변성수의 슈트를 어깨에 걸친 오선미가 걸어 나왔다. 그녀는 소리쳤다.

"그만둬요!"

변성수가 동작을 멈추고 선미를 돌아보았다. 핏발이 선 눈. 앙다문 입술이 부들부들 떨렸다. 오선미가 울먹이며 말했다.

"이제 그만해요."

변성수는 머뭇거리다 한숨을 쉬고 배트를 멀리 던졌다. 그는 선미에게 할 말이 있는지 입을 달싹거리다 간신히 입을 열었다.

"너한텐 정말 미안하다. ……행복해라."

변성수는 차를 향해 걸어갔다. 오선미가 그를 불렀지만 돌아보지 않았다. 변성수와 차 사이에 태석이 있었다. 태석은 손을 내밀며 말했다.

"잠깐만. 마지막으로 하나만 더 부탁하자. 나 좀 일으켜 주고 가라."

변성수는 인상을 썼지만 태석의 청을 거절하진 않았다. 그는 손을 뻗어 태석의 팔을 잡아 주었다. 태석이 기다렸다는 듯 그의 손목에 수갑을 채웠다. 변성수가 깨닫고 손을 빼려 했을 땐 늦었다. 두 사람의 팔은 수갑으로 단단하게 연결되었다.

"이게 뭐야?"

태석은 지친 목소리로 말했다.

"항복해. 그럼 자수한 걸로 해 두지."

"미친 새끼. 당장 이거 풀어!"

"미안하다. 다른 때였으면 너랑 맞장 떠서 보내 줄지 안 보내 줄지 결정했을 텐데 지금은 내가 너무 힘들어서 안 되겠다."

"열쇠 어디 있어?"

변성수가 태석의 주머니를 뒤졌다. 태석은 녀석이 주머니를 뒤지도록 내버려 두고 입을 열었다.

"당신은 묵비권을 행사할 수 있으며 당신이 말하는 모든 사항은 법정에서 불리한 증거로 사용될 수 있다. 당신은 변호사를 선임할 권리가 있고……."

변성수는 태석을 노려보다 귓가에 속삭였다.

"이 새끼야. 내가 어떤 사람인지 모르는 모양인데, 네 손목을 자르고 가도 돼."

태석 역시 속삭였다.

"해 봐. 오선미가 뭐라고 하나 보자."

변성수는 선미를 힐끔 돌아보았다. 오선미는 당황한 얼굴로 두 사람을 쳐다보고 있었다.

그때 추리닝이 부러진 다리를 쩔뚝거리며 일어섰다. 비틀거리는 모양새로 보아 그냥 걷는 것도 쉽지 않은 듯했다. 변성수가 지겨운 듯 중얼거렸다.

"저 새낀 또 뭐야?"

추리닝이 말했다.

"너희들 전부 죽었어."

태석이 벌컥 화를 냈다.

"야, 지금은 네가 낄 자리가 아니니까 그냥 누워 있어. 금방 구급차 온다고 했으니까, 그거 타고 병원이나 가라고."

추리닝이 허리춤에 차고 있던 총을 꺼냈다. 태석은 놀라 숨을 크게 들이마셨다. 저놈 뭐야? 왜 총이 있어?

추리닝은 총을 들어 태석과 성수를 차례로 겨눴다.

"어떤 놈부터 저승으로 보내 줄까? 너? 너?"

태석은 침을 꿀꺽 삼켰다. 저거 가짜 총 아닐까? 아니지. 전문 킬러라고 했으니까 어디서 총을 밀수해 왔는지도 몰라. 최소한 겉보기에는 진짜 같다.

이 거리에서 총을 맞으면 최소한 중태다. 병원에 여섯 달은 누워 있어야 할 거고, 평생 우유만 먹으며 살아야 할지도 모른다. 죽는 건 두렵지 않지만 병신이 되는 건 싫다. 태석은 뒤로 물러나 추리닝과 거리를 두려 했지만 변성수가 꿈쩍도 하지 않아 뜻을 이루지 못했다. 두 사람의 팔이 수갑으로 연결되어 있기 때문이다.

태석은 입술을 깨물었다. 변성수란 놈이 겁먹지 않는 걸 보니 오기가 난다. 그는 그 자리에 서서 큰 소리로 말했다.

"그거 나비잡이 총이잖아. 그걸로 잡을 수 있는 게 나비밖에 없다는 건 알고 있냐? 사람은 맞아도 안 죽어요. 그러니까 그거 내려놓고 누워라."

변성수의 시선이 따가웠다. 남의 대사를 표절했다는 눈빛이다. 태석은 헛기침을 했다.

추리닝이 이를 갈며 말했다.

"그래, 너희들 둘 다 잘났다 이거지. 그럼…….."

추리닝은 선미에게로 총구를 돌렸다. 녀석의 입가에 잔인한 미소가 맺혔다.

"안 돼!"

태석과 성수는 소리 지르며 추리닝을 향해 돌진했다. 마치 한 사람처럼 완벽하게 보조가 맞았지만 놈을 막기에는 너무 늦었다. 추리닝이 방아쇠만 당기면 모든 것이 끝났다.

그 순간, 오선미는 변성수에게로 시선을 돌렸다. 당혹과 슬픔 그리고 간절함이 뒤섞인 눈빛이었다.

방아쇠를 당기기 직전, 승용차 한 대가 화원의 울타리를 부수고 들어와 추리닝을 들이받았다. 추리닝은 비명조차 지르지 못하고 끈 떨어진 연처럼 나가떨어졌다.

차 문이 열리고 병철이 뛰어내렸다. 그는 당황한 목소리로 말했다.

"태석아, 괜찮니? 저 새끼 저거 네가 말한 추리닝 맞지, 초록색? 방금 너 죽이려고 했던 거지? 나 잘못한 거 아니지?"

병철은 태석과 함께 선 변성수를 보고 멈칫했다. 처음에는 누군지 알아차리지 못한 듯 보였지만 곧 깨달았는지 놀란 소리를 냈다.

"너, 너, 변성수!"

변성수는 코웃음을 치더니 병철에게 로킥을 날렸다. 다리를 부러뜨릴 만큼 강렬한 일격이었지만 손복이 수갑으로 태석과 연결되어 있다는 게 문제였다.

태석은 있는 힘을 다해 팔을 잡아당겼다. 변성수가 휘청하고 발끝이 엉뚱한 곳을 때렸다. 그 순간 병철의 원투 스트레이트가 변성수의 안면에 작렬했다. 변성수는 바닥에 고꾸라졌다.

태석은 환하게 웃었다. 요 몇 년 동안 본 것 중 가장 호쾌하고 후련한 펀치였다.

"형, 진짜 스티븐 시걸 같다!"

그리고 그대로 기절했다.

남자, 남자, 남자

태석은 오한을 느끼며 눈을 떴다. 구급대원이 이마를 지혈하다 그가 깬 걸 보고 반가운 표정을 지었다.

"괜찮으세요? 제가 보여요?"

"잘 보여요."

그는 구급대원의 부축을 받고 일어나 주위를 둘러보았다. 구급차는 두 대로 부상을 입은 주리닝 일당을 실어 내고 있었고 병철이 으스대며 동료 형사들에게 무용담을 과시하는 중이었다. 태석은 이마를 잡고 그에게 다가갔다. 병철이 그를 보고 놀라 외쳤다.

"태석아, 너 괜찮니? 일어나도 돼?"

"괜찮아, 괜찮아. 근데 소리 지르지 마. 머리 울린다."

팀장이 환하게 웃으며 태석을 끌어안았다.

"수고했다, 인마. 너 교통사고 냈던 거 다 수사비 처리할 테니까 아무 걱정 말고 조용히 진급이나 기다리자."

김 형사도 한마디 했다.

"누워 있어. 너, 그러다 쓰러진다."

조 형사는 특유의 불퉁스러운 표정으로 태석의 어깨를 꽉 잡았다. 말은 하지 않았지만 잘했다, 혹은 이렇게 될 줄 알았다, 대충 그런 뜻인 모양이다.

태석은 병철에게 물었다.

"여긴 어떻게 알고 온 거야?"

"그게 말이지, 변성수가 전화했다."

"뭐?"

"네가 악당 셋에게 잡혀 있고 오선미도 잡혀 있는 것 같다고 빨리 와 달라고 하지 뭐냐. 그 새끼 도대체 무슨 생각이었는지……. 그래서 광속으로 차 몰고 왔지."

그 자식, 아닌 척하면서 열라 신경 쓰고 있었구나.

태석은 물었다.

"추리닝은?"

"병원으로 옮겼는데 중태야. 살아서 증언을 할 수 있을지 모르겠다. 그래도 다른 놈들 족쳐서 이것저것 많이 알아냈다."

병철은 한숨을 쉬곤 말을 이었다.

"추리닝 그놈이랑 스마일 티 입은 놈 둘 다…… 경찰이야."

"뭐?"

"코딱지가 교통사고로 죽었을 때 뒤쫓던 순찰차 있잖아. 거기 타고 있던 녀석들이야. 그놈들이 코딱지를 죽이고 돈을 챙긴 거지."

"잠깐만. 거기 돈이 있는 걸 어떻게 알고 그랬는데?"

"추리닝은 경찰이면서 야쿠자의 하수인이기도 했으니까. 김주완이 야쿠자와 변성수를 연결해 준 사람이 있다고 했잖아? 그게 추리닝이었던 거야. 조금씩 일본 조직 일을 도와 가며 용돈 벌이를 하고 있었는데, 거래되는 돈이 큰 걸 보고 욕심이 생겨서 가로채려고 했던 모양이야. 어차피 검은돈이니까 신고할 수 없다는 걸 노린 거지. 조직에선 그것도 모르고 추리닝에게 변성수 일당의 입막음을 요청했고. 자기가 저지른 일도 있고 그러니까 더 열심히 사람들을 없애고 다녔던 거야."

태석은 침울하게 고개를 끄떡였다. 어쩐지 솜씨가 좋다 했더니 오랫동안 현장 일을 경험한 경찰이었던 것이다. 병철은 툴툴거렸다.

"그래서 지금 위에서도 난리야. 사건 해결했다고 마냥 자랑할 수 있는 일이 아니잖아?"

태석은 잠시 생각하다 말했다.

"난 그래도 자랑할 거야."

병철이 어이없다는 듯 웃었다.

"그러든지."

그때 조 형사가 멀찍이 보이는 앰뷸런스를 가리켰다.

"저기 저 구급차."

"구급차가 왜요?"

조 형사 대신 김 형사가 말했다.

"오선미 타고 있거든. 가서 위로해 줘라. 많이 놀란 거 같던데."

팀장이 옳은 말이라는 듯 고개를 끄떡였다.

"좋은 생각이다. 네가 경찰인 거 알면 우리 팀 전체를 고소할지도 모르잖아. 미리 가서 말 좀 잘해 놔. 너랑 많이 친해졌을 거 아냐."

다른 형사들도 한마디씩 보탰다.

"다른 이야기를 더 해도 되고."

"여자는 위기 때 남자에게 더 쉽게 반한다고 하던데."

맞아, 오선미가 있지. 변성수란 한심한 바보도 있고. 그렇다면 아직은 일이 끝나지 않은 셈이다. 태석은 쩔뚝쩔뚝 구급차로 걸어가다가 형사들을 돌아보며 말했다.

"근데, 오선미 말이야. 나 경찰인 거 벌써 알아. 우리 전부 다 고소할 거라고 그랬어."

형사들이 동시에 얼어붙었다. 팀장의 눈에 핏발이 섰다.

"그래? 그럼 뭐해, 빨리 안 가고! 가서 발가락을 핥는 시늉이라도 해! 얼른 가, 인마!"

"그런다고 고소를 안 하겠어요? 사건 해결했으면 됐죠, 뭐. 마음 편하게 가지세요. 근데 변성수는 어디 있어요?"

조 형사가 대답했다.

"저기 백차에."

조 형사가 가리키는 곳을 보니 변성수가 경찰차 뒷좌석에 앉아 고개를 숙이고 있었다. 태석은 녀석을 쳐다보며 조 형사에게 물었다.

"안 다쳤어요? 병원에 가 봐야 하는 거 아니에요?"

"뭐, 조금 다치긴 했는데 워낙 위험한 놈이니까……."

태석은 팀장이 하는 말을 더 듣지 않고 백차로 가 문을 두들겼다. 변성수가 천천히 고개를 들어 태석을 보고 씁쓸한 표정을 지었다. 태석은 문을 열고 그를 마주 보았다.

변성수가 착 가라앉은 목소리로 말했다.

"축하해. 원하는 대로 됐군. 이제 날 이해해 주려고 왔나?"

"아직은 아니야. 나와."

태석은 성수를 끌어내 수갑을 풀어 주었다. 성수는 어리둥절한 표정으로 태석을 쳐다보았다.

"지금 뭐하는 거야?"

태석은 대답하지 않고 변성수를 데리고 앰뷸런스로 갔다. 구급대원이 오선미에게 링거를 꽂고 있었다. 오선미는 우울한 표정으로 고개를 숙이고 있다 두 사람을 보고 놀란 얼굴이 되었다. 태석은 변성수에게 수갑을 채워 침대에 연결하고 구급대원에게 부탁했다.

무심한듯
시크하게

"이 친구도 많이 다쳤으니까 링거 꽂고 상처 좀 봐 주세요."

구급대원은 태석을 쳐다보다 작은 손전등을 꺼내 태석의 눈을 비추며 말했다.

"형사님이 더 많이 다친 것 같은데요. 눈 좀 크게 떠 보실래요? 제가 보여요? 이게 몇 개죠?"

"난 괜찮으니까 이 친구나 봐 줘요. 얌전한 친구니까 난동 피울 걱정은 안 하셔도 됩니다. 오선미 씨, 이 친구가 여기 있어도 괜찮을까요?"

오선미는 숨을 크게 들이마시더니 고개를 끄떡였다.

"예, 전 괜찮아요."

변성수가 당황한 목소리로 말했다.

"내가 안 괜찮아. 나 여기 있기 싫어."

"범죄자 새끼가 무슨 말이 많아. 잠자코 치료받아."

태석은 문을 닫고 나가며 히쭉 웃었다. 그래도 마지막엔 뭔가 착한 일을 한 것 같아 기쁘다. 구급대원은 태석을 따라오며 뇌진탕 같으니 차에 타라고 재촉했다. 두 사람이 실랑이를 벌이는 사이, 오선미와 변성수는 서로를 쳐다보았다.

오선미가 입을 열었다.

"성수 씨."

-◦◀▷◧▷◦-

태석은 병원에 들러 머리를 꿰맸다. 다행히 부러진 곳은 없었지만 의사는 이틀 정도 입원하면서 정밀 검사를 해 보자고 했다. 운이 좋아 심하게 다치진 않았지만 온몸에 타박상을 입지 않은 곳을 찾기 힘들 정도로 자잘한 상처가 많았던 것이다.

하지만 태석은 병원에 누워 있을 기분이 아니었다. 지금 꼭 해야 할 일이 있기 때문이다.

"저 괜찮거든요. 아프면 다시 올게요."

"안 괜찮다니까요. 입원하셔야 돼요."

의사가 답답하다는 듯 채근했다. 태석은 인상을 쓰고 있다가 타협안을 제시했다.

"지금 꼭 만날 사람이 있어서요. 잠깐 얼굴만 보고 다시 올게요."

"말이 되는 소릴 하셔야죠. 그냥 그분을 부르면 안 돼요?"

"그럼 멋있지가 않……."

태석은 말을 멈췄다. 복도 저쪽에 현경이 보였기 때문이다. 태석은 의사를 밀치고 현경을 향해 달려갔다.

"오빠, 괜찮아요? 병철이 오빠가, 오빠 많이 다쳤으니까 병원에 가 보라고 하던데. 걱정 많이 했는데, 다행이에요."

태석은 현경을 꼭 끌어안으며 말했다.

"사건 다 끝났다."

"정말요? 정말 잘됐어요. 그런데 몸은 정말 괜찮은 거예요?"

그녀는 몸을 떼고 태석의 얼굴을 다시 들여다보았다. 태석의 부어 터진 얼굴을 보고 그녀는 울상이 되었다. 태석은 급히 말했다.

"나 괜찮아. 피부만 약간 상한 거야. 이런 건 빨간약만 바르면 나아. 근데……."

"근데요? 무슨 일 있어요?"

태석은 쇼핑백에서 피와 진흙이 잔뜩 묻은 스웨터를 꺼내 들었다.

"이거 말이야, 네가 짜 준 거……. 망가졌다."

현경은 해맑게 웃으며 태석을 꼭 끌어안았다.

"그런 건 괜찮아요. 금방 또 짤 수 있으니까. 오빠만 옆에 있어 준다면……."

무심한듯
시크하게

그리고 말끝을 흐리며 태석의 눈치를 보았다.

태석은 고개를 끄떡였다. 초록색 추리닝에게 목이 졸렸을 때, 다른 누구보다도 그녀의 얼굴이 생각났다. 많이 늦긴 했지만 지금이라도 그녀에 대해 더 많은 걸 알고 싶었다. 태석은 현경의 반짝반짝하는 눈을 보고 나서야 자신이 아직 대답하지 않았다는 사실을 떠올렸다. 그는 힘껏 현경을 안으며 말했다.

"그럼. 우리 오래가자."

-◆◇◆◇◆-

병철은 멧돼지처럼 집으로 뛰어들었다. 그는 지금 기력이 넘치다 못해 흘러내릴 지경이었다. 안방 문을 열자 채팅 중인 아내가 보였다. 그는 아내에게 꽃다발을 내밀었다.

미경은 눈을 크게 떴다.

"여보, 이거 나 주는 거야?"

"응. 오다가 예뻐서 샀다."

"살다 보니 별일이 다 있네. 당신한테 꽃을 받은 게 언젠지 생각도 안 나는데. 무슨 좋은 일 있어?"

"뭐, 그냥 생각이 나서. 앞으로 자주 사 올게."

병철은 정태석도 간단하게 해치운 실력자를 한 방에 날려 버렸다고 말하고 싶어 입이 간지러웠지만 꾹 참았다. 진짜 남자는 제 얼굴에 금칠을 하지 않는 법이다.

……남이 금칠해 주길 기다리지.

어쨌거나. 변성수의 안면을 강타했을 때 느꼈던 그 손맛. 정말 오랫동안 잊고 있던 쾌감이었다. 그는 강력 팀을 떠날 생각을 깨끗이 지웠다. 정태석마저 쓰러뜨린 악당을 일격에 쓰러뜨린 마당에 뭘 더 무서워하겠나. 앞으로 죽을 때까지 태석을 놀려 먹을 일만 남았다.

병철은 물었다.

"지금 무슨 얘기 하고 있었어?"

"응. 다시 원윳값이 올라갈 가능성이 높다네. 삼성증권에서 원유 펀드를 낸 게 있는데 환換 헤지hedge도 되는 상품이라고 해서……."

"좋아. 이따 얘기해 줘."

병철은 미경을 번쩍 쳐들어 쪽 키스하고 침대에 던졌다. 허리가 전혀 아프지 않았다. 그래. 인간 유병철, 형사로도 가장으로도 아직 현역이지. 그는 다이빙하듯 침대로 몸을 던져 미경에게 사정없이 키스를 퍼부었다. 미경이 얼굴을 붉히며 말했다.

"자기 왜 이래, 부끄럽게. 나 씻고 올게, 잠깐만."

"안 돼. 자기 체취가 맡고 싶어서 그래. 오랜만에."

병철은 스무 살 청년처럼 흥분해서 미경을 꼭 끌어안았다. 그리고 오랜만에, 정말 제대로 했다.

-◈◇◈-

태석은 결국 병원에 입원했고 현경은 밤새 그와 함께 있다가 새벽 무렵 집으로 갔다. 그녀는 휘파람을 불며 집으로 가다 희정에게 전화했다.

"희정이니? 나한테 오늘 무슨 일이 있었는지 아니? 넌 얘기 들어도 안 믿을 거야."

─뭔데?

현경은 태석을 만나 있었던 일을 모두 얘기했다.

"나랑 사귀고 싶대. 정말 잘되지 않았니?"

─잘된 일이긴 한데…….

"그런데?"

─태석이 오빠, 정말 믿을 만한 사람인 건 맞아? 함정수사라는 말도 이상하고 전에는 중국에 간다는 말도 했다며? 얼굴 잘생기고 성격도 나빠 보이진 않지만 바람둥이가 아닌가 걱정돼.

"당연히 다 거짓말이지."

─뭐?

"말이 되냐. 이게 무슨 미국 영화냐, 함정수사를 하게? 이거 왜 이래? 내가 언더커버 나오는 영화만 백 편을 넘게 본 사람이야. 그리고 중국에 형사를 보내면 경찰청이나 뭐, 그런 데서 보내겠지. 일선 서에서 무슨! 다 나 만나기 싫어서 그런 거지."

희정은 말을 더듬었다.

─너 다 알면서 왜 그랬어?

"태석이 오빠를 좋아하니까. 좋으니까 모른 척해 준 거지. 결국 내 거가 됐으니까 됐어. 지금부터 딴 여자 못 쳐다보게 하면 되니까."

─그런데 천성이 어딜 가겠어? 지금이야 너 좋다고 하지만 나중에 바람피우면 어떡하려고? 헤어질 거야?

"아니. 헤어지긴 왜 헤어지니, 여기까지 오느라 내가 얼마나 고생했는데. 죽는 것보다 괴롭게 만들어야지. 다시는 바람피울 엄두도 못 내게 만들 거야. 두고 보렴. 호호호호호."

현경은 마녀처럼 웃었다.

희정은 그제야 학창 시절 그녀의 별명이 '구미호'에 '얼음마녀'였다는 사실을 기억해 냈다. 평상시에는 약간 바보로 느껴질 만큼 착해 보이지만 사실은 뱃속에 구렁이가 백 마리도 넘게 든 여시요, 고 3 때 치밀하게 계획을 짜 변태 학생주임을 자르는 일까지 성공시켰던 여장

부다. 제일 친한 친구임에도 평상시 모습에 홀려 자꾸 잊게 된다.

현경은 말했다.

"태석이 오빠 장점이 많은 사람이거든. 살살 꼬드기면서 잘 길들이면 괜찮은 남자가 될 거야. 두고 봐. 내가 그렇게 만들 테니까."

에필로그

태석은 보고서를 작성하다 시계를 보았다.

다섯 시 사십 분.

여섯 시까지 이십 분 남았다. 슬슬 준비해야겠군. 노트북을 끄고 신발을 신고 준비하고 있다가 정각이 되면 퇴근하는 거다. 마약 사건의 해결에 큰 공을 세운 데다 전신에 타박상을 입은 걸 모두들 알기 때문에 조금 일찍 퇴근해도 뭐라는 사람이 없었다. 태석은 계속 이팠으면 좋겠다는 생각마저 했다. 현경을 일찍 만나는 기쁨에 비교하면 그쯤이야. 현경과의 약속은 여섯 시 삼십 분이었다.

그는 다섯 시 오십 분에 벌떡 일어섰다. 그대로 튈 생각이었는데 김형사가 다가오며 말했다.

"태석아, 손님 왔더라."

"손님?"

"응, 아가씨야."

설마 현경이가 경찰서로 왔나? 태석은 만면에 미소를 띠며 퇴근한다는 말을 남기고 밖으로 튀어 나갔다.

　복도에 그녀가 있었다. 교복 차림의 그녀. 소영이다. 태석은 심장이 덜컹 내려앉는 기분이었다. 쟤가 여긴 웬일이래?

　소영은 태석을 보고 환하게 웃으며 손을 흔들었다.

　"오빠!"

　"……응, 소영아. 아빠 만나러 왔니? 근데 어떡하지? 아빠 잠깐 외근 나가셨는데. 집으로 바로 가신다고 했거……."

　"아빠 없는 거 알아요. 태석이 오빠 보러 왔어요."

　태석은 올 것이 왔다고 생각했다. 소영이 그에게 마음을 품고 있다는 걸 진작부터 알고 있었다. 어떻게 설득해야 하려나. 태석은 머리를 굴리며 어색한 미소를 지었다.

　"내가 왜…… 보고 싶었는데?"

　"꼭 부탁드리고 싶은 게 있어서……."

　소영이 가까이 다가섰다. 고 1이라곤 믿기지 않는 굴곡 있는 몸매에 귀여운 얼굴. 딱 태석의 스타일이다.

　안 되는데, 나 애인 있는데……. 게다가 법적으로도 문제가 될 일이다. 태석은 슬그머니 뒤로 물러나며 물었다.

　"무슨 부탁인데?"

　"들어주실 거죠?"

　"내가 할 수 있는 일이라면……. 그리고 법적으로나 윤리적으로 문제가 없는 일이면……."

　"당연히 할 수 있는 일이죠! 시현아!"

　소영은 돌아서며 손을 흔들었다. 멀대처럼 키만 크고 삐쩍 마른 여드름쟁이가 저쪽에서 뛰어왔다. 작은 눈에 뻐드렁니, 팔다리는 길지만 가늘고 기운이 없어 보였다. 앤 어디가 아픈가? 태석이 걱정스럽게 쳐다볼 때 멀대가 꾸벅 허리를 꺾어 인사했다. 소영이 너무나 행복한 표정으로 멀대의 팔을 잡으며 말했다.

"제 남자 친구예요."

"아…… 그래?"

"장래 희망이 경찰이거든요. 저한테 늘 경찰서 견학을 시켜 달라고
하는데 아빠한테 말 못 하잖아요. 남자 친구 있다는 말만 들어도 경기
를 일으키실 텐데."

태석은 쉰 목소리로 대꾸했다.

"그렇겠지."

"그래서요, 오빠한테 부탁하려고 타이밍을 노리고 있었어요. 그런
데 그날 집에 오셨기에 얼른 뇌물 드린 거예요."

태석은 고개를 끄떡이다 멀대를 쳐다보며 물었다.

"넌 이름이 뭐냐?"

"김시현입니다. 소영이랑 같은 반이고요."

태석은 시계를 보았다. 현경에게는 미리 전화해 조금 늦는다고 말
해야겠다. 이런 귀여운 녀석들을 그냥 두고 갈 순 없는 일이니까.

"특별히 원하는 부서라도 있어? 남자는 역시 강력 팀이니까 강력
팀부터 볼까? 조직폭력배도 만나 보고."

시현은 고개를 흔들더니 안경을 고쳐 쓰며 말했다.

"과학수사 팀부터 보고 싶은데요. 가능할까요?"

"그럼, 안 될 거 없지. 따라와라."

태석은 저승사자를 만나게 해 줄 생각을 하며 히쭉 웃었다. 결국은
강력 팀을 더 좋아하게 될 거야. 소영과 시현은 손을 잡고 태석의 뒤
를 따랐다. 태석은 그들을 돌아보며 저토록 어울리지 않는 커플도 드
물 거라는 생각을 했다.

그리고 어울리지 않는 또 다른 커플을 떠올렸다. 여자는 남자가 출
옥할 때까지 기다리기로 했다. 많은 사람들이 길어야 육 개월일 거라

고 말했다.

　태석은 오선미가 어떤 마음으로 그런 선택을 했는지 알지 못했고 그녀가 언제까지 지금의 다짐을 유지해 나갈지도 알지 못했다. 하지만 오선미가 옳은 선택을 했기를, 앞으로도 옳은 선택을 하기를 바랐다.

　운명으로 맺어진 남녀는 붉은 실로 연결되어 있어 아무리 멀리 떨어져 있고 아무리 힘든 일이 있어도 연결될 수밖에 없다고 했다. 태석은 세상에 정말로 운명이란 것이 있기를, 정말로 세상에 하나밖에 없는 자기 짝이 존재하기를 바랐다.